MOEW

Georgette Heyer

Verlobung zu dritt

MOEWIG

Verlagsunion Erich Pabel–Arthur Moewig KG, Rastatt

Titel der Originalausgabe: The Talisman Ring
Aus dem Englischen von Emi Ehm

Dieser Titel erscheint bei Moewig mit freundlicher Genehmigung der Paul Zsolnay Verlags GmbH, Wien
Umschlagentwurf und -gestaltung: Werbeagentur Zeuner, Ettlingen
Umschlagfoto: VPM-Redaktionsservice
Auslieferung in Österreich:
Pressegroßvertrieb Salzburg Gesellschaft m.b.H., Niederalm 300, A-5081 Anif
Printed in Germany 1991
Druck und Bindung: Elsnerdruck, Berlin
ISBN 3-8118-7226-5 (60er Kassette)

1

Als Sir Tristram Shield in der Winterdämmerung in Lavenham Court eintraf, unterrichtete man ihn schon an der Haustür davon, daß sein Großonkel sehr schwach sei und wohl kaum mehr lange leben würde. Sir Tristram nahm diese Nachricht schweigend auf. Als ihm der Butler aus dem Kutschiermantel mit den vielen Schulterkragen half, erkundigte er sich jedoch mit unbewegter Stimme: »Ist Mr. Lavenham hier?«

»Im Dower House drüben, Sir«, erwiderte der Butler und übergab den Mantel und den hohen Biberhut einem Lakaien. Er bedeutete diesem Untergebenen mit einem strengen Kopfnicken, sich zu entfernen, und fügte mit einem leichten Hüsteln hinzu: »Seine Lordschaft ist etwas schwierig, Sir. Bisher hat Seine Lordschaft Mr. Lavenham noch nicht empfangen.«

Er schwieg und erwartete, daß sich Sir Tristram nach Mademoiselle de Vauban erkundigen würde. Sir Tristram verlangte jedoch nur, in sein Schlafzimmer geführt zu werden, damit er sich umkleiden konnte, bevor er bei seinem Großonkel vorgelassen würde.

Den Butler, dem ebenso wie jedermann sonst auf dem Herrensitz der Grund für die plötzliche Ankunft Sir Tristrams bekannt war, enttäuschte dieser Mangel an Interesse; er überlegte jedoch, daß Sir Tristram schließlich nie verraten hatte, was er dachte. Er ging ihm durch die Halle zu der Eichentreppe voran und oben dann neben ihm die Lange Galerie entlang, auf deren einer Seite die Porträts verstorbener Lavenhams hingen; auf der anderen gewährten hohe zweiteilige Fenster den Blick südwärts über den gepflegten Park bis zu den Downs. Die Stille des Hauses wurde durch das Rascheln eines Rocks und das hastige Schließen einer Tür am Ende der Galerie unterbrochen. Der Butler vermutete scharf, daß Mademoiselle de Vauban, neugieriger als Sir Tristram, in der Galerie gewartet hatte, um einen Blick auf den Gast zu erhaschen. Als der Butler die Tür eines der Gästezimmer öffnete, warf er Shield einen Blick zu und sagte: »Seine Lordschaft hat niemanden empfangen außer den Arzt — und den nur einmal; und natürlich Mamsell Eustacie.«

Dieses dunkle, herbe Gesicht verriet nichts. »So?« sagte Shield.

Dem Butler kam der Gedanke, daß Sir Tristram vielleicht nicht wußte, warum man ihn nach Sussex gerufen hatte. Falls das der Fall war, dann konnte man nicht wissen, wie er es aufnehmen würde. Er war kein leicht zu lenkender Mann, wie sein Großonkel schon früher mehr als einmal bemerkt hatte. Zehn zu eins gewettet würde es Schwierigkeiten geben.

Sir Tristrams Stimme unterbrach diese Überlegungen. »Schicken Sie mir meinen Kammerdiener herauf, Porson, und melden Sie Seiner Lordschaft, daß ich eingetroffen bin«, sagte er.

Der Butler verneigte sich und zog sich zurück. Sir Tristram ging zum Fenster und sah über die Gartenanlagen zu den Wäldern hinüber, die trotz der zunehmenden Dämmerung noch undeutlich zu sehen waren. In seinen Augen stand ein düsterer Ausdruck, und seine Lippen waren so fest zusammengepreßt, daß der Mund noch grimmiger als sonst erschien. Sir Tristram drehte sich nicht um, als sich die Tür öffnete und sein Kammerdiener eintrat, begleitet von einem Lakai, der den Mantelsack Shields trug, und einem zweiten mit zwei vergoldeten Armleuchtern, die er auf den Toilettentisch stellte. Das plötzliche Kerzenlicht ließ die Landschaft draußen noch dunkler erscheinen. Einen Augenblick später ging Shield vom Fenster zum Kamin, legte den Arm auf den hohen Sims und blickte auf die glimmenden Scheite hinunter. Der Lakai zog die Vorhänge zu und ging leise hinaus. Jupp, der Kammerdiener, begann auszupacken und legte eine Abendjacke und eine Kniehose aus maulbeerfarbenem Samt sowie eine Florentiner Weste auf das Bett. Sir Tristram rückte mit dem Fuß im Stulpenstiefel die Scheite auf dem Rost zurecht. Jupp blickte ihn von der Seite an und fragte sich, was wohl in der Luft liege, daß sein Herr so unzugänglich dreinsah. »Werden Sie das Haar pudern, Sir?« sagte er im Ton eines Vorschlags und stellte Streubüchse und Pomade auf den Toilettentisch.

»Nein.«

Jupp seufzte. Er hatte bereits erfahren, daß Mr. Lavenham in dem zum Herrenhaus gehörenden Witwensitz, dem Dower House, anwesend war. Sehr wahrscheinlich würde der Beau ins Herrenhaus heraufkommen, um seinen Vetter zu besuchen, und Jupp, der wußte, wie geschickt der Kammerdiener Mr. Lavenhams darin war, die Locken seines Herrn anzuordnen, hätte seinem Selbstgefühl zuliebe gern seinen Herrn entsprechend gelockt und gepudert zum Abendessen hinuntergeschickt. Er sagte jedoch nichts, sondern kniete nieder, um Sir Tristram die Stiefel auszuziehen.

Eine halbe Stunde später ging Shield, von Lord Lavenhams Kammerdiener geleitet, durch die Galerie zum Großen Zimmer und trat unangemeldet ein.

Der eichengetäfelte Raum mit seinen karmesinroten Vorhängen wurde von einem lodernden Feuer erwärmt und von nicht weniger als fünfzig Kerzen in vielarmigen Leuchtern erhellt. Am gegenüberliegenden Ende des Zimmers stand auf einer niedrigen Estrade ein riesiges Himmelbett. Darin lag, von Kissen gestützt, unter einer Decke aus prunkvollem Brokat, in einem exotischen Schlafanzug und mit Puderperücke — außer seinem Kammerdiener konnte sich niemand erinnern, ihn je ohne sie gesehen zu haben — der alte Sylvester, der Neunte Baron Lavenham.

Sir Tristram blieb, von der unerwarteten Lichtfülle geblendet, einen Augenblick auf der Schwelle stehen. Als seine Augen die Pracht und Farbe um sich herum aufgenommen hatten, milderte ein leicht sarkastisches Lächeln seinen grimmigen Ausdruck: »Ihr Sterbebett, Sir?«

Vom Himmelbett her kam ein dünnes Kichern. »Mein Sterbebett«, bestätigte Sylvester mit einem Zwinkern.

Sir Tristram ging zu der Estrade. Eine ausgezehrte Hand, an der ein großer Rubinring glühte, wurde ihm hingestreckt. Er hielt sie fest und blickte auf das pergamentfarbene Gesicht seines Großonkels mit der Adlernase,den blutleeren Lippen und den tiefliegenden glänzenden Augen hinunter. Sylvester war achtzig und lag im Sterben, trug aber noch immer seine Perücke und seine Schönheitspflästerchen und hielt in der linken Hand seine Schnupftabakdose und das spitzenbesetzte Taschentuch.

Sylvester erwiderte den ruhigen Blick seines Großneffen mit boshafter Genugtuung. »Ich wußte, daß du kommen würdest«, bemerkte er. Er entzog seine Hand dem leichten Griff Shields und deutete auf einen Stuhl, der auf die Estrade gestellt worden war. »Setz dich.« Er öffnete die Tabaksdose und tauchte Zeigefinger und Daumen hinein. »Wann habe ich dich das letztemal gesehen?« fragte er, während er den überflüssigen Tabak von der winzigen Prise abschüttelte und sie an das Nasenloch führte.

Sir Tristram setzte sich nieder, voll sichtbar in dem grellen Licht des Kerzenbündels auf einem Kandelaber. In dem goldenen Licht hob sich sein Profil in scharf umrissenem Relief von den karmesinroten Vorhängen des Bettes ab. »Ich glaube, es muß vor ungefähr zwei Jahren gewesen sein«, antwortete er.

Wieder kicherte Sylvester. »Eine liebevolle Familie, wir — nicht?« Er ließ die Dose zuschnappen und fuhr mit dem Taschentuch über seine Finger. »Dieser zweite Großneffe von mir ist auch da«, bemerkte er unvermittelt.

»Ich habe es gehört.«

»Ihn schon gesehen?«

»Nein.«

»Wirst du«, sagte Sylvester. »Ich nicht.«

»Warum nicht?« fragte Shield und sah ihn unter den schwarzen Brauen hervor an.

»Weil ich nicht will«, erwiderte Sylvester freimütig. »Der Beau Lavenham! Zu meiner Zeit war ich der Beau Lavenham, aber glaubst du, daß ich mich je mit einer grünen Jacke zu gelben Pantalons ausstaffiert hätte?«

»Kaum«, sagte Shield.

»Ein verdammt glattzüngiger Kerl!« sagte Sylvester. »Mochte ihn nie. Mochte auch seinen Vater nicht. Seine Mutter pflegte unter Krämpfen zu leiden. Sie litt auch an diesen Krämpfen — gleich serienweise! —, als sie wollte, daß ich ihr das Dower House überlasse.«

»Nun, sie bekam das Dower House«, sagte Shield trocken.

»Natürlich!« fuhr ihn Sylvester an und verfiel in das vergeßliche Schweigen sehr alter Menschen. Ein Holzscheit, das aus dem Kamin fiel, rief ihn wieder in die Gegenwart zurück. Er öffnete die Augen und sagte: »Habe ich dir gesagt, warum ich dich hierhaben wollte?«

Sir Tristram war aufgestanden und zum Kamin gegangen, um das rauchende Scheit zurückzuschieben. Er antwortete erst, als er das getan hatte, und sagte dann mit seiner kühlen, unbeteiligten Stimme: »Du hast mir geschrieben, daß du eine Heirat mit deiner Enkelin für mich arrangiert hast.«

Die durchdringenden Augen glitzerten. »Hat dir nicht sehr geschmeckt, he?«

»Nicht sehr«, gab Shield zu und kehrte auf die Estrade zurück.

»Es ist eine gute Partie«, bemerkte Sylvester. »Ich habe ihr den größten Teil des Besitzes vermacht, soweit er nicht Fideikommiß ist, und wie du weißt, ist sie Halbfranzösin — hat also Verständnis für solche Übereinkommen. Du kannst deine eigenen Wege gehen. Sie ist ganz anders als ihre Mutter.«

»Ich habe ihre Mutter nicht gekannt«, sagte Shield entmutigend.

»Sie war eine Närrin!« sagte Sylvester. »Hatte nicht geglaubt, daß das eine Tochter von mir sein konnte. Sie brannte mit einem windigen Franzosen durch: das sagt alles. Wie war doch gleich sein verdammter Name?«

»De Vauban.«

»Richtig. Vidame de Vauban. Ich habe vergessen, wann er gestorben ist. Marie starb vor drei Jahren, und ich fuhr nach Paris hinüber — ich glaube, ein Jahr später, aber mein Gedächtnis ist auch nicht mehr das, was es war.«

»Etwas mehr als ein Jahr später, Sir.«

»Vermutlich. Es war nach —« Er schwieg einen Augenblick und fügte dann herb hinzu: »— nach Ludovics Affäre. Ich war der Meinung, Frankreichs Boden werde allmählich zu heiß für eines meiner Enkelkinder, und recht hatte ich, bei Gott! Wie lange ist es her, daß sie den König zur Guillotine schickten? Vor etwas über einem Monat, eh? Merk dir, was ich sage, Tristram, bevor noch das Jahr herum ist, wird die Königin den gleichen Weg gehen! Ich bin froh, wenn ich daran denke, daß ich dann nicht mehr da bin, um es zu erleben. Reizend war sie, reizend! Aber du dürftest dich nicht mehr an sie erinnern. Vor zwanzig Jahren pflegten wir ihre Farbe zu tragen. Alles war ›Königinnenhaar‹: Seiden, Bänder, Schuhe . . . Und jetzt« — er verzog die Lippen zu einem höhnischen Lachen —, »jetzt habe ich einen Großneffen, der eine grüne Jacke zu gelben Pantalons und einen verdammt absurden Zuckerhut auf dem Kopf trägt!« Plötzlich hob er die schweren Lider und fügte hinzu: »Aber trotzdem ist der Junge mein Erbe!«

Sir Tristram erwiderte nichts auf diese Bemerkung, die ihm fast wie eine Herausforderung zugeworfen worden war. Sylvester nahm wieder eine Prise, und als er dann sprach, tat er es mit seinem leicht spöttischen Näseln. »Er würde Eustacie heiraten, wenn er könnte, aber sie mag ihn nicht.« Er schloß die Tabaksdose mit einer geschickten Bewegung des Fingers. »Kurz und gut, ich hatte Lust, sie mit dir verheiratet zu sehen, bevor ich sterbe, Tristram.«

»Warum?« fragte Shield.

»Weil sonst niemand da ist«, erwiderte Sylvester barsch. »Natürlich meine Schuld. Ich hätte für sie vorsorgen — sie nach London mitnehmen sollen. Aber ich bin alt und habe nie jemandem etwas zuliebe getan, außer mir selbst. Zu spät, jetzt darüber nachzudenken. Ich liege im Sterben, und verdammich, das junge Ding ist meine Enkelin! Ich will sie gut aufgehoben hinterlassen. Es ist an der Zeit, daß du ans Heiraten denkst.«

»Ich habe daran gedacht.«

Sylvester sah ihn scharf an. »Doch nicht verliebt — oder?«

Shields Gesicht wurde hart. »Nein.«

»Falls du noch immer eine verfluchte dumme Jugendliebe an dir herumnagen läßt, bist du ein Narr!« sagte Sylvester. »Ich habe vergessen, wie das damals eigentlich zugegangen ist, falls ich es je gewußt habe, aber es interessiert mich nicht. Die meisten Frauen treiben ein falsches Spiel, und ich habe noch nie eine kennengelernt, die im Grunde genommen keine Närrin ist. Ich biete dir eine Vernunftheirat.«

»Ist ihr das klar?« fragte Shield.

»Etwas anderes wäre ihr gar nicht klar«, erwiderte Sylvester. »Sie ist Französin.«

Sir Tristram stieg von der Estrade hinunter und ging zum Kamin hinüber. Sylvester beobachtete ihn schweigend. Nach einer Weile sagte Shield: »Es könnte vielleicht entsprechen.«

»Du bist der Letzte deines Namens«, erinnerte ihn Sylvester.

»Das weiß ich. Ich habe die Absicht, zu heiraten.«

»Niemanden im Auge?«

»Nein.«

»Dann wirst du Eustacie heiraten«, sagte Sylvester. »Läute!«

Sir Tristram gehorchte, sagte jedoch mit einem amüsierten Blick: »Dein letzter Wunsch, Sylvester?«

»Ich werde die Woche nicht überleben«, erwiderte Sylvester heiter. »Das Herz und ein tolles Leben, Tristram. Zieh bei meinem Begräbnis kein langes Gesicht! Achtzig Jahre sind genug für jeden Menschen, und zwanzig davon habe ich die Gicht gehabt.« Als sein Kammerdiener hereinkam, sagte er: »Schicke Er Mademoiselle zu mir.«

»Du nimmst viel für verbürgt, Sylvester«, bemerkte Sir Tristram, als der Kammerdiener gegangen war.

Sylvester hatte den Kopf in die Kissen zurückgelegt und die Augen geschlossen. In seiner Haltung lag eine Spur Erschöpfung, als er jedoch die Augen wieder öffnete, sahen sie sehr lebendig und mit verschmitzter Klugheit drein. »Du wärst nicht hergekommen, mein lieber Tristram, wenn du nicht bereits mit dir ins reine gekommen wärst.«

Sir Tristram lächelte etwas zögernd und widmete seine Aufmerksamkeit dem Feuer.

Es dauerte nicht lange, bis sich die Tür wieder öffnete. Sir Tristram wandte sich um, als Mademoiselle de Vauban eintrat, und sah sie unter zusammengezogenen Brauen an.

Sein erster Gedanke war, daß sie unverkennbar Französin war und durchaus nicht von dem Frauentyp, den er bewunderte. Sie hatte nach der neuesten Mode frisiertes glänzendes schwarzes Haar, und ihre Augen waren so dunkel, daß schwer zu erkennen war, ob sie braun oder schwarz waren. Sie war sehr klein, hatte aber eine äußerst gute Figur und eine vornehme Haltung. Sie blieb an der Tür stehen, erblickte Sir Tristram sofort und erwiderte sein Anstarren mit einem genauso prüfenden, aber viel nachdenklicheren Blick.

Sylvester ließ ihnen eine Weile Zeit, einander abzuschätzen, und sagte dann: »Komm her, mein Kind. Und du auch, Tristram.«

Die Promptheit, mit der seine Enkelin dieser Aufforderung gehorchte, deutete auf eine Gefügigkeit, welche der energische, um nicht zu sagen eigenwillige hübsche Mund Lügen strafte. Sie schritt graziös durch das Zimmer und knickste vor Sylvester, bevor sie auf die Estrade stieg. Sir Tristram ging langsamer zu dem Bett, und es entging Eustacie nicht, daß er sie anscheinend gründlich angesehen hatte. Seine Augen, noch immer düster und mit einem etwas finsteren Blick, ruhten jetzt auf Sylvester.

Sylvester streckte Eustacie die linke Hand hin. »Darf ich dir deinen Vetter Tristram vorstellen.«

»Ihr gehorsamster Cousin«, sagte Shield mit einer Verneigung.

»Es ist ein großes Glück für mich, meinen Vetter kennenzulernen«, sagte Eustacie mit steifer Höflichkeit und einem leichten, nicht ungefälligen französischen Akzent.

»Ich bin etwas müde«, sagte Sylvester. »Wenn ich es nicht wäre, würde ich euch Zeit lassen, einander besser kennenzulernen. Und doch — ich weiß nicht; vermutlich ist es ganz gut so, wie es ist«, fügte er zynisch hinzu. »Wenn du einen formellen Heiratsantrag bekommen möchtest, Eustacie, wird dir Tristram zweifellos einen machen — nach dem Abendessen.«

»Ich will keinen formellen Heiratsantrag«, erwiderte Mademoiselle de Vauban. »Das ist etwas ganz Unwesentliches für mich, aber ich heiße ›Östasii‹, was, *enfin*, ein sehr guter Name ist, und es heißt nicht ›Justejscha‹, was ich überhaupt nicht aussprechen kann, und was ich außergewöhnlich häßlich finde.«

Diese Rede, die mit fester Stimme und völlig selbstbewußt vorgebracht wurde, hatte die Wirkung, daß Sir Tristram einen weiteren prüfenden Blick auf die Dame warf. Mit einem leichten Lächeln sagte er: »Ich hoffe, es ist mir erlaubt, Sie mit ›Eustacie‹ anzusprechen, Base?«

»Sicher; es ist durchaus *convenable*«, erwiderte Eustacie und schenkte ihm ein strahlendes Lächeln.

»Sie ist achtzehn«, sagte Sylvester unvermittelt. »Wie alt bist du?«

»Einunddreißig«, antwortete Sir Tristram mit Entschiedenheit.

»Hm«, sagte Sylvester. »Ein ganz vortreffliches Alter.«

»Wofür?« fragte Eustacie.

»Zum Heiraten, Fräulein!«

Eustacie sah ihn nachdenklich an, brachte jedoch keine weitere Bemerkung vor.

»Ihr könnt jetzt zum Abendessen hinuntergehen«, sagte Sylvester. »Es tut mir leid, daß ich nicht imstande bin, euch Gesellschaft zu leisten, aber ich bin überzeugt, daß der *Nuits*, den euch Porson über meinen Auftrag servieren soll, euch helfen wird, ein eventuelles Gefühl der *gêne*, das euch immerhin überkommen könnte, zu überwinden.«

»Sie sind die Rücksicht in Person, Sir«, sagte Shield. »Gehen wir, Base?«

Eustacie, die anscheinend nicht an *gêne* litt, stimmte zu, knickste wieder vor ihrem Großvater und ging mit Sir Tristram ins Speisezimmer hinunter.

Der Butler hatte für sie an den entgegengesetzten Enden des langen Tisches gedeckt, eine Anordnung, der sich beide schweigend fügten, obwohl sie das Gespräch etwas mühsam machte. Das Abendessen, in großem Stil serviert, war gut zusammengestellt, gut zubereitet und dauerte lange. Sir Tristram bemerkte, daß seine zukünftige Frau über einen gesunden Appetit verfügte, und entdeckte schon nach fünf Minuten, daß sie es verstand, ein Gespräch von einer Natürlichkeit zu führen, die sich völlig von der Art Konversation unterschied, an die er in den Londoner Salons gewöhnt war. Er war darauf vorbereitet gewesen, sie von einer Situation verwirrt zu finden, die ihm persönlich als phantastisch erschien, und er war etwas erschrocken, als sie bemerkte: »Schade, daß Sie ein so dunkler Typ sind, weil ich im allgemeinen dunkle Männer nicht mag. Aber man muß sich eben daran gewöhnen.«

»Danke«, sagte Shield.

»Hätte mich Großpapa in Frankreich gelassen, dann hätte ich wahrscheinlich einen Herzog geheiratet«, sagte Eustacie. »Mein Onkel — der derzeitige Vidame de Vauban, verstehen Sie — hatte das wirklich vor.«

»Sehr wahrscheinlich wären Sie eher zur Guillotine gegangen«, erwiderte Sir Tristram deprimierend sachlich. »Ja, das ist wirklich wahr«, stimmte ihm Eustacie zu. »Wir pflegten uns darüber zu unterhalten, Kusine Henriette und ich. Wir hatten beschlossen, ganz tapfer zu sein, selbstverständlich nicht zu weinen, aber vielleicht so ein bißchen blaß zu sein, sozusagen stolz. Henriette wollte *en grande tenue* zur Guillotine gehen, aber das war nur, weil sie eine Hofrobe aus gelbem Satin besaß, von der sie annahm, sie stünde ihr viel besser, als das wirklich der Fall war. Was mich betrifft, so glaube ich, man sollte, wenn man sehr jung ist, zur Guillotine Weiß tragen und sonst nichts, außer vielleicht ein Taschentuch. Meinen Sie nicht auch?«

»Ich glaube nicht, daß es wichtig ist, was man auf seinem Weg zum

Schafott trägt«, erwiderte Sir Tristram ohne die geringste Würdigung des Bildes, bei dem seine Base mit so sichtlicher Bewunderung verweilte.

Sie sah ihn überrascht an. »Nein?! Aber bedenken Sie doch! Es täte Ihnen bestimmt leid, ein so junges Mädchen auf einem Schinderkarren, ganz in Weiß, blaß, aber wirklich völlig unerschrocken, das sich überhaupt nicht um die *canaille* kümmert, sondern —«

»Mir täte jedermann auf einem Schinderkarren leid, wie alt, welchen Geschlechts, in welchem Aufzug auch immer«, unterbrach sie Sir Tristram.

»Ein junges Mädchen täte Ihnen aber noch mehr leid — ganz allein, und vielleicht in Ketten«, sagte Eustacie überzeugt.

»Sie wären gar nicht ganz allein. In dem Schinderkarren wären sehr viele Leute mit Ihnen zusammen«, sagte Sir Tristram.

Eustacie beäugte ihn mißvergnügt. »In meinem Schinderkarren wären bestimmt nicht sehr viele andere Leute gewesen«, sagte sie.

Da Sir Tristram merkte, daß ein Streit über diesen Punkt fruchtlos wäre, zog er nur eine skeptische Miene und enthielt sich einer Antwort.

»Ein Franzose«, sagte Eustacie, »würde das sofort verstehen.«

»Ich bin kein Franzose«, sagte Sir Tristram.

»*Ça se voit!*« erwiderte Eustacie scharf.

Sir Tristram bediente sich von einer Platte Hammelkoteletts mit Gurken.

»Die Leute, die ich in England kennengelernt habe«, sagte Eustacie nach kurzem Schweigen, »halten es für sehr romantisch, daß ich vor dem Terror gerettet wurde.«

Ihr Tonfall legte nahe, daß auch er es für romantisch halten sollte; da er jedoch genau wußte, daß Sylvester kurz vor dem Beginn des Terrors nach Paris gereist war und seine Enkelin auf die denkbar reibungsloseste Weise gerettet hatte, erwiderte er nur: »Vermutlich.«

»Ich kannte eine Familie, die in einem Karren voller Rüben aus Paris geflohen ist«, sagte Eustacie. »Außerdem stachen die Soldaten mit ihren Bajonetten in die Rüben.«

»Hoffentlich haben sie nicht auch in die Familie hineingestochen?«

»Nein, aber es hätte leicht geschehen können. Es ist Ihnen überhaupt nicht klar, wie das jetzt in Paris ist. Man lebt in ständiger Angst. Es ist sogar gefährlich, auch nur aus dem Haus zu treten.«

»Es muß eine große Erleichterung für Sie sein, daß Sie sich jetzt in Sussex befinden.«

Sie sah ihn mit großen Augen an und sagte: »Ja — aber — mögen Sie Aufregendes nicht, *mon cousin?*«

»Ich mag Revolutionen nicht, wenn Sie das meinen sollten.«

Sie schüttelte den Kopf. »Ah nein, aber Romantik und — und Abenteuer!«

Er lächelte. »Als ich achtzehn war, vermutlich schon.«

Ein bedrückendes Schweigen entstand. »Grandpère sagt, daß Sie mir ein guter Ehemann sein werden«, sagte Eustacie kurz darauf.

Überrascht, erwiderte Shield steif: »Ich werde mich bemühen, es zu werden, Base.«

»Und ich vermute«, sagte Eustacie und inspizierte mutlos eine Schüssel Pflaumentorteletten, »daß er ganz recht hat. Sie sehen mir nach einem guten Ehemann aus.«

»Nein, wirklich?« sagte Sir Tristram, unerklärlicherweise von dieser Bemerkung verärgert. »Es tut mir leid, daß ich das Kompliment nicht erwidern und Ihnen sagen kann, daß Sie nach einer guten Ehefrau aussehen.«

Die sanfte Melancholie, die Eustacie überfallen hatte, verschwand. Sie lächelte mit entzückenden Grübchen und sagte: »Nein, wirklich nicht, oder? Aber meinen Sie, daß ich hübsch bin?«

»Sehr«, antwortete Shield in dämpfendem Ton.

»Ja, ich auch«, stimmte ihm Eustacie zu. »Ich glaube, in London wäre ich wahrscheinlich ein großer Erfolg geworden, weil ich nicht wie eine Engländerin aussehe, und ich habe bemerkt, daß die Engländer Ausländerinnen für sehr *épatantes* halten.«

»Unglücklicherweise«, sagte Sir Tristram, »wird London allmählich derart voll von französischen *emigrés*, daß ich zweifle, ob Sie sich in irgendeiner Hinsicht für bemerkenswert gehalten hätten.«

»Jetzt fällt es mir wieder ein«, sagte Eustacie, »Sie mögen ja Frauen nicht.«

Sir Tristram, der sich unbehaglich des Lakaien hinter seinem Stuhl bewußt war, warf einen Blick auf den leeren Teller seiner Kusine und stand auf. »Gehen wir in den Salon«, sagte er. »Das hier ist wohl kaum der Ort, so — äh — intime Angelegenheiten zu erörtern!«

Eustacie, für die Diener anscheinend nichts anderes als Möbelstücke waren, blickte sich verblüfft um, hatte jedoch nichts dagegen, den Tisch zu verlassen. Sie ging mit Sir Tristram in den Salon und sagte, kaum daß er die Tür geschlossen hatte: »Sagen Sie, tut es Ihnen sehr leid, daß Sie mich heiraten sollen?«

Verärgert antwortete er: »Meine liebe Base, ich weiß nicht, wer Ihnen erzählt hat, daß ich Frauen nicht mag, aber es ist eine krasse Übertreibung.« »Schön, aber tut es Ihnen leid!«

»Ich wäre nicht hier, wenn es mir leid täte.«

»Wirklich? Aber jeder Mensch muß doch tun, was *Grandpère* ihm sagt.«

»Nicht unbedingt jeder«, sagte Shield. »Sylvester weiß jedoch, daß —«

»Sie sollten Ihren Großonkel nicht Sylvester nennen!« unterbrach ihn Eustacie. »Das ist gar nicht respektvoll.«

»Mein gutes Kind, in den letzten vierzig Jahren hat ihn alle Welt Sylvester genannt!«

»Oh!« sagte Eustacie zweifelnd. Sie setzte sich auf ein blau-gold-gestreiftes Seidensofa, faltete die Hände und sah ihren Freier erwartungsvoll an.

Er fand diesen großen, unschuldigen Blick etwas verwirrend, sagte jedoch nach einem Augenblick mit einem Schimmer von Belustigung: »Dieser Situation, Base, haftet eine gewisse Peinlichkeit an, die zu überwinden ich leider anscheinend nicht geeignet bin. Sie müssen mir verzeihen, wenn es Ihnen so erscheint, als mangle es mir an Empfindsamkeit. Sylvester hat für uns eine Vernunftheirat arrangiert und uns keine Zeit zugestanden, einander auch nur im geringsten kennenzulernen, bevor wir zum Altar gehen.«

»In Frankreich«, erwiderte Eustacie, »kennt man seinen Verlobten auch nicht, weil es nicht erlaubt ist, mit ihm allein zu sprechen, bevor man verheiratet ist.«

Diese Bemerkung schien Sylvesters Versicherung zu bestätigen, seine Enkelin verstünde sein Arrangement. Sir Tristram sagte: »Es wäre albern, so zu tun, als könne einer von uns beiden für den anderen jene Leidenschaften empfinden, die man gewöhnlich bei Verlobten sucht, aber —«

»O ja, das wäre wirklich albern!« stimmte ihm Eustacie herzlich zu.

»Dennoch glaube ich«, fuhr Sir Tristram fort, »daß Ehen wie die unsere sich häufig zum Guten wenden. Sie haben mich beschuldigt, daß ich Frauenzimmer nicht mag, aber glauben Sie mir —«

»Ich kann sehr gut sehen, daß Sie Frauenzimmer nicht mögen«, unterbrach ihn Eustacie. »Ich frage mich, warum Sie eigentlich heiraten wollen.«

Er zögerte und antwortete dann schroff: »Vielleicht würde ich es nicht wollen, wenn ich einen Bruder hätte, aber ich bin der Letzte meines Namens und darf ihn nicht mit mir aussterben lassen. Ich werde mich glücklich schätzen, wenn Sie einwilligen, meine Frau zu werden, und ich verspreche, daß Sie, soweit es in meiner Macht liegt, keine Ursache haben sollen, es zu bedauern. Darf ich Sylvester mitteilen, daß wir übereingekommen sind, einander die Hand zu reichen?«

»*Qu'importe?* Es ist sein Befehl, und natürlich weiß er, daß wir heiraten werden. Glauben Sie, daß wir glücklich werden?«

»Ich hoffe es, Base.«

»Ja, aber ich muß Ihnen sagen, daß Sie überhaupt nicht die Sorte Mann sind, den ich zu heiraten gedachte. Es ist sehr entmutigend. Ich nahm an, in England sei es einem erlaubt, sich zu verlieben und einen Mann eigener Wahl zu heiraten. Jetzt sehe ich, daß es hier genauso wie in Frankreich ist.«

Er sagte mit einer Spur Mitleid: »Sie sind wirklich noch sehr jung für eine Ehe, aber wenn Sylvester stirbt, werden Sie allein sein, und Ihre Lage wäre keineswegs angenehm.«

»Das ist sehr wahr«, sagte Eustacie mit einem Kopfnicken. »Ich habe es mir gut überlegt und vermute, sie wird nicht so sehr schlimm werden, unsere Ehe, wenn ich ein Haus in London haben kann, und vielleicht einen Liebhaber.«

»Und vielleicht — was?!« fragte Shield mit einer Stimme, die sie zusammenzucken ließ.

»Nun, in Frankreich ist das ganz *comme il faut* — ja, sogar *à la mode* —, einen Liebhaber zu haben, wenn man verheiratet ist«, erklärte sie, nicht im geringsten aus der Fassung gebracht.

»In England«, sagte Sir Tristram, »ist das weder *comme il faut* noch *à la mode.*«

»*Vraiment?* Ich weiß noch nicht, was in England Sitte ist, aber wenn Sie mir versichern, daß es nicht *à la mode* ist, werde ich natürlich keinen Liebhaber haben. Kann ich ein Haus in London bekommen?«

»Ich glaube nicht, daß Sie wissen, wovon Sie reden«, sagte Sir Tristram erleichtert. »Mein Heim liegt in Berkshire, und ich hoffe, Sie werden es allmählich so lieb gewinnen, wie ich es habe, aber wenn Ihr Herz daran hängt, kann ich in London ein Haus für die Saison mieten.«

Eustacie wollte ihn eben davon unterrichten, daß ihr Herz unwiderruflich daran hing, als der Butler die Tür öffnete und die Ankunft Mr. Lavenhams meldete. Eustacie unterbrach sich mitten im Satz und flüsterte: »Nun, jedenfalls wäre ich viel lieber mit Ihnen als mit ihm verheiratet!«

Ihr Ausdruck verführte Sir Tristram nicht dazu, diesem edelmütigen Zugeständnis allzuviel Gewicht beizumessen. Er sah sie tadelnd an und ging seinem Vetter zur Begrüßung entgegen.

Der Beau Lavenham, zwei Jahre jünger als Shield, sah ihm nicht im geringsten ähnlich. Sir Tristram war ein großer, magerer Mann, sehr dunkel, mit herben Gesichtszügen und keineswegs geziertem Benehmen; der Beau war nur mittelgroß, eher schmächtig als mager, hatte einen hellen Teint, zart gemeißelte Züge und verfügte über sehr viele gesellschaftliche Tugenden. Es gab nichts Köstlicheres als die Anordnung seiner gepuderten Locken oder den Schnitt seiner braungefleckten Seidenjacke und Kniehose. Er trug eine gold- und silbergestickte Weste und Strümpfe von blassestem Rosa, einen Edelstein in den schneeweißen Falten seiner Krawatte, Bandrosetten am Knie und Ringe an den schlanken weißen Fingern. In einer Hand trug er die Schnupftabakdose und ein parfümiertes Taschentuch; in der anderen hielt er ein verziertes Einglas, dessen Griff an einem Band befestigt war, das er um den Hals trug. Durch dieses Glas betrachtete er nun seine beiden Geschwisterkinder mit einem einschmeichelnden Lächeln, aber durchaus ungeniert. »Ah, Tristram!« sagte er mit einer sanften, schleppenden Stimme, ließ sein Einglas fallen und streckte die Hand aus. »Wie geht's, mein guter Junge?«

Sir Tristram drückte ihm die Hand. »Und wie geht's dir, Basil? Es ist einige Zeit her, seit wir uns das letztemal trafen.«

Der Beau machte eine mißbilligende Geste. »Aber, mein lieber Tristram, wenn du dich unbedingt in Berkshire vergraben willst, was soll man da machen? Eustacie —!« Er ging auf sie zu und beugte sich mit unvergleichlicher Anmut über ihre Hand. »So hast du also Tristram kennengelernt?«

»Ja«, sagte Eustacie. »Wir sind verlobt.«

Der Beau hob lächelnd die Brauen. »*O lala!* So schnell? Hat da Sylvester den Marsch dazu geblasen? Nun, ihr seid ja beide sehr gehorsam; aber seid ihr auch ganz, ganz sicher, daß ihr gut miteinander auskommen werdet?«

»Oh, das hoffe ich!« erwiderte Sir Tristram betont munter.

»Wenn du dazu entschlossen bist — und ich muß dich warnen, Eustacie, er ist der denkbar entschlossenste Bursche —, muß auch ich es hoffen. Aber ich habe es eigentlich von keinem von euch beiden erwartet, wirklich ganz so gehorsam zu sein. Sylvester ist erstaunlich — ganz erstaunlich! Es ist nicht zu glauben, daß er wirklich im Sterben liegt. Eine Welt ohne Sylvester! Das ist doch einfach unmöglich!«

»Es wird tatsächlich seltsam erscheinen«, sagte Shield ruhig.

Eustacie sah den Beau geringschätzig an. »Und mir wird es seltsam erscheinen, wenn Sie Lord Lavenham sein werden — sehr seltsam!«

Einen Augenblick herrschte Schweigen. Der Beau sah Sir Tristram an und sagte dann: »Ah ja, aber sehen Sie, ich werde gar nicht Lord Lavenham sein. Mein lieber Tristram, versuche doch bitte diesen meinen Schnupftabak und sage mir deine Meinung über ihn. Ich habe meiner alten Mischung gerade nur eine Spur Makuba hinzugefügt; nun — habe ich recht daran getan?«

»Ich bin nicht der geeignete Richter«, sagte Shield und bediente sich mit einer Prise. »Anscheinend recht gut.« Eustacie runzelte die Stirn. »Aber ich verstehe nicht — wieso werden Sie nicht Lord Lavenham sein?«

Der Beau wandte sich ihr höflich zu. »Nun, Eustacie, ich bin ja nicht Sylvesters Enkel, sondern nur sein Großneffe.«

»Aber wenn kein Enkel vorhanden ist, dann müssen doch bestimmt Sie der Erbe sein?«

»Stimmt, aber es gibt einen Enkel, liebe Kusine. Wußten Sie das nicht?«

»Sicher weiß ich, daß es Ludovic gab, aber der ist doch schließlich tot.«

»Wer hat Ihnen gesagt, daß Ludovic tot sei?« fragte Shield und sah sie unter zusammengezogenen Brauen an.

Sie breitete die Hände aus. »Aber Grandpère, natürlich! Und ich wollte schon oft erfahren, was er eigentlich getan hat, das so schlecht war, daß niemand von ihm sprechen durfte. Es ist ein Geheimnis, und ich glaube, sehr romantisch.«

»Es gibt kein Geheimnis daran«, sagte Shield, »und es ist auch nicht im geringsten romantisch. Ludovic war ein wilder junger Mann, der eine Reihe von Torheiten mit Mord krönte und daher aus dem Land fliehen mußte.«

»Mord!« rief Eustacie aus. »*Voyons,* meinen Sie damit, daß er jemanden im Duell tötete?«

»Nein. Nicht in einem Duell.«

»Aber Tristram«, sagte der Beau sanft, »du darfst nicht vergessen, daß es nie bewiesen wurde, ob Ludovic derjenige war, der Matthew Plunkett erschoß. Ich meinerseits hielt es damals nicht für möglich, und ich tue es auch heute noch nicht.«

»Sehr schön von dir, aber die Umstände waren zu belastend«, erwiderte Shield. »Erinnere dich, daß ich persönlich den Schuß hörte, der Plunkett getötet haben muß, keine zehn Minuten, nachdem ich mich von Ludovic getrennt hatte.«

»Ich aber«, sagte der Beau und polierte träge sein Einglas, »ziehe es vor, Ludovics eigene Version zu glauben: daß es eine Eule war, auf die er schoß.«

»Schoß — und sie verfehlte!« sagte Shield. »Dennoch habe ich zugesehen, wie Ludovic auf zwanzig Meter Entfernung die Augen aus einer Spielkarte herausschoß.«

»Oh, zugegeben, Tristram, zugegeben, aber in jener bewußten Nacht war Ludovic, wie ich glaube, nicht ganz nüchtern, oder?«

Eustacie schlug ungeduldig die Hände zusammen. »Aber so sage mir doch einer von euch, was hat er wirklich getan, mein Vetter Ludovic?«

Der Beau schüttelte die Spitzenmanschette von seiner Hand zurück und tauchte Finger und Daumen in seine Schnupftabakdose. »Na, Tristram«, sagte er mit seinem glitzernden Lächeln, »du weißt mehr darüber als ich. Wirst du es ihr erzählen?«

»Es ist keine erbauliche Geschichte«, sagte Shield. »Warum wollen Sie sie hören?«

»Weil ich glaube, daß vielleicht mein Vetter Ludovic die romantischste Person dieser ganzen Familie ist«, erwiderte Eustacie.

»Oh, romantisch!« sagte Sir Tristram und wandte sich achselzuckend ab.

Der Beau ließ seine Tabaksdose zuschnappen. »Romantisch?« sagte er nachdenklich. »Nein, ich glaube nicht, daß Ludovic romantisch war. Ein bißchen ungestüm, vielleicht. Er war ein Spieler — daher ja die Katastrophen, die ihm zustießen. Eines Nachts verlor er im Cocoa-Tree eine sehr hohe Summe an einen Mann, der auf dem Stechginster-Gut lebte, keine zwei Meilen von hier.«

»Auf dem Stechginster-Gut wohnt niemand«, unterbrach ihn Eustacie.

»Heute nicht mehr«, stimmte ihr der Beau zu. »Vor drei Jahren wohnte Sir Matthew Plunkett dort. Aber Sir Matthew wurde — vor drei Jahren — im Longshaw-Wäldchen erschossen, und seine Witwe zog aus der Gegend fort.«

»Hat ihn mein Vetter Ludovic erschossen?«

»Das, meine liebe Eustacie, ist Ansichtssache. Von Tristram werden Sie die eine und von mir eine andere Antwort erhalten.«

»Aber warum hat er ihn erschossen?« fragte sie. »Doch nicht, weil er Geld an ihn verloren hatte! Das ist doch schließlich keine so große Sache — falls er nicht vielleicht ganz zugrunde gerichtet war?«

»Oh, keineswegs! Er verlor jedoch wirklich eine hohe Summe an ihn, und da Sir Matthew eine Persönlichkeit von — sagen wir mittelmäßiger Erziehung war, benahm er sich schlecht genug, ein Sicherheitspfand zu verlangen, bevor er weiterspielen wollte. Man sollte natürlich nie mit Pöbel spielen, aber der arme liebe Ludovic war ja immer so starrköpfig. Bei dem Spiel handelte es sich um Piquet, und beide waren betrunken. Ludovic zog einen gewissen Ring vom Finger und gab ihn Sir Matthew als Pfand — das natürlich eingelöst werden sollte. Es war ein uralter Talismanring, der durch die Mutter an Ludovic gekommen war, die Letzte eines viel älteren Hauses als des unseren.«

Eustacie unterbrach ihn: »Bitte, ich weiß nicht, was ein Talismanring ist.«

»Nur ein Goldring mit eingravierten Figuren. Ludovics Ring war, wie ich schon sagte, uralt. Die Zeichen auf ihm hielt man für magisch. Er sollte ihn nach altem Glauben vor jedem Schaden bewahren. Aber noch wichtiger — es war ein Erbstück. Ich kenne seinen genauen Wert nicht. Tristram, du bist ein Kenner solcher Dinge — Sie müssen ihn dazu bewegen, Eustacie, daß er Ihnen seine Sammlung zeigt —, wie hoch war der Wert des Ringes?«

»Ich weiß nicht«, antwortete Shield kurz. »Er war sehr alt — vielleicht unbezahlbar.«

»Ein so ungestümes Geschöpf, dieser arme Ludovic!« seufzte der Beau. »Ich glaube, er war nicht aufzuhalten — oder, Tristram?«

»Nein.«

Eustacie wandte sich an Shield. »Und Sie waren also dabei?«

»Ja, ich war dabei.«

»Aber niemand, nicht einmal Tristram, vermochte Ludovic zu bändigen, wenn er in einer seiner übermütigen Stimmungen war«, erklärte ihr der Beau. »Er verpfändete den Ring und verlor weiter. Sir Matthew verließ den Cocoa-Tree mit einem, wie man nicht umhin kann zu empfinden, bedauerlichen Mangel an Geschmack — mit dem Ring an seinem Finger ... Um ihn einzulösen, war Ludovic gezwungen, zu den Juden zu gehen — äh, das heißt, zu Geldverleihern, meine Liebe!«

»Das war nichts Neues«, sagte Shield. »Ludovic war in den Händen der Juden, seit er von Oxford abging — und auch vorher schon.«

»Wie so viele von uns«, murmelte der Beau.

»Und hat er das Geld von den Juden bekommen?« fragte Eustacie.

»O ja«, erwiderte der Beau, »aber die Sache war nicht so leicht in Ordnung zu bringen. Als Ludovic bei Plunkett vorsprach, um den Ring einzulösen, tat unser einfallsreicher Freund so, als sei der Handel völlig mißverstanden worden, und er habe in Wirklichkeit eine Guinee gegen den Ring gesetzt und ihn richtiggehend gewonnen. Er wollte ihn nicht hergeben, und es fand sich auch niemand außer Tristram, der nüchtern genug gewesen war, sich für die Wahrheit von Ludovics Version der Affäre zu verbürgen.«

Eustacies Augen blitzten. »Es überrascht mich gar nicht, daß Ludovic diese *canaille* tötete! Es war ein ehrloser Kerl!«

Der Beau spielte mit seinem Einglas. »Meine liebe Eustacie, Leute, die Raritäten sammeln, gehen meiner Meinung nach unerhört weit, um die Beute zu erlangen, nach der sie trachten.«

»Aber Sie!« sagte Eustacie und sah Sir Tristram wütend an. »Ihnen war die Wahrheit bekannt!«

»Leider Gottes«, erwiderte Sir Tristram, »wartete Plunkett meinen Schiedsspruch nicht ab. Er zog sich aufs Land zurück — nämlich auf das Stechginster-Gut — und weigerte sich unklugerweise, Ludovic zu empfangen.«

»Wußte Grandpère von alledem?« fragte Eustacie.

»Himmel, nein«, sagte der Beau. »Sylvester und Ludovic standen selten auf freundschaftlichem Fuß. Und dann war da die Kleinigkeit mit Ludovics Schulden bei den Juden. Man kann es Ludovic kaum verübeln, daß er Sylvester nicht ins Vertrauen zog. Aber Ludovic kam in dieses Haus hier zurück und brachte Tristram mit, in der Absicht, Plunkett den einzigen — äh — verläßlichen Zeugen der Sache gegenüberzustellen. Plunkett war jedoch eigenartig ausweichend — aber das ist ja verständlich. Wenn Ludovic im Stechginster-Gut vorsprach, war er nie daheim. Man muß zugeben, daß Ludovic nicht gerade der Mann war, eine solche Behandlung geduldig hinzunehmen. Und außerdem trank er zu jener Zeit ziemlich viel. Als er entdeckte, daß Plunkett gerade an dem Tag, als man sich im Stechginster-Gut zum drittenmal weigerte, ihn zu empfangen, in einem Haus in Slaugham zu Abend aß, faßte er den Plan, Plunkett auf dessen Heimweg aufzulauern und ihn zu zwingen, Wechsel im Tausch gegen den Ring anzunehmen. Nur Tristram erriet, was Ludovic vorhatte, als er bemerkte, daß Ludovic das Haus verlassen hatte. Er ging ihm nach.«

»Der Junge war fast volltrunken!« warf Sir Tristram über die Schulter ein.

»Ich zweifle nicht daran, daß er in einer sehr gefährlichen Stimmung war«, sagte der Beau zustimmend. »Es war für mich immer eine Quelle der Verwunderung, wie du ihn überredet hast, sein Vorhaben aufzugeben und heimzukehren.«

»Ich versprach, Plunkett an Ludovics Statt aufzusuchen«, erwiderte Shield. »Narr, der ich war, ließ ich ihn den Weg durch das Wäldchen einschlagen.«

»Mein lieber Junge, es konnte kein Mensch von dir erwarten, daß du voraussiehst, Plunkett würde auf diesem Weg heimkehren«, sagte der Beau sanft.

»Im Gegenteil, wenn er von Slaugham kam, war es für ihn der natürlichste Weg«, erwiderte Shield. »Und wir wußten, daß er zu Pferd war und nicht im Wagen fuhr.«

»Und was geschah?« hauchte Eustacie.

Es war Shield, der ihr antwortete. »Ludovic ritt durch das Longshaw-Wäldchen zurück, während ich zum Stechginster-Gut ritt. Keine zehn Minuten, nachdem wir uns getrennt hatten, hörte ich in der Ferne einen Schuß. Damals dachte ich mir nichts dabei — es hätte ein Wilddieb sein können. Am nächsten Morgen entdeckte man Plunketts Leiche im Wäldchen, mit einem Herzschuß. Neben ihm lag ein verknittertes Taschentuch Ludovics.«

»Und der Ring?« fragte Eustacie schnell.

»Der Ring war weg«, sagte Shield. »In Plunketts Taschen war Geld und eine Diamantnadel in seiner Krawatte, aber vom Talismanring keine Spur.«

»Und seither ist der Ring nie wieder gesehen worden«, fügte der Beau hinzu.

»Jedenfalls nicht von uns!« sagte Sir Tristram.

»Ja, ja, ich weiß, du glaubst, daß Ludovic ihn hat«, sagte der Beau, »aber Ludovic schwor, daß er an jenem Abend Plunkett nicht traf, und ich jedenfalls glaube nicht, daß Ludovic gelogen hat. Er gab offen zu, daß er eine Pistole in der Tasche trug, er gestand sogar, daß er mit ihr geschossen hatte, auf eine Eule.«

»Warum hätte er diesen Plunkett nicht erschießen sollen?« fragte Eustacie. »Der verdiente es doch, erschossen zu werden! Ich bin sehr froh, daß er erschossen wurde.«

»Möglich«, sagte Sir Tristram in seinem trockensten Ton, »aber in England ist, wie immer das in Frankreich sein mag, Mord ein Kapitalverbrechen.«

»Aber sie haben ihn doch nicht gehängt, nur weil er so einen Kerl wie diesen Plunkett erschossen hat?« fragte Eustacie entsetzt.

»Nein, weil wir ihn außer Landes brachten, bevor er verhaftet werden konnte«, antwortete Shield.

Der Beau hob die Hand. »Sylvester und du, ihr habt ihn außer Landes gebracht«, berichtigte er. »Ich hatte dabei nicht die Hand im Spiel, bitte sehr.«

»Wäre er hiergeblieben, um sich dem Prozeß zu stellen, dann hätte ihm nichts den Kopf retten können.«

»Hier bin ich anderer Meinung, wenn du gestattest, mein lieber Tristram«, sagte der Beau ruhig. »Hätte man zugelassen, daß er sich seinem Prozeß stellt, dann wäre die Wahrheit vielleicht eher herausgefunden worden. Als du — und natürlich Sylvester — ihn außer Landes brachtet, habt ihr ihn als einen geständigen Mörder erscheinen lassen.«

Sir Tristram blieb die Notwendigkeit einer Antwort erspart, da der Kammerdiener Sylvesters eintrat, um Tristram wieder zu seinem Großonkel zu holen. Er ging sofort, ein Umstand, der den Beau, als sich die Tür hinter ihm geschlossen hatte, zu der gemurmelten Bemerkung veranlaßte: »Es ist wirklich höchst befriedigend, Tristram so gefällig zu erleben.«

Eustacie beachtete das nicht, sondern sagte: »Wo ist mein Vetter Ludovic jetzt?«

»Das weiß niemand, meine Liebe. Er ist verschwunden.«

»Und ihr tut nichts, um ihm zu helfen, keiner von euch!« sagte sie empört.

»Nun, liebe Kusine, das ist ein bißchen schwer, nicht?« erwiderte der Beau. »Nach jener wohlmeinenden, aber fatalen Einmischung — was hätte man tun können?«

»Ich glaube«, sagte Eustacie mit umwölkter Stirn, »daß Tristram meinen Vetter Ludovic nicht mochte.«

Der Beau lachte. »Wie klug von Ihnen, meine Liebe!«

Sie sah ihn an. »Was haben Sie damit gemeint, als Sie sagten, er müsse mir seine Sammlung zeigen?« fragte sie rundheraus.

Er hob die Brauen in übertriebener Überraschung. »Aber was sollte ich denn damit meinen? Bloß, daß er eine ziemlich bemerkenswerte Sammlung besitzt. Ich bin kein Kenner, aber ich habe mitunter das Gefühl, daß ich selbst die Sammlung gern sehen möchte.«

»Er zeigt sie Ihnen also nicht?«

»Oh, aber mit der allergrößten Zuvorkommenheit!« sagte der Beau lächelnd. »Nur muß man bedenken, daß Sammler einem nicht immer wirklich alle ihre Schätze zeigen.«

2

Sir Tristram, der wieder am Bett Sylvesters stand, war etwas entsetzt, als er bereits eine Veränderung an ihm bemerkte. Sylvester wurde zwar noch immer von einigen Kissen gestützt, und er trug noch immer seine Perücke, schien jedoch plötzlich gebrechlicher geworden und ferner gerückt zu sein. Nur seine Augen waren sehr lebendig und standen erschreckend dunkel in seinem wächsernen Gesicht.

Sir Tristram sagte mit seiner tiefen Stimme: »Es tut mir leid, Sir, ich glaube, mein Besuch hat Sie zu sehr erschöpft.«

»Danke, aber ich kann am besten selbst beurteilen, was mich erschöpft«, erwiderte Sylvester. »Ich gebe zu, es wird nicht mehr sehr lange mit mir dauern, aber bei Gott, ich werde es lange genug aushalten, um meine Angelegenheiten zu ordnen! Wirst du die Kleine heiraten?«

»Ja, ich werde sie heiraten«, sagte Shield. »Bist du zufrieden?«

»Ich habe es mir in den Kopf gesetzt, den Knoten fest geknüpft zu sehen«, sagte Sylvester. »Zum Glück ist sie keine Papistin. Was hältst du von ihr?«

Sir Tristram zögerte. »Ich kann es kaum sagen. Sie ist sehr jung.«

»Um so besser, wenn ihr Gatte sie noch formen kann.«

»Vielleicht hast du recht, aber ich wollte, du hättest die Sache früher zur Sprache gebracht.«

»Ich habe immer recht. Was hättest du denn gern getan? Herkommen und um sie werben?« höhnte Sylvester. »Das arme Mädchen!«

»Du zwingst sie zu einer Heirat, die sie leicht bedauern könnte. Sie ist romantisch.«

»Dummes Zeug!« sagte Sylvester. »Das sind die meisten Frauenzimmer, aber mit der Zeit kommen sie darüber hinweg. Ist dieser verdammte Zieraffe unten?«

»Ja«, sagte Shield.

»Er wird dich in den Schatten stellen, wenn er kann«, sagte Sylvester warnend.

Sir Tristram sah verächtlich drein. »Nun, wenn du erwartest, daß ich mit ihm in Wettbewerb trete, wirst du dich täuschen.«

»Ich erwarte von jedem meiner Familie nichts als Torheit!« fuhr ihn Sylvester an.

Sir Tristram nahm ein Riechfläschchen vom Nachttisch und hielt es seinem Großonkel unter die Nase. »Du ermüdest dich.«

»Hol dich der Teufel!« sagte Sylvester schwach. Er hob mit sichtlicher Anstrengung die Hand, nahm das Fläschchen, lag eine Zeitlang schweigend da und atmete die aromatischen Dämpfe ein. Nach ein, zwei Minuten zuckten seine Lippen in einem verzerrten Lächeln, und er murmelte: »Ich würde viel dafür geben, wenn ich euch drei beisammen gesehen hätte. Worüber habt ihr gesprochen?«

»Über Ludovic«, erwiderte Shield mit einer gewissen kühlen Überlegung.

Sylvester ballte plötzlich die Faust; das Lächeln verschwand. Er sagte, und es war kaum lauter als ein Flüstern: »Ich dachte, du wüßtest, daß sein Name in diesem Haus nie erwähnt werden darf! Hältst du mich bereits für tot, daß du es wagst?«

»Auch auf deinem Sterbebett beweise ich dir keine größere Ehrfurcht als sonst«, sagte Shield.

Sylvesters Augen blitzten einen Augenblick auf, aber seine plötzliche Wut löste sich in einem Kichern auf. »Du bist ein unverschämter Hund, Tristram. Hast du dich je um etwas gekümmert, das ich sagte?«

»Sehr selten«, sagte Shield.

»Stimmt durchaus«, sagte Sylvester beifällig. »Verdammich, deshalb konnte ich dich ja immer gut leiden! Was habt ihr über den Jungen gesprochen?«

»Eustacie wollte die Geschichte hören. Anscheinend hast du ihr erzählt, er sei tot.«

»Für mich ist er tot«, sagte Sylvester barsch. »Wozu wäre es schon gut, wenn sie einen Helden aus ihm machte? Verlaß dich darauf, das hätte sie getan. Hast du es ihr erzählt?«

»Basil erzählte es ihr.«

»Du hättest ihn daran hindern sollen.« Sylvester lag stirnrunzelnd seine Finger zupften leicht an der prunkvollen Decke. »Basil glaubte, was der Junge erzählte«, sagte er unvermittelt.

»Mir war nie klar, warum eigentlich.«

Sylvester warf ihm blitzschnell einen Blick zu. »Du aber nicht — wie?«

»Hat das je einer von uns getan, mit Ausnahme Basils?«

»Er sagte, wir hätten es zulassen sollen, daß er sich seinem Prozeß stellt. Ich weiß nicht — ich weiß nicht ...«

»Er hatte nicht recht. Wir taten für Ludovic, was wir nur konnten, als wir ihn nach Frankreich einschifften. Warum quälst du dich jetzt damit?«

»Du hast Ludovic nie gemocht, oder?«

»Du brauchst nur noch hinzuzufügen, daß ich so etwas wie ein Sammler antiken Schmucks bin, Sylvester, und wirst damit so ziemlich das gesagt haben, was Basil unten, bei weitem eleganter, formulierte.«

»Sei kein Narr!« sagte Sylvester gereizt. »Ich habe dir gesagt, daß er alles nur mögliche täte, um deine Aussichten zu verderben. Schmeiß ihn hinaus!«

»Da wirst du mich entschuldigen müssen. Es ist nicht mein Haus.«

»Nein, aber bei Gott, auch das seine nicht!« sagte Sylvester, von einem Wutanfall geschüttelt. »Wenn ich sterbe, wird der Nachlaß unter Vormundschaft stehen. Und ihn habe ich nicht zu einem der Treuhänder ernannt.«

»Dann hast du ihm eine Ungerechtigkeit angetan. Wer sind deine Treuhänder?«

»Mein Anwalt Pickering und du«, antwortete Sylvester.

»Guter Gott, was hat dich dazu bewogen, mich zu ernennen?« sagte Shield. »Ich habe nicht den leisesten Wunsch, deine Angelegenheiten zu verwalten!«

»Dir traue ich, ihm aber nicht«, sagte Sylvester. »Außerdem«, fügte er mit einem Funken Bosheit hinzu, »habe ich Lust, dich in meinem Geschirr laufen zu lassen, selbst wenn ich es nur tun kann, indem ich sterbe. Gieße mir etwas von dem Herzstärkungsmittel dort ein.«

Sir Tristram gehorchte seinem Befehl und hielt Sylvester das Glas an die Lippen. Launischerweise beliebte es Sylvester, es selbst zu halten, aber es war zu sehen, daß selbst diese geringe Anstrengung eine fast zu große Belastung für seine Kraft war.

»Schwach wie eine Katze«, sagte er klagend und ließ Shield das Glas wieder nehmen. »Geh lieber wieder hinunter, bevor dieser Kerl Zeit gehabt hat, Eustacies Gemüt zu vergiften. Ich will, daß ihr in diesem Zimmer heiratet, sobald ich den Pastor herbekommen kann. Schick mir Jarvis herein; ich bin müde.«

Als Sir Tristram wieder in den Salon kam, war der Teetisch hereingebracht worden. Beau Lavenham erkundigte sich nach seinem Großonkel, und als Sir Tristram sagte, er habe ihn viel schwächer vorgefunden, zuckte er leicht die Schulter und sagte: »Ich glaube erst, daß Sylvester tot ist, wenn ich ihn in seinem Sarg sehe. Du hast hoffentlich nicht vergessen, ihm zu erzählen, daß ich pflichtgetreu anwesend bin?«

»Er weiß, daß du hier bist«, sagte Shield, als er die Tasse von Eustacie entgegennahm, »aber ich bezweifle, daß er genügend Kraft hat, heute abend noch weitere Besucher zu empfangen.«

»Mein lieber Tristram, versuchst du, taktvoll zu sein?« fragte der Beau amüsiert. »Ich bin völlig überzeugt, daß Sylvester sagte, er wolle verdammt sein, wenn er diesen windigen Kerl Basil sehen wolle.«

Shield lächelte. »So ähnlich. Du solltest eben keinen spitzen Hut tragen.«

»Nein, nein, es kann nicht mein Geschmack in der Kleidung sein, weswegen er eine derartige Abneigung gegen mich hat, denn der ist fast unfehlbar«, sagte der Beau und glättete liebevoll eine Falte an seinem Satinärmel. »Es kann nur daher kommen, daß ich nach dem armen Ludovic der nächste in der Erbfolge bin, und das ist ja wirklich nicht meine Schuld.«

»Nach menschlichem Ermessen bist du vielleicht gar nicht der nächste«, sagte Tristram. »Ludovic kann jetzt schon verheiratet sein.«

»Sehr richtig«, stimmte ihm der Beau zu und schlürfte seinen Tee. »Und in gewisser Beziehung könnte vielleicht ein Sohn Ludovics die vielumstrittene Frage, wer an Sylvesters Statt regiert, am besten lösen.«

»Der Nachlaß ist in Treuhandverwaltung.«

»Deinem düsteren Ausdruck nach zu schließen, Tristram, bist wohl du einer der Treuhänder«, bemerkte der Beau: »Stimmt's?«

»Ja, du hast recht. Pickering ist mir beigegeben. Ich habe Sylvester gesagt, er hätte dich ernennen sollen.«

»Du bist zu bescheiden, mein lieber Junge. Er hätte keine bessere Wahl treffen können.«

»Ich bin nicht zu bescheiden«, erwiderte Shield. »Ich mag nur die Last des Nachlasses eines anderen Menschen nicht, das ist alles.«

Der Beau lachte, stellte die Teetasse hin und wandte sich an Eustacie.

»Es ist mir eingefallen, daß ich hier bloß die Rolle eines Anstandswauwaus zweier Verlobter spiele«, sagte er. »Ich habe jedoch nicht das Gefühl, daß ich für eine solche Rolle geschaffen bin, daher gehe ich jetzt. Liebe Kusine —« Er hob ihre Hand an die Lippen. »Tristram, meine Glückwünsche. Sollten wir uns nicht mehr vorher treffen, dann bestimmt bei Sylvesters Begräbnis.«

Nachdem er gegangen war, herrschte kurzes Schweigen. Sir Tristram schneuzte eine tropfende Kerze und blickte auf Eustacie hinunter, die still und nachdenklich am Kamin saß. Als hätte sie seinen Blick gespürt, hob sie die Augen und sah ihn in der eindringlichen, nachdenklich abwägenden Art an, die ihr so besonders eigen war.

»Sylvester will uns verheiratet sehen, bevor er stirbt«, sagte Shield. »Basil glaubt nicht, daß er stirbt.«

»Ich glaube, er ist näher daran, als wir ahnen. Was hat der Arzt gesagt?«

»Er sagte, Sylvester sei sehr unreligiös und insgesamt unerträglich«, zitierte Eustacie wörtlich.

Sir Tristram lachte und überraschte damit seine Base, die sich nicht hatte vorstellen können, daß sich sein Gesicht so plötzlich erhellen konnte. »Das dürfte er bestimmt gesagt haben, aber war das alles?«

»Nein, er sagte noch, es sei nutzlos, daß er weiter herkomme, um Grandpère zu sehen, denn wenn er sagt, Grandpère solle Haferschleim bekommen, schicke Grandpère sofort um eine junge Gans und eine Flasche Burgunder. Der Doktor sagte, das würde ihn umbringen, und *du vrai*, ich glaube, er ist beleidigt, weil es Grandpère durchaus nicht umbrachte. Also wird Grandpère vielleicht nicht sterben, sondern im Gegenteil wieder ganz gesund werden.«

»Ich fürchte, es ist nur sein Wille, der ihn am Leben erhält.« Shield ging zum Kamin, sah neugierig auf Eustacie hinunter und fragte: »Haben Sie ihn gern? Werden Sie unglücklich sein, wenn er stirbt?«

»Nein«, erwiderte sie freimütig. »Ich habe ihn ein bißchen gern, aber nicht sehr, weil er — er überhaupt niemanden gern hat. Er wünscht gar nicht, daß man ihn gern hat.«

»Er hat Sie aus Frankreich herausgeholt«, erinnerte sie Shield.

»Ja, aber ich wollte gar nicht aus Frankreich herausgeholt werden«, sagte Eustacie bitter.

»Vielleicht damals nicht, aber jetzt sind Sie doch bestimmt froh, daß Sie in England sind?«

»Ich bin gar nicht froh, im Gegenteil, es tut mir sehr leid«, sagte Eustacie. »Hätte er mich bei meinem Onkel gelassen, dann wäre ich nach Wien gegangen, was nicht nur sehr lustig, sondern auch romantisch gewesen wäre, denn mein Onkel ist mit seiner ganzen Familie in einer Berline geflohen, genau wie der König und die Königin.«

»Nicht ganz so wie der König und die Königin, wenn es ihm gelang, die Grenze zu überschreiten«, sagte Shield.

»Ich will Ihnen etwas sagen«, sagte Eustacie erzürnt. »Immer, wenn ich Ihnen eine interessante Geschichte erzähle, geben Sie mir eine Antwort, die wie — die wie diese Lichtputzschere ist — *enfin!*«

»Es tut mir leid!« sagte Shield ziemlich erschrocken.

»Nun, mir tut es auch leid«, sagte Eustacie und erhob sich von dem Sofa, »weil es die Konversation sehr erschwert. Ich werde Ihnen jetzt gute Nacht wünschen, *mon cousin*.«

Wenn sie erwartet hatte, daß er versuchen würde, sie zurückzuhalten, wurde sie enttäuscht. Er verneigte sich nur förmlich und hielt ihr die Tür auf, als sie aus dem Zimmer ging.

Fünf Minuten später kam ihr Mädchen auf einen etwas vehementen Zug an der Klingelschnur hin. Eustacie saß vor dem Spiegel und betrachtete sich in stürmischer Erregung.

»Ich will mich ausziehen, und ich will zu Bett gehen«, verkündete Eustacie.

»Ja, Miss.«

»Und außerdem wünsche ich, ich wäre doch in einem Schinderkarren und allein zu Madame Guillotine gegangen!«

Lucy, auf dem Land aufgewachsen, war eine viel empfänglichere Zuhörerin als Sir Tristram; sie erschauerte und sagte: »O Miss, sprechen Sie doch nicht von so etwas! Zu denken, daß man Ihnen den Kopf abgeschnitten hätte — und Sie dabei so jung und schön!«

Eustacie stieg aus ihrem Musselinkleid und fuhr mit den Armen in den Umhang, den Lucy für sie hinhielt. »Und ich hätte doch ein weißes Kleid getragen, und selbst den *sansculottes* hätte es leid getan, mich in einem Schinderkarren zu sehen!«

Lucy hatte keine sehr klare Vorstellung davon, wer eigentlich die *sansculottes* waren, stimmte jedoch bereitwillig zu und fügte in aller Aufrichtigkeit hinzu, daß ihre Herrin reizend ausgesehen hätte.

»Nun, ich glaube, ich hätte wirklich nett ausgesehen«, sagte Eustacie aufrichtig. »Nur nützt es nichts, daran zu denken, denn statt dessen werde ich heiraten.«

Lucy hielt in ihrer Beschäftigung inne, die Haarnadeln aus der Frisur ihrer Herrin zu ziehen, schlug die Hände zusammen und hauchte verzückt: »Ja, Miss, und wenn ich so kühn sein darf, wünsche ich Ihnen wirklich viel Glück.«

»Wenn man zu einer Ehe gezwungen wird, die einem unendlich widerwärtig ist, erhofft man sich kein Glück«, sagte Eustacie mit hohler Stimme.

»Heiliger Himmel, Miss, Seine Lordschaft wird Sie doch bestimmt nicht zwingen?« hauchte Lucy entsetzt. »So etwas ist mir noch nie untergekommen!«

»Oh!« sagte Eustacie. »Dann stimmt es also doch, was ich in Frankreich gehört habe, daß den Engländerinnen erlaubt ist, sich selbst auszusuchen, wen sie heiraten wollen!« Niedergeschlagen fügte sie hinzu: »Aber ich habe noch keinen getroffen, den ich als Ehemann haben möchte, also bedeutet das überhaupt nichts.«

»Nein, Miss — aber — aber mögen Sie denn Sir Tristram nicht, Miss? Ich bin überzeugt, daß er ein sehr netter Herr ist und jeder Frau einen guten Ehemann abgeben würde.«

»Ich will keinen guten Ehemann, der einunddreißig Jahre alt ist und keine Konversation führen kann!« sagte Eustacie mit zitternder Unterlippe.

Lucy legte die Haarbürste hin. »Also, Miss, Sie sind melancholisch, und kein Wunder, nachdem alles so plötzlich über Sie hereingebrochen ist, wie das nun einmal ist! Es kann Sie niemand gegen Ihren Wunsch zwingen, zu heiraten — jedenfalls nicht in England, das geht nicht, was immer man vielleicht in Frankreich tut, das, wie jeder weiß, ein übles Mördernest ist!«

Eustacie trocknete die Tränen und sagte: »Nein, aber wenn ich meinen Vetter nicht heirate, werde ich, wenn mein Großpapa stirbt, mit einer gräßlichen Anstandsdame zusammenleben müssen, und das wäre viel, viel schlimmer. Man muß sich eben damit abfinden.«

Unten war Sir Tristram genau zu dem gleichen Schluß gekommen. Da er früher oder später ja doch jemanden heiraten mußte, und da er beschlossen hatte, nie wieder die Torheit zu begehen, sich zu verlieben, konnte Eustacie genausogut wie irgendeine andere Frau seine Braut werden. Sie schien unangenehm leichtfertig zu sein, aber nicht dümmer als sonst irgendeine Frau seiner Bekanntschaft. Sie war von guter Geburt (obwohl er es für beklagenswert hielt, daß sie französisches Blut hatte), und obwohl er blonde Frauen bevorzugte, mußte er zugeben, daß sie sehr hübsch war. Es wäre ihm vielleicht lieber gewesen, wenn sie älter gewesen wäre, aber vermutlich wußte Sylvester, dessen Erfahrung unzweifelhaft groß war, wovon er sprach, als er sagte, ihre Jugend sei ein Vorteil. Nun, praktisch genommen mußte man sich eben abfinden.

Am nächsten Morgen trafen die Verlobten am Frühstückstisch zusammen und nahmen einander neuerlich in Augenschein. Sir Tristram, dessen maulbeerfarbener Abendanzug nicht Eustacies Billigung gefunden hatte, war unwissentlich so taktvoll gewesen, einen Reitanzug anzulegen, in welch strenger Gewandung er am besten aussah; und Eustacie, die entschieden hatte, daß es, wenn sie schon ihren Vetter heiraten mußte, nur recht und billig war, ihn zur Bewunderung ihrer Reize anzuregen, hatte sich mit einem Kleid *à la bergère* von reizender Farbe und hübschem Muster geschmückt. Beide waren auf den ersten Blick vom Partner einigermaßen erfreut, eine behagliche Stimmung, die etwa zehn Minuten vorhielt, an deren Ende jedoch Sir Tristram in grimmiger Vorahnung die Aussicht bedachte, den Rest seines Lebens am Frühstückstisch Lebhaftigkeit über sich ergehen lassen zu müssen. Eustacie fragte sich, ob ihr Verlobter wohl zu etwas anderem als dämpfender Einsilbigkeit fähig war.

Im Lauf des Vormittags wurde Sir Tristram in Sylvesters Schlafzimmer geholt. Er traf seinen Großonkel, von zahlreichen Kissen gestützt, erschreckend munter an und erfuhr von ihm, daß die Hochzeit am nächsten Tag gefeiert werden würde. Als er Sylvester daran erinnerte, daß das Heiraten nicht so aus dem Handgelenk vollzogen werden konnte, schwenkte Sylvester eine Sondergenehmigung vor Tristrams Augen und sagte, er sei noch nicht so todgeweiht, daß er seine Angelegenheiten nicht mehr lenken könne. Sir Tristram, der sich, wie die meisten Menschen, nicht gern dirigieren ließ, fand dieses Beispiel der weisen Voraussicht seines Großonkels so ärgerlich, daß er ihn einigermaßen abrupt verließ, um seine Wut mit einem Galopp über die Downs abzukühlen. Als er etwas später zurückkehrte, entdeckte er, daß das Pferd des Arztes vor dem Haus auf und ab geführt wurde und der Haushalt sich in einem Zustand unterdrückter Erwartung fand. Sylvester, der seine Angelegenheiten zu seiner Befriedigung geordnet, zwei Gläser Madeira getrunken und dem Kammerdiener seine Schnupftabakdose nachgeworfen hatte, weil dieser es wagte, ihm Vorhaltungen zu machen, schien plötzlich zusammenzubrechen. Er war in eine tiefe Ohnmacht gesunken, aus der man ihn nur schwer wieder erwecken konnte, und der schleunigst herbeigeholte Arzt hatte verkündet, das Ende sei jetzt nur noch eine Frage weniger Stunden.

Als Sylvester wieder zu Bewußtsein gekommen war, hatte er in mühsamem, aber entschlossenem Flüstern die Dienste eines Geistlichen abgelehnt, dem Doktor empfohlen, sich zum Teufel zu scheren, der Dienerschaft verboten, seinem Neffen Basil die Türen des Hauses zu öffnen, seine Absicht verkündet, ohne ein Pack heulender Weiber zu sterben und die unverzügliche Anwesenheit seines Neffen Tristram verlangt.

Sir Tristram, der diese Einzelheiten vom Butler erfuhr, warf nur Hut und Reitgerte auf einen Stuhl und stieg schnell die Treppe zu dem Großen Zimmer hinauf.

Hier waren nur der Kammerdiener und der Arzt anwesend; der Kammerdiener sah aufrichtig betrübt, der Arzt sehr mürrisch drein. Sylvester lag nun flach und mit geschlossenen Augen in dem riesigen Bett, als jedoch Tristram leise auf die Estrade trat, öffnete er sie sofort und flüsterte: »Verdammt, du hast mich warten lassen!«

»Verzeihung, Sir.«

»Ich hatte vor, erst morgen zu sterben«, sagte Sylvester, nach Atem ringend. »Verdammich, ich habe Lust, mir einen Ruck zu geben und die Nacht zu überdauern, wenn auch nur, um dem scheinheiligen Blutegel eins auszuwischen ... Tristram!«

»Sir?«

Sylvester packte Tristrams Handgelenk mit dünnen, geschwächten Fingern. »Du wirst dieses Kind heiraten?«

»Ja, Sylvester, quäle dich nicht!«

»Hatte immer vor, daß Ludovic sie bekommen sollte ... der verdammte junge Schuft! Fragte mich oft ... Glaubst du, daß er doch — die Wahrheit sagte?«

Shield schwieg. Sylvesters blasse Lippen verzogen sich. »Nein, wie? Nun, du kannst ihm meinen Ring geben, falls du ihn je wiedersiehst — und ihm sagen, den soll er nicht verpfänden! Nimm ihn — ich brauche ihn nicht mehr.« Er zog dabei den großen Rubin vom Finger und ließ ihn in Shields Hand fallen. »Der Madeira war ein Fehler. Ich hätte beim Burgunder bleiben sollen. Du kannst jetzt gehen. Laß nicht zu, daß man wegen meines Todes viel Getue macht!«

»Sehr wohl, Sir«, sagte Shield. Er beugte sich nieder, küßte Sylvester die Hand, drehte sich um und ging ruhig hinaus.

Eine Stunde später starb Sylvester. Der Arzt, der Shield und dem Beau Lavenham, die beide in der Bibliothek warteten, die Nachricht brachte, sagte, Sylvester habe vor seinem Ende nur noch einmal gesprochen.

»Nein, wirklich — und was sagte er?« erkundigte sich der Beau.

»Er machte eine meinen Beruf herabsetzende Bemerkung, Sir — ich darf sagen, eine derbe Bemerkung!« sagte der Arzt. »Ich werde sie nicht wiederholen!«

Beide Vettern brachen in Gelächter aus. Der Arzt warf ihnen einen Blick voll empörter Abneigung zu und ging, von ihrem Benehmen angewidert, jedoch nicht überrascht. Eine wilde, gottlose Familie, dachte er. Sie waren nicht einmal gewinnbringende Patienten, diese Lavenhams — er war froh, sie los zu sein.

»Ich nehme an, wir werden nie erfahren, was er gesagt hat«, bemerkte der Beau. »Es war vielleicht sogar ein bißchen unflätig.«

»Meiner Meinung nach wahrscheinlich sehr unflätig«, stimmte ihm Shield zu.

»Aber wie echt, wie typisch, daß Sylvester mit einem unflätigen Witz auf den Lippen gestorben ist!« sagte der Beau. Er strich über seine Spitzenmanschetten. »Hast du noch immer vor, morgen zu heiraten?«

»Nein, das muß verschoben werden«, antwortete Shield.

»Meiner Meinung nach ist das klug von dir. Dennoch hat man wider Willen den Verdacht, daß Sylvester den leicht makabren Geschmack einer Hochzeit genossen hätte, bei der seine sterblichen Überreste den Vorsitz führen.«

»Möglich, aber ich habe Sylvesters Geschmack nie geteilt«, sagte Shield.

Der Beau lachte leise und bückte sich, um Hut und Stock von dem Stuhl zu nehmen, auf den er sie gelegt hatte. »Nun, ich beneide dich wohl kaum um die nächsten Tage, Tristram«, sagte er. »Wenn ich dir irgendwie behilflich sein kann, zähle jedenfalls ganz auf mich! Ich bleibe noch einige Zeit im Dower House.«

»Danke, aber ich sehe keine Notwendigkeit dazu. Ich verlasse mich auf Pickering. Die Last der Regelung des Nachlasses dürfte er besser tragen können als ich. Gott allein weiß, was mit der Nachfolge in diesem verfluchten Wirrwarr zu tun ist.«

»Eines gibt es, das man tun sollte«, sagte der Beau. »Man sollte sich bemühen, Ludovic zu finden.«

»Leichter gesagt als getan!« erwiderte Sir Tristram.

»Außerdem könnte er Englands Boden gar nicht betreten, selbst wenn man ihn fände. Falls er in Frankreich geblieben ist, kann er, soviel wir wissen, ohne weiteres den Kopf verloren haben. Es würde ihm ähnlich sehen, sich in eine Revolution einzumischen, die ihn nichts angeht.«

»Nun ja«, sagte der Beau leise, »ich will nicht gefühllos erscheinen, aber falls Ludovic den Kopf verloren hat, wäre es für mich von einigem Interesse, es zu erfahren.«

»Natürlich. Deine Lage ist höchst ungewiß.«

»Oh, ich beklage mich nicht«, sagte der Beau lächelnd. »Aber ich glaube trotzdem, du — als Treuhänder — solltest Ludovic finden.«

In den folgenden Tagen hatte jedoch Sir Tristram genug zu tun, das ihn in Atem hielt, ohne zu seinen sonstigen Pflichten auch noch die Suche nach dem Erben auf sich zu nehmen. Nach Eintreffen des Anwalts wurde Sylvesters Testament verlesen, ein genügend kompliziertes Dokument, um die Langmut eines geduldigeren Mannes, als Shield es war, auf die Probe zu stellen. Es waren tausenderlei Dinge zu tun, und zu den Aufgaben, die mit dem Tod Sylvesters verbunden waren, kam das Problem Eustacie hinzu, das ihrem Verlobten Sorgen machte.

Sie nahm sowohl ihren schmerzlichen Verlust als auch den Aufschub ihres Hochzeitstags in völliger Seelenstärke auf, als jedoch Sir Tristram sie ersuchte, irgendeine Dame der Nachbarschaft zu nennen, in deren Obhut sie sich vorläufig begeben konnte, erklärte sie, dazu völlig außerstande zu sein. Sie hatte keine Bekannten in Sussex, da Sylvester mit der einen Hälfte der Grafschaft gestritten und die andere ignoriert hatte. »Außerdem«, sagte sie, »wünsche ich nicht in die Obhut einer Anstandsdame gegeben zu werden. Ich werde hierbleiben.«

In dem Gefühl, daß Sylvester zu seiner Zeit schon genug Skandale in Sussex heraufbeschworen hatte, war Sir Tristram sehr abgeneigt, den Klatschmäulern einen weiteren Grund für neue Betätigung zu liefern. Verlobt oder nicht, sein und Eustacies Aufenthalt unter ein und demselben Dach war eine Abweichung vom Üblichen, auf die sich jede tugendhafte Dame, die die Lavenhams für eine gottlose Familie hielt, schnell stürzen würde. Er sagte: »Nun, es ist verflixt peinlich, aber ich sehe nicht, was ich diesbezüglich tun könnte. Vermutlich muß ich es zulassen, daß Sie hierbleiben.«

»Ich werde hierbleiben, weil ich es so wünsche«, fuhr Eustacie auf. »Noch brauche ich nicht zu tun, was Sie sagen!«

»Seien Sie nicht töricht!« sagte Sir Tristram, von Sorgen geplagt und daher reizbar.

»Ich bin nicht töricht. Sie sind es, der die Gewohnheit hat — die ich für viel dümmer halte —, mir zu sagen, was ich tun muß und was ich nicht tun darf. Ich bin es müde, *bien elevée* zu sein, und ich glaube, ich werde meine eigenen Angelegenheiten jetzt selbst in die Hand nehmen.«

»Ich fürchte, Sie sind viel zu jung, um Ihre Angelegenheiten selbst in die Hand zu nehmen.«

»Das werden wir ja sehen.«

»Das werden wir wirklich sehen. Haben Sie daran gedacht, Ihre Trauerkleidung zu bestellen? Sie wissen, daß das geschehen muß.«

»Das weiß ich nicht«, sagte Eustacie. »Grandpère sagte, ich solle keine Trauer um ihn tragen, und daher werde ich es nicht tun.«

»Das kann sein, aber wir leben in einer kritischen Welt, mein Kind, und man wird es für sehr seltsam halten, wenn Sie Sylvesters Andenken dieses Zeichen der Achtung nicht erweisen.«

»Nun, ich tu's aber trotzdem nicht«, sagte Eustacie einfach.

Sir Tristram maß sie schweigend, mit gerunzelter Stirn.

»Sie sehen sehr böse drein«, sagte Eustacie.

»Ich bin nicht böse«, sagte Sir Tristram mit etwas spröder Stimme, »aber ich glaube, Sie sollten wissen, daß ich zwar bereit bin, Ihnen alle mögliche Freiheit zuzugestehen, jedoch von meiner Frau erwarte, daß sie meinen Wünschen einigermaßen Beachtung zollt.«

Eustacie überlegte sich das leidenschaftslos. »Nun ja, ich glaube nicht, daß ich das tun werde«, sagte sie. »Sie scheinen mir sehr dumme Wünsche zu haben — genaugenommen ganz alberne.«

»Diese Auseinandersetzung ist ungewöhnlich sinnlos«, sagte Sir Tristram und unterdrückte den starken Wunsch, sie zu ohrfeigen. »Vielleicht wird es meine Mutter besser verstehen, Sie zu überzeugen.«

Daraufhin spitzte Eustacie die Ohren. »Ich wußte nicht, daß Sie eine Mutter haben! Wo ist sie?«

»In Bath. Wenn das Begräbnis vorbei ist, werde ich Sie zu ihr bringen und Sie in ihre Obhut geben, bis wir heiraten können.«

»Was das betrifft, so ist es noch nicht entschieden. Beschreiben Sie mir Ihre Mutter! Ist sie so wie Sie?«

»Nein, überhaupt nicht!«

»*Tant mieux!* Wie ist sie denn?«

»Nun«, sagte Sir Tristram unbeholfen, »ich weiß nicht recht, wie ich sie beschreiben soll. Ich weiß nur, daß sie sehr gütig zu Ihnen sein wird.«

»Aber was tut sie?« fragte Eustacie. »Unterhält sie sich in Bath? Ist sie lustig?«

»Kaum. Sie erfreut sich keiner guten Gesundheit, verstehen Sie.«

»Oh!« Eustacie verdaute das. »Keine Gesellschaften?«

»Ich glaube, sie hat Kartengesellschaften gern.«

Eustacie zog eine ausdrucksvolle Grimasse. »Diese Kartengesellschaften kenne ich! Vermutlich spielt sie Whist und vielleicht Commerce.«

»Bestimmt. Ich weiß keinen Grund, warum sie es nicht sollte«, sagte Shield ziemlich steif.

»Es gibt keinen Grund, aber ich spiele nicht Whist und nicht Commerce, und ich finde solche Gesellschaften ganz fürchterlich.«

»Das braucht Sie nicht zu kümmern, denn was immer Sylvesters Ansichten gewesen sein mochten, so wird meine Mutter bestimmt mit mir übereinstimmen, daß es ungehörig für Sie wäre, sich sofort nach seinem Tod in der Öffentlichkeit zu zeigen.«

»Aber wenn ich nicht zu Gesellschaften gehen darf, was soll ich denn dann in Bath tun?«

»Nun, ich nehme an, Sie werden sich mit einer Periode der Stille abfinden müssen.«

»Der Stille?« sagte Eustacie entsetzt. »Noch mehr Stille? Nein und nein und nein!«

Er mußte wider Willen lachen, sagte jedoch: »Ist das so schrecklich?«

»Ja«, sagte Eustacie nachdrücklich. »Zuerst muß ich in Sussex leben, und jetzt soll ich nach Bath gehen — um Karten zu spielen! Und danach bringen Sie mich nach Berkshire, wo ich vermutlich sterben werde.«

»Hoffentlich nicht!« sagte Shield.

»Doch, ich glaube schon«, sagte Eustacie, stützte das Kinn in die Hand und blickte kummervoll ins Feuer. »Schließlich hatte ich ein sehr unglückliches Leben ohne irgendwelche Abenteuer, und es wäre nicht verwunderlich, wenn ich dahinsiechte. Nur — es passiert mir ja nie etwas Interessantes«, fügte sie bitter hinzu, »daher werde ich vermutlich bloß im Kindbett sterben, etwas, das jeder tun kann.«

Sir Tristram errötete vor Unbehagen. »Aber Eustacie!« protestierte er.

Eustacie war viel zu vertieft in die Betrachtung ihres düsteren Geschicks, um auf ihn zu achten. »Ich werde Ihnen einen Erben schenken«, sagte sie, »und dann werde ich sterben.« Das Bild sprach sie plötzlich an; sie fuhr in einem heitereren Ton fort: »Alle werden sagen, daß ich zu jung zum Sterben war, und man wird Sie aus der Spielhölle holen, in der Sie —«

»Mich woher holen?!« unterbrach sie Sir Tristram, im Augenblick von diesem Flug der Phantasie fortgerissen.

»Aus einer Spielhölle«, wiederholte Eustacie ungeduldig. »Oder vielleicht vom Hahnenkampf. Das ist unwichtig; es spielt keine Rolle. Aber ich glaube, Sie werden große Reue empfinden, wenn man Ihnen erzählt, daß ich im Sterben liege, und Sie werden aufspringen und sich auf Ihr Pferd werfen und *ventre-à-terre* reiten, um an mein Sterbebett zu gelangen. Und dann werde ich Ihnen verzeihen und —«

»Wovon, in Himmels Namen, reden Sie da?« fragte Sir Tristram. »Warum sollten Sie mir verzeihen? Warum sollten — was soll eigentlich dieser Unsinn?«

Eustacie, so rüde aus ihrem angenehmen Traum geweckt, seufzte und ließ davon ab. »Es ist nur, was meiner Meinung nach vielleicht geschehen könnte«, erklärte sie.

Sir Tristram sagte streng: »Mir scheint, Sie lassen Ihrer Phantasie viel zu freien Lauf. Seien Sie versichert, daß ich weder Spielhöllen noch Hahnenkämpfe besuche! Und«, fügte er mit einer Spur Humor hinzu, »es ist auch keineswegs meine Gewohnheit, mich auf meine Pferde zu werfen.«

»Nein, und Sie reiten auch nicht *ventre-à-terre*. Das brauchen Sie mir nicht erst zu erzählen. Und ob ich das weiß!«

»Das heißt, nur bei der Jagd!« sagte Sir Tristram.

»Meinen Sie, Sie täten es vielleicht doch auch, wenn ich auf dem Sterbebett läge?« fragte Eustacie hoffnungsvoll.

»Ganz bestimmt nicht. Wenn Sie auf dem Sterbebett lägen, ist es kaum wahrscheinlich, daß ich nicht daheim wäre. Ich wollte, Sie würden sich diese Idee vom Sterben aus dem Kopf schlagen. Warum sollten Sie denn sterben?«

»Aber das habe ich Ihnen doch schon gesagt!« sagte Eustacie und strahlte bei diesem Zeichen des Interesses auf. »Ich werde —«

»Ich weiß, ich weiß«, sagte Sir Tristram hastig. »Sie brauchen es mir nicht nochmals zu erzählen. Solche Angelegenheiten zu besprechen ist noch Zeit genug, wenn wir verheiratet sind.«

»Aber ich dachte, Sie wollen mich heiraten, weil Sie einen Erben haben müssen?« fragte Eustacie ganz praktisch. »Grandpère erklärte mir, und Sie selbst haben gesagt —«

»Eustacie«, unterbrach sie Sir Tristram, »wenn Sie unbedingt in so äußerst freier Art reden müssen, werde ich zuhören, aber ich bitte Sie inständig, solche Sachen zu niemandem als zu mir zu sagen! Die Leute werden eine sehr seltsame Vorstellung von Ihnen gewinnen.«

»Grandpère«, sagte Eustacie mit der Miene eines Menschen, der einen großen Propheten zitiert, »sagte mir, ich solle mich nicht darum kümmern, was ich sage, nur dürfe ich auf keinen Fall eine kleine gezierte *innocente* sein.«

»Das klingt mir genau nach der Sorte Ratschlag, den Sylvester Ihnen geben würde«, sagte Shield.

»Und mir klingt das genau nach der Art Mensch, den ich mir überhaupt nicht als Ehemann wünsche!« erwiderte Eustacie scharf. »Ich glaube, es ist doch besser, wir heiraten nicht!«

»Möglich!« sagte Sir Tristram gereizt. »Aber ich habe Sylvester mein Wort gegeben, daß ich Sie heiraten werde, und heiraten werde ich Sie!«

»Das werden Sie nicht, weil ich auf der Stelle davonlaufe!«

»Seien Sie kein Närrchen!« sagte Sir Tristram unklugerweise, verließ das Zimmer und ließ Eustacie kochend vor Empörung zurück.

Ihre Wut hielt nicht lange an, denn als sie geschworen hatte, ihre Drohung in die Tat umzusetzen, beeindruckten sie alle abenteuerlichen Möglichkeiten eines solchen Entschlusses mit solcher Gewalt, daß Sir Tristrams Schändlichkeiten ganz und gar aus ihrem Geist verdrängt wurden. Sie verbrachte eine vergnügliche Stunde damit, sich einige Pläne für ihre Zukunft auszudenken. Sie waren vielfältig, alle jedoch undurchführbar, ein Umstand, den ihre Vernunft bedauernd zur Kenntnis nahm. Schließlich war sie gezwungen, ihre Dienerin ins Vertrauen zu ziehen, nachdem sie so verlockende Pläne aufgegeben hatte wie eine Verkleidung als Mann oder London im Sturm zu erobern, indem sie eine nicht genau definierte tragische Rolle im Theater an der Drury Lane spielte. Es war ein Jammer, aber wenn man das Pech hatte, eine Person von Stand zu sein, konnte man nicht Schauspielerin werden; und obwohl sie die Idee, sich als Mann zu verkleiden, stark ansprach, war sie nicht imstande, ihre Phantasie weiter als bis zum ersten Kapitel dieser aufregenden Geschichte weiterzutreiben. Man würde natürlich in den Sattel springen und irgendwohin davonreiten, aber sie konnte nicht entscheiden, wohin oder was dort tun.

Lucy, die der Gedanke an eine junge Dame, die sich allein in die Welt begeben wollte, zunächst entsetzte, war nicht schwer zu begeistern. Das zu ihrer Erbauung gezeichnete Bild einer zurückschreckenden jungen Dame, die dazu verurteilt war, einen Tyrannen von derben Instinkten und brutalen Manieren zu ehelichen, beeindruckte Lucys Vorstellungskraft zutiefst, und als Eustacie ihr fast unvermeidliches Hinscheiden im Kindbett anschaulich geschildert hatte, war Lucy bereit, ihrer Herrin für jeden Plan Beistand zu leisten, den diese zu wählen für passend erachten würde. Lucys eigenes Gehirn, obwohl verständnisvoll, war nicht fruchtbar, als sie jedoch beschworen wurde, sich irgendwelche Mittel auszudenken, durch die eine Dame einer verhaßten Heirat entkommen und sich das Leben selbst einrichten konnte, hatte sie den glücklichen Einfall, eine Durchsicht der Annoncen in der *Morning Post* vorzuschlagen.

Herrin und Dienerin brüteten gemeinsam über den Spalten dieser nützlichen Zeitung. Auf den ersten Blick war sie nicht sehr hilfreich, denn die meisten Annoncen schienen gut zusammenpassenden Kutschenpferden oder prächtigen, kurzfristig zu vermietenden Wohnhäusern gewidmet zu sein. Ein genaueres Studium jedoch erweiterte den Horizont. Eine in der Brook Street behauste Dame suchte eine Erzieherin mit Kenntnissen in der Astronomie, Botanik, Aquarellmalerei und der französischen Sprache zwecks Unterrichts ihrer Töchter. Eustacie tat die ersten drei Erfordernisse als unwesentlich ab, wies triumphierend auf das letzte und sagte, das hier sei genau das richtige.

Daß sich die Laufbahn einer Erzieherin wohl kaum als abenteuerlich erweisen würde, war eine Überlegung, die bei Eustacie nicht länger als zwei Minuten ins Gewicht fiel, denn länger dauerte es bei ihr nicht, um zu erkennen, daß ihre jungen Schützlinge bestimmt einen hübschen Bruder besaßen, der sich natürlich in die Erzieherin seiner Schwestern verlieben würde. Eine Verfolgung seitens seiner Mama war zu erwarten, aber nach verschiedenen Schicksalsschlägen würde man entdecken, daß die demütige Erzieherin eine Aristokratin und Erbin war, und alles würde glücklich enden. Obwohl Lucy nie einen der Romane gelesen hatte, die das Hauptstudium ihrer Herrin bildeten, sah sie an diesem Bild nichts Unwahrscheinliches, zweifelte jedoch, ob Sir Tristram seiner Verlobten erlauben würde, das Herrenhaus zu verlassen.

»Er wird nichts davon erfahren«, sagte Eustacie, »weil ich spät nachts, wenn er glaubt, ich sei im Bett, fliehen und nach Hand Cross reiten werde, um die Postkutsche nach London zu erreichen.«

»O Miss, so etwas können Sie nicht tun — nicht ganz allein!« sagte Lucy. »Das wäre nicht schicklich!«

Eustacie beachtete diese kleinmütige Kritik nicht, schlang die Hände um die Knie und begann die Einzelheiten ihrer Flucht zu überlegen. Der Plan selbst mochte zwar phantastisch sein, aber in ihrer Natur lag ein Zug französischer Vernunft, der zuzutrauen war, daß sie mit den Verwicklungen selbst der tollsten Eskapade zurechtkommen würde. Eustacie sagte: »Wir werden die Stallschlüssel brauchen.«

»Wir, Miss?« stammelte Lucy.

Eustacie nickte. »Aber ja doch, weil ich noch nie ein Pferd gesattelt habe, und obwohl ich glaube, daß es ein besseres Abenteuer wäre, wenn ich alles ganz allein machte, muß man schließlich praktisch sein. Kannst du ein Pferd satteln?«

»O ja, Miss«, erwiderte Lucy, die Tochter eines Bauern, »aber —«

»Sehr gut also, das wäre geregelt. Und außerdem mußt du auch die Stallschlüssel stehlen. Das wird nichts Besonderes sein. Und du wirst mir zwei Hutschachteln packen, aber nicht mehr, weil ich zu Pferd nicht viel mitnehmen kann. Und wenn ich Hand Cross erreiche, lasse ich Rufus frei. Er wird bestimmt den Heimweg finden, und wenn mein Vetter Tristram mein Pferd reiterlos erblickt, wird ihn das in schreckliche Angst versetzen. Bestimmt wird er glauben, ich sei tot.«

»Miss, das ist doch nicht Ihr Ernst?« fragte Lucy, die offenen Mundes zugehört hatte.

»Aber natürlich ist es mein Ernst«, erwiderte Eustacie ruhig. »Wann kommt die Nachtpost in Hand Cross an?«

»Knapp vor Mitternacht, Miss, aber es heißt, wir bekommen Schnee, und dadurch wird die Post ganz bestimmt Verspätung haben. Aber Miss, es sind ganze fünf Meilen nach Hand Cross, und die Straße ist so einsam und führt durch den Großen Forst — oh, ich hätte Angst!«

»Ich fürchte mich vor nichts«, sagte Eustacie erhaben.

Lucy senkte eindrucksvoll die Stimme. »Vielleicht haben Sie noch nie vom Reiter ohne Kopf gehört, Miss?«

— »Nein!« Eustacies Augen funkelten. »Erzähl mir sofort alles über ihn!«

»Es heißt, er reite im Großen Forst umher, Miss, aber nie auf einem eigenen Pferd«, sagte Lucy bebend. »Man entdeckt ihn hinter sich auf der Kruppe, und er hat einem den Arm um die Taille gelegt.«

Selbst im behaglichen Tageslicht war diese Geschichte abscheulich genug, auch den Furchtlosesten einzuschüchtern.

Eustacie erschauerte, sagte jedoch gefaßt: »Das glaube ich nicht. Das ist nur ein Märchen!«

»Fragen Sie jeden, Miss, ob es nicht wahr ist!« beharrte Lucy.

Eustacie, die das für einen guten Rat hielt, fragte bei der ersten Gelegenheit Sir Tristram.

»Der Reiter ohne Kopf!« sagte er. »Ja, ich glaube, es gibt so eine Sage.«

»Aber ist es wahr?« fragte Eustacie atemlos.

»Nein doch, natürlich nicht!«

»Dann hätten Sie also keine Angst, nachts durch den Großen Forst zu reiten?«

»Nicht im geringsten. Ich habe es schon oft getan und versichere Ihnen, daß ich noch nie einem Reiter ohne Kopf begegnet bin!«

»Danke«, sagte Eustacie. »Ich danke Ihnen sehr!«

Er sah etwas überrascht drein, da sie jedoch nichts weiter bemerkte, vergaß er die Episode bald.

»Mein Vetter Tristram«, meinte Eustacie zu Lucy, »sagt, daß es nichts als eine Sage sei. Ich werde sie nicht beachten.«

3

Wäre Sir Tristram nicht so sehr beschäftigt gewesen, dann hätte ihn vielleicht die plötzliche Gefügigkeit seiner Base in Verwunderung gesetzt. So jedoch war er viel zu sehr davon beansprucht, zusammen mit Mr. Pickering die verwickelten Angelegenheiten Sylvesters zu entwirren, um Eustacies Frontwechsel zu beachten. Wenn er überhaupt daran dachte, nahm er lediglich an, daß sie sich bloß von einem Anfall schlechter Laune erholt hatte, und war darüber herzlich froh. Er hatte halb erwartet, daß sie gegen seinen Plan, sie am Tag nach dem Begräbnis ihres Großvaters nach Bath zu bringen, Einwände erheben würde. Als er jedoch die Sache ihr gegenüber erwähnte, hörte sie ihm zu, die Hände im Schoß gefaltet, die Augen niedergeschlagen, und erwiderte kein einziges Wort. Ein in weiblichen Listen erfahrenerer Mann hätte diesen Umstand verdächtig gefunden; Sir Tristram war nur dankbar. Er selbst hatte die Absicht, nach Lavenham Court zurückzukehren, würde jedoch, wie er zu Eustacie sagte, seinem Ermessen nach nicht gezwungen sein, länger als ein, zwei Wochen zu bleiben. Danach würde er sich dem

Haushalt in Bath anschließen und die Hochzeit vorbereiten. Eustacie knickste höflich.

Sie wohnte Sylvesters Beerdigung am dritten Tag nach seinem Tod nicht bei, sondern beschäftigte sich statt dessen eifrig mit der Auswahl der Kleidung, die sie für ihren neuen Beruf am passendsten hielt, und gab Lucy Anweisung, wie sie diese in den zwei Hutschachteln unterzubringen hatte. Lucy, ihrer bezaubernden jungen Herrin viel zu sehr ergeben, um daran zu denken, sie zu verraten, war jedoch sehr verschreckt bei der Vorstellung aller Gefahren, die dieser auf ihrer einsamen Reise begegnen konnten. Sie schnüffelte schmerzlich, als sie Caracos und Fichus faltete, und sagte, fast zöge sie es vor, Miss zu begleiten und dem Schrecken des Reiters ohne Kopf zu trotzen, als zurückgelassen zu werden, um sich Sir Tristrams Wut zu stellen. Eustacie, die das Gefühl hatte, wenn sie ihre Kammerjungfer mitnähme, wäre die ganze Romantik des Abenteuers mit einem Schlag zerstört, trug ihr auf, so zu tun, als wüßte sie überhaupt nichts von der Angelegenheit, und versprach, sie bei der ersten Gelegenheit nach London zu holen.

Der trostlose Anblick von Schneeflocken, die langsam von einem bleigrauen Himmel sanken, erweckte in Lucy ein noch tieferes Gefühl böser Vorahnung, veranlaßte jedoch ihre Herrin nur zu dem Ausspruch, sie würde also doch lieber ihren pelzgefütterten Mantel und den Biberhut mit der karmesinroten Feder tragen.

Ihre Flucht aus dem Herrenhaus wurde ohne die geringste Schwierigkeit durchgeführt, da die Dienerschaft schon zu Bett gegangen war und Sir Tristram sich mit dem Beau Lavenham in der Bibliothek eingeschlossen hatte, der vom Dower House zum Abendessen mit seinen Geschwisterkindern herübergekommen war. Eustacie hatte sich bald nach dem Souper entschuldigt und war in ihr Schlafzimmer hinaufgegangen. Ganz bezaubernd in ihrem Reitanzug, dem karmesinroten Mantel und dem breitrandigen Biberhut mit der roten Feder, die sich an ihren dunklen, seidigen Locken kräuselte, ging sie um elf Uhr auf Fußspitzen über die Hintertreppe hinunter. Mit der einen Hand raffte sie ihre Röcke, in der anderen hielt sie Reitgerte und Handschuhe. Hinter ihr wankte die bebende Lucy mit den beiden Hutschachteln und einer Laterne.

Mitten auf der Treppe blieb Eustacie stehen. »Ich müßte eine Pistole haben!«

»Um Himmels willen, Miss!« flüsterte Lucy. »Was täten Sie bloß mit einem dieser üblen, gefährlichen Dinger?«

»Aber selbstverständlich muß ich eine Pistole haben!« sagte Eustacie. »Und ich weiß auch, wo es eine gibt!« Sie drehte sich um, ohne die weinerlichen Proteste ihrer Kammerzofe zu beachten, lief leichtfüßig die Treppe hinauf und verschwand in Richtung der Langen Galerie.

Als sie zurückkam, war sie rot und ziemlich atemlos und trug in der rechten Hand eine besonders tödlich wirkende Duellpistole mit einem zehn Zoll langen Lauf und silbernem Visier. Lucy ließ fast die Hutschachtel fallen, als sie das Ding sah, und flehte ihre Herrin erregt flüsternd an, sie wegzulegen.

»Die gehört meinem Vetter Ludovic«, sagte Eustacie triumphierend. »In seinem ehemaligen Schlafzimmer waren zwei davon in einer Kassette. Welch ein Glück, daß ich mich an sie erinnerte! Ich sah sie — oh, vor langer Zeit —, als man in dem Zimmer die neuen Vorhänge aufsteckte. Glaubst du, daß sie geladen ist?«

»Gottes Gnade und Barmherzigkeit, Miss, hoffentlich nicht!«

»Ich muß vorsichtig sein«, entschied Eustacie und behandelte die Waffe etwas zimperlich. »Ich glaube, sie hat ein Stechschloß, aber ich verstehe nicht viel von Schußwaffen. Und jetzt beeil dich!«

Es hatte vor einiger Zeit zu schneien aufgehört, aber auf dem Boden lag eine leichte Schicht Schnee und in der Luft ein scharfer, leichter Frost. Die beiden Frauenzimmerchen, das eine sehr hochgemut, das andere zitternd vor Kälte und Angst, gingen leise den Weg zu den Ställen. Weder in der Kutscherwohnung noch in den Zimmern der Stallburschen zeigte sich Licht, und es tauchte niemand auf, um Eustacies Flucht auch nur das geringste Hindernis entgegenzustellen. Sie sperrte das Tor der Geschirrkammer auf, zog Lucy hinter sich nach, setzte die Laterne auf den Tisch, wählte einen Zügel von der Wand und zeigte der Zofe ihren Sattel. Das Nächste war, das Stalltor aufzusperren und Rufus zu satteln und zu zäumen, der schläfrig zu sein schien, aber nicht unerfreut, seine Herrin zu sehen. Lucy, welche die Folgen dieser Heldentat fürchtete, weinte leise vor sich hin, wurde jedoch in wütendem Flüstern angewiesen, endlich keine Närrin mehr zu sein. Lucy war ein gehorsames Mädchen, daher schluckte sie die Tränen und stemmte den Sattel auf Rufus' Rücken hoch. Nachdem die Gurte festgezogen, der

Stallzaum entfernt und die Zügel angelegt worden waren, mußten nur noch die beiden Hutschachteln an den Sattel geschnallt werden. Das erforderte eine weitere Suche in der Geschirrkammer nach einem Paar passender Riemen, und als diese schließlich gefunden und die Hutschachteln an ihnen aufgehängt waren, hatte Eustacie entschieden, daß die einzig mögliche Art, eine Pistole zu tragen, ein Halfter sei. Da ein Damensattel nicht mit diesem notwendigen Attribut ausgestattet ist, mußte einer von einem Sattel Sylvesters entfernt und ziemlich unsicher an den Riemen geschnallt werden, der eine der Hutschachteln hielt. Es schien ein viel zu großer Halfter für die schlanke Pistole zu sein, aber da konnte man nichts machen. Eustacie bemerkte, es sei ein Glück, daß Schnee lag, denn er würde das Geräusch von Rufus' Hufen auf den Kopfsteinen dämpfen. Sie führte das Pferd zum Aufsteigblock hinaus. Als sie sicher im Sattel saß, erinnerte sie Lucy daran, alle Türen wieder zu versperren und die Schlüssel an Ort und Stelle zu bringen. Dann reichte sie ihr die Hand zum Kuß hinunter und ritt los, nicht durch die Allee, die zu dem versperrten Tor am Pförtnerhaus führte, sondern quer durch den Park zu einem Gutsweg, an dessen Ende sich ein unbewachtes Tor befand, das sie öffnen konnte, ohne absitzen zu müssen.

Sowie das vollbracht war, setzte Eustacie Rufus in Trab und ritt über den Feldweg zu der Landstraße, die nördlich durch Warninglid führte und in Hand Cross in die Mautstraße von London nach Brighton mündete.

Sie kannte den Weg gut, aber für jemanden, der es nicht gewohnt war, nach Einbruch der Nacht unterwegs zu sein, sah die Landschaft im Mondlicht völlig fremd aus. Alles war sehr still, und die Bäume, die plötzlich ungeheuerliche Dimensionen annahmen, warfen schwarze, verzerrte Schatten, die für jemanden von nervöser Veranlagung fast eine Drohung zu enthalten schienen. Eustacie war froh bei dem Gedanken, daß sie eine de Vauban und daher völlig ohne Furcht war. Sie fragte sich, warum eine Stille, die nicht einmal vom Knistern eines Zweiges gebrochen wurde, sie nicht überzeugte, daß sie allein war, sondern die völlig entgegengesetzte Wirkung hatte. Und warum mußte sie sich hinter jedem Busch und Dickicht verborgene Gefahren vorstellen? Sie genoß das alles natürlich sehr — selbstverständlich! —, aber vielleicht würde es ihr doch nicht so ganz leid tun, wenn sie Hand Cross und den Schutz der Postkutsche erreichte. Außerdem hüpften die Hutschachteln auf und ab, was sehr lästig war, und eine von ihnen ließ Anzeichen merken, sich von ihrem Riemen zu lösen. Eustacie versuchte, das in Ordnung zu bringen, es gelang ihr jedoch nur, die Sache noch schlimmer zu machen.

Bald mündete der Feldweg in die Straße nach Hand Cross, und hier war die Gegend dichter bewaldet und daher weniger hell, denn es gab ziemlich viel Nadelbäume und Stechpalmen, die kein Laub abwerfen und daher das Mondlicht verdunkelten. Es war sehr kalt, und der Schneeteppich machte es mitunter schwer, die Straße einzuhalten. Einmal stolperte Rufus fast in den Graben, und einmal schlüpfte irgendein Geschöpf (nur ein Fuchs, versicherte sich Eustacie selbst) über die Straße vor ihr. Allmählich kam es ihr vor, daß es sehr weit nach Hand Cross war. Ein Dornbusch neben der Straße warf einen Schatten, der unangenehm an einen mißgestalteten Mann erinnerte. Eustacies Herz tat einen widerwärtigen Sprung, und ganz plötzlich erinnerte sie sich an den Reiter ohne Kopf. Einen fürchterlichen Augenblick lang hatte sie entschieden das Gefühl, daß er dicht hinter ihr sei. Jede gräßliche Geschichte, die sie je über den St.-Leonards-Forst gehört hatte, kam ihr nun ungebeten in den Sinn, und sie entdeckte, daß sie sich sogar mit peinlicher Genauigkeit an die Einzelheiten einer »Abhandlung über eine seltsame und ungeheuerliche Schlange (oder einen Drachen), jüngst entdeckt und noch immer lebend«, erinnern konnte, die sie in einem muffigen alten Band in Sylvesters Bibliothek entdeckt hatte.

Hinter Warninglid wurde die Landschaft offener; obwohl es eine Erleichterung war, von den Bäumen wegzukommen, wußte Eustacie aus Erzählungen Sylvesters, daß der Wald einst diese ganze Strecke bedeckt hatte, und konnte sich daher nicht zu der Überzeugung durchringen, daß sich der kopflose Reiter an die bestehenden Grenzen hielt. Ihre Einbildung zeigte ihr Gestalten, die sich in den Hecken bewegten, und als ungefähr eine Meile hinter der Kehre von Slaugham ihr Pferd bei einem Geflatter von Weiß, das in der Dunkelheit eines Dickichts flüchtig zu sehen war, plötzlich die Ohren aufstellte und quer über die Straße heftig scheute, schluchzte Eustacie in heller Angst auf und wurde fast abgeworfen. Sie hielt Rufus an, aber sein Aufbäumen hatte dazu geführt, daß die lästige Hutschachtel sich nun völlig selbständig machte. Sie entschlüpfte dem Riemen, kollerte durch den Schnee und blieb schließlich an dem Dickicht längs der Straße liegen.

Eustacie, die Rufus mit einer Hand abklopfte, die ihn zwar beruhigen sollte, jedoch mehr zitterte als er, sah ihrer Habe ärgerlich nach. Sie glaubte sie nicht im Stich lassen zu können (was sie gern getan hätte), denn wenn sie auch völlig furchtlos war, so war sie doch nicht sehr geneigt, abzusteigen und das Gepäckstück aufzuheben. Sie saß einige Minuten lang still und starrte intensiv in das Dickicht. Rufus starrte ebenfalls mit hochgeworfenem Kopf und vorgelegten Ohren hin. Es schien sich jedoch nichts zu rühren, und Eustacie, die sich sagte, daß der Kopflose Reiter nur eine Sage sei und das Schlangen- (oder Drachen-)Ungeheuer vor fast zweihundert Jahren gelebt habe und jetzt sicher schon tot sei, biß die Zähne zusammen und stieg ab. Sie ärgerte sich sehr, als sie entdeckte, daß ihr die Knie zitterten, daher zog sie die Duellpistole aus dem Halfter, um sich mehr Mut zu verleihen, und nahm sie fest in die rechte Hand.

Obwohl Rufus das Dickicht verdächtig fand, ließ er es zu, daß sie ihn zu der Hutschachtel führte. Sie hatte sich gerade gebückt, um sie aufzuheben, als das schrille Gewieher eines Ponys keine fünf Meter von ihr entfernt sie vor Schrecken fast um den Verstand brachte. Sie kreischte entsetzt auf, sah irgend etwas sich im Schatten bewegen und kämpfte im nächsten Augenblick wie irr im Griff eines Mannes, der anscheinend aus dem Nichts auf sie zugesprungen war. Sie konnte nicht wieder aufkreischen, weil ihr eine Hand fest über den Mund gelegt worden war, und als sie den Hahn der Pistole zog, geschah nichts. Ein sehniger Arm umklammerte sie; sie wurde in die Deckung des Dickichts halb gehoben, halb gezogen, und hörte eine rauhe Stimme hinter sich knurren: »Hauen Sie ihr eins über den Kopf, dem verdammten Weibsstück!«

Ihr entsetzter Blick, der durch das Dunkel drang, gewahrte den undeutlichen Umriß eines Gesichts über sich. Ihr Häscher sagte mit dem unverkennbaren Tonfall eines Herrn: »Ich will verdammt sein, wenn ich das tue!« Er beugte sich über sie und fügte sanft hinzu: »Es tut mir leid, aber du darfst nicht kreischen. Wenn ich die Hand wegnehme — wirst du dann still sein — ganz still?«

Sie nickte. Beim ersten Klang seiner Stimme, die seltsam anziehend war, hatte sie die Angst größtenteils verlassen. Nun, als sich ihre Augen an die Dunkelheit gewöhnt hatten, sah sie, daß es ein ziemlich junger Mann war, und nach dem Umriß seines Profils gegen den mondhellen Himmel zu schließen, ein sehr ansehnlicher junger Mann.

Die Stimme des Mannes hinter ihr sprach wieder. »Jetzt ist's aber genug! Die wird noch unser Ruin sein! Lassen Sie mich ihr den Mund stopfen.«

Eustacie machte ein halberstickte Geräusch in der Kehle und versuchte die Hände hochzuheben, um sich an den Arm des jungen Mannes zu klammern. Der Lauf ihrer Pistole, die sie noch immer in der Rechten hielt, gleißte im Mondlicht und zog die Aufmerksamkeit ihres Häschers auf sich, der flüsterte: »Wenn du diese Pistole abfeuerst, ermorde ich dich! Ned, nimm ihr die Pistole weg!«

Eine schwere Hand entrang ihr die Waffe; die rauhe Stimme sagte: »Is nich geladen. Wenn Sie schon nicht mehr tun wollen, dann binden und knebeln Sie sie!«

»Nein, nein, dazu ist sie viel zu hübsch«, sagte der junge Mann, nahm die Pistole entgegen und ließ sie in die Tasche seines Friesmantels gleiten. »Du wirst nicht kreischen, nicht wahr, Liebling?«

Eustacie schüttelte den Kopf, so gut sie konnte. Die Hand gab ihren Mund frei und tätschelte ihr die Wange. »Braves Mädchen! Hab keine Angst — ich schwöre, ich tu dir nichts!«

Eustacie, die fast erstickt war, keuchte dankbar: »Ich dachte, Sie seien der Kopflose Reiter!«

»Du dachtest — was?!«

»Daß Sie der Kopflose Reiter seien.«

Er lachte. »Nun, der bin ich nicht.«

»Nein. Das kann ich sehen. Aber warum haben Sie mich so überfallen? Was tun Sie hier?«

»Was das betrifft — was tust eigentlich du hier?«

»Ich reise nach London«, erwiderte Eustacie.

»Oh!« sagte der junge Mann ziemlich zweifelnd. »Es geht mich natürlich nichts an, aber es ist eine verflixt seltsame Tageszeit, um nach London zu reisen, nicht?«

»Nein, denn ich will die Nachtpost in Hand Cross erreichen. Sie müssen mich sofort freilassen, sonst komme ich zu spät.«

Der andere Mann, der mit finsterem Blick und schweigend zugehört hatte, murmelte: »Die wird uns noch das ganze Pack auf den Hals hetzen!«

»Verdammt noch einmal, unke nicht!« sagte der Junge. »Binde ihren Gaul an!«

»Wenn Sie sie freilassen —«

»Ich lasse sie nicht frei. Du schau lieber weiter nach Abel aus und sei kein Spaßverderber!«

»Aber Sie müssen mich wirklich freilassen!« warf Eustacie in drängendem Flüstern ein. »Ich muß weg!«

Der junge Mann sagte entschuldigend: »Das Teuflische dran ist, daß ich Sie nicht fortlassen kann. Ich täte es, wenn ich könnte, aber um Ihnen die Wahrheit zu sagen —«

»Dazu ist kein Grund vorhanden!« knurrte sein Gefährte. »Ich soll verflucht sein, Herr, wenn ich nicht der Meinung bin, daß Sie unerklärlich verrückt sind!«

Eustacie, die inzwischen Zeit gehabt hatte, ihre Umgebung in Augenschein zu nehmen, entdeckte, daß die dunkleren Schatten etwas weiter weg gar keine Schatten, sondern Ponys waren. Es mußten ihrer etwa ein Dutzend sein, und während sie nach ihnen spähte, war sie allmählich imstande wahrzunehmen, was sie trugen. Sie hatte nun ungefähr zwei Jahre in Sussex gelebt und war mit dem Aussehen eines Brandyfäßchens völlig vertraut. Sie rief aus: »Ihr seid also Schmuggler!«

»Freihändler, meine Liebe, Freihändler!« erwiderte der junge Mann heiter. »Zumindest ich. Ned hier ist nur, was man einen Landschmuggler nennt. Sie brauchen ihn nicht zu beachten.«

Eustacie war so interessiert, daß sie für den Augenblick ganz die Postkutsche vergaß. Sie hatte sehr viel über Schmuggler gehört, aber obwohl sie wußte, daß sie im allgemeinen eine verwegene Bande von geächteten Halsabschneidern waren, war sie so sehr daran gewöhnt, daß ihr Großvater und der Großteil seiner Nachbarn mit ihnen zu tun hatten, daß sie ihr ungesetzliches Handwerk nicht im geringsten schockierend fand. Also sagte sie: »Nun, ich versichere Ihnen, Sie brauchen keine Angst vor mir zu haben. Mir macht es überhaupt nichts aus, daß Sie ein Schmugg— Freihändler sind.«

»Sind Sie Französin?« fragte der junge Mann.

»Ja. Aber sagen Sie, warum verstecken Sie sich hier?«

»Steuerfahnder«, erwiderte er. »Sie sind auf der Lauer. Wissen Sie — je mehr ich darüber nachdenke, um so seltsamer erscheint es mir, daß Sie hier mitten in der Nacht allein reiten.«

»Ich habe es Ihnen doch schon gesagt: Ich reise nach London.«

»Nun, es scheint mir dennoch seltsam.«

»Ja, aber sehen Sie, ich brenne nämlich durch«, erklärte ihm Eustacie. »Deshalb muß ich ja die Nachtpost erreichen. Ich reise nach London, um Erzieherin zu werden.«

Sie hatte den Eindruck, daß er lachte, er sagte jedoch völlig ernst: »Sie werden nie im Leben eine geeignete Erzieherin sein. Sie sehen nicht nach einer aus. Außerdem sind Sie nicht alt genug.«

»Ja, doch, und ich werde genau wie eine Erzieherin aussehen.«

»Sie können nichts über Erzieherinnen wissen, wenn es das ist, was Sie meinen.«

»Nun, nein, aber ich dachte, es wäre etwas sehr Gutes, das man werden kann.«

»Sicher wissen Sie es selbst am besten, aber meiner Meinung nach begehen Sie einen Fehler. Nach allem, was ich höre, haben Erzieherinnen teuflisch wenig Spaß daran.«

»Ich wollte, ich könnte Schmuggler werden«, sagte Eustacie sehnsüchtig. »Ich glaube, das gefiele mir.«

»Sie wären kein geeigneter Schmuggler«, erwiderte er kopfschüttelnd. »Wir ermutigen Frauenzimmer in diesem Beruf nicht. Er ist zu gefährlich.«

»Nun, ich halte es nicht für gerecht, daß einem, nur weil man ein Frauenzimmer ist, nie erlaubt wird, Abenteuer zu erleben!«

»Sie scheinen mir soeben ein ziemlich großes Abenteuer zu erleben«, erklärte er. »Ich hätte Sie leicht erwürgen können — ja, ich könnte es noch immer tun, wenn Sie nicht brav sind. Sie stecken in einer ziemlich schwierigen Lage.«

»Ja, ich weiß, daß ich soeben ein Abenteuer erlebe«, stimmte ihm Eustacie zu, »und natürlich genieße ich es, aber ich möchte gern weiter Abenteuer erleben, was keineswegs leicht einzurichten ist.«

»Nein, stimmt, das glaube ich auch«, sagte der Freihändler nachdenklich.

»Sehen Sie: Wenn ich ein Mann wäre, dann könnte ich ein Straßenräuber sein, oder ein Schmuggler wie Sie. Bestimmt erleben Sie viele Abenteuer.«

»Tu ich«, sagte der junge Mann ziemlich kläglich. »So viele, daß ich sie teuflisch satt habe.«

»Aber ich erlebe nur dieses eine winzige Abenteuer, und ich habe es noch nicht satt. Deshalb gehe ich ja nach London.«

»Wenn ich Ihnen raten darf«, sagte der junge Mann, »geben Sie diese Idee mit der Erzieherin auf. Versuchen Sie es mit etwas anderem.«

»Nun, vielleicht werde ich Modistin«, sagte Eustacie. »Wenn ich nach London komme, werde ich sorgfältig überlegen, was ich am besten anfangen kann.«

»Ja, aber heute nacht fahren Sie nicht nach London«, sagte er.

»Und ich fahre *doch* heute nacht! Sie verstehen das nicht! Wenn ich nicht heute nacht fahre, wird man mich finden, und dann muß ich nach Bath, um dort meine Zeit mit Puffspiel zu verbringen und mit einem Menschen ohne Empfindsamkeit verheiratet zu werden!«

Das schien ihn sehr zu beeindrucken; er sagte ernst: »Nein, das wäre zu schlimm. Wir müssen uns etwas ausdenken. Sie müssen bei mir bleiben, zumindest natürlich, bis Abel berichtet, daß die Luft rein ist. Bestimmt kommt am Morgen eine Londoner Kutsche durch Hand Cross.«

»Und ich sage Ihnen, am Morgen wird es zu spät sein!« sagte Eustacie böse. »Ich finde, Sie sind ganz abscheulich! Sie verderben alles, und noch dazu meine ich, daß Sie äußerst unverschämt sind, weil Sie mir mein Pferd weggenommen und meine Pistole gestohlen haben!«

»Habe ich gar nicht«, erwiderte er. »Ich habe Ihr Pferd nur anbinden lassen, damit es nicht weglaufen kann. Und Ihre Pistole können Sie jetzt zurückhaben, wenn Sie wünschen«, fügte er hinzu, fuhr mit der Hand in die Tasche und zog die Waffe heraus. »Obwohl — was, in aller Welt, wollen Sie mit einer ungeladenen Duellpistole anfangen —« Er schwieg plötzlich, wog die Waffe in der Hand und trat in das Mondlicht, um sie näher zu untersuchen. Eustacie sah, daß er sehr groß und blond war, mit einem gewöhnlichen Friesmantel und Reithosen bekleidet. Um den Hals trug er ein buntes Tuch, die blaßgoldenen Haare waren straff aus dem Gesicht zurückgebürstet. Er blickte von der Pistole auf und sagte scharf: »Wie sind Sie zu der da gekommen?«

»Nun, genaugenommen gehört sie nicht mir«, sagte Eustacie. »Sie —«

»Das weiß ich. Wer hat sie Ihnen gegeben?«

»Niemand!«

»Wollen Sie sagen, daß Sie sie gestohlen haben?«

»Natürlich habe ich sie nicht gestohlen! Ich habe sie mir nur geliehen, weil ich dachte, es wäre gut, eine Pistole mitzunehmen. *Du vrai* gehört sie meinem Vetter Ludovic, aber ich habe das sichere Gefühl, daß es ihm nichts ausmachen würde, sie mir zu leihen, weil er von meiner ganzen Familie der romantischste ist.«

Mit zwei schnellen Schritten war der Freihändler an ihrer Seite. »Wer, zum Teufel, sind Sie?« fragte er.

»Ich sehe nicht ein, was das *Sie* angeht —«

Er legte ihr die Hände auf die Schultern und schüttelte sie. »Das ist gleichgültig. Wer sind Sie?«

»Ich bin Eustacie de Vauban«, antwortete sie würdevoll.

»Eustacie de Vauban . . . O ja, ich hab's! Aber wie kommt es, daß Sie in England sind?«

»Nun, mein Großpapa meinte, daß man mich zur Guillotine schicken würde, wenn ich in Frankreich bliebe, daher holte er mich weg. Aber hätte ich gewußt, daß er mich zwingen würde, meinen Vetter Tristram zu heiraten, der nicht amüsant ist, wäre ich unendlich lieber zur Guillotine gegangen.«

»Daraus kann ich Ihnen keinen Vorwurf machen«, sagte er. »Ist er in Lavenham Court? Falls Sie vor ihm davonlaufen, werde ich tun, was ich kann, um ihnen zu helfen!«

»Da kennen Sie ihn also?« fragte Eustacie überrascht.

»Und ob! Ich bin Ihr romantischer Vetter Ludovic?«

Sie kreischte leise auf, was zur Folge hatte, daß er ihr wieder die Hand über den Mund legte. »Hol Sie der Teufel, machen Sie keinen Lärm! Wollen Sie die Steuerfahnder über mich bringen?«

Sie zog seine Hand herunter und hielt sie mit ihren beiden Händen fest. »Nein, nein, ich verspreche, ich werde ganz still sein! Ich bin so entzückt, Sie kennenzulernen! Ich dachte, ich würde es nie, weil Tristram sagte, Sie könnten den Fuß nie mehr auf englischen Boden setzen.«

»Ich glaube gern, daß er das gesagt hat«, erwiderte Ludovic. »Aber ich bin doch hier, trotz allem. Sie brauchen nur ein Wörtchen verlauten zu lassen, und ich habe die Detektive der Bow Street samt den Steuerfahndern auf meiner Spur.«

Sie sagte wütend: »Ich werde durchaus kein Wörtchen verlauten lassen, und meiner Meinung nach sind Sie sehr beleidigend, wenn Sie das sagen!«

Er legte die andere Hand auf die ihren. »Hat man Ihnen erzählt, warum Ich meinen Fuß nicht auf englischen Boden setzen darf?«

»Ja, aber das ist mir gleichgültig. Haben Sie den Menschen getötet, dessen Namen ich vergessen habe?«

»Nein, wirklich nicht.«

»*Bon!* Dann müssen wir sofort entdecken, wer es getan hat«, sagte Eustacie energisch. »Ich sehe jetzt, daß das hier ein viel besseres Abenteuer ist, als ich dachte.«

»Sie glauben mir also?« fragte er.

»Aber sicher!«

Er lachte, zog sie an sich und küßte sie auf die Wange. »Nun, mit Ausnahme Basils sind Sie der einzige Mensch, der es tut.«

»Ja«, sagte Eustacie. »Aber Basil mag ich trotzdem nicht.«

Er wollte ihr eben antworten, als Ned Bundy im Dunkel auftauchte und ihn am Ärmel zupfte. »Abel«, sagte er lakonisch.

Eustacie hörte das Knirschen von Ponyhufen auf dem Schnee und erblickte gleich darauf das Pony selbst mit einem kleinen dicken Mann, der rittlings auf dem Packsattel saß. Ludovic nahm Eustacie an der Hand und führte sie zu dem Neuankömmling. »Nun?« fragte er.

»Es sind ein Haufen Steuerfahnder losgelassen. Wir werden nach Cowfold zurück müssen — falls wir noch können«, sagte Mr. Bundy, als er abstieg. Er gewahrte Eustacie und schenkte ihr einen langen, gelassenen Blick. »Wo kommt dieses selbige Frauenzimmer her?« erkundigte er sich.

»Das ist meine Base. Kommen wir nicht nach Hand Cross durch?«

Mr. Bundy nahm Eustacies Identität ohne Kommentar und anscheinend ohne Interesse zur Kenntnis. »Wahrscheinlich kommen wir sogar nicht einmal bis Cowfold durch«, erwiderte er. »Sie sind hinter uns her.«

Auf diesen düsteren Ausspruch hin zog ihn sein Bruder Ned etwas beiseite und flüsterte in eindringlichem Ton mit ihm. Ludovic ging zu ihnen hinüber, um sich an der Erörterung zu beteiligen. Kurz darauf kam er wieder zu Eustacie zurück und sagte munter: »Es tut mir leid, aber ich kann Sie heute abend nicht nach London fahren lassen. Sie müssen mit uns kommen.«

»Oh, ich komme viel lieber mit euch«, versicherte ihm Eustacie. »Wohin gehen wir?«

»Südwärts«, erwiderte er kurz. »Diese verdammten Berittenen müssen von unserem Konvoi Wind bekommen haben. Ich warne Sie, es kann etwas stürmisch zugehen, bevor die Nacht vorbei ist. Los, kommen Sie!«

Er packte wieder ihr Handgelenk, ging mit ihr dorthin, wo ihr Pferd angebunden war, und hob sie ohne Umstände in den Sattel. Als Eustacie die beiden Bundys mit den beladenen Ponys beschäftigt sah, sagte sie mit dem Wunsch, es ihnen gleichzutun: »Bitte, kann ich helfen, sie zu führen?«

»Nein. Seien Sie still.«

»Aber was kann ich denn tun?«

»Nichts.«

Ned Bundy flüsterte etwas.

»Sicher, aber ich lasse einer Base von mir nicht eins auf den Schädel hauen«, sagte Ludovic. »Fertig, Abel?«

Ein Knurren war die Antwort; der Zug setzte sich südwärts in Bewegung, mit Abel an der Spitze. Ludovic bestieg ein zottiges Pony und bildete die Nachhut, noch immer Eustacies Zügel haltend. Sie nahm sofort Anstoß daran, und nach einem kurzen, aber bissigen Streit ließ er ihn los, sehr gegen den Rat Ned Bundys, der den Konvoi entlangritt und die Säumigen mit der Peitsche antrieb.

Eustacie unterbrach Mr. Bundys gemurmelte Vorschläge zur Beseitigung ihrer Person, indem sie ruhig verkündete, sie habe ihn jetzt endgültig satt, eine Bemerkung, die den bissigen Herrn so sehr überraschte, daß ihm nichts einfiel, was er hätte erwidern können, und er sich an die Spitze des Zuges verzog. »Warum will er mir eins über den Schädel hauen?« fragte Eustacie und sah ihm kritisch nach. »Mir scheint, er ist dumm.«

»Er hält nichts davon, Frauen in diese Angelegenheiten zu verwickeln«, erklärte ihr Ludovic. »Sie sind uns nämlich teuflisch im Weg.«

»Aber Ihnen macht es nichts, daß ich bei Ihnen bin, nicht wahr?« fragte Eustacie ängstlich.

»Himmel, nein, mir gefällt es!« erwiderte Ludovic fröhlich. »Nur wird es ihnen nicht sehr gefallen, falls geschossen wird.«

»O doch«, sagte Eustacie. »Ja, ich wünsche sehr, daß Sie meine Pistole für mich laden und sie mir zurückgeben, denn wenn es eine Schießerei geben sollte, möchte ich auch sehr gern schießen.«

»Es ist nicht Ihre Pistole«, erwiderte er scharf. »Es ist meine, und lassen Sie sich sagen, daß ich meine Duellpistolen niemandem leihe. Wo ist die zweite?«

»Ich habe sie in der Kassette gelassen. Ich glaube, Sie sollten froh sein, sie mir zu leihen.«

»Nun, ich bin's aber nicht. Wo haben Sie diese Idee her, daß ich romantisch sei?«

»Aber Sie haben doch ein sehr romantisches Leben geführt; natürlich wußte ich, daß Sie romantisch sind!«

»Ich habe ein verdammt unbehagliches Leben geführt. Erzählen Sie mir mehr über diese Ihre Heirat. Warum müssen Sie Tristram heiraten, wenn Sie nicht wollen? Ist das Sylvesters Werk?«

»Ja, er hat für mich eine *mariage de convenance* arrangiert, aber jetzt ist er tot, und ich werde meine Angelegenheiten selbst in die Hand nehmen.«

»Was — Sylvester ist tot?« rief Ludovic aus.

»Ja, seit drei Tagen. Daher sind jetzt Sie Lord Lavenham.«

»Das wird mir schon viel nützen!« sagte Ludovic. »Wo ist Basil?«

»Er ist natürlich im Dower House, und Tristram ist im Herrenhaus.«

»Ich muß versuchen, Basil zu sprechen. Man wird etwas wegen der Nachfolge unternehmen müssen. Ich jedenfalls kann nicht in Sylvesters Fußstapfen treten.«

»Nun, ich will nicht, daß er's tut, und ich glaube, es wäre besser, wenn Sie nicht mit ihm sprächen«, sagte Eustacie.

»Oh, der Beau ist harmlos!« Er unterbrach sich plötzlich, als der Zug anhielt, packte Rufus' Zügel am Gebiß und brachte ihn zum Stehen. »Still jetzt!« Er saß still und lauschte angestrengt. Eustacie, die ebenfalls angestrengt horchte, fing das schwache Geräusch von Pferdehufen in der Ferne auf. »Bleiben Sie, wo Sie sind!« befahl Ludovic und ritt an die Spitze des Zuges.

Obwohl Eustacie gern an der Beratung der drei Männer teilgenommen hatte, hielt sie es doch für besser zu gehorchen. Ihr Vetter Ludovic schien von autokratischer Veranlagung zu sein und erinnerte sie stark an seinen Großvater.

Nach einem kurzen Gespräch mit den Bundys kam er zu ihr zurück und sagte in seiner raschen, befehlenden Art: »Wir werden versuchen müssen, diese verdammten Steuerfahnder von unserer Spur abzulenken. Ich weiß nicht, was zum Teufel ich mit Ihnen anfangen soll, also ist es besser, Sie kommen mit mir. Schließlich wollten Sie ein Abenteuer haben, und ich kann Sie zu dieser Nachtstunde nicht allein auf dem Land herumzigeunern lassen.«

Daß es vorstellbar war, eine einsame Reise nach London könne immerhin von weniger Gefahren begleitet sein als eine freundschaftlich mit einer Gruppe von Schmugglern verbrachte Nacht, kam ihm anscheinend nicht in den Sinn. Er stieg von seinem Pony ab und fügte hinzu: »Außerdem brauche ich Ihr Pferd.«

»Dann soll also ich das Pony reiten?« fragte Eustacie, bereitwillig, jedoch zweifelnd.

»Nein, ich werde Sie vor mich auf den Sattel nehmen«, erwiderte er. »So kann ich mich besser um Sie kümmern. Außerdem könnte das Pony mit dem Pferd nicht Schritt halten.« Er übergab sein Tier in die Obhut des älteren Bundy und sagte: »Alles Gute, Abel. Zerbrich dir nicht den Kopf um mich.«

»Seien Sie lieber vorsichtig«, sagte Mr. Bundy düster. »Sie waren noch nie vernünftig und werden es auch nie werden.«

Ludovic stieg hinter Eustacie in den Sattel und rückte sie in seiner Armbeuge zurecht. »Es ist mir unverständlich, wie Sie in einem solchen Sattel reiten können«, bemerkte er, während er Rufus herumwarf. »Und was, zum Donnerwetter, ist dieses Ding da?«

»Natürlich eine Hutschachtel.«

»Nun, sie ist mir teuflisch im Weg«, sagte Ludovic. »Macht es Ihnen etwas aus, wenn ich sie losschneide?«

»Nein, wirklich nicht. Ich habe sie auch schon satt«, erwiderte Eustacie vergnügt. »Außerdem habe ich die andere ohnehin verloren.«

Man war die Hutschachtel bald los. Eustacie sah ihr nach, als sie zu Boden kollerte, und bemerkte kichernd, falls Tristram das Ding fände, würde er bestimmt glauben, daß man sie ermordet habe.

Ludovic hatte Rufus zu einem leichten Galopp angetrieben. Eustacie schien es, daß er geradewegs die Richtung auf die sie verfolgenden Steuerfahnder einschlug. Sie wies darauf hin, und er erwiderte: »Natürlich. Ich sagte Ihnen ja, daß ich sie von der Spur ablenken will. Wenn ich sie dazu bringen kann, mich zu jagen, wird Abel Zeit haben, ein ihm bekanntes Versteck zu erreichen. Wir werden sie in den Forst locken.«

»Und wenn wir das getan haben, was kommt dann?«

»Oh, ihnen entwischen!« sagte Ludovic sorglos. »Danach werde ich überlegen müssen, was man mit Ihnen anfängt, aber jetzt haben wir keine Zeit dazu.« Dabei zügelte er das Pferd. Und Eustacie bemerkte, daß sie fast bis zu dem Dickicht zurückgeritten waren, wo sie dem Zug zuerst begegnet war. Irgendwo in der Nähe konnte sie eine Bewegung und schwaches Stimmengeräusch hören. Ludovic ritt leise von der Straße weg in den Schutz der Bäume.

»Das habe ich mir gedacht«, sagte er. »Sie durchsuchen das Dickicht. Darf ihnen keine Zeit lassen, die Ponyspuren zu finden. Jetzt seien Sie still und halten Sie sich am Sattelknopf fest.«

Seine Bewegungen im Kreis nachher waren verblüffend, aber anscheinend planmäßig. Eustacie, die sich gehorsam am Sattelknopf festhielt, schien es, daß sie das Dickicht nordwärts im Kreis umritten. Jetzt konnte sie das Geräusch trampelnder Hufe und zurückschnellender Zweige deutlich hören.

»Wir müssen den armen Teufeln etwas zu denken geben«, flüsterte ihr Ludovic zu. »Jetzt kreischen Sie nicht!«

Es war gut, daß er diese Warnung ausgesprochen hatte, denn die unmittelbar darauffolgende Explosion seiner Pistole ließ Eustacie fast aus der Haut fahren. Es gelang ihr durch Anwendung heldenhafter Selbstbeherrschung, nicht zu kreischen, als jedoch fast sofort darauf ein Schuß denjenigen Ludovics beantwortete, konnte sie sich ein angstvolles Aufkeuchen nicht verkneifen.

»Ich dachte ja, daß sie das wachkitzeln würde«, sagte Ludovic. »Und jetzt nichts als drauf los!«

Er riß den schnaubenden, zitternden Rufus herum und ließ ihm die Zügel schießen. Rufus tat einen Sprung vorwärts und jagte krachend mit größtem Lärm und Schrecken durch das Unterholz. Irgendwo hinten erklang ein Schrei; ein zweiter Schuß fiel; und Eustacie wußte mit Genugtuung, daß sie nun mit dem Steueramt Seiner Majestät in eine ziemliche Verwicklung geraten war. Sie ließ den Sattelknopf mit einer Hand los und packte Ludovics Mantel fest, da er ihr einen sichereren Halt zu gewähren schien. Ludovic blickte rasch mit einem Lächeln auf sie nieder. »Angst?«

»Nein!«

»Jetzt werden wir einen kleinen Galopp einlegen, also fest anhalten!« Sie kamen aus dem Schutz der Baumdeckung auf eine offene Strecke. Der Mond wurde zwar soeben von einer vorbeiziehenden Wolke verdunkelt, aber es war hell genug, daß die Verfolger das fliehende Pferd sehen konnten. Fast gleichzeitig krachten zwei Schüsse, und Eustacie spürte, daß der Arm, der sie umfing, einen seltsamen Ruck machte. Sie hörte, wie ihr Vetter scharf den Atem einzog. »Bei Gott, in den Arm getroffen!« sagte er. »Ei, wer hätte gedacht, daß Steuerfahnder so genau zielen könnten?«

»Sind Sie verletzt?« rief Eustacie.

»Keine Spur!« lautete die heitere Antwort. Er blickte flüchtig über die Schulter zurück. »Ich glaube, es sind ihrer vier, und sie reiten außerdem schnell. Man kann sich immer darauf verlassen, daß ein Steuerfahnder seiner Nase folgt ... Aber so ist's schon besser.«

Sie waren wieder in Deckung. Er ließ Rufus in Trab fallen und lenkte ihn durch das Randgebiet des Großen Forsts leicht dahin und dorthin. Nach sehr kurzer Zeit dieses regellosen Vordringens kam sich Eustacie völlig verirrt vor, es war jedoch offenkundig, daß ihr Vetter den Großen Forst wie seine Westentasche kannte, denn sie drangen ständig tiefer in die Finsternis des Waldes ein. Es klang so, als seien die Verfolger hinter ihnen in Schwierigkeiten geraten, sie hatten sie jedoch noch nicht ganz abgeschüttelt, und einmal hielt Ludovic das Pferd an, damit die Verfolger Zeit hatten, näher zu kommen. Da sie Anzeichen verrieten, die Jagd aufzugeben, feuerte er einladend seine zweite Pistole ab. Das hatte die verlangte Wirkung. Der Wald hallte wider von Schüssen, und Ludovic ritt von neuem in nördliche Richtung.

Eine halbe Stunde später verloren sie endlich die Steuerfahnder, und Ludovic schwankte im Sattel.

»Sie sind ja doch verletzt!« sagte Eustacie beunruhigt.

»O nein, nur ein Kratzer!« murmelte er. »Jedenfalls haben wir sie derart im Kreis herumgeführt, daß sie einander bis zum Tagesanbruch gegenseitig jagen werden.«

Eustacie legte ihre Hände auf die seinen und brachte Rufus zum Stehen. »Wo sind Sie verletzt?« fragte sie.

»Linke Schulter. Ich glaube, wir nehmen lieber das Risiko auf uns und reiten nach Hand Cross.«

»Ja, aber zuerst will ich Ihre Schulter verbinden. Bluten Sie stark?«

»Wie ein Schwein«, sagte Ludovic.

Sie glitt zu Boden, steif und etwas wundgeritten, sagte aber befehlend: »Steigen Sie ab. Wenn Sie wie ein Schwein bluten, werden Sie sterben. Und ich will durchaus nicht, daß Sie sterben.«

Er lachte, stieg jedoch ab und fand sich von zwei kleinen, aber fähigen Händen gestützt. Er taumelte, sank in die Knie und sagte: »Verdammich, ich muß ärger getroffen worden sein, als ich wußte! Am besten, Sie nehmen das Pferd und verlassen mich.«

»Ich werde Sie nicht verlassen«, erwiderte Eustacie und riß eifrig den Volant ihres Unterrocks ab. »Ich werde Sie nach Hand Cross bringen.«

Da sie keine Antwort erhielt, musterte sie ihn genauer und entdeckte zu ihrem Ärger, daß er ohnmächtig geworden war. Im Augenblick wußte sie nicht, was sie tun sollte, als sie ihn jedoch berührte und die Hand naß von Blut zurückzog, entschied sie, daß es das Dringendste war, seine Wunde zu verbinden. Sie machte sich prompt an die Aufgabe, ihn aus seinem Mantel zu schälen. Das war keineswegs leicht, aber sie brachte es schließlich doch zuwege. Es gelang ihr, so gut sie es bei dem kümmerlichen Licht vermochte, die Streifen von ihrem Unterrock um seine Schulter zu winden. Während sie ihren Verband so eng wie möglich festzog, kam Ludovic wieder zu Bewußtsein. Er lag einen Augenblick still und sah sie blinzelnd an.

»Was, zum — oh, ich erinnere mich!« sagte er schwach. »Geben Sie mir etwas Brandy. Feldflasche in meinem Mantel.«

Sie band einen festen Knoten, fand den Brandy, hob Ludovic den Kopf und hielt ihm die Feldflasche an die Lippen. Er erholte sich genügend, um mühsam auf die Beine zu kommen und seinen Mantel wieder anzuziehen. »Wissen Sie, bei Tristram wären Sie vergeudet«, sagte er. »Helfen Sie mir in den Sattel, und wir erreichen Hand Cross ja doch noch.«

»Ja, aber jetzt werde ich den Zügel nehmen«, sagte Eustacie.

»Ganz wie Sie sagen, meine Liebe«, erwiderte er fügsam.

»Und Sie werden Ihre Arme um mich legen und nicht hinunterfallen.«

»Keine Sorge, ich werde nicht hinunterfallen.«

Eustacie fand einen geeigneten umgestürzten Baum, den sie als Aufsteigeblock benützen konnte. Sie führte ihr müdes Pferd hin, und es gelang ihr, in den Sattel zu kommen. Dann ritt sie zu Ludovic zurück und beschwor ihn, hinter ihr aufzusitzen. Es gelang ihm, aber die Anstrengung führte fast einen zweiten Ohnmachtsanfall herbei. Er nahm wieder Zuflucht zum Brandy, der ihm den Kopf soweit klar machte, daß er zu sagen vermochte: »Folgen Sie diesem Weg; er bringt uns auf die Mautstraße nördlich von Hand Cross. Wenn Sie den alten Nye im Roten Löwen wecken können, wird er mich aufnehmen.«

»Was soll ich tun, wenn ich einen Steuerfahnder sehe?« erkundigte sich Eustacie.

»Beten«, war die lakonische Antwort.

Sie trafen jedoch keinen Steuerfahnder auf dem Weg, der durch den Großen Forst führte, und als sie eine Meile oberhalb von Hand Cross auf die Mautstraße herauskamen, war Eustacie viel zu besorgt um ihren Vetter, um viel Gedanken für einen Steuerbeamten auf Schmugglersuche übrigzuhaben. Ludovic schien sich im Sattel mehr instinktmäßig als durch bewußte Anstrengung zu halten. Eustacie wagte es nicht, Rufus auch nur zum Trab anzutreiben. Sie hatte Ludovics gesunden Arm um ihre Mitte gezogen und hielt ihn dort an seiner schlaffen Hand fest. Der Weg nach Hand Cross schien endlos zu sein, endlich aber kam der einsame Gasthof doch in Sicht, ein dunkler Gebäudekomplex, der sich gegen den Himmel abhob. Es war nun schon lange nach Mitternacht, und hinter den Fensterläden schimmerte kein Licht. Eustacie hielt Rufus vor der Tür an und ließ Ludovics Hand los. Sie fiel kraftlos an seiner Seite hinunter; Eustacie erkannte, daß er wieder ohnmächtig geworden sein mußte; er lehnte sehr schwer an ihr. Sie hoffte, daß er nicht aus dem Sattel fiel, wenn sie abstieg. Sie glitt hinunter und war erleichtert, als sie bemerkte, daß er nur auf Rufus' Hals vorsank. Im nächsten Augenblick hatte sie die Klingelschnur gepackt und erfüllte den stummen Gasthof mit aufgeregtem hallendem Geläute.

Die Tür wurde so schnell geöffnet, daß Eustacie, die Gerüchte vernommen hatte, wonach Joseph Nye vom Roten Löwen mehr über die Freihändler wisse, als er zugab, sofort vermutete, er habe auf eben den Geleitzug gewartet, den sie getroffen hatte. Er öffnete persönlich die Tür, völlig angekleidet, hielt eine Laterne in der Hand und sah ziemlich erschrocken drein. Als er Eustacie erblickte, starrte er sie an, als traute er seinen Augen nicht, und keuchte: »Miss! Aber, Miss!«

Eustacie packte ihn drängend am Arm. »Bitte helfen Sie mir sofort! Ich bringe meinen Vetter Ludovic mit, und er sagte, Sie würden ihn aufnehmen. Aber er ist verwundet, und ich glaube, er stirbt!« Womit sie in Tränen ausbrach, denn sie hatte sehr viele Aufregungen erlebt und war von ihnen ganz erschöpft.

4

Der Wirt trat unwillkürlich einen Schritt zurück. »Miss, sind Sie verrückt geworden?«

»Nein«, schluchzte Eustacie.

Er blickte ungläubig in das Mondlicht hinaus, als er jedoch die zusammengesackte Gestalt auf dem Rücken Rufus' sah, tat er einen entsetzten Ausruf. Er drückte Eustacie die Laterne in die Hand und lief hinaus. Der Wirt war ein großer Mann mit mächtigen Muskeln. Er hob Ludovic mit überraschender Leichtigkeit aus dem Sattel, trug ihn in den Gasthof und ließ ihn auf eine Holzbank mit hoher Lehne nieder, die neben dem Kamin stand. »Mein Gott, was ist ihm zugestoßen? Was tut er hier?« fragte er leise.

»Ein Steuerfahnder hat ihn angeschossen. oh, glauben Sie, daß er stirbt?«

»Stirbt? Nein! Aber wenn man ihn hier findet —!« Er unterbrach sich. »Ich muß dieses Pferd in den Stall und außer Sicht bringen. Bleiben Sie hier, Miss, und rühren Sie ihn nicht an! Gottchen, Gottchen, das ist ja eine nette Bescherung!« Er nahm einen Wachsstock von dem hohen Kaminsims, entzündete ihn an der Flamme der Laterne und reichte ihn Eustacie. »Zünden Sie die Kerzen an, Miss, und verhalten Sie sich so still wie nur möglich! Ich habe Gäste im Haus.« Dabei hob er die Laterne auf und ging hinaus; die Tür zog er leise hinter sich ins Schloß.

Auf dem Tisch stand ein Leuchter mit halb heruntergebrannten Kerzen. Eustacie zündete sie an, drehte sich um und blickte angstvoll auf ihren Vetter hinunter.

Er lag auf der Holzbank, ein Arm hing herunter, und sein Gesicht war erschreckend blaß. Da sie nicht wußte, was sie für ihn tun konnte, sank sie neben ihm auf die Knie, hob seine baumelnde Hand auf und hielt sie in den ihren fest. Zum erstenmal konnte sie ihn deutlich sehen. Wenn sie ihm bei Tageslicht begegnet wäre, hatte sie ihn als einen Lavenham erkennen müssen, denn hier war Sylvesters Hakennase und sein humorvoller Mund, zwar dank der Jugend weicher, aber unverkennbar. Ludovic war mager und langgliedrig, größer als Sylvester gewesen war, jedoch mit den gleichen schlanken Händen, dem hochgewölbten Rist und der gleichen Furche in dem eigenwilligen Kinn.

Eustacie schien es, daß er kaum atmete; sie legte ihm den schlaffen Arm über die Brust und lockerte das Tuch um seinen Hals. »O bitte, Vetter Ludovic, stirb nicht!« bat sie.

Sie hörte eine leichte Bewegung auf der Treppe hinter sich, und als sie den Kopf wandte, erblickte sie eine hochgewachsene Frau im Morgenmantel, die mit einer Kerze in der Hand auf der obersten Stufe der Treppe stand und auf sie herunterblickte. Eustacie sprang auf. Sie stand da, als wolle sie den bewußtlosen Ludovic verteidigen, und starrte die Neuangekommene herausfordernd an.

Die Dame mit der Kerze sagte mit einem Zwinkern in den grauen Augen: »Erschrecken Sie nicht! Ich versichere Ihnen, ich bin kein Geist. Sie haben mich mit Ihrem Läuten aufgeweckt, und weil ich von neugieriger Veranlagung in, stand ich auf, um zu sehen, was, in aller Welt, vor sich geht.« Sie kam, während sie sprach, die Treppe herunter und erblickte Ludovic. Ihre Augenbrauen hoben sich, sie sagte jedoch gelassen: »Ich sehe, ich habe mich in ein Abenteuer gestürzt. Ist er schlimm verletzt?«

»Ich glaube, er stirbt«, antwortete Eustacie tragisch. »Er hat geblutet und geblutet und geblutet!«

Die Dame stellte die Kerze hin und kam zu der Kaminbank. »Das klingt wirklich sehr schlimm, aber vielleicht ist es doch nicht so hoffnungslos«, sagte sie. »Sollen wir nachsehen, wo er verletzt ist?«

»Nye sagte, ich solle ihn nicht anrühren«, erwiderte Eustacie zweifelnd.

»Oh, er ist ein Freund Nyes, ja?« sagte die Dame.

»Nein — zumindest, in gewisser Weise ja. Er ist mein Vetter, aber Sie dürfen mich nichts über ihn fragen, und Sie dürfen niemandem sagen, daß Sie ihn je gesehen haben!«

»Sehr gut, ich werde es nicht tun«, sagte die Dame gelassen.

In diesem Augenblick kam der Wirt von der Hinterseite des Hauses in den Kaffeesalon zurück, gefolgt von einem kleinen Mann mit einem verrunzelten, ledernen Gesicht und dünnen Beinen. Als Nye die große Frau erblickte, sah er fassungslos drein und sagte mit seiner tiefen, rauhen Stimme: »Ich bitte um Verzeihung, Ma'am — Sie wurden gestört. Es ist nichts — nichts als ein mir bekannter Bursche, der durch ein bißchen Wildern in Schwierigkeiten geraten ist.«

»Natürlich wildert er mitten im Februar«, stimmte ihm die Dame zu. »Es wäre besser, Sie bringen ihn ins Bett und sehen sich seine Verletzungen an.«

»Das will ich ja gerade tun, Ma'am«, erwiderte Nye grimmig. »Faß ihn an den Beinen, Glem!«

Eustacie sah zu, wie die beiden Männer ihren Vetter vorsichtig von der Kaminbank hoben und ihn die Treppe hinauftrugen; dann wandte sie ihre Aufmerksamkeit der großen Dame zu, von der sie mit einer Art belustigten Interesses betrachtet wurde. »Es sieht bestimmt sehr seltsam für Sie aus«, sagte Eustacie streng, »aber Sie hätten nicht herunterkommen sollen.«

»Ich weiß«, sagte die Dame entschuldigend, »aber bitte, sagen Sie mir nicht, ich solle wieder zu Bett gehen, denn ich könnte kein Auge zutun, während direkt vor meiner Nase ein Abenteuer seinen Lauf nimmt! Ich darf mich Ihnen vorstellen: Ich bin eine gewisse Sarah Thane, ein höchst unbedeutendes Geschöpf, und reise mit meinem Bruder, den Sie da oben schnarchen hören können, nach London.«

»Oh!« sagte Eustacie. »Natürlich, wenn es Ihnen ganz klar ist, daß das hier eine sehr geheime Angelegenheit ist —«

»O ja, wirklich!« sagte Miss Thane ernst.

»Aber ich muß Sie warnen, daß sehr viel Gefahr damit verbunden ist.«

»Es könnte nicht besser sein«, erklärte Miss Thane. »Sie müssen wissen, daß ich bisher das allerlangweiligste Dasein geführt habe.«

»Haben Sie Abenteuer auch gern?« fragte Eustacie und maß sie mit einem nachsichtigen Auge.

»Meine liebe Dame, ich habe mein ganzes Leben lang nach Abenteuern Ausschau gehalten.«

»Nun ja, das hier ist ein höchst romantisches Abenteuer«, sagte Eustacie geheimnisvoll, »und es ist ganz sicher, daß mein Vetter Tris — daß mich Leute hier suchen werden. Sie müssen versprechen, mich nicht zu verraten, und besonders meinen Vetter Ludovic nicht, dem es nicht erlaubt ist, den Fuß auf englischen Boden zu setzen — Sie verstehen.«

»Keine Macht der Erde soll mir eine Silbe entringen«, versicherte ihr Miss Thane.

»Dann werde ich vielleicht erlauben, daß Sie mir helfen, meinen Vetter Ludovic zu verbergen«, sagte Eustacie voller Edelmut. »Nur glaube ich, ist es besser, wenn ich Ihnen überhaupt nichts erzähle, bis ich mit ihm gesprochen habe. Ich kenne ihn nämlich nicht sehr gut, und vielleicht wäre es ihm lieber, daß Sie nichts erfahren.«

»O nein, erzählen Sie mir nichts!« sagte Miss Thane. »Ich habe das Gefühl, daß es mir die Sache fast verderben würde, wenn Sie sie mir erklärten. Sie brennen nicht vielleicht zufällig mit Ihrem Vetter durch?«

»Aber natürlich nicht! *Voyons*, wie könnte ich mit ihm durchbrennen, wenn ich ihn doch eben erst kennengelernt habe? Das wäre ganz albern!«

»Oh, wenn Sie ihn eben erst kennengelernt haben, dann wäre es vermutlich so«, stimmte ihr Miss Thane bedauernd zu. »Schade — denn ich habe mir oft gedacht, daß ich gern bei einer Entführung mithelfen würde. Man kann jedoch nicht alles haben. Ich habe den Eindruck, daß wir nachsehen sollten, was man für seine Wunde tun kann. Ich will mich natürlich nicht einmischen.«

»Sie haben ganz recht«, sagte Eustacie. »Ich werde sofort zu ihm hinaufgehen. Sie dürfen mitkommen, wenn Sie wollen.«

»Danke«, sagte Miss Thane demütig.

Joseph Nye hatte Ludovic in ein kleines Schlafzimmer an der Rückseite des Hauses getragen und ihn auf das chintzumhangene Bett gelegt. Der Schankbursche zündete soeben ein Feuer auf dem Kaminrost an, und Nye hatte Ludovic den Mantel ausgezogen und die Schulter bloßgelegt, als die beiden Frauen ins Zimmer traten.

Eustacie erschauerte beim Anblick der häßlichen Wunde, die noch immer ziemlich stark blutete, Miss Thane jedoch ging an das Bett und sah Nye zu. Seine Hände waren trotz ihrer Größe wirklich geschickt. Miss Thane nickte befriedigt und sagte: »Glauben Sie, daß Sie die Kugel herausholen können?«

»Ja, aber ich brauche Wasser und Verbandzeug. Glem! Laß das und hol mir eine Schüssel und alles Leinen, das du finden kannst!«

»Bringe Er lieber auch etwas Brandy mit«, fügte Miss Thane hinzu, nahm dem Schankburschen den Blasebalg aus den Händen und setzte ihn in Tätigkeit.

Eustacie, die am Fußende des Bettes stand, sah, wie Nye ein Klappmesser aus der Tasche zog und es öffnete. Sie verließ etwas hastig ihren Posten. »Ich glaube«, sagte sie mit ziemlich schwacher Stimme, »es ist besser, wenn ich mich um das Feuer kümmere, Mademoiselle, und Sie Nye helfen. Nicht, daß ich Blut nicht mag«, erklärte sie, »aber ich glaube, ich will ihm nicht zusehen, wenn er Kugeln aus meinem Vetter Ludovic herausbohrt.«

Miss Thane übergab ihr sofort den Blasebalg und sagte, solche Bedenken seien leicht zu verstehen. Glem kam kurz darauf mit einer Schüssel und einer Menge alten Leinenzeugs zurück, und Eustacie beschränkte ihre Aufmerksamkeit ziemlich lange ausschließlich auf das Feuer.

Da Miss Thane bemerkte, daß der Wirt wußte, was zu tun war, tat sie schweigend, was er ihr sagte, und äußerte keine Kritik. Erst als er die Kugel herausgeholt hatte und die Wunde auswusch, wagte sie sich leise zu erkundigen, ob er meine, daß irgendein lebenswichtiger Punkt in Mitleidenschaft gezogen sei. Nye schüttelte den Kopf.

»Ich hole Basilikumpuder«, sagte Miss Thane und ging leise in ihr Zimmer hinüber.

Als der Puder angewendet worden und die Schulter verbunden war, zeigte Ludovic allmählich Anzeichen, das Bewußtsein wiederzuerlangen. Miss Thanes Hirschhornsalz, das man ihm unter die Nase hielt, machte seine Lider flattern, und etwas purer Brandy, von Nye eingeflößt, brachte ihn ganz zu sich. Er öffnete ein verwirrtes blaues Augenpaar und blinzelte den Wirt verständnislos an.

»Eh, Mr. Ludovic, so ist's schon besser!« sagte Nye.

Ludovics Blick wanderte an ihm vorbei zu Miss Thane, verweilte stirnrunzelnd einen Augenblick auf ihr und kehrte zu der Betrachtung von Nyes eckigem Antlitz zurück. Ein Blick des Erkennens dämmerte auf. »Joe?« fragte Ludovic schwach und verwirrt.

»Ja, ich bin's, der Joe, Sir. Aber strengen Sie sich jetzt nicht an!«

Die Erinnerung kam Ludovic zurück. Er mühte sich auf seinen gesunden Ellbogen hoch. »Dieser verdammte Steuerfahnder. Das Kind — eine Base von mir —, wo ist es?«

Beim ersten Klang seiner Stimme hatte Eustacie den Blasebalg fallen gelassen und war zum Bett geflogen. »Ich bin hier, *mon cousin!*« sagte sie und sank neben ihm auf die Knie.

Er streckte seine gesunde Hand aus, nahm ihr Kinn und drehte ihr Gesicht, damit er es prüfend betrachten konnte. »Ich wollte mir Sie schon die ganze Zeit ansehen, mein Bäslein!« sagte er. Ein Lächeln zitterte um seinen Mund. »Ich hab mir's doch gedacht! Sie sind bildhübsch.« Er sah eine Träne auf ihrer Wange glitzern und sagte sofort: »Weshalb weinen Sie denn? Gefällt Ihnen Ihr romantischer Vetter Ludovic nicht?«

»O doch, aber ich dachte, daß Sie sterben würden!«

»Gott, nein!« sagte er heiter. Er ließ es zu, daß Nye ihn in die Kissen zurücklegte, zog Eustacies Hand an die Lippen und küßte sie. »Sie müssen mir versprechen, daß Sie Ihren Ausflug nach London nicht fortsetzen. Das geht nicht.«

»O nein, natürlich fahre ich nicht! Ich werde bei Ihnen bleiben.«

»Bei Gott, ich wünschte, Sie könnten es!« sagte er.

»Aber sicher kann ich das. Warum nicht?«

»*Les convenances*«, murmelte Ludovic.

»A bah, um die kümmere ich mich nicht! Wenn man ein Abenteuer erlebt, ist es nicht die richtige Zeit, an so etwas zu denken. Außerdem, wenn ich nicht bei Ihnen bleibe, werde ich Tristram heiraten müssen. Ich habe meine beiden Hutschachteln verloren, und das macht es unmöglich, nach London weiterzufahren.«

»Nun ja, Tristram können Sie nicht heiraten, das ist einmal sicher!« sagte Ludovic, von dieser Beweisführung augenscheinlich beeindruckt.

Hier warf Nye ein: »Mr. Ludovic, was tun Sie eigentlich hier? Sind Sie wahnsinnig geworden, daß Sie in den Wald kommen? Wer hat Sie angeschossen?«

»Irgendein verdammter Steuerfahnder. Wir brachten vorvorige Nacht eine Ladung Brandy und Rum an Land, und ich wollte erfahren, was sich hier tut. Ich kam mit Abel herauf.«

Nye legte ihm schnell die Hand auf den Mund und sandte einen warnenden Blick in die Richtung Miss Thanes.

»Sie brauchen sich nicht um mich zu kümmern«, sagte sie entgegenkommend. »Ich habe mich zur Geheimhaltung verpflichtet.«

Ludovic wandte den Kopf, um sie anzusehen. »Ich bitte um Verzeihung, aber wer, zum Donnerwetter, sind Sie?«

»Miss Thane, Sir, die hier logiert.«

»Ja«, unterbrach ihn Eustacie, »und ich glaube, daß sie wirklich sehr vernünftig ist, *mon cousin*. Sie möchte uns unendlich gern helfen.«

»Aber wir brauchen keine Hilfe!«

»Aber natürlich brauchen wir Hilfe, weil Tristram mich suchen wird, und die Steuerfahnder vielleicht Sie, und Sie müssen versteckt werden.«

»Und das ist noch dazu auch wirklich wahr«, murmelte Nye. »Sie bleiben heute nacht, wo Sie sind, Sir, aber für längere Zeit ist das nicht sicher genug. Ich bringe Sie dorthin, wo Sie in den Keller schlüpfen können, wenn Alarm gegeben wird.«

»Ich will verdammt sein, wenn ich mich in irgendeinen Keller stecken lasse!« sagte Ludovic. »Ich bin weg, sobald ich mich auf den Beinen halten kann.«

»Nein, das werden Sie nicht«, sagte Eustacie. »Ich habe fest beschlossen, daß Sie aufhören müssen, Freihändler zu sein, und statt dessen Lord Lavenham werden.«

»Das scheint mir eine ganz ausgezeichnete Idee zu sein«, bemerkte Miss Thane. »Ich nehme an, das geht ganz leicht?«

»Wenn Sylvester tot ist, bin ich Lord Lavenham, aber das nützt mir nichts. Ich kann nicht in England bleiben.«

»Aber wir werden doch daraufkommen, wer es war, der den Mann tötete, dessen Namen ich nicht behalten kann«, erklärte Eustacie.

»Oh, wirklich?« sagte Ludovic. »Mir soll's recht sein, aber wie sollen wir das anfangen?«

»Nun, das weiß ich noch nicht, aber wir werden einen Plan machen, und ich glaube, Miss Thane könnte vielleicht sehr nützlich sein, weil sie mir eine Person von weitherzigen Ansichten zu sein scheint. Wenn man ihr klarmacht, daß sie Ihr Leben in der Hand hat, wird sie sich interessieren und wünschen, uns beizustehen.«

»Halte ich wirklich sein Leben in meiner Hand?« erkundigte sich Miss Thane. »Wenn dem so ist, bin ich natürlich sehr daran interessiert. Ich will Ihnen sicher beistehen. Ja, ich möchte um nichts in der Welt bei dieser Geschichte übergangen werden.«

Ludovic rückte auf seinen Kissen herum und sagte mit einer schmerzverzerrten Grimasse: »Sie wissen anscheinend schon so viel, Ma'am, daß Sie genausogut auch erfahren können, daß ich von der Justiz wegen Mordes gesucht werde!«

»Wirklich?« sagte Miss Thane und entfernte sanft eines der Kissen. »Wie schockierend! Glauben Sie, daß Sie ein bißchen schlafen könnten, wenn wir Sie allein lassen?«

Er sah zu ihr auf und lachte schwach. »Ma'am, kümmern Sie sich an meiner Statt um meine Base, und ich werde tief in Ihrer Schuld stehen.«

»Aber sicher!« sagte Miss Thane in ihrer gelassenen Art.

Zehn Minuten später hatte es sich Eustacie in einem Sessel am Kamin in Miss Thanes Schlafzimmer bequem gemacht und schlürfte dankbar eine Tasse heißer Milch. Miss Thane setzte sich neben sie und sagte mit ihrem freundlichen Lächeln »Ich hoffe, Sie haben vor, mir alles zu erzählen, denn ich sterbe vor Neugier. Ich weiß nicht einmal, wie Sie heißen.«

Eustacie betrachtete sie einen Augenblick. »Nun, ich glaube, ich erzähle es Ihnen«, entschied sie. »Ich bin Eustacie de Vauban, und mein Vetter Ludovic ist Lord Lavenham of Lavenham Court. Er ist der zehnte Baron.«

Miss Thane schüttelte den Kopf. »Das zeigt nur, wie leicht man sich irren kann«, sagte sie. »Ich dachte, er sei ein Schmuggler.«

»Er zieht es vor«, sagte Eustacie würdevoll, »daß man ihn einen Freihändler nennt.«

»Verzeihung«, entschuldigte sich Miss Thane. »Natürlich ist das eine viel bessere Bezeichnung. Das hätte ich wissen müssen. Was veranlaßte ihn, sich dem Schmu— Freihandel zuzuwenden? Es erscheint ein bißchen ungewöhnlich.«

»Ich sehe, daß ich Ihnen den Talismanring erklären muß«, sagte Eustacie und holte tief Atem.

Miss Thane, eine teilnahmsvolle Zuhörerin, folgte der Geschichte vom Talismanring mit tiefem Interesse und warf nur dann eine Frage ein, wenn die Geschichte zu verwickelt wurde, um verständlich zu sein. Sie nahm ohne das geringste Zögern an, daß Ludovic unschuldig war, und sagte am Ende des Berichts, nichts würde ihr größeres Vergnügen bereiten, als bei der Entlarvung des wahren Schuldigen mitzuhelfen.

»Ja«, sagte Eustacie, »und ich persönlich glaube, daß es vielleicht mein Vetter Tristram war, denn er hat eine Schmucksammlung, und außerdem ist er ein Mensch, der Leute ermorden könnte — abgesehen davon, daß er überhaupt nicht romantisch ist«, fügte sie hinzu.

»Es hört sich an, als ob er sehr unangenehm wäre«, sagte Miss Thane.

»Das ist er — sehr! Und wissen Sie, mir fiel plötzlich ein, daß ich ihn vielleicht lieber doch heiraten sollte, denn dann würde er mir seine Sammlung zeigen müssen, und wenn ich den Ring fände, wurde es für Ludovic alles in Ordnung bringen.«

Miss Thane bückte sich, um das Feuer zu schüren. Sie sagte mit leicht zitternder Stimme: »Aber wenn Sie den Ring nicht fänden, dann wäre es sehr lästig, Sir Tristram zwecklos geheiratet zu haben. Und man muß bedenken, daß er Sie vielleicht gar nicht heiraten will.«

»Oh, aber das tut er!« sagte Eustacie. »Ja, wir sind sogar verlobt. Deshalb bin ich ja davongelaufen. Er kann keine Konversation machen. Außerdem sagte er, wenn ich nach London ginge, würde ich entdecken, daß ich in keiner Beziehung bemerkenswert bin.«

»Da hatte er unrecht«, sagte Miss Thane überzeugt.

»Ja, ich glaube auch, daß er unrecht hatte, aber sehen Sie, er ist nicht *sympathique*, und er mag Frauen nicht.«

Miss Thane blinzelte. »Sind Sie dessen sicher?« fragte sie. »Ich meine, wenn er Sie heiraten will —«

»Aber er will mich nicht wirklich heiraten! Es ist nur, weil er einen Erben haben muß und weil Grandpère für uns eine *mariage de convenance* arrangierte. Nur ist Grandpère jetzt tot, und ich werde keinen Menschen heiraten, der sagt, es läge ihm nichts daran, wenn ich in einem Schinderkarren zur Guillotine gebracht würde.«

»Hat er das wirklich gesagt?« erkundigte sich Miss Thane. »Er muß wahrhaftig ein Ungeheuer sein!«

»Nun ja, ganz genau so hat er es nicht gesagt«, gab Eustacie zu.

»Aber als ich ihn fragte, ob es ihm nicht leid täte, mich, eine *jeune fille*, in einem Karren und ganz in Weiß gekleidet zu sehen, sagte er, ihm würde jeder in einem Schinderkarren leid tun, welchen Alters oder Geschlechts oder — oder in welcher Kleidung auch immer.«

»Sie brauchen nichts weiter zu sagen; ich sehe, daß er ein Mensch ohne Empfindsamkeit ist«, sagte Miss Thane. »Es überrascht mich nicht, daß Sie vor ihm davongelaufen sind, um sich Ihrem Vetter Ludovic anzuschließen.«

»Oh, das habe ich ja gar nicht!« erwiderte Eustacie. »Ich meine, ich hatte keine Ahnung, daß ich Ludovic treffen würde. Ich lief weg, um Erzieherin zu werden.«

»Verzeihen Sie«, sagte Miss Thane, »Sie haben also Ihren Vetter Ludovic soeben zufällig und zum erstenmal getroffen?«

»Aber ja, das habe ich Ihnen doch gesagt! Und er sagte, ich würde nicht zur Erzieherin taugen.« Sie seufzte. »Ich wollte, ich könnte mir etwas ausdenken, das ich werden könnte und das aufregend ist! Wenn ich bloß ein Mann wäre!«

»Ja«, stimmte ihr Miss Thane zu. »Ich habe das starke Gefühl, Sie hätten ein Mann werden und sich Ihrem Vetter beim Schmuggeln anschließen sollen.«

Eustacie warf ihr einen glühenden Blick zu. »Das ist genau das, was mir gefallen hätte! Aber Ludovic sagt, sie nehmen nie Frauenzimmer mit.«

»Wie erbärmlich egoistisch!« sagte Miss Thane im Ton des Abscheus.

»Ja, ab er ich glaube, es ist vielleicht nicht ganz Ludovics Schuld, denn er sagte, er hätte mich gern dabei. Nur den anderen gefiel es gar nicht, besonders Ned nicht, der mich auf den Kopf schlagen wollte.«

»Ist Ned auch ein Schmugg— Freihändler?«

»Ja, und Abel auch. Aber sie sind eigentlich nicht wirklich Freihändler, sondern Landschmuggler, etwas, das, glaube ich, minderer ist.«

»Es klingt ganz minder«, sagte Miss Thane. »Haben Sie Ihren Vetter Ludovic und Ned und Abel auf Ihrem Weg hierher kennengelernt?«

»Ja, und als er mich gefangennahm, dachte ich natürlich, daß Ludovic der Kopflose Reiter sei!«

Miss Thane betrachtete sie wie verzückt. »Natürlich!« wiederholte sie. »Ich nehme an, Sie erwarteten, einem Reiter ohne Kopf zu begegnen?«

»Nun ja«, erwiderte Eustacie verständig, »meine Zofe erzählte mir, daß er durch den Großen Forst reitet und man ihn auf der Kruppe hinter sich entdeckt, aber mein Vetter Tristram sagte, das sei nur eine Sage.«

»Je mehr ich über Ihren Vetter Tristram höre«, sagte Miss Thane, »um so überzeugter bin ich, daß er überhaupt nicht der richtige Ehemann für Sie ist.«

»Nein, und was das Ganze noch erschwert, er ist einunddreißig Jahre alt, und er besucht keine Spielhöllen und Hahnenkämpfe, und als ich ihn fragte, ob er *ventre-à-terre* zu meinem Sterbebett reiten würde, sagte er: ›Ganz bestimmt nicht!‹«

»Das ist noch schockierender als alles übrige!« erklärte Miss Thane. »Er muß ganz herzlos sein!«

»Ja«, sagte Eustacie bitter. »Er sagt, es sei nicht im geringsten wahrscheinlich, daß ich sterbe.«

»Ein solcher Mann«, verkündete Miss Thane, »muß ja sagen, daß der Kopflose Reiter bloß eine Sage sei.«

»Das dachte ich auch, aber Vetter Ludovic war schließlich doch nicht der Kopflose Reiter. Und ich muß zugeben, daß ich ihn wirklich nicht gesehen habe — und auch den Drachen nicht, der einst im Großen Forst lebte.«

»Wenn man es recht bedenkt, hatten Sie wirklich einen sehr langweiligen Ritt.«

»Ja, bis ich meinen Vetter Ludovic traf, und danach war es nicht langweilig, denn als er entdeckte, wer ich bin, sagte Ludovic, ich müsse mit ihm reiten, und ich half ihm, die Steuerfahnder in dem Großen Forst irrezuführen. Verstehen Sie, er kletterte hinter mich auf Rufus. Das war, als ich die zweite Hutschachtel verlor.«

»Oh, Sie hatten eine Hutschachtel mit?«

»Aber ja doch, zwei, denn wissen Sie, man muß praktisch sein. Aber die eine verlor ich, gerade bevor ich Ludovic traf, und ich vergaß sie. Die andere haben wir weggeworfen.«

Miss Thane bückte sich wieder ziemlich hastig über das Feuer. »Das war vermutlich genau das richtige«, sagte sie mit schwankender Stimme.

»Nun ja, sie war uns im Weg«, erklärte Eustacie. »Aber ich muß sagen, jetzt wird es ein bißchen peinlich, weil alle meine Sachen drin waren.«

»Kümmern Sie sich nicht um einen so lächerlichen Umstand!« sagte Miss Thane. »Ich leihe Ihnen ein Nachtgewand, und morgen werden wir beschließen, ob wir die Hutschachteln suchen (obwohl das meinem Gefühl nach etwas Geistloses wäre), oder ob wir lieber mitten in der Nacht bei Ihnen daheim einbrechen und einige Kleider für Sie stehlen sollen.«

Dieser Vorschlag gefiel Eustacie sofort. Während sie sich zum Schlafengehen zurechtmachte, erörterte sie mit Miss Thane die verschiedenen Möglichkeiten, in Lavenham Court einzubrechen. Miss Thane ging mit einer Begeisterung auf jeden Plan ein, die Eustacie zu der Bemerkung veranlaßte: »Ich bin wirklich sehr froh, daß ich Sie kennengelernt habe. Ich werde Vetter Ludovic sagen, daß er Ihnen erlauben muß, das Abenteuer mitzumachen.« Und damit blies sie die Kerze aus.

Die nächtlichen Aufregungen hatten sie völlig erschöpft, und so dauerte es nicht lange, bis sie eingerollt in dem großen Himmelbett neben Miss Thane einschlief.

Sarah Thane lag etwas länger wach. Anscheinend hatte sie eine Verantwortung auf sich genommen, die sie in unmittelbarer Zukunft ziemlich in Atem halten würde. Sie hatte nicht die leiseste Ahnung, wie das alles ausgehen würde, war jedoch fest entschlossen, da sie nun einmal in das Abenteuer mit einbezogen worden war, bis zum Ende auszuharren.

Sie war achtundzwanzig Jahre alt, eine Waise, und hatte in den letzten zehn Jahren bei ihrem Bruder gelebt, einem trägen Baronet, sieben Jahre älter als sie. Da sie unter seiner Vormundschaft stand, fand sie nach ihrer Schulentlassung, daß ihr richtiger Platz an seiner Seite war. Sir Hugh hatte nicht das geringste dagegen, daher übernahm sie trotz etlicher weiblicher Verwandten, die samt und sonders ihre Mißbilligung gründlichst zum Ausdruck gebracht hatten, die Herrschaft über das alte Herrenhaus in Gloucestershire, und wenn es sich Sir Hugh in den Kopf setzte, zu reisen (was häufig vorkam), packte sie ihre Koffer und fuhr mit ihm. In den ersten Jahren hatte sie zugestimmt, eine ältliche Kusine als Anstandsdame zu sich zu nehmen; die ältliche Kusine war dem Namen nach zwar noch immer ihre Anstandsdame, hatte jedoch seit langem aufgehört, Sir Hugh und seine Schwester auf deren ziellosen Reisen zu begleiten. Denn es war nicht zu leugnen, daß Sarah Thane sehr gut imstande war, selbst auf sich achtzugeben, und die ältliche Kusine hatte es nicht im geringsten genossen, den plötzlichen Einfällen Sir Hughs folgend, in Europa herumzuziehen. Sarah hingegen genoß es so sehr, daß sie noch nie versucht gewesen war, die Gesellschaft eines Bruders gegen diejenige eines Gatten einzutauschen.

Derzeit waren sie und Sir Hugh nach einem Besuch bei Freunden in der Umgebung Brightons auf dem Weg nach London. Sie hatten zwei langweilige Wochen hinter sich und beabsichtigten nun zwei, drei Monate in London zu verbringen. Ihre Anwesenheit im Roten Löwen war auf zwei Ursachen zurückzuführen: eine beginnende Erkältung Sir Hughs und den vortrefflichen Brandy Mr. Nyes. Ihre ursprüngliche Absicht war es gewesen, sich hier nur einen Pferdewechsel lang aufzuhalten, aber als sie in Hand Cross eintrafen, hatte es zu schneien begonnen, und Sir Hugh hatte zweimal geniest. Während die Pferde ausgespannt wurden, hatte Sir Hugh das Wetter mit scheelen Augen betrachtet und das Kutschenfenster heruntergelassen, um nach einem Brandy zu rufen. Dieser war ihm gebracht worden; er hatte einen Schluck genommen und dann seine Absicht verkündet, im Roten Löwen über Nacht zu bleiben.

»Ganz wie du wünschst«, hatte Miss Thane, die bewundernswerteste aller Schwestern, gesagt. »Aber wahrscheinlich wird nicht viel aus dem Schnee werden.«

»Schnee?« sagte Sir Hugh. »Oh, der Schnee! Ich glaube, ich bekomme eine verflixt schwere Erkältung, Sally.«

»Dann ist es besser, wir fahren schleunigst nach London weiter«, sagte Miss Thane.

»Dieser Brandy«, sagte Sir Hugh ernsthaft, »ist einer der besten, den ich je gekostet habe.«

»Oh!« sagte Miss Thane, die Lage sofort erfassend. »Ich verstehe!« Den Einwand, daß die Vortrefflichkeit des Brandy sie nicht interessiere, hätte sie nicht im Traum vorgebracht. Sie war viel zu sehr an Sir Hughs wunderliche Einfälle gewohnt, um sie nicht mit Gleichmut hinzunehmen. Sie war ihm also in den Gasthof gefolgt und hatte sich auf eine Zeit der Tatenlosigkeit gefaßt gemacht.

Diese schien ihr nun wie durch ein Wunder erspart geblieben zu sein. Sir Hugh wußte es vielleicht nicht, aber jetzt bestand kaum Aussicht, daß er seine Reise am nächsten Morgen fortsetzen würde. Seine Schwester war in ein Abenteuer gestolpert, das ihren stets wachen Sinn für Humor ansprach, und sie hatte nicht die Absicht, es aufzugeben.

Am Morgen erwachte sie vor Eustacie und stieg aus dem Bett, ohne sie zu stören. Sobald sie angekleidet war, ging sie über den Flur in das Zimmer ihres Bruders. Sir Hugh saß, noch mit der Schlafmütze bekleidet, im Bett, bedient von dem Schankburschen, der seinen Beruf mit den Pflichten eines Faktotums zu verbinden schien. Ein schwer beladenes Tablett wurde auf einem Tisch neben dem Bett abgestellt; Sir Hugh frühstückte.

Er lächelte seine Schwester schläfrig an, als sie hereinkam, und eher aus Gewohnheit denn aus Notwendigkeit hob er sein Einglas und begutachtete einen Teller mit Schinken und Eiern, von dem Clem den Deckel gehoben hatte. Sir Hugh nickte, und Clem seufzte tief erleichtert auf.

Miss Thane, die mit einem Blick das Ausmaß dieses Frühstücks erfaßte, schüttelte den Kopf und sagte: »Mein Lieber, dir muß es wirklich sehr schlecht gehen! Nur einen Teller Schinken und danach diese paar elenden Scheiben Rindfleisch! Wie armselig!«

Wie alle dicken Männer daran gewöhnt, Zielscheibe des Spotts zu sein, nahm Sir Hugh diese witzige Bemerkung mit ungestörter Gelassenheit auf und winkte Clem, zu gehen. Der Schankbursche ging hinaus, und Miss Thane reichte ihrem Bruder nachdenklich den Senf. »Was für Verpflichtungen hast du in London, Hugo?«

Sir Hugh überlegte, während er an einem Bissen Schinken kaute. »Habe ich denn welche?« fragte er nach einer Pause.

»Ich weiß nicht. Macht es dir etwas aus, wenn wir eine Zeitlang hierbleiben?«

»Nicht, solange der Chambertin reicht«, erwiderte Sir Hugh schlicht. Er verzehrte einen weiteren Bissen und fügte hinzu: »Ich bin überzeugt, daß für den Schnaps in diesem Haus in keinem Hafen Zoll bezahlt worden ist.«

»Nein, ich glaube, er dürfte zur Gänze geschmuggelt sein«, stimmte ihm Miss Thane zu. »Ich lernte gestern abend, als du schon zu Bett gegangen warst, einen Schmuggler kennen.«

»Oh, wirklich?« Sir Hugh spülte den Schinken mit einem Schluck Bier hinunter, und als er wieder hinter dem Krug auftauchte, fiel ihm etwas ein. Er sagte: »Du solltest vorsichtiger sein. Wo hast du ihn kennengelernt?«

»Er kam sehr spät hier im Gasthof an, verwundet. Er ist jetzt hier.«

Schwaches Interesse glitzerte in Sir Hughs Augen auf. Er senkte die Gabel. »Hat er etwas mitgebracht?«

»Ja, eine Dame«, sagte Miss Thane.

»Kein Sinn darin«, sagte Sir Hugh, und sein Interesse schwand. Er aß weiter, fügte jedoch einen Augenblick später hinzu: »Kann kein Schmuggler gewesen sein.«

»Er ist ein Schmuggler, ein Aristokrat, und einer der schönsten jungen Männer, die mir je unter die Augen gekommen sind«, sagte Miss Thane. »Sag einmal — hast du je von einem gewissen Ludovic Lavenham gehört?«

»Nein«, sagte Sir Hugh und tauschte seinen leeren Teller gegen einen aus, der mit Scheiben von kaltem Rindfleisch belegt war.

»Bist du sicher, Hugo? Er pflegte im Cocoa-Tree Karten zu spielen — ein ziemlich wilder Jüngling, fürchte ich.«

»Im Cocoa-Tree spielen sie mit gezinkten Karten«, gab Sir Hugh zu Bedenken. »Voll gerissener Kerle. Faulstes Spiel in ganz London.«

»Dieser Junge verlor dort im Spiel einen kostbaren Ring und wurde nachher beschuldigt, den Mann, gegen den er spielte, erschossen zu haben«, sagte Miss Thane beharrlich.

»Ich bin selbst einmal dort hereingelegt worden«, sagte Sir Hugh, in Erinnerung versunken. »Traf auf einen richtiggehenden Betrüger am Tisch; dachte mir gleich, daß der Würfel verteufelt komisch fiel —«

»Ja, Lieber, aber erinnerst du dich?«

»Natürlich erinnere ich mich. Schickte um einen Hammer, spaltete den Würfel und entdeckte, daß er mit Blei gefüllt war, ganz wie ich das vorausgesehen hatte.«

»Nein, nicht das«, sagte Miss Thane geduldig. »Erinnerst du dich an diese andere Affäre?«

»Was für eine Affäre?«

Miss Thane seufzte und gab in einem minutiösen Bericht wieder, was ihr Eustacie erzählt hatte. Sir Hugh hörte ihr mit einem verblüfften Ausdruck zu und schüttelte schließlich den Kopf. »Klingt mir nach einer verflixt dummen Geschichte«, sagte er. »Du solltest nicht mit fremden Leuten reden.«

Als ihm klargemacht wurde, daß sich seine Schwester verpflichtet hatte, diesen fremden Leuten beizustehen, zu welch gefährlichem Kurs immer sie sich entscheiden würden, protestierte er zunächst so nachdrücklich, wie man es von einem Mann seiner angeborenen Trägheit nur erwarten konnte, und bat sie schließlich, ihn in kein verrücktes Abenteuer zu verwickeln.

»Werde ich nicht«, versprach Miss Thane. »Aber du mußt schwören, es geheimzuhalten, Hugh!«

Sir Hugh legte Messer und Gabel hin. »Sally, worum, zum Teufel, geht das alles?« fragte er.

Sie lachte. »Mein Lieber, ich ahne es kaum mehr als du. Aber ich bin mir meiner eindeutigen Pflicht bewußt, und die besteht darin, die Anstandsdame für die kleine Heldin zu spielen. Außerdem gebe ich zu, daß ich etwas neugierig auf den verruchten Vetter bin. Derzeit kann ich noch nicht entscheiden, ob Sir Tristram Shield der Schurke des Stückes ist oder bloß ein gewöhnlicher Mann, den man zu einer Verrücktheit gereizt hat.«

»Shield?« wiederholte Sir Hugh. »Mitglied des Brooks-Clubs?«

»Ich weiß nicht. Weißt du's?«

»Wenn er der Mann ist, den ich meine, dann nimmt er an den Fuchsjagden in Quorn teil. Toller Jagdreiter. Steht auch seinen Mann bei einer Schlägerei.«

»Das klingt vielversprechend«, sagte Miss Thane.

»Boxt mit Mendoza«, fuhr Sir Hugh fort. »Wenn er der Mann ist, dann habe ich ihn bei Mendoza kennengelernt. Aber ich denke da vermutlich an jemand anderen.«

»Wie sieht er aus?« erkundigte sich Miss Thane.

»Habe ich dir doch gesagt«, sagte Sir Hugh und bestrich eine Brotschnitte mit Butter. »Hat eine tödliche Rechte«, fügte er hilfreich hinzu.

Miss Thane gab es auf und ging in ihr Schlafzimmer zurück, um nachzusehen, wie es ihrem Schützling ging.

Eustacie, die trotz ihres Abenteuers keinen Schaden genommen hatte, versuchte eben vor dem Spiegel, ihr Haar zu frisieren. Da sie noch nie zuvor etwas Ähnliches unternommen hatte, war das Ergebnis nicht gerade erfolgreich. Miss Thane lachte sie aus und nahm ihr Haarbürste und Haarnadeln aus der Hand. »Lassen Sie mich das machen«, sagte sie. »Wie fühlen Sie sich heute morgen?«

Eustacie verkündete schwungvoll, sie habe sich noch nie besser gefühlt. Ihr erster und dringendster Wunsch war, nachzusehen, wie es ihrem Vetter Ludovic ging, daher begaben sich die beiden Damen, sowie sie mit der Frisur fertig waren, in das kleine Hinterzimmer.

Nye war bei Ludovic; anscheinend versuchte er ihn dazu zu bringen, in den Keller hinunterzusteigen. Ludovic, dessen Augen eine Spur zu glänzend und dessen Wangen ziemlich rot waren, saß im Bett, eine Schüssel dünnen Haferschleims vor sich. Als die beiden Damen eintraten, sagte er soeben unbekümmert: »Unk nicht so, Joe! Ich sage dir, ich habe alles festgelegt.« Er blickte auf und begrüßte seine Besucherinnen mit einem Lächeln reinster Spitzbüberei. »Guten Morgen, meine Base! Ma'am, Ihr Gehorsamster! Haben Sie unten schon irgendwelche Steuerfahnder gesehen?«

»Mr. Ludovic, ich sage Ihnen, Ihre Spuren führen direkt zu meiner Haustür, und im Schnee ist Blut!«

»Das hast du mir schon zweimal erzählt«, sagte Ludovic ungerührt. »Warum schickst du nicht Clem hin, den Schnee wegzuräumen?«

»Ich habe ihn deswegen hinausgeschickt, Sir, aber sehen Sie denn nicht ein, daß die imstande sein werden, Ihre Spur den ganzen Weg vom Forst hierher zu verfolgen?«

»Natürlich sehe ich's ein! Habe ich denn nicht schon meine Pläne gemacht? Eustacie, meine süße Base, wollen Sie mich als Reitknecht haben?«

»Aber natürlich, ich will Sie als alles, was Sie wünschen, haben!« sagte Eustacie sofort.

Seine Augen tanzten. »Wirklich? Bei Gott, wenn ich meine Angelegenheiten ehrenhaft in Ordnung bringen kann, werde ich Sie daran erinnern!«

»Sir, wollen Sie endlich Vernunft annehmen?« flehte Nye.

Ein herrisch erhobener Finger ermahnte ihn: »Ruhe, du da! Ich wäre dir dankbar, wenn du dich daran erinnertest, daß jetzt ich im Sattel sitze, Joe.«

»Wirklich, Mr. Ludovic? Nun, ich setze mich nicht hinter Sie aufs Sattelkissen, denn ich weiß zu gut, was draus wird!«

»Nimm diesen Haferschleim weg!« befahl Ludovic. »Und hämmere es dir in deinen Schädel, daß ich nicht Mr. Ludovic bin. Ich bin Mademoiselles Reitknecht, den die verruchten Schmuggler angeschossen haben.« Er legte den Kopf schief und überlegte. »Ich glaube, ich nenne mich Jem«, entschied er. »Jem Brown.«

»Nein!« sagte Eustacie rebellisch. »Das ist gar kein vornehmer Name.«

»Nun, Reitknechte sind nicht vornehm. Ich halte ihn für einen guten Namen.«

»Das ist er nicht! Es ist besser, wenn Sie Humphrey heißen.«

»Nein. Ich will verdammt sein, wenn ich Humphrey heißen will! Wenn es einen Namen gibt, den ich nicht ausstehen kann, ist es Humphrey.«

Miss Thane warf versöhnlich ein: »Streiten Sie nicht mit ihm, Eustacie. Ich glaube, er hat hohes Fieber.«

Er grinste sie an. »Stimmt«, sagte er. »Aber mein Kopf ist trotzdem bemerkenswert klar.«

»Nun, wenn er klar genug ist, um sich mit den Einzelheiten dieser Ihrer Geschichte herumzuschlagen, dann sagen Sie uns, was aus dem Pferd des Reitknechts wurde«, sagte Miss Thane.

»Die Schmuggler haben es erschossen«, schlug Eustacie vor.

Ludovic schüttelte den Kopf. »Nein, das geht nicht. Keine Leiche vorhanden. Verdammtes Pferd, das ist lästig! Oh, ich hab's! Als ich angeschossen wurde, warf mich das Biest ab und machte sich auf und davon, heimwärts.«

»Verrückt vor Angst«, sagte Miss Thane mit einem Nicken. »Nun, ich bin froh, daß dieser Punkt in Ordnung ist. Ich habe das Gefühl, ich kann jetzt jeder Zahl von Steuerfahndern entgegentreten.«

»*Mon cousin*«, unterbrach sie Eustacie plötzlich, »glauben Sie, daß es Tristram ist, der Ihren Ring hat?«

Das Lachen verschwand aus Ludovics Augen. »Ich gäbe etwas darum, wenn ich es wüßte!«

»Nun, aber ich muß Ihnen erzählen, daß ich mir heute nacht einen sehr guten Plan ausgedacht habe«, sagte Eustacie. »Ich will Tristram heiraten, und dann kann ich den Ring in seiner Sammlung suchen.«

»Das werden Sie nicht tun!« fuhr sie Ludovic an.

Nye sagte barsch: »Pfui, Mr. Ludovic! Was soll dieser unverständliche Unsinn? Sir Tristram ist nicht Ihr Feind!«

»Nein?« sagte Ludovic. »Willst du mir sagen, wer außer mir sonst noch an jenem verfluchten Abend im Longshaw-Wäldchen war?«

Nyes Gesicht verdüsterte sich. »Wollen Sie sagen, daß es Sir Tristram war, der nur um eines schundigen Ringes willen einen schmutzigen Mord beging, Mylord? Eh, Sie sind verrückt!«

»Ich sage, daß er es war, der mich in dem Wäldchen traf, er, der seine ganze Sammlung für eben diesen schundigen Ring gegeben hätte! Hat er nicht schon immer Abneigung gegen mich gehegt? Kannst du behaupten, daß das nicht stimmt?«

»Ich jedenfalls kann behaupten«, unterbrach ihn Miss Thane mit ruhiger Stimme, »daß ich mein Frühstück haben will.«

Ludovic sank mit einem kurzen Auflachen in die Kissen zurück. Nye, an seine Pflicht erinnert, führte beide Damen sofort ins Gästezimmer und entschuldigte sich unterwegs dafür, daß außer ihm selbst und Clem niemand da war, um sie zu bedienen. »Ich habe außer ihm nur meine Schwester, die das Kochen besorgt«, erzählte er ihnen, »und natürlich ein paar Stallknechte. Wir haben im allgemeinen keine Gäste, die im Winter hier absteigen. Vielleicht ist das ganz gut so, in Anbetracht dessen, wer unter meinem Dach weilt, aber ich fürchte, es ist nicht das, woran Sie gewohnt sind, Madam.«

Miss Thane beruhigte ihn. Er setzte eine Kaffeekanne auf den Tisch vor sie hin und sagte düster: »Ich denke daran, daß niemand, der bei Vernunft ist, Mr. Ludovic für einen Reitknecht halten würde, Ma'am. Wenn Sie ihn nur dazu brächten, Vernunft anzunehmen —! Aber die hat er ja nie, und ich zweifle, ob er sie je annimmt! Was diese Idee betrifft, die er sich in den Kopf gesetzt hat, daß es Sir Tristram sei, der seinen Ring hat, so ist das für mich einfach unerhört! Sir Tristram war es, der ihn aus England hinausbrachte — und gerade noch zur rechten Zeit!«

»Ja, und mein Vetter Basil sagt, daß er es deswegen tat, um aus Ludovic einen geständigen Mörder zu machen!« sagte Eustacie.

Nye sah sie unter seinen zottigen Brauen hervor an. »Aber nein, wirklich? Nun, ich habe die Boxhandschuhe noch nie gegen Mr. Lavenham angehabt, Miss, aber mit Sir Tristram habe ich schon viel geboxt, und ich sage, er ist ein Herr, der fair zuschlägt. Mit Ihrer Erlaubnis, Madam, gehe ich jetzt zu Mr. Ludovic zurück.«

Er ging hinaus, und Miss Thane, zwei Tassen Kaffee einschenkend, sagte heiter: »Jedenfalls scheint einiger Zweifel an Sir Tristrams Schuld zu bestehen. Ich glaube, ich an Ihrer Stelle würde ihn so lange nicht heiraten, bis wir überzeugt sein können, daß er der Mörder ist.«

Nach einiger Überlegung stimmte Eustacie diesem klugen Kurs zu. Sie verzehrte ein herzhaftes Frühstück, kehrte in Ludovics Zimmer zurück und überließ Miss Thane den alleinigen Besitz des Gästezimmers. Miss Thane beendete ihr Mahl gemächlich und ging auf ihrem Weg zur Treppe eben durch den Kaffeesalon, als sie hörte, daß jemand ankam. Sie blieb stehen. Eine herrische, um nicht zu sagen diktatorische Stimme rief draußen den Namen des Wirts; im nächsten Augenblick wurde die Tür aufgerissen, und ein hochgewachsener Herr im Reitanzug trat ein, der in jeder Hand eine etwas mitgenommene Hutschachtel trug. Beim Anblick Miss Thanes blieb er stehen, bedachte sie mit einem finster starrenden Blick, stellte die Hutschachteln nieder, nahm den Hut ab und verneigte sich leicht. »Verzeihung — wissen Sie, wo ich den Wirt finden kann?« fragte er.

Miss Thane, eine Hand auf dem Geländer, einen Fuß auf der untersten Stufe, betrachtete ihn eingehend. Ein Paar strenger, ziemlich düster dreinblickender grauer Augen traf die ihren mit einem völlig gleichgültigen Ausdruck. Miss Thane ließ das Geländer los und ging auf den Ankömmling zu. »Sagen Sie mir bitte eines«, fragte sie freundlich, »sind Sie ›mein Vetter Tristram‹?«

5

Sir Tristrams bekümmert gerunzelte Stirn glättete sich. Er starrte Miss Thane mit einem interessierten Blick an, und sein strenger Mund entspannte sich etwas. »Oh!« sagte er langsam und schien zum erstenmal Sarah Thane genauer in Augenschein zu nehmen. Er sah eine hochgewachsene, anmutige Frau mit einer Unmenge leichten, gelockten braunen Haars, mit einem vollen Mund und ruhigen grauen Augen, in denen ein deutliches Zwinkern stand. Er bemerkte, daß sie modern, jedoch ohne allen Putz gekleidet war. Sie trug eine Caraco-Jacke über einem schlichten blauen Kleid, eine Gewandung, die einem männlichen Reitanzug so nahe kam, wie es nur schicklich war. Die Dame sah aus, als sei sie ein vernünftiges Frauenzimmer, und sie war offenkundig von vornehmer Geburt. Sir Tristram war dankbar bei dem Gedanken, daß seine Verlobte in — anscheinend — so tadellose Hände geraten war, und sagte mit einem leichten Lächeln: »Ja, ich bin Tristram Shield, Ma'am. Ich habe leider nicht die Ehre, Sie zu kennen?«

Miss Thane erkannte ihre Pflicht und antwortete sofort: »Darf ich Sie bitten, ins Gästezimmer zu kommen, Sir Tristram, und ich will Ihnen erklären, wer ich bin.«

Er wirkte ziemlich überrascht. »Danke, aber wie Sie zweifellos erraten haben, bin ich auf der Suche nach meiner Base, Mademoiselle de Vauban, hierhergekommen.«

»Natürlich«, stimmte ihm Miss Thane zu, »und wenn Sie ins Gästezimmer treten wollen —«

»Ist meine Base im Haus?« unterbrach sie Sir Tristram.

»Nun — ja«, gab Miss Thane zu, »aber ich bin durchaus nicht sicher, daß Sie sie sprechen können. Kommen Sie ins Gästezimmer, und ich will sehen, was sich machen läßt.«

Sir Tristram warf einen Blick die Treppe hinauf und sagte mit einer Stimme, die leicht verärgert klang: »Gut, Ma'am, aber warum ein Zweifel bestehen sollte, ob ich meine Base sprechen könnte, verstehe ich wirklich nicht.«

»Auch das kann ich Ihnen sagen«, sagte Miss Thane und ging in das Gästezimmer voraus. Sie schloß die Tür und sagte heiter: »Man kann schließlich nicht überrascht sein. Ihr Betragen hat einen empörenden Mangel an Empfindsamkeit gezeigt, nicht?«

»Dessen war ich mir nicht bewußt, Ma'am. Und ich weiß auch nicht, warum meine Base mitten in der Nacht ihr Heim verließ und allein eine Reise nach London unternahm.«

»Sie wollte Erzieherin werden«, erklärte ihm Sarah.

Er starrte sie völlig überrascht an. »Erzieherin werden? Unsinn! Warum sollte sie so etwas wollen?«

»Nur um des Abenteuers willen«, sagte Miss Thane.

»Ich muß erst noch lernen, daß das Leben einer Erzieherin abenteuerlich ist!« sagte er. »Ich wäre Ihnen dankbar, wenn Sie mir die Wahrheit sagen wollten!«

»Aber, aber, Sir!« sagte Miss Thane mitleidig. »Es ist Ihnen doch bekannt, daß sich der älteste Sohn des Hauses immer in die Erzieherin verliebt und jedem Widerstand zum Trotz mit ihr durchbrennt?«

Sir Tristram holte Atem. »Nein, wirklich?« sagte er.

»Ja, aber natürlich erst, bis er sie aus einem Verlies geholt und von einer Bande maskierter Schurken errettet hat, die seine Mutter auf sie gehetzt hatte«, sagte Miss Thane sachlich. »Sie muß sehr viel Verfolgung erleiden, bevor sie mit ihm durchbrennt.«

»Ich bin der Meinung«, sagte Sir Tristram scharf, »daß ein bißchen Verfolgung meiner Base sehr guttäte! Ihr Durst nach Romantik dürfte sie sehr wahrscheinlich in Schwierigkeiten bringen. Ja, ich fürchtete sehr, daß sie bereits in Schwierigkeiten geraten war, als ich ihre Hutschachteln auf der Straße fand. Da sie Ihnen anscheinend schon so viel erzählte, hat sie Ihnen vielleicht auch gesagt, wie es kam, daß sie sie verloren hat?«

Da Miss Thane merkte, daß diese Frage sie auf gefährlichen Boden bringen würde, leugnete sie heuchlerisch jegliches Wissen um die Hutschachteln. Dann bemerkte sie, daß Sir Tristram Shields Augen unbehaglich durchdringend waren. Sie begegnete ihrem skeptischen Blick mit aller Ausdruckslosigkeit, die sie aufzubringen vermochte.

»Aber nein!« sagte er höflich ungläubig »Vielleicht können Sie mir jedoch sagen, warum sie noch immer in diesem Gasthof ist, wenn sie, wie mich ihre Zofe unterrichtete, mit der Nachtpost London erreichen wollte?«

»Aber sicher!« sagte Sarah, der Angelegenheit gewachsen. »Sie kam für die Post zu spät und war gezwungen, hier zu übernachten.«

»Was unternahm sie in bezug auf das Nachtgewand?« erkundigte sich Shield.

»Oh, ich lieh ihr, was sie brauchte!«

»Wahrscheinlich hielt sie den Verlust ihres Gepäcks nicht für genügend interessant, um ihn zu erklären?«

»Um Ihnen die Wahrheit zu gestehen —« begann Sarah vertraulich.

»Danke! Ich möchte wirklich die Wahrheit hören.«

»Um Ihnen die Wahrheit zu gestehen«, wiederholte Sarah kalt, »sie wurde erschreckt, und die Hutschachteln rissen sich los.«

»Was erschreckte sie?«

»Ein Kopfloser Reiter«, sagte Sarah.

Wieder runzelte er die Stirn. »Ein Kopfloser Reiter? Unsinn!«

»Schön«, sagte Sarah, wie jemand, der ein Zugeständnis macht, »dann also war es ein Drache.«

»Ich glaube«, sagte Sir Tristram mit sehr ausgeglichener Stimme, »es wäre besser, wenn ich mit meiner Base spräche und ihre Geschichte von ihr selbst erführe.«

»Nicht, wenn Sie der Geschichte mit dieser beklagenswerten Stimmung begegnen«, erwiderte Miss Thane. »Ich bin überzeugt, Sie würden ihr sagen, daß es so etwas wie Drachen oder Kopflose Reiter nicht gibt!«.

»Na, und?«

Miss Thane schlug die Augen nieder, um das Lachen in ihnen zu verbergen, und erwiderte in traurigem Ton: »Als sie mir das Ganze erzählte, hielt ich es für unmöglich, daß jemand derart bar aller Empfindsamkeit sein könnte, aber nun, da ich Sie gesprochen habe, erkenne ich, daß sie nichts mehr und nichts weniger als die traurige Wahrheit gesagt hat. Ein Mann, der bei dem Gedanken an ein junges, in Weiß gekleidetes Mädchen, ganz allein und auf einem Schinderkarren, ungerührt bleiben kann —«

Seine Stirn glättete sich; er lachte kurz auf. »Bohrt das noch immer in ihr? Aber ich bin wirklich über das Alter hinaus, um von solchen Albernheiten beeindruckt zu sein.«

Miss Thane seufzte. »Das ist vielleicht noch zu verzeihen. Aber Ihre Herzlosigkeit, sich zu weigern, *ventre-à-terre* zu ihrem Sterbebett zu eilen —«

»Guter Gott, sie kann doch bestimmt nicht aus einem so lächerlichen Grund von daheim geflohen sein?« rief Shield erbittert aus. »Warum sie ständig auf der Vorstellung ihres Todes beharrt, übersteigt meinen Verstand! Sie scheint mir ein völlig gesundes junges Frauenzimmer zu sein.«

Miss Thane sah ihn entsetzt an. »Das haben Sie ihr doch bestimmt nicht gesagt?«

»Ich weiß nicht, was ich ihr sagte. Es hätten sehr leicht diese Worte sein können.«

»Ich an Ihrer Stelle«, sagte Miss Thane, »würde den Gedanken aufgeben, Ihre Base zu heiraten. Sie würden nicht zu ihr passen.«

»Ich komme sehr rasch selbst zu diesem Schluß«, sagte er. »Übrigens, Miss — wie heißen Sie eigentlich?«

»Thane«, erwiderte Sarah.

»Thane?« wiederholte er. »Ich glaube, ich habe jemanden dieses Namens kennengelernt, kann mich aber im Augenblick nicht erinnern —«

»In Mendozas Saloon«, warf Sarah hilfreich ein.

Er sah etwas amüsiert drein. »Ja, möglich. Aber wieso —«

»Oder sogar im Brooks-Club.«

»Ich bin dort wirklich Mitglied.«

»Mein Bruder«, sagte Sarah. »Gegenwärtig ist er im Bett und kuriert eine böse Erkältung aus, aber er wird Sie bestimmt gern empfangen.«

»Es ist äußerst gütig von ihm, aber mein einziger Wunsch ist, meine Base zu sprechen, Miss Thane.«

Sarah, deren Aufmerksamkeit von Geräuschen gefesselt war, die eine

Ankunft anzeigten, beachtete diese Andeutung nicht, sondern spähte über die niedrige Fensterblende hinaus. Was sie erblickte, erregte ihr Unbehagen. Sie wandte den Kopf und ersuchte Sir Tristram, sofort herüberzukommen. »Sagen Sie mir«, befahl sie, »wer sind diese beiden Männer in Uniform?«

Er trat ans Fenster. »Nur zwei Steuerfahnder«, antwortete er nach einem flüchtigen Blick.

»Ist das alles?« sagte Miss Thane mit ziemlich hoher Stimme. »Ich vermute, sie kommen, um nachzusehen, was Nye in seinen Kellern hat. Mein Bruder glaubt, es sei alles geschmuggelter Schnaps.«

Er sah sie etwas verblüfft an. »Sie werden nichts finden. Darf ich Sie, Ma'am, daran erinnern, daß ich meine Base zu sprechen wünsche?«

Da Miss Thane gesehen hatte, daß einer der Steuerfahnder abgestiegen war und den Gasthof betreten hatte, spitzte sie die Ohren, um zu erlauschen, was im Kaffeesalon gesprochen wurde. Sie hörte die tiefe Stimme des Wirts und fragte sich, ob es ihm gelungen sei, Ludovic zu überreden, in den Keller hinunterzugehen. Sie sah Sir Tristram an und überlegte, daß er keinen ungeeigneteren Augenblick für seine Ankunft hätte wählen können. Wahrscheinlich mußte sie ihn loswerden; er schien jedoch nicht ein Mann zu sein, der sich leicht zufriedengab. Also sagte sie vertraulich: »Wissen Sie, ich glaube, es wäre das klügste, wenn Sie Ihre Base derzeit bei mir ließen.«

»Sie sind äußerst gütig, Ma'am, aber ich habe vor, sie zu meiner Mutter nach Bath zu bringen.«

»Puffspiel?« fragte Miss Thane wissend. »Sie wird nicht mitkommen. Ja, ich glaube, es ist kaum der Mühe wert, daß Sie bleiben, denn sie ist entschlossen, Sie nicht zu sehen.«

»Miss Thane«, sagte Sir Tristram in gefährlichem Ton, »es ist mir völlig klar, daß Sie ein Gespräch mit meiner Base zu verhindern suchen. Ich habe nicht die leiseste Ahnung, warum sie mich nicht zu sehen wünscht. Aber ich werde sie sprechen. Ich hoffe, ich habe mich deutlich ausgedrückt?«

»Ja, durchaus«, sagte Miss Thane und erhaschte ein Echo von Eustacies und Nyes Stimmen im Kaffeesalon.

Anscheinend hatte Shield sie ebenfalls vernommen, denn er wandte den Kopf lauschend der Tür zu. Dann blickte er zu Sarah zurück. »Sagen Sie es mir lieber sofort, Ma'am: in was für einer Klemme steckt sie?«

»Oh, in gar keiner!« versicherte ihm Miss Thane und fügte scharf hinzu: »Wohin gehen Sie?«

»Es selbst herausfinden!« sagte Shield, öffnete die Tür und schritt in den Kaffeesalon.

Miss Thane hatte das Gefühl, daß sie als Komplizin nicht gerade erfolgreich gewesen war, und folgte ihm hilflos.

Im Kaffeesalon waren der Wirt, Mademoiselle de Vauban, ein Steuerfahnder und der Schankbursche versammelt. Der Steuerbeamte blickte mißtrauisch zwischen Eustacie und Nye hin und her, und Eustacie redete wortreich und heftig gestikulierend. Als sie ihren Vetter auf der Schwelle erblickte, unterbrach sie sich und starrte ihn bestürzt an. Der Wirt warf Sir Tristram unter seinen buschigen Brauen hervor einen Blick zu, sagte jedoch nichts.

»Es tut mir leid«, sagte Miss Thane als Antwort auf einen vorwurfsvollen Blick Eustacies. »Ich konnte ihn nicht aufhalten.«

»Sie hätten ihn aber aufhalten sollen!« sagte Eustacie. »Was sollen wir jetzt tun?«

Miss Thane wandte sich an Sir Tristram. »Die Wahrheit ist, mein lieber Herr, daß Ihre Base heute nacht auf der Straße hierher in eine Bande Schmuggler geriet und einen bösen Schrecken erlebte.«

»Schmuggler?« wiederholte Shield.

»Ja«, bekräftigte Eustacie. »Und ich erzähle gerade diesem dummen Menschen, daß ich es war, die gestern nacht hierherkam, und kein Schmuggler.«

»Verzeihung, Sir«, sagte der Berittene, »aber die junge Dame erzählt mir, sie sei gestern nacht hierhergeritten, um die Postkutsche zu erreichen.« Sein Ton deutete an, daß er die Geschichte verständlicherweise unglaubwürdig fand.

»Ich möchte euch wissen lassen«, knurrte Nye, »daß der Rote Löwe ein ehrbares Haus ist! Hier werdet ihr keine Schmuggler finden.«

»Und ich wieder glaube, daß ich eine Menge finden würde, was Sie gern verstecken möchten, wenn ich bloß wüßte, wo diese Ihre Keller sind, Mr. Nye!« erwiderte der Steuerfahnder scharf. »Eine feine Geschichte, die ihr da ausgeheckt habt, und Miss weiß nichts Besseres, als

Sie darin zu unterstützen! Aber mich werden Sie nicht so leicht beschwindeln! Ja, Sie waren so vorsichtig, den Schnee von Ihrer Türstufe zu kehren, aber ich habe die Spur die Straße entlang verfolgt und Blut im Schnee gesehen!«

»Natürlich haben Sie Blut gesehen«, sagte Eustacie. »Es ist sogar sehr viel Blut geflossen.«

»Miss, verlangen Sie von mir, zu glauben, daß Sie sich mitten in der Nacht zu Pferd herumgetrieben haben? Das nützt Ihnen doch nichts!«

»Ja, aber Sie verstehen nicht richtig. Ich war auf der Flucht«, sagte Eustacie.

»Auf der Flucht, Miss?!«

»Ja, und mein Vetter hier wird Ihnen bestätigen, daß es wahr ist, was ich sage. Ich bin Mademoiselle de Vauban, die Enkelin Lord Lavenhams, und er ist Sir Tristram Shield.«

Der Steuerfahnder schien etwas beeindruckt zu sein. Er tippte, zu Sir Tristram gewandt, an seinen Hut, sah aber noch immer nicht überzeugt drein. »Na, Miss, und nehmen wir an, Sie wären das — was für eine Veranlassung haben Sie, in der Nacht davonzureiten? Ich habe noch nie gehört, daß die Vornehmen so was tun!«

»Ich bin vor Sir Tristram davongelaufen«, sagte Eustacie.

»Oh!« sagte der Steuerfahnder und sah zweifelnder denn je drein.

Sir Tristram stand stumm wie ein Fels da. Miss Thane, die einen Blick auf sein wütendes Profil warf, wurde von innerem Gelächter geschüttelt und sagte mit schwankender Stimme: »Das ist eine — eine äußerst heikle Angelegenheit, verstehen Sie?«

»Ich muß sagen, nein, Ma'am«, erwiderte der Steuerfahnder rundheraus. »Wozu will die junge Dame ihrem Vetter davonlaufen?«

»Weil er mich gezwungen hätte, ihn zu heiraten«, sagte Eustacie rücksichtslos.

Der Steuerfahnder warf Sir Tristram einen höchst respektvollen Blick zu und sagte: »Na ja, aber wirklich, Miss, um Himmels willen —«

»Mein Großvater ist tot, und ich bin ganz der Gewalt meines Vetters ausgeliefert«, verkündete Eustacie. »Und als ich hierher unterwegs war, begegnete ich den Schmugglern. Und natürlich hatte ich große Angst, und sie auch, weil sie auf meinen Reitknecht feuerten und ihn verwundeten, und er fiel samt meinen beiden Hutschachteln vom Pferd.«

Sir Tristram wahrte weiterhin grimmiges Schweigen, aber bei der Erwähnung des Reitknechts zog er leicht die Brauen zusammen und sah Eustacie eindringlich an.

»Wirklich, Miss?« sagte der Steuerfahnder. »Dann kommt es mir aber seltsam vor, daß auf der Straße nur die Spuren eines Pferdes sind!«

»Das andere Pferd ging natürlich durch«, sagte Eustacie. »Es rannte in seinen Stall zurück.«

»Verrückt vor Angst«, murmelte Miss Thane und begegnete einem Blick Shields, der Bände sprach.

»Und darf ich fragen, Miss, woher Sie wissen, daß das Pferd in seinen Stall zurücklief?«

Miss Thane hielt Sir Tristrams Augen mit den ihren fest. »Aber Sir Tristram hier hat es uns gerade erzählt!« sagte sie mit kühner Unverfrorenheit. »Als das reiterlose Pferd in Lavenham Court ankam, befürchtete er, daß seiner Base irgendein Mißgeschick zugestoßen sei, und er ritt sofort — *ventre-à-terre* — zu ihrer Rettung. War dem nicht so, lieber Herr?«

Sich eines bezwingend humorvollen grauen und eines flehenden schwarzen Augenpaares bewußt, sagte Sir Tristram: »Ganz richtig, Ma'am.«

Der Blick, den er von seiner Base erhielt, hätte ihn belohnen müssen. Eustacie sagte: »Und dann muß ich Ihnen sagen, daß ich meinen armen Reitknecht hinter mich auf mein Pferd nahm. Aber ich kannte den Weg nicht sehr gut, und er war zu schwach, um mir die Richtung anzugeben, daher irrte ich lange im Forst umher.«

Der Steuerfahnder kratzte sich das Kinn. »Ich werde mir diesen Ihren Reitknecht ansehen, Miss, wenn es Ihnen nichts ausmacht. Ich sage nicht, daß ich Ihre Geschichte nicht glaube, aber was ich sage, ist, daß Damen sich seltsame Ideen einfallen lassen, wenn es auf Verwundete ankommt. Der verstorbene Lord — Verzeihung, Sir und Miss — war nie einer, der uns Beamten gegen diese infamen Schmuggler half, genausowenig wie die meisten der Edelleute hier herum!«

»Einem Schmuggler helfen?« sagte Miss Thane in entsetztem Ton. »Mein Guter, wissen Sie, daß Sie mit der Schwester eines Friedensrichters sprechen? Lassen Sie sich gesagt sein, daß mein Bruder, der im Augenblick hier im Haus ist, die strengsten Ansichten über Schmuggler und Schmuggelgut hegt!« Das war schließlich, überlegte sie, durchaus wahr und mußte den Steuerfahnder beeindrucken — vorausgesetzt natürlich, daß es sich Sir Hugh nicht einfallen ließ, plötzlich aufzutauchen und die Art seiner Ansichten zu erläutern.

Der Steuerfahnder schien wirklich ziemlich erschüttert zu sein. Er sah unsicher von Miss Thane zu Eustacie und sagte mürrisch, sein Befehl laute, das Haus zu durchsuchen.

»Oh, das wollen Sie, ja?« sagte Nye. »Vielleicht möchten Sie gern hingehen und Sir Hugh Thane persönlich sagen, daß Sie sein Schlafzimmer zu durchsuchen wünschen? Und dabei ist er ein Richter, wie Miss Ihnen gesagt hat! Sie machen, daß Sie hier weiterkommen, bevor ich meine Geduld verliere; das lassen Sie sich von mir gesagt sein!«

»Wagen Sie es, Hand an mich zu legen, und Sie werden es büßen, Mr. Nye!« sagte der Steuerfahnder und hielt ein vorsichtiges Auge auf die massige Gestalt des Wirts gerichtet.

»Einen Augenblick!« sagte Sir Tristram. »Diese ganze Aufregung ist unnötig. Wenn Sie den Reitknecht meiner Base verdächtigen, ein Schmuggler zu sein . . .«

»Nun, Sir, wir haben gestern nacht auf einen geschossen, und ich bin bereit zu beeiden, daß wir ihn trafen. Und es ist nicht zu leugnen, daß Frauenzimmer bekannt weichherzig sind, wenn es um einen Verwundeten geht.«

»Möglich«, sagte Shield. »Aber ich bin nicht weichherzig, und ich habe auch nicht die Gewohnheit, Schmugglern noch sonst einer Art Gesetzesbrechern zu helfen.«

»Nein, Sir«, sagte der Steuerfahnder, bestürzt von dem schneidenden Ton Sir Tristrams. »Ich wollte wirklich nicht —«

»Wenn der Verwundete wirklich ein Reitknecht von Lavenham Court ist, werde ich ihn erkennen«, fuhr Shield fort. »Die Sache kann ganz leicht bereinigt werden, wenn man mich in sein Zimmer führt.«

Einen Augenblick herrschte eisiges Schweigen. Sir Tristram blickte jetzt nicht den Steuerfahnder, sondern Eustacie an, die weiß wie ihr Fichu geworden war und ihn mit unverhohlenem Entsetzen anstarrte.

Nyes Stimme brach das Schweigen. »Das ist eine sehr vernünftige Idee, Sir!« sagte er bedächtig. »Ich wette, Euer Ehren kennen den Burschen genauso gut wie ich selbst.«

Sir Tristrams Augen wurden schmal. »Wirklich?« sagte er.

Eustacie sagte atemlos: »Sie können ihn nicht sprechen! Er hat Fieber!«

»Machen Sie sich keine Sorgen, Miss«, sagte Nye. »Sir Tristram würde den Burschen nicht tadeln, weil er getan hat, was Sie ihm befohlen haben. Er wird ihn auch nicht aufregen. Wenn Sie mit mir die Treppe hochkommen wollen, bringe ich Sie auf der Stelle zu ihm.«

»Ich bitte um Verzeihung, aber ich möchte lieber auch mitkommen«, sagte der Steuerfahnder fest.

»Richtig, Schnüffler, du kommst auch mit!« erwiderte Nye. »Niemand hält dich ab.«

Eustacie ging schnell zum Fuß der Treppe, als wollte sie ihnen den Weg verstellen, aber bevor sie etwas sagen konnte, war Miss Thane schon an ihrer Seite und hatte sie, einen Arm um ihre Mitte, die Treppe hinauf vorwärtsgedrängt. »Ja, mein Liebes, auf alle Fälle gehen wir auch, falls der Bursche Angst haben sollte, sich Sir Tristram stellen zu müssen.«

»Er darf ihn nicht sehen! Er darf nicht!« flüsterte Eustacie in Todesangst.

»In meinem Hinterzimmer, Sir«, sagte Nye laut, »beherberge ich immer Schmuggler, damit sie für die Berittenen gleich bei der Hand sind.«

Diese in schneidendem Sarkasmus vorgebrachte Bemerkung veranlaßte den Steuerfahnder, sich zu verteidigen und zu sagen, er versuche nur, seine Pflicht zu tun. Nye ignorierte ihn, stieß die Tür des Hinterzimmers weit auf und sagte: »Treten Sie ein, Sir Tristram! Ich weiß, ich brauche Sie nicht zu warnen, einen kranken Burschen zu erschrecken.«

Eine kleine Hand packte eindringlich Sir Tristrams Mantelärmel. Er blickte auf Eustacies weißes Gesicht hinunter, sah Flehen und Angst in ihm, schüttelte die Hand ab und betrat das Zimmer.

Ludovic hatte sich auf den Ellbogen gestützt. Über das Zimmer hinweg begegneten seine blauen Augen gespannt Shields harten grauen. Shield blieb einen Augenblick auf der Schwelle stehen, während Miss Thane beruhigend Eustacies Hand drückte, und der Steuerfahnder sagte hoffnungsvoll: »Kennen Sie ihn, Sir?«

»Sogar sehr gut«, erwiderte Shield kalt. Er ging zum Bett und legte Ludovic die Hand auf die Schulter. »Na, mein Bursche, du hast dich durch dieses törichte Stückchen in Schwierigkeiten gebracht. Jetzt leg dich wieder hin — ich werde später mit dir reden.« Er drehte sich um und wandte sich an den Steuerfahnder: »Ich kann für diesen Burschen bürgen. Er sieht kaum wie ein Schmuggler aus, meinen Sie nicht auch?«

»Nein, Sir, ich muß sagen, nein«, sagte der Steuerfahnder langsam und starrte Ludovic an. »Ich würde sagen, er sieht dem alten Lord ungewöhnlich ähnlich — soweit ich mich erinnere. Es ist die Nase. Es ist irgendwie eine Nase, die man nicht vergißt.«

»Es ist eine Nase, die in dieser Gegend häufig zu sehen ist«, sagte Sir Tristram trocken bedeutungsvoll.

Der Steuerfahnder blinzelte ihn einen Augenblick an und sagte dann, als ihm ein Licht aufging, hastig: »Ja, genauso ist es! Ich bitte wirklich um Entschuldigung! Wollte nicht beleidigen! Wenn Sie für den jungen Burschen bürgen können, habe ich natürlich nichts mehr zu sagen, Sir.«

»Wenn du also nichts mehr zu sagen hast, kannst du verschwinden!« sagte Nye und warf ihn aus dem Zimmer. »Es tut dem Haus nicht gut, deine Sorte zu beherbergen. Als nächstes wirst du mir erzählen, daß ich geschmuggelten Schnaps in meinem Keller habe!«

»Und den hast du auch!« gab der Steuerfahnder sofort zurück.

Die Tür schloß sich hinter ihnen. Die in der kleinen Kammer Anwesenden hörten die Auseinandersetzung allmählich schwächer werden, während Nye seinen unwillkommenen Gast die Treppe hinuntergeleitete.

Niemand bewegte sich oder sprach, bis die Stimmen verklungen waren. Dann fing Eustacie Sir Tristrams Hand ein, drückte sie an ihre Wange und sagte einfach: »Ich will alles tun, was Sie wünschen. Ich will Sie sogar heiraten!«

»O nein, das werden Sie nicht!« explodierte Ludovic und kämpfte sich mühsam hoch, um sich aufzusetzen. »Wenn das letzte nicht alles übertrifft! Was, zum Teufel, hast du damit gemeint, als du dem langnasigen Zöllner sagtest, ich sei einer von Sylvesters Bastarden?«

»Aber nein, Ludovic, nein! Ich finde, daß das sehr klug von ihm war!« protestierte Eustacie. »Glauben Sie nicht auch, Sarah?«

Miss Thane sagte ernst: »Ich bin vor einem so raschen Verstand in Bewunderung versunken. Sie haben mir nie erzählt, daß er ein so vortrefflicher Verschwörer ist.«

»Nun, ich habe wirklich nicht geglaubt, daß er es wäre«, gestand Eustacie.

Sir Tristram überging diesen Meinungsaustausch und sagte: »Um Gottes willen, Ludovic, was tust du hier?«

»Freihandel«, erwiderte Ludovic kaltblütig.

Shields Gesicht verdüsterte sich. »Soll das ein Witz sein?«

»Nein, nein, er ist wirklich ein Schmuggler, Vetter Tristram!« sagte Eustacie ernsthaft. »Es ist sehr romantisch, glaube ich. Sie nicht?«

»Nein, das glaube ich nicht!« sagte Shield. »Ist dein Name nicht schon genügend besudelt, du junger Narr? Schmuggeln! Und du kannst hier liegen und es mir ganz sanft erzählen!«

»Sehen Sie!« Eustacie schnitt eine angewiderte Grimasse zu Miss Thane hin.

»Ja, er scheint überhaupt kein Gefühl für Romantik zu haben«, stimmte ihr Sarah zu.

Ludovic sagte wild: »Du kannst froh sein, daß ich nichts tun kann, als hier liegen! Glaubst du, mir liegt etwas daran, ob ich als Freihändler oder als Mörder gehängt werde? Ich bin doch ohnehin schon ruiniert, nicht? Verflucht, dann will ich also auf meine eigene Weise zum Teufel gehen!«

»Ich will Sie ja nicht unterbrechen«, sagte Miss Thane, »aber Sie werden sich schneller beim Teufel befinden, als Sie glauben, wenn Ihre Wunde wieder zu bluten anfängt.«

»Ah, soll sie doch!« sagte Ludovic und ballte die Faust auf der Bettdecke.

Sir Tristram sah diese Hand an; Er beugte sich vor, packte Ludovics Handgelenk, hob es hoch und starrte die schmucklosen Finger an. »Zeig mir die andere Hand!« sagte er barsch.

Ludovics Lippen verzogen sich zu einem bitteren Lächeln. Er riß sein Handgelenk aus Shields Griff und schlug die Bettdecke zurück, um seinen linken Arm in der Schlinge zu zeigen. Die Finger waren ebenso schmucklos wie die seiner rechten Hand.

Sir Tristram hob die Augen zu diesem hageren, verstörten jungen Gesicht. »Wenn du ihn hättest, würde er deinen Finger nie verlassen!« sagte er. »Ludovic, wo ist der Ring?«

»Großartig!« spottete Ludovic. »Tritt nur unverschämt auf, Tristram! Wo ist der Ring wirklich? Du natürlich weißt es nicht!«

»Was, zum Teufel, meinst du damit?« fragte Shield mit einer Stimme, die Eustacie zusammenfahren ließ.

Ludovic schüttelte Miss Thanes Hand, die ihn zurückhalten wollte, ab und setzte sich auf, wie von einer Feder hochgeschnellt. »Du Weißt, was ich meine!« sagte er schnell, keuchend vor Erregung. »Du hast deine Pläne sehr geschickt angelegt, mein kluger Vetter, und du hast darauf gesehen, mich aus England zu verfrachten, bevor ich Zeit hatte, nachzudenken, wer außer mir den Ring mehr als alles andere auf der Welt haben wollte! Ziert er jetzt deine Sammlung? Sag mir, gibt es dir Genugtuung, wenn du ihn dir ansiehst?«

»Wenn du nicht verwundet wärst, wurde ich dir die größte Tracht Prügel deines Lebens verabreichen, Ludovic!« sagte Shield, sehr weiß um den Mund. »Ich habe verschleierte Andeutungen von Basil ertragen, aber nicht einmal er wagt mir das ins Gesicht zu sagen!«

»Basil — Basil glaubte mir!« keuchte Ludovic. »Du warst es — du!«

Miss Thane fing ihn auf, als er zurücksank, und bettete ihn in die Kissen. »Jetzt sehen Sie, was Sie angerichtet haben!« sagte sie streng. »Hirschhornsalz, Eustacie!«

»Ich möchte Sie am liebsten umbringen!« sagte Eustacie wütend zu Sir Tristram, beugte sich über das Bett und hielt Ludovic das Hirschhornsalz unter die Nase.

Er kam bald wieder zu sich und öffnete die Augen. »Tristram!« murmelte er. »Mein Ring, Tristram!«

Shield brachte ein Glas Wasser zum Bett, hob Ludovic hoch und hielt es ihm an die Lippen. »Trink das und sei kein Narr!«

»Verdammt, nimm deine Hände von mir weg!« flüsterte Ludovic.

Sir Tristram beachtete es nicht, sondern zwang ihn, etwas Wasser zu trinken. »Jetzt hör mir zu!« sagte er, über Ludovic gebeugt. »Ich hatte deinen Ring noch nie im Leben in Händen. Bis zu diesem Augenblick hätte ich geschworen, er sei in deinem Besitz.«

Ludovic hatte sein Gesicht abgewandt, nach diesen Worten drehte er jedoch den Kopf. »Wenn du ihn nicht hast, wer dann?« sagte er müde.

»Ich weiß es nicht, aber ich werde mein Bestes tun, um es herauszufinden«, erwiderte Shield.

Eustacie holte tief Atem. »Ich sehe, daß ich Sie falsch beurteilt habe,

Vetter Tristram«, sagte sie großmütig. »Man muß schließlich wiedergutmachen, *enfin.* Ich will Sie heiraten.«

»Danke«, sagte Sir Tristram, »aber ich versichere Ihnen, die Sache bedarf keines solchen Opfers.« Er sah, wie sich eine gewisse Verzückung in ihre Augen schlich, und fügte hinzu: »Ich bitte Sie, verschwenden Sie keine Zeit darauf, sich in der Rolle einer Märtyrerin zu sehen. Ich verspüre keineswegs den Wunsch, Sie zu heiraten.«

Eustacie runzelte die Stirn. »Aber Sie müssen doch einen Erben —«

»Ja, aber wir werden das nicht wieder erörtern«, sagte er hastig.

»Und ich glaube«, fuhr Eustacie fort, sichtlich von der Vision gefesselt, sich als Märtyrerin des Ehestandes zu sehen, »daß es vielleicht meine Pflicht ist, Sie zu heiraten.«

Ludovic hob den Kopf vom Kissen. »Nun, Sie können ihn nicht heiraten. Jetzt bin ich das Familienoberhaupt, und ich verbiete es.«

»Nun, schön!« Eustacie fügte sich. »Vermutlich möchte ich letzten Endes doch nicht für immer ein Opfer sein.«

»Verstehe ich richtig«, erkundigte sich Miss Thane, »daß Sir Tristram einer der unseren werden soll? Wenn Sie damit zufrieden sind, daß nicht er der Schurke ist, steht es mir natürlich nicht zu, Einwände zu erheben, aber ich muß sagen, ich bin enttäuscht. Wir werden alle unsere Pläne umgestalten müssen.«

»Ja, das werden wir«, stimmte ihr Eustacie zu. »Und das erinnert mich daran, daß es nicht nötig ist, Tristram zu heiraten, wenn er Ludovics Ring wirklich nicht gestohlen hat. Das habe ich vergessen.«

Sir Tristram sah ziemlich fassungslos drein, worauf Miss Thane, die das beobachtete, gütig sagte: »Sie müssen wissen, daß wir schon alles abgemacht hatten. Eustacie sollte Sie heiraten, damit sie in Ihrer Sammlung nach dem fehlenden Ring hätte suchen können.«

»Was für ein vortrefflicher Gedanke, wirklich!« sagte Sir Tristram sarkastisch.

»Ja, das war er, nicht wahr?« sagte Eustacie. »Aber jetzt wissen wir nicht, wer der Schurke ist, daher nützt er nichts.«

Ludovic beobachtete Shield eindringlich. »Tristram, du weißt etwas?« Shield blickte auf ihn hinunter. »Nein. Aber Plunkett wurde von jemandem erschossen, der nichts anderes als den Talismanring haben wollte. Wenn du es nicht warst, dann weiß ich nur einen einzigen, der es getan haben konnte.«

Ludovic erhob sich leicht und starrte seinen Vetter mit zusammengezogenen Brauen an. »Mein Gott, aber er glaubte mir! Er war der einzige, der mir glaubte!«

»So unbedingt«, sagte Shield, »daß er dir riet, dich deinem Prozeß zu stellen — mit genügend Beweisen, daß sie dich zweimal gehängt hätten! Hast du dich nie gefragt, warum er das tat?«

Ludovic machte eine Geste, als wische er das beiseite. »Oh, ich vermutete, daß er zwar froh gewesen wäre, in meine Fußstapfen zu treten, aber verdammich, er hätte nicht das Risiko auf sich genommen, einen Mord zu begehen — ausgerechnet er!«

Eustacie schrie freudig auf. »Basil!« rief sie und klatschte in die Hände. »Ja, ja, ganz bestimmt war er's! Warum habe ich nicht früher daran gedacht? Miss Thane, mein Vetter Basil ist der Schurke. Obwohl Sie ihn nicht kennen, versichere ich Ihnen, es ist viel, viel besser, denn er trägt einen dummen Hut, und ich kann ihn überhaupt nicht leiden.«

»Oh, schön, in dem Fall bin ich völlig bereit, statt Sir Tristram ihn für den Schurken zu nehmen«, sagte Sarah. »Ich hätte nicht gern den Anschein erweckt, Ihre Wahl zu kritisieren, aber wenn ich aufrichtig sein soll, so ist Sir Tristram für meinen Geschmack nicht finster genug.«

Sir Tristram sah etwas amüsiert drein. Ludovic sagte: »Halt, Eustacie, halt! Das ist nicht sicher! Laßt mich nachdenken!«

»Aber es ist nicht nötig, nachzudenken, *mon cousin*. Mir ist es klar, daß Basil der Mann ist, denn er wäre sehr gern Lord Lavenham. Außerdem gibt es niemanden sonst.«

»Ich kann nicht glauben, daß er seinen Hals in eine solche Schlinge stecken würde!« sagte Ludovic. »Wann hat der Beau gern ein Risiko auf sich genommen?«

»Wer immer es getan hat, Ludovic, war imstande, ein Taschentuch von dir aufzutreiben, um es neben der Leiche liegenzulassen«, erinnerte ihn Shield. »Er muß auch gewußt haben, daß Plunkett an jenem Abend in Slaugham dinierte, und erriet zumindest, daß er den Weg durch das Longshaw-Wäldchen nehmen würde.«

»Ja, aber einen kaltblütigen Mord zu planen, nur um mich loszuwerden, und dann zu tun, als glaubte er meine Geschichte — nein, das konnte er nicht tun!«

»Still!« sagte Miss Thane eindrucksvoll. »Die ganze Angelegenheit wird mir allmählich sonnenklar. Er hat es nicht geplant: Ich vermute, er ging nie weiter, als nur zu wünschen, daß Ludovic irgendein Unfall zustoßen möge — Oh, Verzeihung! — Lord Lavenham zustoßen möge —«

»Ludovic genügt«, warf Seine Lordschaft ein und sah grinsend zu ihr auf. »Ich zähle Sie schon ganz zur Familie.«

»Ich wollte, Sie täten es, denn ich versichere Ihnen, ich betrachte mich unwiderruflich mit diesem Abenteuer verbunden. Unterbrechen Sie mich nicht! Nehmen wir an, daß er ganz müßig überlegte, welch ein Glück es wäre, wenn Ludovic einen Unfall hätte. Er hätte nicht gewagt, selbst einen zu inszenieren, denn da er der nächste in der Erbfolge ist, wäre der Verdacht vielleicht auf ihn gefallen. Nun also, Ludovic verlor seinen Talisman, und Basil sah — nein, das ist falsch! Zuerst sah er nichts. Aber Ludovic begann ihm in die Hände zu spielen — wirklich, Ludovic, ich glaube, es war alles nur Ihre Schuld: Sie haben Basil so sehr in Versuchung geführt, daß er nicht mehr widerstehen konnte.«

»Das habe ich nicht!« sagte Ludovic empört.

»Sie wissen nichts von der Sache, mein lieber Junge. Sie und der Zufall zeigten Basil, wie er Sie loswerden konnte. Sie waren über den Mann wütend, dessen Namen Eustacie nicht behalten kann (ich übrigens auch nicht), und vermutlich haben Sie viel getrunken und —«

»Das hat er«, sagte Sir Tristram.

»Natürlich. Er war in der Stimmung, eine Gewalttat zu begehen. Ich zweifle nicht, daß er wilde Reden führte und schwor, er würde sich rächen. Nun müssen Sie nachdenken, Ludovic, bitte! Wußte Basil, daß Sie vorhatten, diesem Mann in der — in der unheilvollen Nacht aufzulauern?«

»Das kann ich nicht sagen. Ich glaube, ich machte kein Geheimnis daraus. Basil kannte die ganze Geschichte.«

»Dessen bin ich ganz sicher«, sagte Miss Thane. »Nun sehen Sie ein, nicht wahr, wie leicht es für ihn war? Es bedurfte überhaupt keines Planens. Er brauchte nur jenem Mann in dem Wäldchen aufzulauern, ein Taschentuch von Ihnen neben der Leiche liegenzulassen und den Ring zu stehlen. Nachher hatte er nichts zu tun, als die Rolle des Verteidigers zu spielen. Ich merke, daß er ein sehr listiges Gehirn haben muß.« Sie schloß die Augen und sagte mit der Stimme einer Seherin: »Ich bin überzeugt, er ist ein finsterer Mensch.«

»Der Beau?« sagte Ludovic. »Nein, das ist er nicht!«

Miss Thane runzelte die Stirn. »Unsinn, er muß es sein!«

»Ja«, sagte Eustacie bedauernd, »aber er ist es wirklich nicht.«

Miss Thane öffnete die Augen. »Sie bringen mich aus dem Konzept. Wie sieht er denn aus?«

»Er ist sehr höflich«, sagte Eustacie. »Er hat außergewöhnlich geschliffene Manieren.«

Miss Thane ordnete ihre Gedanken um. »ich will ihm zugestehen, daß er glattzüngig ist. Ich glaube, er lächelt.«

»Ja, das tut er«, gab Eustacie zu.

Miss Thane erschauerte. »Sein Lächeln verbirgt eine grausame Seele!« verkündete sie.

Ludovic brach in Lachen aus. »Keine Spur! Es ist nichts Grausames an ihm. Er ist ein sehr angenehmer Bursche, und ich hätte geschworen, daß er niemandem Böses wünscht.«

»Das ist leider wahr!« sagte Eustacie traurig. »Er ist einfach nichts.«

Sir Tristrams Augenbrauen gingen eine Spur hoch. Miss Thane wies triumphierend mit dem Finger auf ihn und sagte: »Sir Tristram weiß es besser! Ein grausamer Mensch, Sir?«

Er schüttelte den Kopf. »Nein, ich glaube nicht, daß ich es ganz so ausdrücken würde, Miss Thane. Er ist wirklich angenehm — ein bißchen zu liebenswürdig. Er schnurrt wie eine Katze.«

»Das tut er«, stimmte ihm Ludovic zu. »Aber ist dir irgend etwas Böses von ihm bekannt? Mir nicht.«

»Eines«, erwiderte Shield. »Ich weiß, daß Sylvester ihm nicht traute.«

»Sylvester!« sagte Ludovic verächtlich.

»Oh, Sylvester war kein Dummkopf«, erwiderte Shield.

»Guter Gott, er mißtraute Dutzenden Leuten, unter anderem mir.«

»Er mißtraute dir so wenig«, sagte Shield und griff in seine Westentasche, »daß er mir auftrug, dir das hier zu geben, sollte ich dich je wiedersehen, und dir zu sagen, du sollst es nicht verpfänden.«

Ludovic starrte den großen Rubin an. »Donner und Doria, hat er mir den hinterlassen?«

»Wie du siehst. Er fragte mich knapp vor seinem Tod, ob ich glaube, daß deine Geschichte doch wahr gewesen sei.«

»Ich möchte schwören, du hast nein gesagt«, bemerkte Ludovic und ließ den Ring an seinen Finger gleiten.

»Stimmt«, sagte Shield ruhig. »Du mußt dich erinnern, daß ich jenen Schuß hörte, keine zehn Minuten, nachdem ich mich von dir getrennt hatte, und daß ich wußte, in welcher Richtung du warst.«

Ludovic warf ihm einen feurigen Blick zu. »Du hast mich tatsächlich eines Mordes fähig gehalten?«

»Ich hielt dich für ziemlich betrunken«, sagte Shield. »Ich hielt dich außerdem für einen unbesonnenen jungen Narren. Dafür halte ich dich noch immer. Was ist dir eingefallen, unter die Schmuggler zu gehen? Bist du die ganze Zeit seit damals vor der Küste von Sussex gesegelt?«

»›Mich herumgetrieben‹ ist die richtige Bezeichnung dafür«, sagte Ludovic mit einem Schimmer Spitzbüberei. »Freihandel erschien mir als Beschäftigung für einen Geächteten hervorragend zu passen. Außerdem habe ich die See immer geliebt.«

Sir Tristram sagte schneidend: »Ich nehme an, das war Grund genug.«

»Warum nicht? Ich kannte auch aus alten Zeiten einige der ›Gentlemen‹. Aber an Land war ich bis jetzt nie. Mag sie nicht: sie kriechen zuviel im Dunkel herum, und die Zöllner sind zu verflucht schlau. Ich half Brandy- und Rumladungen — mit Bergen-Papieren, verstehst du — nach Lincolnshire bringen. Das ist der richtige Platz, kann ich dir sagen! Ich habe in den letzten fünfzehn Monaten die Zollschiffe an der Nase herumgeführt. Es ist kein schlechtes Leben, aber Tatsache ist nun einmal, daß ich nicht dazu erzogen wurde. Ich kam nach Sussex nur, um möglicherweise von Nye Neuigkeiten zu erfahren.«

»Aber Sie werden hierbleiben, *mon cousin*, nicht wahr?« fragte Eustacie eifrig.

»Er kann nicht hierbleiben«, sagte Shield. »Es war Wahnsinn, überhaupt herzukommen.«

Ludovic hob den Kopf und betrachtete Sylvesters Ring mit halbgeschlossenen Augen. »Ich werde bleiben«, sagte er nachlässig, »und ich werde herausfinden, wer den Talismanring hat.«

»Ludovic, du kannst mir vertrauen, daß ich alles tun werde, was ich nur kann, um das zu entdecken, aber man darf dich hier nicht finden!«

»Man wird mich hier nicht finden«, erwiderte Ludovic. »Du kennst Joes Keller nicht. Ich schon.«

»Geh nach Holland hinüber und warte dort«, sagte Shield. »Hier kannst du nichts nützen.«

»O doch, ich kann!« sagte Ludovic und drehte seine Hand so, daß der Edelstein das Licht einfing. »Außerdem will ich verdammt sein, wenn man mich aus meiner eigenen Angelegenheit ausschließt.«

»Was hoffst du, im Verborgenen tun zu können, das ich nicht offen tun kann?« fragte Shield. »Warum deine Torheit noch vergrößern, indem du das Risiko auf dich nimmst, verhaftet zu werden?«

»Weil ich«, sagte Ludovic und hob endlich die Augen von dem Rubin, »weiß, wo ich den Ring suchen muß, falls der Beau ihn hat.«

6

Diese Ankündigung zeitigte bei den Damen eine Wirkung, wie sie Ludovic nicht besser wünschen konnte. Sie blickten ihn überrascht und bewundernd an und warteten atemlos darauf, daß er ihnen mehr erzählte. Shield, nicht so leicht zu beeindrucken, sagte: »Wenn du wirklich weißt, wo du ihn suchen mußt, sag es lieber mir, und ich führe die Suche an deiner Statt.«

»Das ist gerade das Schwierige«, erwiderte Ludovic schamlos, »ich bin mir der Stelle gar nicht sicher.« Er sah, wie Eustacies Gesicht lang wurde, und fügte hinzu: »Oh, ich dürfte mich erinnern, wenn ich sie sähe! Die Sache ist nämlich die, daß es mir schwerfiele, jemandem zu schildern, wie sie zu finden ist. Ich werde selbst hingehen müssen.«

»Wohin?« fragte Sir Tristram.

»Oh, ins Dower House!« erwiderte Ludovic leichthin. »Es gibt dort ein geheimes Paneel in der Vertäfelung. Du würdest es nicht erkennen.«

»Ein geheimes Paneel?« wiederholte Miss Thane ehrfurchtsvoll. »Sie meinen tatsächlich ein Geheimpaneel?«

Ludovic betrachtete sie leicht betroffen. »Ja, warum nicht?«

»Ich hielt es für zu gut, um wahr zu sein«, sagte Miss Thane. »Wenn es etwas gibt, das ich mein ganzes Leben lang besonders gern getan hätte, war es, ein Geheimpaneel suchen! Ich nehme an«, fügte sie hoffnungsvoll hinzu, »es hieße zuviel erwarten, wenn man hinter dem Geheimpaneel einen unterirdischen Gang fände?«

Eustacie klatschte hingerissen in die Hände. »Aber ja, natürlich! Ein unterirdischer Gang —«

»Mit Fledermäusen und Totengebeinen«, sagte Miss Thane erschauernd.

Die französische Vernunft machte sich geltend. Eustacie runzelte die Stirn. »Keine Fledermäuse, nein. Das ist nicht vernünftig. Aber bestimmt einige an die Wand gekettete Knochen.«

»Und feucht — er muß feucht sein!«

»Nicht feucht; Spinnweben«, warf Ludovic ein. »Riesige, die an einem hängenbleiben wie —«

»Geisterfinger!« ergänzte Miss Thane.

»O Ludovic, es gibt einen Gang dort?« hauchte Eustacie.

Er lachte. »Himmel, nein! Es ist bloß ein Priester-Versteck, das ist alles.«

»Wie schäbig!« sagte Miss Thane angewidert. »Es macht mich ganz mutlos.«

»Wenn es keinen Gang gibt, müssen wir eben ohne einen auskommen«, verfügte Eustacie gefaßt. »Man muß praktisch sein. *Tout de même*, ist es ein Jammer, daß es keinen Gang gibt. Ich dachte, er würde vom Herrenhaus zum Dower House führen. Es wäre *magnifique* gewesen! Wir hätten vielleicht einen Schatz gefunden.«

»Genau das habe ich auch gedacht«, stimmte ihr Miss Thane zu. »Eine alte Eisentruhe voller Edelsteine.«

Sir Tristram brach mit einer etwas lähmenden Bemerkung in diese Phantasien ein. »Da wir keinen Schatz suchen und außer in Ihrer Phantasie kein Gang vorhanden ist, ist diese Erörterung höchst nutzlos«, sagte er. »Wo befindet sich das Paneel, Ludovic?«

»Hier liegt des Pudels Kern«, gestand Ludovic. »Ich weiß, daß es mein Onkel als Safe zu benützen pflegte, und erinnere mich, daß es mir Sylvester zeigte, als ich noch ein Knabe war. Aber ich erinnere mich nicht ums Leben daran, in welchem Zimmer es ist.«

»Das ist, gelinde gesagt, ein Pech«, sagte Sir Tristram, »da das Dower House fast zur Gänze vertäfelt ist.«

»Ich glaube, es ist entweder in der Bibliothek oder im Speisesaal«, sagte Ludovic. »Es sind dort zwei Reihen von Säulen mit einer Menge kannelierter Wandpfeiler und Schnitzereien. Vermutlich werde ich es erkennen, wenn ich es sehe. Man dreht eine der erhabenen Verzierungen des Frieses zwischen den Säulenreihen, und eine der unteren quadratischen Holztafeln gleitet zurück.«

»Wie glaubst du das sehen zu können?« fragte Shield. »Der Beau ist derzeit im Dower House und hat vor, dortzubleiben.«

»Nun, ich werde nachts einbrechen müssen«, erwiderte Ludovic.

»Ein ganz richtiger Entschluß«, sagte Miss Thane beifällig, bevor ihn Sir Tristram verdammen konnte. »Aber mir ist etwas eingefallen, das ein bißchen stört: Sind Sie überzeugt, daß Ihr Vetter den Ring behalten hat?«

»Ja, denn er würde es nicht wagen, ihn zu verkaufen«, erwiderte Ludovic sofort.

»Er hat ihn nicht vielleicht weggeworfen?«

Ludovic schüttelte den Kopf. »Der nicht. Er kennt seinen Wert«, erwiderte er schlicht.

»Oh, in diesem Fall brauchen wir also nur das Paneel zu finden!« sagte Miss Thane.

Sir Tristram sah sie über Ludovics Bett hinweg an. »Wir?« sagte er.

»Sicher«, erwiderte Sarah. »Eustacie sagte, ich dürfe das Abenteuer mitmachen.«

»Sie haben doch sicher nicht vor, hierzubleiben!«

»Sir«, sagte Miss Thane, »ich werde hierbleiben, bis wir Ludovics ehrlichen Namen reingewaschen haben.«

»Aber natürlich!« sagte Eustacie und machte ganz große Augen. »Was denn sonst?«

Sir Tristram sagte es ihr in wenigen kurzen Worten. Als ihm klargemacht worden war, daß beide Damen vorhatten, wichtige Rollen in Ludovics Angelegenheit zu spielen und keine von beiden auch nur davon hören wollte, sich zurückzuziehen — die eine nach London, die andere nach Bath —, sagte er rundheraus, daß er mit einer so verrückten Eskapade nichts zu tun haben wolle. Eustacie erwiderte sofort im herzlichen Ton, er könne sich mit ihrem Segen daraus zurückziehen. Ludovic wandte jedoch ein, da sein linker Arm noch kurze Zeit nutzlos bleiben würde, würde er Tristram brauchen, um ihm bei seinem Einbruch zu helfen.

»Stellst du dir vor, daß ich in Basils Haus einbrechen werde?« fragte Sir Tristram.

»Warum nicht?« sagte Ludovic.

»Nicht nur das«, sagte Miss Thane nachdenklich, »aber wir brauchen Sie vielleicht, wenn es zu einem Kampf kommen sollte. Mein Bruder erzählte mir, Sie hätten eine tödliche Rechte.«

»Ich wäre euch allen miteinander dankbar«, sagte Sir Tristram nachdrücklich, »wenn ihr euch von dem Gedanken befreien könntet, daß ihr in einem der Romane von Mrs. Radcliffe lebt. Ist euch klar, daß im Herrenhaus bereits über Eustacies unbesonnene, unnötige und törichte Flucht geschwätzt wird? Ich könnte schwören, diese Neuigkeit hat sogar schon Basils Ohren erreicht. Was soll ich ihm sagen, wenn sie hierbleibt?«

»Lassen Sie mich nachdenken«, sagte Miss Thane.

»Ersparen Sie sich diese Mühe«, sagte Sir Tristram scharf. »Eustacie muß zu meiner Mutter nach Bath fahren.«

»Ich hab's!« sagte Miss Thane, ihn nicht beachtend. »Ich lernte Eustacie vor einigen Jahren in Paris kennen. Da ich mich in der Nähe ihres Wohnsitzes aufhalte, schicke ich ihr Nachricht von meiner Ankunft, worauf das liebe Geschöpf, dem der Bath-Plan mißfiel, den Gedanken faßte, sich unter meinen Schutz zu begeben. Unglücklicherweise wußten Sie, Sir Tristram nichts von mir, und da Sie von tyrannischer Veranlagung sind — wie bitte?«

»Ich habe nichts gesagt«, erwiderte Sir Tristram und beäugte sie frostig.

Miss Thane begegnete seinem Blick mit dem Ausdruck reinster Unschuld. »Oh, ich dachte wirklich, Sie hätten etwas gesagt!«

»Ich habe mich nur verschluckt«, erklärte Sir Tristram. »Bitte, fahren Sie fort! Sie hielten bei meiner tyrannischen Veranlagung.«

»Richtig«, sagte Sarah mit einem Nicken. »Sie weigerten sich, Eustacies Bitte nachzugeben, und ließen ihr damit keine andere Wahl als sofortige Flucht. Nun jedoch, da Sie mich kennengelernt haben, erkennen Sie, daß ich ein ehrbares Frauenzimmer bin, alles in allem genau die richtige Person, eine junge Dame in Obhut zu nehmen, und Sie geben nach.«

Seine Mundwinkel zuckten leicht. »Wirklich?« fragte er.

»Aber sicher. Wir richten es so ein, daß Eustacie bei mir in London zu Besuch bleibt. Alles ist für unsere Abreise im Gange, als mein Bruder entdeckt, daß sich seine Erkältung nicht gebessert hat. Er erklärt, die Gefahren einer Reise in diesem ungünstigen Wetter unmöglich auf sich nehmen zu können. Was mich daran erinnert«, fügte sie hinzu und erhob sich, »daß ich lieber gehe und Hugh informiere, daß seine Erkältung schlimmer geworden ist.«

Als sie ein Weilchen später aus Sir Hughs Schlafzimmer herunterkam, wartete Sir Tristram im Kaffeesalon. Er sah auf, als sie um die Biegung der Treppe kam, und sagte sarkastisch: »Ich bin sicher, Sie waren imstande, Ihren Bruder zu überzeugen, Ma'am?«

»Es war nicht nötig«, erwiderte sie. »Nye hat ihm eine Flasche Old Constantia hinaufgebracht. Er meint, es wäre tollkühn, sich der Reise nach London auszusetzen, bevor er nicht vollkommen wiederhergestellt ist.«

»Ich dachte, er hege ausgeprägte Ansichten über das Thema geschmuggelten Schnapses?« bemerkte Sir Tristram.

»Hat er«, erwiderte Miss Thane, nicht im geringsten eingeschüchtert. »Sehr ausgeprägte Ansichten.« Sie ging zum Kamin und setzte sich auf eine der hochlehnigen Holzbänke, die rechts und links davon standen. »Ich glaube, aus diesen beiden Kindern wird ein Paar, meinen Sie nicht auch?«

»So wie die Dinge jetzt stehen, kann Ludovic kein Mädchen bitten, seine Frau zu werden«, antwortete er und blickte stirnrunzelnd ins Feuer.

»Dann müssen wir erst recht seine Unschuld beweisen«, sagte Miss Thane.

Er blickte auf. »Glauben Sie mir, ich wäre froh, alles in meiner Macht Stehende tun zu können, um dem Jungen zu helfen, aber daß er nach Sussex gekommen ist, war ein Wahnsinn!«

»Nun«, sagte Miss Thane vernünftig, »er kann nicht weggebracht werden, solange seine Wunde nicht halbwegs verheilt ist, daher müssen wir das Beste daraus machen. Glauben Sie, daß sein Vetter Basil tatsächlich der wahre Schuldige ist?«

Er schwieg. Endlich sagte er: »Ich bin vielleicht gegen ihn voreingenommen. Es klingt phantastisch, aber ich möchte um nichts in der Welt, daß er von Ludovics gegenwärtigem Aufenthalt erfährt.« Er sah sie forschend an. »Welche Rolle spielen Sie dabei, Miss Thane?«

Sie lachte. »Mein lieber Herr, meine Rolle ist natürlich die einer Anstandsdame für Eustacie. Um Ihnen die Wahrheit zu gestehen, ich habe eine Zuneigung zu Ihren romantischen Geschwisterkindern gefaßt und möchte dieses Abenteuer bis an sein Ende geführt sehen.«

»Sie sind sehr gütig, Ma'am, aber —«

»Aber Sie wären viel besser ohne Frauenzimmer dran«, sagte Miss Thane nickend.

»Ja«, sagte Sir Tristram kurz. »Wirklich!«

»Das vermute ich«, sagte Miss Thane ganz ohne Groll. »Aber wenn Sie sich einbilden, Sie könnten Eustacie dazu bringen, dieses Haus zu verlassen, jetzt, da sie ihren Vetter Ludovic gefunden hat, sind Sie eine bemerkenswert optimistische Natur. Und wenn Sie Eustacie am Hals haben müssen, können Sie ebensogut auch mich am Hals haben.«

»Sicher«, sagte Shield, »aber sind Sie — ist sich Ihr Bruder klar, daß dies ein Abenteuer ist, das uns wahrscheinlich alle nach Newgate bringen kann?«

»Ich schon«, erwiderte sie gelassen. »Ich zweifle, ob meinem Bruder irgend etwas klar ist, das über die Tatsachen einer Erkältung und eines wohlversorgten Kellers hinausgeht. Wenn wir wirklich in Newgate landen, werden Sie vielleicht imstande sein, uns wieder herauszuholen.«

»Sie sind sehr unerschrocken«, sagte er mit einem amüsierten Blick.

»Sir«, sagte Miss Thane, »im Lauf der letzten zwölf Stunden scheint mein Leben derart voll von Schmugglern, Steuerfahndern und verruchten Vettern geworden zu sein, daß ich jetzt das Gefühl habe, ich könnte mich allem stellen. Was, in aller Welt, fiel übrigens dem Jungen ein, sich dem Schmuggeln zuzuwenden?«

»Das weiß Gott. Genausogut könnten Sie fragen, was Eustacie einfiel, das Herrenhaus um Mitternacht zu verlassen, um Erzieherin zu werden. Die beiden dürften sehr gut miteinander auskommen, sollten sie einander je heiraten können.« Er erhob sich. »Ich muß zurückreiten und tun, was ich kann, um den Verdacht abzulenken. Auf die eine oder andere Art müssen wir diese Wandtafel, von der Ludovic spricht, finden, ehe er seinen Kopf in die Schlinge stecken kann.«

Miss Thane hüstelte diskret. »Halten Sie — hm — viel von dem Paneel, Sir Tristram?«

»Nein, sehr wenig, aber ich halte alles davon, daß Ludovic auf der Suche danach im Dower House einbricht«, erwiderte er offen. »Im Augenblick liegt er auf dem Rücken, aber wie ich ihn kenne, dauert das nicht lange. Sie sind eine zähe Rasse, diese Lavenhams.« Er ging zum Tisch und nahm Hut und Reitgerte auf. »Ich verabschiede mich jetzt. Die Berittenen haben wir vermutlich abgewimmelt, aber es können andere kommen. Sollten Sie mich brauchen, schicken Sie Clem mit einer Botschaft zum Herrenhaus hinüber, und ich komme.«

Sie nickte. »Inzwischen aber ist Ludovic in Gefahr, meinen Sie?«

»Nicht von seiten Nyes, sollte er jedoch von jemandem, der seine Anwesenheit hier vermutet, in der Bow Street angezeigt werden — dann ist er in großer Gefahr.«

»Und von seiten seines Vetters?«

Er begegnete ihrem fragenden Blick nachdenklich und sagte nach einer Weile: »Vielleicht habe ich unrecht, aber ich glaube ja. Es steht für ihn sehr viel auf dem Spiel.« Er klopfte mit der Reitgerte gegen seinen Stiefel. »Alles kreist um den Talismanring«, sagte er ernst. »Wer immer den besitzt, ist der Mann, der Plunkett erschoß. Ich muß mich enger an den Beau anschließen.«

Er verabschiedete sich, ging hinaus und ließ sein Pferd vorführen. Miss Thane sah ihn fortreiten und ging langsam zu ihrem Patienten zurück.

Wäre es möglich gewesen, nach einem Arzt für Ludovic zu senden, dann hätte er bestimmt einen Aderlaß vorgeschrieben. Miss Thane war etwas besorgt, daß vielleicht hohes Fieber einsetzen würde, Shield und der Wirt hingegen behaupteten, Ludovic habe eine genügend starke Konstitution, Schlimmerem als einer bloßen Schulterwunde zu trotzen. Nach einigen Tagen mußte sie zugeben, daß sie recht hatten. Die Wunde begann ganz so zu heilen, wie sie sollte, und der Patient verkündete seine Absicht, das Krankenbett zu verlassen. Diesen gefährlichen Entschluß verhinderte Shield, der zwar den Roten Löwen täglich besuchte, es jedoch unterließ, Ludovic, wie versprochen, Kleidung aus seiner im Herrenhaus hinterlassenen Garderobe zu bringen.

Während Ludovic im Hinterzimmer lag, entweder mit seiner Base Piquet spielte oder Pläne für die Zurückgewinnung seines Rings entwickelte, bewohnte Sir Hugh Thane weiterhin eines der Vorderzimmer. Seine Erkältung war am Morgen von Shields erstem Besuch wirklich viel schlimmer geworden, und, sowie sie einmal den unglücklichen Baronet erfaßt hatte, durchlief sie die ganze Skala von Halsschmerzen, benommenem Kopf, tränenden Augen, Verlust des Geschmacks und endete mit einem Husten, den Sarah mit ungewohnter Besorgnis für schlimm genug erklärte, daß er (falls nicht große Vorsichtsmaßnahmen getroffen würden) zu einer Lungenentzündung führen könnte.

Es war daher nicht im geringsten schwierig, Sir Hugh zu überreden, das Zimmer zu hüten. Seine einzige Beschwerde lag darin, daß er ohne seinen Kammerdiener auskommen mußte, da dieser Unentbehrliche mit dem Großteil des Gepäcks und der Kammerzofe Sarahs seinem Herrn nach London vorausgefahren war. Es bedurfte des ganzen Einfallsreichtums Sarahs, genügend einleuchtende Gründe auszudenken, um Satchell nicht an das Krankenbett seines Herrn zu holen. Satchell stand zwar seit einigen Jahren in Sir Hughs Diensten, Miss Thane hatte jedoch das Gefühl, daß man ihm das Geheimnis von Ludovics Anwesenheit im Roten Löwen nicht anvertrauen konnte. Glücklicherweise erwies sich Clem als ein geschickter Diener, und außer daß Sir Hugh zwei-, dreimal am Tag wünschte, Satchell wäre bei ihm, beklagte er sich nicht. Er nahm Sarahs Geschichte von der Erbin, die einer mißliebigen Heirat entflohen war, hin. Es war zweifelhaft, ob die ursprüngliche Geschichte von Ludovics Mißgeschick in seinem Gedächtnis haften geblieben war, er fragte aber seine Schwester doch einmal, ob sie nicht erwähnt habe, daß sie einen Schmuggler kennengelernt habe. Sie gab es zu, sagte jedoch, er habe den Gasthof verlassen.

»Oh!« sagte Sir Hugh. »Schade. Solltest du ihn wiedersehen, könntest du es mich wissen lassen.«

Was Sir Tristram Shield dem Beau Lavenham erzählte, wußten die Damen nicht, aber es führte letzteren nach zwei Tagen nach Hand Cross. Er kam in einer eleganten Chaise, einer anmutigen Angelegenheit, auf Schwanenhalsstützen montiert und in Blaßblau tapeziert. Er wurde an einem frühen Nachmittag in das Gästezimmer geführt, wo Miss Thane und Eustacie saßen. Seine Base begrüßte ihn mit einem bösen Blick.

Er hatte seinen pelzgefütterten Mantel im Kaffeesalon abgelegt, so daß die ganze Pracht seiner primelgelben Kniehose und lilagestreiften Jacke ohne Vorwarnung über Miss Thane hereinbrach. Er trug die modernen Kurzstiefel und Bandrosetten an den Knien; seine Krawatte war ungeheuerlich, sein Jackenkragen hinten sehr hoch, und den hohen zuckerhutförmigen Hut trug er in der Hand. Unter der Tür blieb er stehen und hob lächelnd sein figurenreich verziertes Einglas ans Auge. »Da hätten wir also unsere kleine Ausreißerin!« sagte er. »Meine liebe Kusine, alle meine Glückwünsche! Armer, armer Tristram!«

»Ich weiß nicht, warum Sie hergekommen sind«, antwortete Eustacie, »aber ich wünsche keineswegs, Sie zu sehen. Mein Vetter, Sarah. Das ist meine Freundin, Miss Thane, Basil.«

Er verbeugte sich, die Hand ans Herz gelegt. »Ach ja, die — äh — Bekannte aus Pariser Zeiten, glaube ich. Welch eigenartig glücklicher Zufall es doch war, der Sie an diesen unwahrscheinlichen Flecken brachte, Ma'am!«

»Ja, nicht wahr?« stimmte ihm Miss Thane herzlich zu. »Obwohl ich bis zu dem Zeitpunkt, da mein Bruder krank wurde, wirklich keine Ahnung hatte, daß ich hierbleiben würde. Aber die Gelegenheit, meine liebe Eustacie wiederzusehen, versöhnte mich ganz und gar mit der Notwendigkeit, in diesem Gasthof Quartier nehmen zu müssen. Bitte, wollen Sie sich nicht setzen?«

Er dankte ihr und nahm den Stuhl, auf den sie deutete, achtsam seinen Hut auf den Tisch setzend. Er sah Eustacie mit einem amüsierten Glitzern in den Augen an und sagte: »So haben Sie sich schließlich doch entschieden, Tristram nicht zu heiraten! Mir gefiel die Idee Ihrer mutigen Flucht in die Arme Ihrer Freundin. Aber wie sehr Sie sie verheimlicht haben, meine liebe Kusine! Wenn Sie sich mir bloß anvertraut hätten, dann hätte ich Sie in meinem Wagen zu ihr gebracht, und es wäre Ihnen ein besonders unbequemer Ritt durch die Nacht erspart geblieben.«

»Ich habe es vorgezogen, allein zu gehen«, sagte Eustacie. »Es war ein Abenteuer.«

Basil sagte: »Es ist schade, daß Sie mich so gar nicht mögen und mir so wenig vertrauen — denn ich stehe Ihnen ganz zu Diensten.«

Zu Miss Thanes Überraschung lächelte Eustacie gnädig und antwortete: »Ich bin Ihnen nicht abgeneigt — das ist ganz albern. Ich meine nur, daß Sie einen dummen Hut tragen, und außerdem wollte ich ein Abenteuer ganz allein für mich haben.«

Er lachte sein leises Lachen. »Ich wollte, mein Hut mißfiele Ihnen nicht, aber dem kann abgeholfen werden. Soll ich einen altmodischen Dreispitz tragen wie Tristram, oder gefällt Ihnen der *chapeau-bras?*«

»In einem *chapeau-bras* würden Sie sehr komisch aussehen«, bemerkte sie.

»Ja, Sie haben leider recht. Sagen Sie mir, was wollen Sie mit Ihrem Leben anfangen, Eustacie, jetzt, da Sie Tristram seinen *congé* gegeben haben?«

»Ich werde bei Miss Thane in London leben.«

Er sah Miss Thane nachdenklich an. »Ja? Habe ich Miss Thanes Erlaubnis, sie in London zu besuchen?«

»Oh, aber sicher! Sie wird entzückt sein«, sagte Eustacie. »*Du vrai*, sie möchte Sie sehr gern im Dower House besuchen, weil das ein so altes Haus ist, und das ist bei ihr eine wahre Leidenschaft. Aber ich sagte nein, denn es wäre nicht *convenable.*«

Miss Thane warf ihr einen Blick der Hochachtung zu und versuchte, sich den Anschein einer eifrigen Altertumsliebhaberin zu geben.

Der Beau sagte höflich: »Ein Besuch Miss Thanes wäre mir eine Ehre, aber das Herrenhaus wäre bestimmt ihres Studiums würdiger?«

»Ja, aber Sie müssen wissen, daß ich mit ihr nicht ins Herrenhaus gehen will«, sagte Eustacie zungenfertig. »Tristram ist sehr böse auf mich, und ich möchte nicht, daß es zu einer unangenehmen Situation käme.«

Der Beau hob die Brauen. »Bestürmt Sie Tristram, ihn zu heiraten?« erkundigte er sich.

Da Eustacie nicht genau wußte, was Tristram ihm erzählt hatte, hielt sie es für klug, eine ausweichende Antwort zu geben. Sie breitete die Hände aus und sagte geheimnisvoll: »Wissen Sie, es kommt daher, daß er Grandpère sein Wort gegeben hat. Ich verstehe ihn nicht.«

»Ah!« seufzte der Beau und fuhr mit der Hand sanft auf dem Band seines Einglases auf und ab. »Sie sind natürlich eine Erbin.« Er ließ diesen Pfeil einsinken und fuhr dann glatt fort: »Ich konnte nie das Gefühl aufbringen, daß Sie und Tristram füreinander geschaffen seien, aber ich gestehe, Ihre plötzliche Flucht hat mich doch überrascht. Man erzählte mir, daß Ihr Ritt außerdem voll Abenteuer war. Irgendeine Geschichte über Schmuggler — aber vermutlich sehr übertrieben.«

»Ich nehme an«, sagte Miss Thane im richtigen Augenblick, »daß in dieser Gegend sehr viel geschmuggelt wird?«

»Ich glaube ja«, antwortete er. »Ich habe immer gehört, daß mein Großonkel den Handel ermutigt hat.«

»Basil«, unterbrach ihn Eustacie, »ist es erlaubt, daß ich Miss Thane vielleicht eines Vormittags ins Dower House mitbringe? Ich dachte, daß Sie so wie Tristram versuchen würden, mich nach Bath zu schicken. Aber jetzt sehe ich, daß Sie wirklich mitfühlend sind, und ich habe überhaupt nichts dagegen, Sie mit Sarah zu besuchen.«

Er sah sie einen Augenblick an. »Aber bitte, tun Sie es doch!« sagte er. »Habe ich nicht schon gesagt, daß es mir eine Ehre sein wird?«

Miss Thane, die jegliche Erinnerung an historische Bauwerke heraufbeschwor, die sie im Lauf ihrer Reisen besichtigt hatte, verwickelte ihn sofort in ein Gespräch. Zum Glück konnte sie auf ihre Auslandsreisen zurückgreifen. Das tat sie mit großer Begeisterung und nicht wenig Phantasie. Der Beau wurde vom Thema der Schmuggler abgelenkt, und obwohl seine Kenntnis von Altertümern gering und sein Interesse an ihnen fast gar nicht vorhanden war, war er doch zu gut erzogen, um einen Wechsel des Themas zu versuchen. Miss Thane hielt seine Aufmerksamkeit für die restlichen zwanzig Minuten seines Besuchs gefesselt, und als er aufstand, um zu gehen, dankte sie ihm überschwenglich für seine Erlaubnis, das Dower House zu besuchen. Sie versprach sich das Vergnügen, seinen Besitz an dem ersten schönen Tag, der sich bieten würde, zu erforschen. Eustacie erinnerte sie rücksichtsvoll daran, daß sie bestimmt gern ihr Skizzenbuch mitnehmen würde. Dem stimmte sie zu, wie jemand, der ehrenhalber dazu verpflichtet ist.

Der Beau verließ sie unter Verbeugungen. Er wurde von dem mißtrauischen Nye zu seiner Kutsche geleitet und fuhr davon, hinter den Fensterblenden des Gästezimmers von seiner fröhlichen Base beobachtet.

Miss Thane sank in einen Sessel und sagte: »Eustacie, Sie sind ein niederträchtiges Frauenzimmer!«

»Aber nein, aber nein!« rief Eustacie und tanzte triumphierend herum. »Sie haben es großartig gemacht!«

»Ich bin gar nicht sicher, daß ich ihn überzeugte, mein Liebes. Ich verstehe nichts von Bildern oder Vertäfelungen! Wenn er sich nicht rechtzeitig von uns verabschiedet hätte, wäre meine Zunge heißgelaufen. Er hielt mich bestimmt für eine geschwätzige Närrin.«

»Das macht gar nichts. Wir werden zum Dower House fahren, und während ich mit Basil rede, werden Sie das Geheimpaneel finden und den Ring stehlen!«

»Oh«, sagte Miss Thane blinzelnd. »Einfach nur — einfach nur das Geheimpaneel finden und den Ring stehlen. Ja, ich verstehe. Vermutlich ist das ganz leicht!«

»Natürlich ist es leicht, weil ich mir einen sehr guten Plan ausgedacht habe. Ich werde Basil gegenüber so tun, als wüßte ich überhaupt nicht weiter. Ich werde ihm sagen, daß ich niemanden habe, der mir raten kann, und daß ich Angst vor Tristram habe. Sie werden weggehen, um eine Skizze zu zeichnen, und Sie werden sehen, daß er darüber sehr froh sein wird. Kommen Sie, wir müssen Ludovic sofort erzählen, was wir getan haben.«

Als Ludovic der Plan atemlos enthüllt wurde, erhob er zunächst den Einwand, er habe einen besseren. Sowie einmal die Luft rein war, sagte er, würde Abel Bundy sich zum Roten Löwen durchschlagen, um seine Brandyfässer abzuliefern, und würde versuchen, Neuigkeiten über ihn in Erfahrung zu bringen. Falls Tristram die Idee mißfiel, im Dower House einzubrechen, würde Abel, der nicht so zimperlich war, ein guter Ersatz sein.

»Ja, aber für Sie ist es sehr gefährlich, für uns jedoch gar nicht«, erklärte Eustacie. »Außerdem finde ich es nicht fair, daß Sie das ganze Abenteuer an sich reißen.«

»Verdammich, es ist doch mein Abenteuer, oder nicht?«

»Es ist nicht nur Ihr Abenteuer. Es ist auch meines, und das Sarahs ebenfalls, und sie wird uns nicht mehr helfen, wenn Sie sie nicht mitmachen lassen.«

»Oh, schön!« sagte Ludovic. »Nehmen Sie ja nicht an, daß ich an diesen Ihren köstlichen Plan glaube! Zehn zu eins gewettet wird der Beau Verdacht schöpfen. Ihr könnt nicht direkt unter seiner Nase nach dem Riegel zu dem Paneel suchen.«

»*Entendu*, aber ich habe vorgesorgt. Ich werde allein mit Basil sprechen wollen, das wird ihm behagen, und er wird es zulassen.«

Ludovic musterte sie etwas eingehender. »So — wird er das?!«

»Ja, weil er gesagt hat, daß er mich gern heiraten möchte.«

Ludovic richtete sich auf. »Ich will aber nicht, daß Sie zum Dower House fahren, damit Ihnen der Kerl schöntut! Schlagen Sie sich das aus dem Kopf.«

»Doch nicht das, Dummkopf Ich werde ihn um seinen Rat bitten, und er wird mir nicht schöntun können, weil Sarah dabeisein wird.«

»Das wird sie nicht. Sie wird das Paneel suchen.«

»Aber wenn er versucht, verliebt zu tun, kann ich kreischen!«

»Ja, schon. Aber ich glaube dennoch, daß der Plan schiefgeht. Ein Jammer, daß ich mich nicht erinnere, in welchem Zimmer das verfluchte Paneel ist!«

»Ja, das Gefühl habe ich auch«, stimmte ihm Miss Thane zu. »Ich meine — es wäre leichter, nicht?«

»Bei einem Abenteuer«, sagte Eustacie streng, »gehört es sich nicht, daß alles ganz leicht ist.«

Miss Thane wollte sich eben entschuldigen, als das Geräusch schneller, energischer Schritte auf der Treppe sie alle zur Tür blicken ließ. Sie öffnete sich, aber es war nur Sir Tristram, so daß beide Damen ihre plötzlich gespannte Haltung aufgeben konnten.

»Oh, du bist's nur?« sagte Ludovic und zog seine Hand unter den Kissen hervor, wo sie nach dem Griff einer handlichen Pistole getastet hatte. »Komm herein und mach die Tür zu. Eustacie hat sich einen Plan ausgedacht. Ich will nicht behaupten, daß er gut sei, aber er könnte klappen.«

»War der Beau hier?« fragte Sir Tristram.

»Ja, das hat ja Eustacie den Plan in den Kopf gesetzt. Ich wollte, ich hätte den Beau sehen können. Sie erzählte mir, er gefalle sich in einer lilagestreiften Jacke.«

»Ich dachte mir schon, daß ich seine Kutsche nicht verwechseln würde. Weshalb ist er hergekommen?«

»Er wollte mich besuchen, und Sie müssen sofort zuhören, *mon Cousin*, weil ich ein Komplott angezettelt habe. Ich werde Sarah zum Dower House mitnehmen, denn sie hat *envie*, es zu sehen. Ich habe Basil erzählt, sie habe alte Häuser gern, und er war einverstanden, ihr seines zu zeigen. Und wenn wir dort sind, werde ich so tun, als wollte ich Basils Rat haben, und während ich ihm erkläre, weshalb ich Sie nicht heiraten will, wird Sarah um Erlaubnis bitten, eine Zeichnung von den Schnitzereien in der Bibliothek zu machen. Auf diese Weise wird sie das Geheimpaneel suchen können, und wenn sie es gefunden hat, muß sie den Ring stehlen und braucht nur eine einzige kleine Zeichnung zu machen, um sie Basil zeigen zu können. Ist das nicht ein sehr guter Plan?«

»Ja«, sagte Shield etwas überrascht, »es ist ein guter Plan, aber wenn Sie den Ring finden, dürfen Sie ihn auf keinen Fall entfernen, Miss Thane. Machen Sie eine Skizze von dem bewußten Teil des Frieses, so daß wir ihn leicht wiederfinden können, und überlassen Sie das übrige mir.«

»Sicher«, sagte Miss Thane, »aber da ist nur ein Ein —«

»Wozu ihn dortlassen?« unterbrach sie Ludovic. »Ich will meinen Ring haben. Ich habe keinen Tag mehr Glück gehabt, seit ich ihn verloren habe.«

»Da ist nur eine einzige Sache«, begann Miss Thane wieder, »auf die ich vielleicht hinweisen müßte —«

»Natürlich muß er den Ring sofort haben«, erklärte Eustacie. »Warum sollte sie ihn dortlassen?«

»Weil wir beweisen müssen, daß der Ring im Besitz des Beaus ist. Wenn wir ihn stehlen, steht bloß dein Wort gegen das seine. Sobald wir beweisen können, daß der Beau den Ring hat, ist Ludovic reingewaschen. Bis dahin aber ist er der allerletzte, der den Ring im Besitz haben darf. Wenn Miss Thane das Paneel finden und den Fries für uns zeichnen kann . . .«

»Schön«, sagte Miss Thane, »aber ich versuche jetzt schon die ganze Zeit, euch zu sagen, daß da ein kleiner Haken dabei ist — ich kann nicht zeichnen.«

Sie starrten sie ungläubig an. »Nicht zeichnen können?« wiederholte Ludovic. »Unsinn — natürlich können Sie es! Alle Frauenzimmer können zeichnen!«

»Ich nicht.«

»Ich dachte«, sagte Sir Tristram etwas verächtlich, »Zeichnen und Aquarell würden in jedem Institut für junge Damen gelehrt?«

»Möglich« erwiderte Sarah, »aber ich kann trotzdem nicht zeichnen.«

»Wieso, zum Teufel, können Sie es nicht, wenn man es Sie gelehrt hat?« fragte Ludovic vernünftig.

»Ich habe keine Begabung dafür«, erklärte Sarah.

»Aber bedenken Sie, Sarah!« sagte Eustacie. »Es ist äußerst wichtig, daß Sie imstande sind, gerade nur eine winzige Zeichnung zu machen!«

»Ich weiß«, sagte Sarah. »Es tut mir sehr leid, und ich sehe durchaus ein, daß man eine Person, die des Zeichnens unfähig ist, an einem Abenteuer nicht teilhaben lassen kann.«

»Mir scheint«, sagte Ludovic, »für Mädchen ist Schule bloß Zeitverschwendung.«

»Ja, und was schlimmer ist, ich habe Basil gesagt, daß sie ihren Skizzenblock mitbringen wird«, fügte Eustacie hinzu. »Jetzt besitzt sie anscheinend gar keinen, und wir sind verloren.«

»Wenn sie nicht zeichnen kann, so kann sie es eben nicht«, sagte Sir Tristram. »Ich werde mich eurem Besuch anschließen müssen.«

Eustacie schüttelte den Kopf. »Nein, weil ich Basil gesagt habe, daß ich Sie nicht sehen mag. Er würde es für sehr seltsam halten, wenn Sie mit von der Partie wären.«

Sir Tristram seufzte resigniert. »Sie sollten mich lieber immer sofort wissen lassen, was für eine Lüge Sie dem Beau gerade erzählt haben. Was soll ich angeblich jetzt wieder angestellt haben?«

Eustacie zwinkerte boshaft. »Nun, sehen Sie, ich mußte einen Grund erfinden, warum ich Sarah nicht ins Herrenhaus bringen kann, daher sagte ich, Sie seien sehr böse auf mich.«

»Oh, ist das alles?« Sir Tristram schien erleichtert.

Miss Thane sagte aus dem Gefühl heraus, daß sie sich für etwas zu rächen hatte, nachdenklich: »Ja, es war der Beau persönlich, der das übrige vorschlug. Eustacie kann wirklich niemand tadeln.«

»Das übrige?«

»Oh, es war nichts von Bedeutung«, sagte Sarah mit einer sorglosen

Geste. »Mr. Lavenham fragte bloß, ob Sie Eustacie noch immer bestürmen, sie zu heiraten.«

»Warum sollte ich das?«

»Weil sie eine Erbin ist«, erklärte ihm Sarah.

Sir Tristram sagte trocken: »Natürlich. Das hätte ich mir denken können. Ich bin überzeugt, daß keiner von euch zögern wird, meinen Charakter herabzusetzen, wann immer es auch angebracht erscheint.«

»Nein, natürlich nicht«, versicherte ihm Miss Thane.

»Aber es macht Ihnen doch nichts, *mon cousin*, nicht wahr?«

»Im Gegenteil, ich gewöhne mich allmählich daran. Nur fürchte ich, daß selbst eure Phantasie bald versagen muß. Ich bin in rascher Aufeinanderfolge ein Tyrann, ein Dieb und ein Mörder gewesen, jetzt kommt noch der Mitgiftjäger dazu. Es bleibt wirklich nichts mehr übrig.«

»Oh, du weißt doch«, sagte Ludovic fröhlich, »von Diebstahl und Mord haben wir dich freigesprochen.«

»Stimmt«, erwiderte Shield scharf. »Da jedoch eure Freisprüche unweigerlich von neuen und empörenden Verleumdungen begleitet werden, fürchte ich fast den Augenblick, an dem ihr mich von der Mitgiftjagd freisprecht.«

Eustacie sah etwas unglücklich drein. »Aber Tristram, Sie verstehen nicht richtig! Wir halten Sie doch nicht wirklich für einen Mitgiftjäger!«

Ludovic brach in entzücktes Gelächter aus, fing ihre Hand ein und führte sie an die Lippen. »Ich habe gelogen, ich habe gelogen! Einen Tag lang habe ich doch endlich Glück gehabt — als ich meine Base Eustacie kennenlernte!«

»Ja, aber —«

Sir Tristram sagte ernst: »Wenn Sie es nicht wirklich meinen, dann natürlich —«

»Nein, wirklich nicht. Ja, ich beginne Sie wirklich zu mögen«, versicherte ihm Eustacie.

»Danke«, sagte Sir Tristram sehr bewegt.

»Aber ich dachte, es wäre sehr gut, Basil gegenüber so zu tun, als wollten Sie mich noch immer heiraten. Verstehen Sie, daher können Sie nicht mit uns in sein Haus kommen. Ich merke jetzt, daß es vielleicht schade ist, daß ich das gesagt habe, aber man kann nicht immer weit genug voraussehen.«

»Im übrigen«, sagte Shield, »neige ich zu dem Urteil, daß Sie es richtig gemacht haben. Ich muß schließlich eine Ausrede dafür haben, daß ich diesen Gasthof so oft besuche. Ich will mich eurer Gesellschaft im Dower House anschließen, und Sie können sich so angewidert davon zeigen, wie Sie nur wollen.«

Miss Thane nickte beifällig. »Ich verstehe! Sie werden unter irgendeinem Vorwand gerade rechtzeitig kommen, um Mr. Lavenham vor meiner Zudringlichkeit zu retten. Nachdem Eustacie ihm ihren Wunsch zu erkennen gab, unter vier Augen mit ihm zu sprechen, wird er ihre Ankunft mit Freude begrüßen. Ich werde eine sehr dumme Frau spielen und sehr viele Fragen stellen müssen. Geben Sie mir Hinweise, was ich über sein Haus sagen kann.«

»Sprechen Sie sich begeistert über die Eichenvertäfelung mit den silbergefaßten Figuren im Speisesaal aus«, sagte Sir Tristram.

»Auch über die Nestelverzierung des Kaminaufsatzes im Salon«, schaltete sich Ludovic ein. »Sylvester pflegte zu sagen, sie sei verteufelt schön; daran erinnere ich mich wirklich.«

»Nestelverzierung«, wiederholte Miss Thane, um es sich einzuprägen.

»Holländischer Einfluß«, sagte Sir Tristram. »In der Bibliothek Werke aus der Schule Torrigianos.«

»Gibt es einen?« erkundigte sich Ludovic vage interessiert.

»Das weiß der Himmel. Basil jedenfalls nicht. Sagen Sie, es sei schade, daß die Teilungspfosten der Tür nicht mit Wandpfeilern verkleidet sind, sprechen Sie von Kartuschen und Karyatiden und Sgraffitosimsen. Verlangen Sie die Geschichte jedes Bildes zu hören und bemerken Sie, daß Sie die Treppe an eine erinnert, die Sie irgendwo gesehen haben, obwohl es Ihnen gerade nicht einfällt, wo.«

»Sprechen Sie nicht weiter! Ich sehe alles vor mir!« erklärte Miss Thane. »Gott gebe, daß er mich nicht an die Haushälterin abschiebt!«

Glücklicherweise waren die Manieren des Beaus viel zu geschliffen, um es ihm zu erlauben, zu diesem Mittel Zuflucht zu nehmen. Nach einem sorgfältig angelegten Plan begaben sich die beiden Damen schon am nächsten Vormittag in Sir Hughs Chaise auf den Weg und fuhren in gemächlichem Tempo zum Dower House, das an der Nordseite des Besitzes von Lavenham Court, ungefähr fünf Meilen von Hand Cross entfernt, lag. Es war ein Haus aus dem sechzehnten Jahrhundert, von ansehnlicher Größe, zu dem eine kurze Auffahrt führte. Seine Gartenanlagen, vom Park durch eine Art Grenzgraben getrennt, waren sehr geschmackvoll angelegt; einige sehr schöne beschnittene Eiben rechts und links von dem Hauptportal aus Eichenholz fanden sofort Miss Thanes Beifall.

Sie wurden von einem in der Stadt geschulten und etwas hochmütigen Butler eingelassen und durch die Halle in den Salon geführt, einen eleganten, in erstklassigem Modestil eingerichteten Raum. Miss Thane verschwendete jedoch keine Zeit auf die Bewunderung der sichtlich allermodernsten Sessel und Tische. Ihre Aufmerksamkeit wandte sich dem Kaminaufsatz zu.

Der Beau kam in wenigen Minuten zu seinen Gästen herunter. Falls er überrascht war, daß eine etwas vage Verabredung so prompt eingehalten wurde, war in seinem Gesicht keine Spur davon zu erkennen. Er begrüßte die beiden Damen mit seiner üblichen Anmut, fürchtete, daß sie nach ihrer Fahrt in so schlechtem Wetter ausgefroren sein mußten, und bat sie, sich an den Kamin zu setzen. Eustacie, deren Wangen durch den beißenden Ostwind rosig waren, entsprach dem Vorschlag sofort, Miss Thane jedoch war unfähig, sich von der Betrachtung des Kaminaufsatzes loszureißen. Sie trat weit zurück und hauchte mit einem hingerissenen Ausdruck: »Solch köstliche Nestelverzierung! Sie haben mir nicht erzählt, daß Sie etwas so Schönes besitzen, Mr. Lavenham! Ich kann meine Augen einfach nicht davon losreißen!«

»Ich glaube, man hält es für ein sehr gutes Beispiel dieser Art, Ma'am«, bestätigte der Beau. »Der verstorbene Lord Lavenham pflegte zu sagen, sie sei schöner als diejenige im Herrenhaus, aber ich bin leider kein Kenner solcher Dinge.«

Das jedoch wollte Miss Thane nicht wahrhaben. Kein wie immer gearteter Protest seinerseits konnte ihren Glauben erschüttern, daß es nur seine Bescheidenheit war, die sich da geltend machte. Sie warf sich in ein Meer von Geschwätz, in dem holländischer Einfluß, Renaissancestil, die Unterlegenheit des flämischen Handwerks und die einzigartige Schönheit der Gotik aneinanderprallten wie steuerlose Boote, die in einem Strudel trieben. Vom Kaminaufsatz ging sie fast ohne Pause zu den Bildern an der Wand über. Sie entdeckte mit unbeirrbarem Urteil einen de Hooch und wurde sofort an die Zeit erinnert, die sie vor einigen Jahren in den Niederlanden verbracht hatte. Ihre Erinnerungen wurden mit einer lebhaften Naivität wiedergegeben, so daß Eustacie Miss Thane in hingerissener Bewunderung anstarrte. Sie fanden erst ein Ende, als der Beau eine Atempause benutzte und vorschlug, im Speisezimmer einige Erfrischungen zu sich zu nehmen.

Der Beau öffnete den Damen die Tür in die Halle. Miss Thane ging, noch immer schwätzend, voraus. Eustacie blieb einen Augenblick zurück und flüsterte ihrem Vetter dringlich zu: »Wir sind schon heute gekommen, denn mir ist plötzlich eingefallen, daß vielleicht Sie, ein Mann von Welt, mir raten könnten. Nur, verstehen Sie, mag ich nichts vor Sarah sagen. Obwohl sie äußerst liebenswert ist, gehört sie schließlich doch nicht zu meiner Familie.«

Er verneigte sich. »Ich stehe Ihnen immer zu Diensten, meine liebe Kusine, wenngleich ich vielleicht — überrascht bin.«

»Überrascht?« fragte Eustacie mit einem kindlich unschuldigen Blick.

»Nun«, sagte der Beau leise. »Sie haben nicht gerade die Gewohnheit, sowohl meine Gesellschaft als auch meinen Rat zu suchen, nicht wahr, *ma chère?*«

»Oh«, sagte Eustacie und schob das mit einem Geflatter ihrer ausdrucksvollen kleinen Hände beiseite, »*quant à ça*, als Großpapa noch lebte, wünschte ich niemandes anderen Rat als den seinen. Jetzt aber befinde ich mich in einer höchst peinlichen Lage.«

Er sah sie aus schmalen Augen an, als schätze er sie ab. »Ja, Ihre Lage ist peinlich«, sagte er. »Ich könnte Ihnen zeigen, wie ihr ein Ende zu setzen wäre.«

Miss Thanes Stimme, die wissen wollte, ob die Treppe original sei, setzte allem Gespräch unter vier Augen ein Ende. Der Beau folgte Eustacie in die Halle und sagte, er glaube, die Treppe sei durchaus echt.

Auf dem Tisch im Speisezimmer standen Wein und belegte Brötchen. Während Miss Thane aß und an ihrem Fruchtlikör nippte, nahm sie die Gelegenheit wahr, die Vertäfelung so genau, wie sie es nur wagte, zu prüfen. Sie bestand, wie es Ludovic beschrieben hatte, aus zwei Reihen; die obere wies kreisrunde Kartuschen auf, Schnitzereien von Köpfen und Sinnbildern und wurde von dem unteren Teil durch einen breiten Fries getrennt. Die untere Reihe war nach jedem dritten Paneel durch kannelierte Pfeiler mit geschnitzten Kapitellen unterteilt. Das Ganze war sehr schön, der vorherrschende Gedanke Miss Thanes jedoch war der, daß es eine mühsame Arbeit werden würde, eine bestimmte Erhebung oder geschnitzte Frucht in der Fülle der Schnitzereien an der Wand herauszufinden.

Ihr sinnloses Geschwätz plätscherte weiter; wider Willen amüsierte sie sich über ihre eigenen Idiotien. Obwohl sie den Beau nicht leiden konnte, mußte sie ihm eine nicht ermüdende Höflichkeit zugestehen. Als sie ihr Skizzenbuch vorgezeigt hatte (in das Sir Tristram in weiser Voraussicht einige flüchtige Skizzen von völlig imaginären Häusern hingeworfen hatte) und hoffte, ihr Gastgeber würde es dulden, daß sie nur eine winzige Ecke seines so bezaubernd vertäfelten Eßzimmers zeichne, begann ihr allmählich die Zunge am Gaumen zu kleben. Mit tiefer Erleichterung vernahm sie das Läuten einer Türglocke. Ebenda schlug der Beau vor, sie in die Bibliothek zu geleiten, wo die Vertäfelung zwar derjenigen im Eßzimmer ähnlich, allgemein jedoch für noch besser gehalten wurde. Sie gingen in die Halle, gerade als der Butler die Haustür für Sir Tristram öffnete. Das erste, was seine Ohren traf, als er über die Schwelle trat, war Miss Thanes Stimme, die den Stil Torrigianos pries. Einen Augenblick lang störte das Beben einer Gemütsbewegung die Strenge seines Ausdrucks, aber er beherrschte sich sofort, tat einen hastigen Schritt vor und sprach Eustacie wütend an: »Ich war im Roten Löwen und hörte, daß ich Sie hier finden würde. Ich verstehe nicht, was für einen Zweck Ihr Besuch hier hat, denn ich habe ausdrücklich um die Gunst eines Gesprächs für heute morgen ersucht!«

Eustacie zog sich mit einer Geste zurück, die Erschrecken und Widerwillen ausdrückte. »Ich habe Ihnen doch gesagt, daß ich kein Gespräch mit Ihnen führen will. Ich sehe nicht ein, warum Sie mir folgen müssen, denn es geht Sie gar nichts an, daß es mir beliebte, Mademoiselle zu einem Besuch bei meinem eigenen Vetter mitzubringen.«

»Es geht mich sogar sehr viel an, da ich für Sie verantwortlich bin!« erwiderte er scharf.

Der Beau mischte sich mit seiner süßesten Stimme ein: »Mein lieber

Tristram, bitte, so komm doch herein! Du bist genau das, was wir brauchen. Ich glaube, du kennst Miss Thane?«

Sir Tristram verneigte sich steif. »Miss Thane und ich haben einander kennengelernt, aber —«

»Es könnte sich nicht besser treffen!« erklärte der Beau. »Miss Thane hat mir die Ehre gegeben, sich mein Haus anzusehen, aber ach, du weißt ja, wie beklagenswert unwissend ich in Fragen von Altertümern bin! Du jedoch, mein lieber Junge, weißt so viel —«

»Oh!« rief Miss Thane aus und klatschte in die Hände. »Wenn es Sir Tristram nicht lästig wäre —!«

Sir Tristram zeigte den Ausdruck eines Mannes, der gegen seinen Willen gezwungen ist, gefällig zu sein, und sagte etwas ungnädig, er wäre natürlich erfreut, Miss Thane alles in seiner Macht Stehende zu erzählen. Der Beau erinnerte ihn sofort daran, daß man die Vertäfelung in der Bibliothek für wert hielt, sich genau mit ihr zu befassen, und bat ihn, Miss Thane dorthin zu führen. Er fügte hinzu, falls sie gern eine Skizze von dem Raum machen wolle, würden ihr der Geschmack seines Vetters und sein Wissen sicher von Hilfe sein.

»Eustacie und ich warten im Salon auf Sie beide«, sagte er.

Es schien, als hätte Sir Tristram gern Einwände erhoben, aber Miss Thane vereitelte dies, indem sie in überschwengliche Dankbarkeit ausbrach. Er machte gute Miene zum bösen Spiel. Kaum hatte sich die Tür der Bibliothek hinter ihnen geschlossen, sagte er: »Haben Sie die ganze Zeit so geplappert?«

Miss Thane sank erschöpft in einen Sessel. »Pausenlos!« sagte sie schwach. »Mein lieber Herr, ich wurde inspiriert. Der Schleier meiner Kusine fiel um meine Schultern, und ich sprach wie sie, kicherte wie sie, ja dachte sogar wie sie! Sie ist die dümmste Frau, die ich kenne. Es funktionierte wie ein Zauber! Es juckte ihn, mich loszuwerden.«

»Das kann ich mir gut vorstellen!« sagte Sir Tristram. »Ein Wunder, daß er Sie nicht erwürgt hat.«

Sie kicherte. »Dazu ist er zu wohlerzogen. Hörte ich mich wirklich wie eine dumme Gans an? Ich versuchte es.«

»Ja«, sagte er. Er sah sie mit der Spur eines Lächelns an. »Sie sind wirklich eine vielseitige Frau, Miss Thane.«

»Ich besitze ein angeborenes Talent zur Schauspielerei«, erwiderte sie bescheiden. »Aber ich versichere Ihnen, Ihre eigenen Bemühungen waren keineswegs zu verachten.« Sie stand auf. »Wir haben keine Zeit zu verlieren, wenn wir das Paneel finden sollen. Nehmen Sie diese Seite des Zimmers, und ich nehme jene.«

»Oh — das Paneel!« sagte Sir Tristram. »Ja, natürlich.«

7

Als der Beau seinen Vetter und Miss Thane losgeworden war, wandte er sich an Eustacie und murmelte: »Könnte es besser sein? Gehen wir in den Salon?«

Eustacie stimmte zu und fragte sich, wie lange sie wohl imstande sein würde, ihn im Gespräch zu halten. Sie hatte nicht das Gefühl, daß sie das gleiche Talent wie Miss Thane für weitschweifiges Geschwätz besaß, und sie war viel zu aufrichtig, um nicht zu erkennen, daß ihr bezauberndes Gesichtchen nicht genügte, um den Beau an ihrer Seite festzuhalten, bis es ihr selbst gefiel, das Interview für beendet zu erklären. Es fiel ihr auf, daß er sie mit einem Ausdruck ungewöhnlicher Wärme ansah, aber abgesehen davon, daß sie entschied, es gefalle ihr nicht, beachtete sie es sehr wenig. Sie setzte sich in einer Woge ihrer weichen taubengrauen Röcke an den Kamin und machte die Bemerkung, wenn ihre liebste Sarah einen Fehler habe, dann den, daß sie eine Spur zu gesprächig sei.

»Gerade nur eine Spur«, stimmte ihr der Beau zu. »Haben Sie wirklich vor, sie nach London zu begleiten?«

»O ja, gewiß!« erwiderte sie. »Aber ich kann nicht ewig bei ihr bleiben, und das ist es gerade, was alles sehr peinlich macht. Ich hatte vor, Erzieherin zu werden, aber Sarah rät mir nicht dazu. Was, meinen Sie, soll ich tun?«

»Nun«, sagte der Beau langsam, »Sie könnten natürlich eine Dame von Geburt und Anstand engagieren, die bei Ihnen leben und Ihre Anstandsdame sein könnte. Sylvester hat Sie, wie Sie wissen, wohlversorgt zurückgelassen.«

»Aber ich mag keine Anstandsdame!« sagte Eustacie.

»Nein! Es gibt eine zweite Möglichkeit.«

»Dann sagen Sie sie mir also!«

»Heiraten«, sagte er.

Sie schüttelte den Kopf. »Ich will Tristram nicht heiraten. Er ist nicht amüsant, und außerdem mag ich ihn nicht.«

»Das merke ich«, sagte der Beau, »aber Tristram ist nicht der einzige Mann auf der Welt, mein Bäslein.«

Eustacie sah voraus, was kommen würde; sie stimmte diesem Ausspruch sofort zu und stürzte sich in eine Lobeshymne auf den Herzog, den sie geheiratet hätte, wäre sie nicht von ihrem Großvater nach England geholt worden. Die Tatsache, daß sie nie auch nur ein Auge auf diesen Herrn geworfen hatte, hielt sie nicht davon ab, ihn genauestens zu beschreiben, und es dauerte eine volle Viertelstunde, bis ihre Erfindungsgabe sie im Stich ließ und ihr Vetter imstande war, eine Bemerkung einzuflechten. Er sagte, da der Herzog zur Guillotine gegangen war, wäre ihr Schicksal, wenn sie ihn geheiratet hätte, ein sehr trauriges geworden.

Diese Meinung konnte Eustacie jedoch nicht teilen. Ihrer Meinung nach wäre es *épatant* und das allerromantischste gewesen, wenn sie mit achtzehn Jahren Witwe geworden wäre. »Außerdem«, fügte sie hinzu, »war es eine sehr gute Partie. Ich wäre eine Herzogin geworden, und obwohl Grandpère sagt — sagte, daß es ordinär sei, sich um solche Dinge zu kümmern, glaube ich doch, daß ich sehr gern eine Herzogin gewesen wäre.«

»Oh, da stimme ich mit Ihnen überein, *ma chère!*« sagte er herzlich. »Sie wären eine reizende Herzogin geworden. Aber wissen Sie, in diesen Revolutionszeiten muß man seine Vorstellungen herunterschrauben. Überlegen Sie doch statt dessen die Vorteile, eine englische Lady zu werden.«

»Eine Lady?« stammelte sie und heftete ihre Augen mit einen Ausdruck schmerzlicher Eindringlichkeit auf sein Gesicht. »Was meinen Sie damit?«

Er begegnete ihren Augen mit leicht erhobenen Brauen und blickte einen Augenblick auf sie hinunter, als versuchte er, ihre Gedanken zu lesen. »Meine liebe Base, was in aller Welt habe ich gesagt, das Sie erschreckt?« fragte er.

Sie riß sich zusammen und antwortete schnell: »Ich bin überhaupt nicht erschrocken, aber ich verstehe nicht, was Sie meinen. Warum sollte ich daran denken, eine englische Lady zu werden?«

Er nahm einen Stuhl und setzte sich viel näher an sie heran, als es ihr gefiel. Dann streckte er die Hand aus und legte sie auf die ihre. »Ich könnte Sie zu einer machen«, sagte er.

Sie saß gerade und steif wie eine Holzsäule da, aber ihre Wangen glühten in aufwallender Empörung. Der Blick, den sie auf ihn richtete, war sehr feurig, und sie sagte rundheraus: »Sie sind kein Lord, Sie!«

»Das wissen wir nicht«, erwiderte er. »Aber wir könnten es herausfinden. Ja, ich habe Tristram bereits empfohlen, es zu tun.«

»Sie meinen, Sie möchten sehr gerne wissen, daß Ludovic tot ist?«

Er lächelte. »Sagen wir lieber, daß ich sehr gern wissen möchte, ob er tot ist, meine Liebe.«

Sie unterdrückte die Aufwallung, seine Hand abzuschütteln, und sagte nachdenklich: »Ja, ich nehme an, Sie möchten Lord Lavenham sein. Das ist sehr natürlich.«

Er zuckte die Achseln. »Mir liegt nicht sehr daran, aber ich wäre froh über den Titel, wenn er mir das eine gewinnen könnte, das ich haben will!«

Das war zuviel für Eustacie; sie zog ihre Hand nun doch fort und rief aus: »*Voyons*, glauben Sie, daß ich ausgerechnet nur wegen eines Titels heiraten würde?«

»O nein, nein, nein!« sagte er lächelnd. »Sie würden, wenn es möglich wäre, zweifellos aus Liebe heiraten, aber Sie haben selbst gesagt, daß Ihre Lage peinlich ist, und ach, ich weiß, daß Sie mich nicht lieben. Ich biete Ihnen eine Vernunftheirat an, und wenn eine Liebesheirat ausgeschlossen ist, liebe Kusine, dann ist es Zeit, den Nachdruck auf materielle Überlegungen zu legen.«

»Wahr, sehr wahr!« sagte sie. »Und Sie haben Nachdruck darauf gelegt, *n'est-ce pas?* Ich bin eine Erbin, wie Sie mich gestern erinnerten.«

»Sie sind aber auch bezaubernd«, sagte er mit ungewohntem Gefühl.

»*Merci du compliment!* Ich bedauere unendlich, daß ich Sie nicht auch bezaubernd finde.«

»Ah, Sie sind in Romantik verliebt!« erwiderte er. »Sie stellen sich irgendeinen Helden eines Abenteuers vor, aber in diesen langweiligen Zeiten gibt es solche Leute nicht mehr, das ist die traurige Wahrheit.«

»Darüber wissen Sie nichts — sie existieren *doch!*« sagte Eustacie hitzig.

»Sie würden unerwünschte Ehemänner abgeben«, bemerkte er. »Nehmen Sie zum Beispiel Ludovic, dessen Geschichte Ihre Phantasie, wie ich glaube, ein bißchen gefesselt hat. Sie halten ihn für eine ausgesprochen romantische Gestalt, aber wenn Sie ihm je begegneten, wären Sie vermutlich von ihm enttäuscht.«

Sie errötete und wandte das Gesicht ab. »Ich wünsche nicht von Ludovic zu sprechen. Ich denke überhaupt nicht an ihn.«

Er sah amüsiert drein. »Meine Liebe, so schlimm ist es? Ich wollte nicht — ich sollte wirklich keinen Augenblick einen Gedanken an ihn verschwenden. Er tut einem leid, man hat ihn sogar gern gehabt, aber er war schließlich doch nichts als ein ziemlich dummer junger Mann.«

Sie preßte die Lippen fest zusammen, als fürchtete sie, daß ihr ein unüberlegtes Wort entschlüpfen könnte. Er beobachtete sie einen Augenblick und sagte gleich darauf: »Wissen Sie, daß Sie ganz böse dreinsehen, Kusine? Nun, warum wohl?«

Sie erwiderte, den Blick weiter auf ein flammendes Holzscheit auf dem Rost geheftet: »Es gefällt mir nicht, daß Sie annehmen, ich sei in jemanden verliebt, den ich nie gesehen habe; das ist eine *bêtise.*«

»Das wäre es«, stimmte er ihr zu. »Verbannen wir also Ludovic aus unserem Sinn und sprechen wir statt dessen von uns. Sie möchten bestimmte Dinge haben, Eustacie, die ich Ihnen geben könnte.«

»Das glaube ich nicht.«

»Dennoch stimmt es. Sie möchten ein Haus in London und genau das Leben führen, das ich führe. Sie können den Gedanken, Tristrams Frau zu werden, nicht ertragen, weil er von Ihnen erwartet, bei der Aufzucht seiner Kinder in Berkshire glücklich zu sein. Nun, ich würde so etwas Langweiliges nicht von Ihnen erwarten. Ja, ich würde es sogar abzuwenden trachten. Ich glaube nicht, daß bei mir die häuslichen Tugenden sehr ausgeprägt sind. Ich würde von meiner Frau nur verlangen, daß mir ihr Geschmack in Kleidungsfragen Gerechtigkeit widerfahren ließe.«

»Sie schlagen mir eine *mariage de convenance* vor«, sagte Eustacie, »und ich habe entschieden, daß das genau das ist, was ich nicht will.«

»Ich schlug Ihnen vor, was Ihnen meiner Meinung nach annehmbar wäre. Vergessen Sie es. Ich liebe Sie.«

Sie stand schnell auf und dachte vage an Flucht. Auch er erhob sich, und bevor sie ihn daran hindern konnte, legte er die Arme um sie.

»Eustacie!« sagte er. »Ich liebe Sie seit dem Augenblick, da ich Sie zum erstenmal sah!«

Ein Erschauern, das sie nicht unterdrücken konnte, durchlief sie. Sie wand sich aus seiner Umarmung los und warf ihm einen solchen Blick des Widerwillens zu, daß er zurücktrat und das Lächeln plötzlich aus seinem Gesicht wie weggewischt war.

Er sah sie aus schmalen Augen an, aber nach einer winzigen Pause verschwand der böse Schimmer, und er lächelte wieder, ging auf die andere Seite des Kamins und näselte: »Anscheinend finden Sie mich doch nicht so sympathisch, wie Sie es mich glauben ließen, Kusine. Nun, ich frage mich, was der wahre Grund ist, daß Sie heute hergekommen sind?«

»Ich dachte, Sie würden mir einen Rat geben. Ich habe nicht angenommen, daß Sie versuchen würden, mir den Hof zu machen. Das ist etwas ganz anderes!«

Er hob eine Augenbraue. »So? Aber ich glaube — ja, ich glaube, ich habe Sie schon früher ein-, zweimal von meinem sehr ernsten Wunsch unterrichtet, Sie zu heiraten.«

»Ja, aber ich habe Ihnen bereits gesagt, daß ich nicht will. Damit ist es Schluß.«

»Wie Sie wünschen.« Er verneigte sich. »Reden wir von etwas anderem. Soviel ich mich erinnere, war da doch etwas, das ich Sie fragen wollte. Was kann das nur gewesen sein? Etwas, das mich interessierte . . .« Er schloß die Augen halb, wie im Bemühen, sich zu erinnern. »Etwas, das mit Ihrer Flucht aus Lavenham Court zu tun hatte — ach ja, ich hab's! Der geheimnisvolle Reitknecht! Wer war der geheimnisvolle Reitknecht, Eustacie?«

Die Frage war ein Schock für sie; ihr Herz schien einen Sprung zu tun. Um Zeit zu gewinnen, wiederholte sie: »Der geheimnisvolle Reitknecht?«

»Ja.« Er lächelte. »Der Reitknecht, den es nicht gibt. Sagen Sie es mir doch!«

»Oh«, erwiderte sie mit einem ziemlich gekünstelten Lachen, »das ist ganz allein mein Abenteuer, und eine höchst romantische Geschichte, versichere ich Ihnen. Wie haben Sie davon erfahren?«

»In der denkbar einfachsten Weise, meine liebe Kusine. Mein Diener Gregg stieß gestern in Cowfold auf einen gewissen Berittenen und erfuhr diese höchst interessante Geschichte von ihm. Mich verzehrt die Neugierde. Ein Reitknecht, für den Sie bürgten und für den Tristram bürgte, und den es trotzdem nicht gibt.«

»Nun, in Wirklichkeit glaube ich, es war unrecht von mir, ihn vor dem Berittenen zu retten«, gestand Eustacie mit dem Anschein größter Aufrichtigkeit, »aber Sie müssen verstehen, daß ich ihm verpflichtet war. Schließlich muß man seine Schulden bezahlen.«

»Ein solches Gefühl ehrt Sie«, sagte der Beau liebenswürdig. »Worin bestand die Schuld?«

»Oh, in etwas höchst Aufregendem«, erwiderte sie. »Ich habe Ihnen gestern nicht alles erzählt, weil Sarahs Bruder ein Friedensrichter ist, und man muß vorsichtig sein, aber ich wurde in jener Nacht von Schmugglern gefangen. Wenn jener Mann nicht gewesen wäre, den ich rettete, wäre ich ermordet worden, verstehen Sie? Stellen Sie sich das vor!«

»Wie außergewöhnlich erschreckend für Sie!« sagte der Beau.

»Ja, das war es. Es waren ihrer sehr viele, und sie hatten Angst, daß ich sie verraten würde, und sie sagten, ich müsse sofort getötet werden. Nur dieser eine — der, von dem ich sagte, daß er mein Reitknecht sei — stellte sich auf meine Seite und ließ nicht zu, daß ich getötet wurde. Ich glaube, es war der Anführer, weil sie auf ihn hörten.«

»Ich habe bis jetzt noch nie gehört, daß unter Schmugglern Ritterlichkeit herrscht«, bemerkte der Beau.

»Nein, aber wissen Sie, er war kein *preux chevalier.* Er war ganz barsch und überhaupt nicht höflich, aber er hatte Mitleid mit mir, und das führte zu einem großen Streit zwischen ihm und den übrigen. Dann kamen die Berittenen, und mein Schmuggler warf mich auf mein Pferd und stieg hinter mir auf, weil er sagte, die Steuerfahnder dürften mich nicht finden, was, wie ich einsehe, sehr vernünftig war. Nur schossen die Steuerfahnder auf ihn, und er wurde verwundet, und Rufus brannte in den Forst durch. Und ich wußte nicht, was tun, also ging ich in den Roten Löwen und bat Nye, dem Schmuggler zu helfen. Mir schien, daß ich ihn nicht ausliefern konnte, nachdem er mich vor dem Tod gerettet hatte.«

Der Beau hörte mit seiner üblichen Miene höflichen Interesses zu. Er sagte: »Wirklich, was für seltsame, was für unglaubliche Dinge doch vorkommen können! Nun, wenn ich diese Geschichte aus zweiter Hand gehört hätte, oder in einem Roman gelesen, hätte ich gesagt, daß sie viel zu unwahrscheinlich ist, um den geringsten Anschein von Wahrheit zu haben. Es zeigt, wie leicht man sich irren kann. Ich zum Beispiel kann, soweit ich über Nyes Charakter informiert bin, ihm selbst jetzt kaum soviel edle Rücksichtslosigkeit seinem guten Namen gegenüber zuschreiben. Sie müssen großen Einfluß auf ihn besitzen, liebe Kusine.«

Eustacie fühlte sich etwas unbehaglich, erwiderte jedoch nachlässig: »Ja, vielleicht habe ich etwas Einfluß auf ihn, aber ich muß gestehen, es behagte ihm gar nicht. Er wollte den Schmuggler auf keinen Fall im Haus behalten.«

»Oh, der Schmuggler ist wieder fort, ja?«

»Aber ja, gleich am nächsten Tag! Was denn sonst?«

»Das weiß ich wirklich nicht. Vermutlich bin ich sehr dumm«, fügte er entschuldigend hinzu, »aber mir scheinen ja doch ein, zwei Punkte an diesem Abenteuer ungeklärt. Ich bin außerstande, Tristrams Rolle zu verstehen. Wie waren Sie imstande, ein so strenges Vorbild der Rechtlichkeit zu überreden, Ihre Geschichte zu unterstützen, meine Liebe?«

Eustacie wünschte allmählich brennend, daß Tristram und Sarah ihre Suche beendeten und ihr zu Hilfe kämen. »Oh, aber sehen Sie, als es Tristram erklärt wurde, war er meinem Schmuggler dankbar, daß er mich errettet hatte!«

»Oh!« sagte der Beau blinzelnd. »Tristram war dankbar. Ja, ich verstehe. Wie wenig man doch letzten Endes von den Menschen weiß! Ich habe das Gefühl, es muß ihm sehr gegen den Strich gegangen sein. Er hat mir kein Sterbenswort davon verraten.«

»Nein, und ich glaube, das ist sehr töricht von ihm«, erwiderte Eustacie. »Tristram wünscht nicht, daß jemand von meinem Abenteuer erfährt. Er sagt, ich hätte mich unschicklich benommen, und es sollte lieber sofort vergessen werden.«

»Ah, so ist das schon viel besser!« sagte der Beau beifällig. »Ich habe das Gefühl, das hätte er durchaus sagen können.«

Diese Erwiderung, die einen verstörenden Unglauben an ihre übrige Geschichte zu verraten schien, machte Eustacie sprachlos. Der Beau, der ihr Unbehagen bemerkte, lächelte noch breiter und sagte: »Sie haben übrigens ganz vergessen, mir zu erzählen, daß Ihr Schmuggler einer von Sylvesters Bastarden war.«

Eustacie spürte, wie ihr die Farbe in die Wangen stieg, nützte das sofort aus und rief entsetzt: »Aber Vetter!«

»Verzeihung«, sagte er mit übertriebener Bestürzung. »Ich hätte ›Kinder der Liebe‹ sagen sollen.«

Sie warf ihm einen vorwurfsvoll empörten Blick zu und erwiderte: »Das habe ich durchaus nicht vergessen, aber ich spreche nicht von unzarten Dingen, und ich bin sehr *émue*, daß Sie es mir gegenüber erwähnen konnten.«

Er entschuldigte sich überströmend, aber mit einer ironischen Miene, die Eustacie ziemlich unbehaglich war. Zum Glück kamen, bevor er noch weitere peinliche Fragen stellen konnte, Miss Thane und Sir Tristram herein; Shield trug eine Duldermiene zur Schau, in Miss Thanes Augen lauerte jedoch ein nicht zu unterdrückendes Zwinkern.

Der schnelle, verängstigte Blick, den Eustacie Shield zuwarf, genügte, um ihn zu warnen, daß nicht alles gut stand. Er verriet jedoch nicht, daß er ihn bemerkt hatte, sondern wartete, bis Miss Thane mit ihren Lobeshymnen und Dankesbezeigungen zu Ende kam. Der Beau nahm alles mit lächelnder Höflichkeit auf, und als sie endlich schwieg, wandte er sich seinem Vetter zu und sagte schleppend, er habe von Eustacie mehr über ihr Abenteuer erfahren. Sir Tristram bestätigte unwissentlich den ihm von Eustacie verliehenen Charakter, indem er kurz angebunden sagte, je früher das Abenteuer vergessen werde, um so besser.

»Du bist zu streng, mein lieber Tristram«, sagte der Beau. »Aber wir wissen, welch gütiges Herz du unter deiner — äh — Strenge verbirgst.«

»So?« sagte Shield und sah äußerst spröde drein.

»Doch, doch, ich habe alles über Eustacies Schmuggler erfahren, und wie du geholfen hast, ihn vor den Berittenen zu schützen. Ich bin sehr gerührt. Eine eine persönliche Beziehung zu Sylvester, vermute ich?«

Sir Tristram erwiderte kühl: »Richtig. Ich dachte, es würde weniger Lärm über die Sache geben, wenn man ihn entwischen ließe.«

»Du dürftest recht haben, mein lieber Junge. Wie scharfsinnig von dir, einen von Sylvesters — ah, ich darf Eustacies Empfindsamkeit nicht wieder verletzen! —, einen von Sylvesters Verwandten zu erkennen!«

Sir Tristram wurde dadurch nicht im geringsten aus der Fassung gebracht. Er sagte: »Oh, ich erkannte ihn sofort! Dir wäre es ebenso ergangen. Du erinnerst dich doch an Jem Sunning, nicht?«

»Jem Sunning!« In der Stimme des Beaus lag gerade nur die leiseste Andeutung von Verdruß. »Der war es? Ich dachte, er sei nach Amerika gegangen.«

»Ich auch. Anscheinend fand er jedoch den Freihandel mehr nach seinem Geschmack. Eustacie, wenn Sie bereit sind, nach Hand Cross zurückzukehren, werde ich mir die Ehre geben, Ihren Wagen zu begleiten.«

Eingedenk ihrer eingestandenen Abneigung gegen ihn hielt es Eustacie für angemessen, Einwände gegen diesen Vorschlag zu erheben, und es wurde einige Zeit auf den Streit verschwendet. Miss Thane spielte die Rolle der Friedensstifterin, und schließlich verabschiedete sich die Gesellschaft vom Beau und brach nach Hand Cross auf.

Als der Beau den Damen in die Chaise geholfen hatte und ihnen und Sir Tristram, der neben der Kutsche ritt, bei der Abfahrt nachgesehen hatte, ging er langsam zum Haus zurück und in die Bibliothek. Sein Gesicht trug einen Ausdruck nachdenklicher Geistesabwesenheit, und er suchte nicht gleich eine Beschäftigung, sondern wanderte zum Fenster und blickte auf die adretten Beete seines Blumengartens hinaus. Sein Blick schien die beschnittenen Hecken zu befragen; seine Augenbrauen waren etwas hochgezogen, seine Hand griff wie unbewußt nach seinem Einglas und begann damit zu spielen. Es glitt das Seidenband, das durch den getriebenen Ring am Ende des Griffs gezogen war, auf und ab.

Bei dieser müßigen Beschäftigung wurde er wenige Minuten später von seinem Kammerdiener angetroffen, einem diskreten, farblosen Menschen von zurückhaltendem Benehmen und unvergleichlicher Geschicklichkeit in allen Einzelheiten der Herrenkleidung. Er kam mit seinem üblichen gedämpften Schritt in das Zimmer und legte eine gefaltete Zeitung auf den Tisch, mit einer übertriebenen peinlichen Sorgfalt, als gelte sie der Behandlung eines kostbaren, zerbrechlichen Gegenstandes.

Der Beau merkte diese verstohlenen Geräusche und sagte, ohne den Kopf zu wenden: »Ah, Gregg. Jener Berittene.«

Der Kammerdiener faltete die Hände ergeben und stand mit leicht geneigtem Kopf da. »Ja, Sir?«

»Er beschrieb Ihnen den Reitknecht Mademoiselles, glaube ich?«

»Unvollkommen, Sir. Er war verblüfft von der Ähnlichkeit mit dem verstorbenen Lord, aber ich konnte nicht entdecken, daß sie in etwas anderem als der Nase bestand.« Er hüstelte und fügte entschuldigend hinzu: »Die ist — gelegentlich — in Sussex zu sehen, Sir.«

Der Beau antwortete nicht. Gregg wartete, den Blick gesenkt. Nach kurzer Pause sagte der Beau langsam: »Ein junger Mann, glaube ich?«

»So sagte man mir, Sir.«

Der Beau biß nachdenklich am Rand seines Einglases herum. »Wie alt wäre Ihrer Rechnung nach Jem Sunning jetzt?«

Die Augen des Kammerdieners hoben sich und starrten den gepuderten Hinterkopf seines Herrn einen Augenblick überrascht an. Er erwiderte nach kurzer Überlegung: »Ich bedauere, Sir, ich kann diese Frage durchaus nicht sicher beantworten. Ich würde annehmen, daß er etwa ein- oder zweiunddreißig ist.«

»Mein Gedächtnis ist sehr unvollkommen«, seufzte der Beau, »aber ich glaube, er pflegte immer dunkel zu sein, nicht?«

»Ja, Sir.« Der Kammerdiener hüstelte wieder in seiner gewohnten entschuldigenden Art. »Es heißt bei der Landbevölkerung allgemein, Sir, daß Mylord seinen Nachkommen seine eigene Farbe gab.«

»Ja«, stimmte der Beau zu. »Ja, das habe ich gehört. Ja, ich glaube, ich kann mich nur einer Ausnahme entsinnen.« Er drehte sich um, ging vom Fenster weg und stellte sich vor den Kamin. »Ich habe unwillkürlich das Gefühl, daß es interessant wäre zu erfahren, ob der Reitknecht Mademoiselles der Regel entsprach — oder nicht.«

»Der Berittene, Sir«, sagte Gregg mit ausdrucksloser Stimme, »sprach von einem blonden jungen Mann.«

»Ah!« sagte der Beau sanft. »Ein blonder junger Mann! Nun, das ist wirklich sehr seltsam.«

»Ja, Sir. Eine Spur ungewöhnlich, glaube ich.«

Der Blick des Beaus weilte nachdenklich auf einem Porträt an der gegenüberliegenden Wand. »Ich glaube, Gregg, wir beziehen mitunter unseren Brandy von Joseph Nye?«

»Das tun wir sehr oft, Sir.«

»Wir werden etwas mehr dort kaufen«, sagte der Beau, sein Einglas am Ärmel polierend. »Sehen Sie darauf, Gregg.«

»Ja, Sir.«

»Das ist alles«, sagte der Beau.

Der Kammerdiener verbeugte sich und ging zur Tür. Als er sie erreichte, sagte der Beau leise: »Ich möchte nicht, daß Sie im Roten Löwen etwa vulgäre Neugierde zur Schau stellen, Gregg.«

»Nein, Sir. Sie können sich auf mich verlassen.«

»Oh, das tue ich, Gregg, das tue ich!« sagte der Beau, nahm die Zeitung vom Tisch und setzte sich in einen Ohrensessel am Kamin.

Der Kammerdiener zögerte einen Augenblick. »Wenn ich wagen dürfte, etwas zu sagen, Sir?« fragte er demütig.

»Sicher, Gregg.«

»Die Dame, die Sir Tristram in dieses Zimmer begleitete, Sir ... Soviel ich verstehe, wünschte sie die Täfelung zu untersuchen?«

Der Beau hob den Blick von der Zeitung. »Nun, und?«

»Gewiß, Sir. Es würde natürlich das Verhalten erklären, das Thomson und mir eine Spur seltsam erschien. Ich bitte wirklich um Verzeihung.«

»Wieso seltsam?«

»Nun, Sir, Thomson und mir schien es, daß Sir Tristram und die Dame die Vertäfelung sehr genau untersuchten«, sagte der Kammerdiener. »Die Dame ging so weit, sich auf einen Stuhl zu stellen, um den Fries zu untersuchen, und Sir Tristram schien mir, als ich den Raum betrat (aber ich kann mich irren) die unteren Paneele zu prüfen.«

Der Beau senkte die Zeitung. »So?« sagte er langsam. »Nein, wirklich? Ei, ei —!«

Gregg ging unter Verbeugungen hinaus. Es dauerte einige Minuten, bis der Beau die Zeitung wieder aufnahm. Seine Augen starrten über das Zimmer hinweg auf einen bestimmten Teil der Wandverkleidung, und ausnahmsweise lag keine Spur eines Lächelns um seine dünnen Lippen.

Inzwischen hatte Miss Thane, die neben Eustacie in der Chaise saß, nichts als Fehlschläge zu berichten. Sie sagte, ihre Finger seien ganz wund davon, an hölzernen Erhebungen herumzuziehen und zu drücken, und ihr Nervensystem sei für alle Zeiten zerrüttet. Nicht weniger als drei Unterbrechungen hatten sich in der kurzen Zeit begeben, die ihr und Sir Tristram zur Verfügung gestanden war. Zuerst war die Haushälterin mit einer Blumenvase gekommen, um sie auf den Tisch zu stellen, und mit einer Zunge, die nur zu bereit war, sich zu regen. Kaum war man sie losgeworden, als sich die Tür wieder öffnete, diesmal um den Butler einzulassen, der gekommen war, um das Feuer anzufachen. »Und was er sich gedacht haben muß, wage ich mir nicht vorzustellen!« sagte Miss Thane. »Ich stand in dem Augenblick gerade auf einem Stuhl und versuchte eine geschnitzte Birne hoch über mir in Bewegung zu setzen.«

Eustacie kicherte. »Was haben Sie getan?«

»Zum größten Pech«, erzählte Miss Thane, »stand ich mit dem Rücken zur Tür und hatte nicht gehört, daß sie sich öffnete. Ich muß jedoch gestehen, daß Ihr Vetter Tristram große Geistesgegenwart zeigte, denn er befahl mir sofort, mir die Schnitzerei genau anzusehen und besonders die oberste Hohlkehle des Kreuzgitters zu beachten.«

»Man muß zugeben, daß Tristram nicht dumm ist«, sagte Eustacie, gerecht gesinnt.

»Nein«, stimmte ihr Miss Thane zu und warf einen Blick aus dem Fenster auf die aufrechte Gestalt, die neben der Chaise ritt, »nicht dumm, aber — es tut mir leid, es sagen zu müssen — autokratisch und diktatorisch. Seine Bemerkungen zu mir, sowie der Butler das Zimmer verlassen hatte, waren gar nicht anerkennend und nicht wenig gefühllos, und seine Art, mir vom Stuhl hinunterzuhelfen, ließ viel zu wünschen übrig.«

»Er mag Frauenzimmer nicht«, erklärte ihr Eustacie.

Miss Thane kehrte zur Betrachtung des strengen Profils Sir Tristrams zurück. »Ah!« sagte sie. »Das würde es natürlich erklären. Nun, wir taten, was wir konnten, um das Ganze als einen natürlichen Vorgang erscheinen zu lassen — aber ich vermute, der Butler hält uns für ein Paar Irrer und als wir wieder allein waren und Sir Tristram mir seine Meinung zum Thema weiblicher Torheit mitgeteilt hatte, wandten wir uns wieder unserer Suche zu. Es verschafft mir einige Genugtuung, wenn ich überlege, daß es Sir Tristram war und nicht ich, der damit beschäftigt war, die Paneele abzuklopfen, als sich ein höchst hassenswert leisetreterisches Individuum hereinstahl, um einen Topf mit Schnupftabak auf den Schreibtisch zu stellen. Zumindest bot es mir die Gelegenheit, zu zeigen, daß auch ich einige Geistesgegenwart besitze. Ich bat Ihren Vetter, die Lanzettenverzierung zu bewundern.«

»Ich glaube, daß Sie sehr klug sind!« sagte Eustacie beifällig. »Ich hätte nicht gewußt, daß es eine — eine Lanzettenverzierung gibt.«

»Es gibt gar keine«, sagte Miss Thane. »Die bloße Erwähnung einer Lanzettenverzierung im Zusammenhang mit diesen Paneelen war ein Verstoß, der die Züge Sir Tristrams verkrampfte. Als sich der Schnupftabakträger hinwegbegeben hatte, war Sir Tristram so liebenswürdig, mich zu unterrichten, daß er mir, bevor er mich auf eine zweite solche Suche begleiten würde, einige einfache Lektionen erteilen würde, wonach man bei Wandvertäfelungen dieser besonderen Art zu suchen hat. Da aber hatte ich schon so viele Schrecken mitgemacht, daß mein Geist völlig verstört war und ich dem Tadler nicht nur demütig dankte, sondern sogar seinem Entschluß zustimmte, die Suche aufzugeben. Ja, ich weiß, es war erbärmlich schwach von mir«, fügte sie als Antwort auf einen vorwurfsvollen Blick Eustacies hinzu, »aber um die Wahrheit zu gestehen, ich glaube, die Aufgabe ist einfach hoffnungslos. Ludovic muß sich genauer erinnern, wo das Paneel ist.«

»Aber Sie wissen doch sehr gut, daß er das nicht kann!«

»Dann muß er selbst hingehen und es suchen«, sagte Miss Thane fest.

Eustacie neigte zu Empörung, inzwischen war die Chaise jedoch vor dem Roten Löwen vorgefahren, und Eustacie war gezwungen, ihre Vorhaltungen auf einen passenderen Zeitpunkt zu verschieben. Shield, der sich leicht aus dem Sattel schwang, öffnete ihnen selbst den Wagenschlag und ließ den Tritt für die Damen hinunter. Nachdem er ihnen aus der Chaise geholfen hatte, übergab er sein Pferd einem der Stallknechte und folgte ihnen in den Gasthof. Hier kam ihnen Nye entgegen, der sie mit der Stimme eines Mannes, der sein Bestes getan hatte, eine Katastrophe abzuwenden, dem dies jedoch mißlungen war, davon unterrichtete, daß sie Ludovic in Sir Hugh Thanes Zimmer antreffen würden.

»Im Zimmer meines Bruders?!« rief Miss Thane. »Was, um alles in der Welt, tut er denn dort?«

»Er spielt Karten, Ma'am«, erwiderte Nye grimmig.

»Aber wie kam es, daß er überhaupt in das Zimmer meines Bruders ging?« wollte Miss Thane wissen. »Wir haben ihn im Bett zurückgelassen!«

»Stimmt, Ma'am. Aber Sie waren keine fünf Minuten weg, als Seine Lordschaft schon nach Clem läutete. Er mußte unbedingt aufstehen und sich ankleiden, und da ich nicht in der Nähe war, half ihm Clem. So war das ja schon seit eh und je: was immer sich Mr. Ludovic in den Kopf setzte, Clem pflegte ihm dabei zu helfen.«

Eustacie wandte sich an ihren Vetter. »Sie hätten ihm nicht seine Kleider bringen sollen!«

»Unsinn!« sagte Shield. »Früher oder später muß Ludovic sein Bett verlassen. Es wird ihm schon nicht schaden.«

»Das ist alles sehr gut«, sagte Miss Thane. »Aber wenn er auch aufstehen kann, so sehe ich keinen Grund, daß er Hughs Zimmer aufsucht. Ich schätze Hugh sehr, aber ich habe leider nicht das Gefühl, daß er der Mann ist, ein schwerwiegendes Geheimnis zu wahren. Nye, Sie hätten einschreiten sollen.«

Nye lächelte etwas verzerrt. »Man sieht, daß Sie Seine Lordschaft nicht kennen, Ma'am. Kaum war er angezogen, was mußte er tun, als aus seinem Zimmer zu gehen, nur um zu sehen, wie ihn seine Beine trugen. Während er Clem zeigte, wie gut er zurechtkam, streckte Sir Hugh (der geläutet hatte, daß die Glocke fast zerbrach, soweit er mir sagte) seinen Kopf aus dem Zimmer, um nach Clem zu rufen. Nachdem, was ich aus Clem herausbekomme, kamen Sir Hugh und Mr. Ludovic sofort ins Gespräch. Sir Hugh war anscheinend nicht überrascht, einen weiteren Herrn im Haus vorzufinden, und Mr. Ludovic war natürlich so freundlich, wie man nur will. ›Oh, Sie sind Sir Hugh Thane?‹ sagte er. ›Ich heiße Lavenham —‹ Jawohl, Ma'am, er kam damit ganz frech heraus. ›Nun‹, sagte Sir Hugh, ›ich kann nicht behaupten, daß ich mich im Augenblick an Ihr Gesicht erinnere, aber wenn Sie mich kennen, bin ich verteufelt froh darüber, denn ich habe mehr als genug von meiner eigenen Gesellschaft. Spielen Sie Piquet?‹ Nun, das genügte Mr. Ludovic vollkommen, und bevor Clem noch recht wußte, was geschah, wurde er um ein Päckchen Karten und eine Flasche Wein hinuntergeschickt. Als ich wieder ins Haus kam, war nichts mehr zu machen, Ma'am, denn sie waren beide in Sir Hughs Zimmer und dicke Freunde, wie man so sagt.«

Die Damen sahen einander bestürzt an. »Es ist besser, ich gehe hinauf und sehe nach, was sich tut«, sagte Miss Thane resigniert.

Es war genau so, wie Nye es beschrieben hatte. Lord Lavenham und Sir Hugh Thane, beide in Schlafröcken, saßen einander an einem kleinen Tisch gegenüber, der dicht an den Kamin in Sir Hughs Schlafzimmer gerückt worden war, und spielten Piquet. Neben jedem Herrn stand ein Glas Wein, und sie waren derart in ihr Spiel vertieft, daß keiner im geringsten auf das Öffnen der Tür achtete, noch sich der Anwesenheit Miss Thanes bewußt wurde, ehe sie dicht an den Tisch herantrat. Erst dann blickte Sir Hugh kurz auf, sagte geistesabwesend: »Oh, da bist du ja, Sally!« und wandte seine Aufmerksamkeit wieder den Karten zu.

Miss Thane legte Ludovic die Hand auf die Schulter, um ihn am Aufstehen zu hindern, bemerkte jedoch bedeutungsvoll: »Was wäre, wenn ich der Beau oder ein Steuerfahnder gewesen wäre?«

»Oh, darauf bin ich gut vorbereitet!« versicherte ihr Ludovic und hatte im Nu eine kleine silbergefaßte Pistole aus der Tasche gerissen.

»Guter Gott, hoffentlich haben Sie nicht vor, sofort zu schießen!« sagte Miss Thane.

Sir Hugh hob sein Einglas, um die Pistole anzusehen. »Nette kleine Waffe«, bemerkte er.

Ludovic reichte sie ihm. »Ja, von Manton. Ich habe auch ein Paar seiner Duellpistolen — wunderschön gearbeitet!«

Sir Hugh unterwarf die Pistole einer eingehenden Besichtigung. »Mir persönlich liegt nichts an Silbervisieren. Können das Auge blenden.« Er blickte durch den Pistolenlauf. »Nett ausgewogen, aber zu kurzer Lauf. Über zwölf Meter hinaus nicht mehr genau.«

Ludovics Augen glitzerten. »Glauben Sie? Ich verpflichte mich, eine Scheibe auf zwanzig Meter zu zerknallen!«

»Mit dieser Pistole?« fragte Sir Hugh ungläubig.

»Mit dieser Pistole.«

»Ich wette fünfundzwanzig Pfund, daß Sie das nicht können.«

»Abgemacht!« sagte Ludovic prompt.

»Und wo«, erkundigte sich Miss Thane, »schlagen Sie vor, diese Wette auszutragen?«

»Oh, im Hof!« sagte Ludovic, als er die Pistole von Sir Hugh zurückerhielt.

»Das wird natürlich sehr lustig sein«, sagte Miss Thane höflich. »Auf diese Weise werden die Stallburschen Sie sehen können. Ich verbiete dir, Hugh, ihn dazu zu ermutigen. Geben wir zu, daß er ein Meisterschütze ist, und basta.«

»Nun, ich bin wirklich ein Meisterschütze«, sagte Ludovic und lächelte höchst entwaffnend zu ihr auf.

»Apropos Meisterschütze«, sagte Sir Hugh, »wie hieß doch der Bursche, der einmal alle Kerzen in dem großen Kronleuchter bei Mrs. Archer mit Schüssen auslöschte? Es waren ihrer fünfzehn, und er verfehlte keine einzige!«

»Fünfzehn?« sagte Ludovic. »Sechzehn!«

»Fünfzehn, hat man mir erzählt. Er tat es wegen einer Wette.«

»Das stimmt, aber ich sage Ihnen, es waren sechzehn Kerzen!«

Sir Hugh schüttelte den Kopf. »Das haben Sie falsch mitgekriegt. Fünfzehn.«

»Verdammt, ich muß es wissen«, sagte Ludovic. »Ich habe es gemacht.«

»Sie?« Sir Hugh betrachtete ihn mit erneutem Interesse. »Sie wollen mir erzählen, daß Sie der Mann sind, der die Dochte von fünfzehn Kerzen bei Mrs. Archer zerschoß?«

»Ich zerschoß die Dochte von sechzehn Kerzen!« sagte Ludovic.

»Nun, ich kann nur sagen, daß es ein verteufelt feines Schießen war«, sagte Sir Hugh. »Aber sind Sie sicher, daß Sie die Zahl richtig haben? Ich glaube eher, sie lautete fünfzehn.«

»Wo ist Tristram?« fragte Ludovic Miss Thane. »Er war dabei! Sechzehn Kerzen habe ich abgeschossen. Ich benützte meine Mantons, und Jerry Matthews lud sie für mich.«

»Den kenne ich nicht«, bemerkte Sir Hugh. »Ist das vielleicht ein Sohn des alten Frederick Matthews?«

An diesem Punkt zog sich Miss Thane zurück, um Sir Tristram herbeizuholen. Als sie mit ihm zurückkehrte, entdeckte sie, daß die Frage von Mr. Jerry Matthews Verwandtschaft unerklärlicherweise zu einer Auseinandersetzung über die genaue Art einer bestimmten Wette geführt hatte, die vor drei Jahren in das Buch im White-Club eingetragen worden war. Der Streit wurde abgebrochen, als Sir Tristram eintrat, denn Ludovic befahl ihm sofort, zu sagen, ob er in Mrs. Archers Haus fünfzehn oder sechzehn Kerzen durch Schüsse ausgelöscht hatte.

»An die Zahl kann ich mich nicht erinnern«, erwiderte Sir Tristram. »Ich erinnere mich nur, daß du einen großen Spiegel zu Scherben geschossen und die Nachtwache über uns gebracht hast.«

Sir Hugh, der Sir Tristram starr angesehen hatte, sagte plötzlich mit erfreuter Miene: »Shield! Der sind Sie! Erkannte Sie sofort. Und außerdem weiß ich auch, wo ich Sie das letztemal gesehen habe.«

Sir Tristram schüttelte ihm die Hand. »Bei Mendozas Kampf mit Warr im vergangenen Jahr«, sagte er ohne Zögern. »Ich erinnere mich, daß Sie auf dem Dach der Kutsche neben meinem Karriol saßen.«

»Stimmt!« sagte Thane. »Eine großartige Rauferei! Haben Sie Dans letzten Kampf mit Humphries gesehen? Vor zwei Jahren dürfte das gewesen sein, oder vielleicht vor drei.«

»Ich habe ihn zweimal Humphries schlagen gesehen, und ich war bei dem Fitzgerald-Kampf im Jahr 91.«

»Nein, wirklich? Dann sagen Sie mir: ist Fitzgerald ausgekniffen oder nicht?«

»Nicht gekniffen, nein. Meiner Meinung nach zweimal ziemlich schauerlich überhastet gewesen.«

»So? Freut mich, das zu hören, weil —«

»Wenn ihr über Boxkämpfe redet, verlasse ich euch«, warf Miss Thane ein.

»Nein, tun Sie das nicht«, sagte Ludovic. »Ich interessiere mich nicht für Boxkämpfe. Übrigens, habt ihr das Paneel gefunden?«

Diese beiläufig vorgebrachte Bemerkung über ihre vormittägliche Plage ließ Miss Thane schroff erwidern: »Nein, Ludovic, wir haben das Paneel nicht gefunden.«

»Das dachte ich mir ohnehin«, sagte er.

Miss Thane schien mit einer Gemütsbewegung zu kämpfen. Ihr Bruder, der ein schwaches Interesse an dem zeigte, was er von dem Gespräch mitbekommen hatte, sagte teilnahmsvoll: »Etwas verloren?«

»Nein, Lieber«, erwiderte Sarah mit äußerster Ruhe, »Lord Lavenham hat etwas verloren: einen Talismanring. Ich habe dir vor drei Tagen alles darüber erzählt. Er verlor ihn eines Abends im Cocoa-Tree im Spiel.«

»Ich erinnere mich tatsächlich, daß du mir irgendein müßiges Geschwätz erzählt hast«, gab Thane zu. »Wenn Sie meinen Rat wollen, Lavenham, spielen Sie nicht im Cocoa-Tree. Ich habe dort selbst einmal einen Falschspieler getroffen. Es war Hasard, und die Würfel fielen ständig verteufelt hoch. Sie waren mir von Anfang an verdächtig, und sie waren tatsächlich gezinkt.«

»Oh, das Spiel war ganz fair«, sagte Ludovic gleichgültig.

»Und ich sage Ihnen, das war es nicht«, sagte Sir Hugh geduldig, aber starrköpfig. »Ich habe die Würfel persönlich gespalten und entdeckt, daß sie gezinkt waren.«

»Davon sprach ich nicht. Mein Spiel war Piquet. Habe noch nie im Leben im Cocoa-Tree Hasard gespielt. Das tat ich natürlich im Almack und im Brook-Club.«

»Geht sehr hoch, im Brook-Club«, sagte Thane mit einem nachdenklichen Kopfschütteln.

Da Sarah merkte, daß gleich eine Erörterung der Spielweisen in den verschiedenen Londoner Klubs beginnen würde, schaltete sie sich ein, bevor Ludovic noch mehr sagen konnte. Sie erinnerte ihn streng daran, daß sie Wichtigeres als Glücksspiele zu besprechen hatten, und fügte ziemlich temperamentvoll hinzu, ihre Bemühungen um seinetwillen seien nicht nur fruchtlos, sondern sehr wahrscheinlich sogar katastrophal gewesen. »Ihr Vetter«, sagte sie, »hat von Eustacies Reitknecht gehört, und es besteht kein Zweifel, daß er Verdacht schöpft. Zum Glück hatte Sir Tristram die Geistesgegenwart, ihm zu sagen, daß der Reitknecht — wer war, Sir Tristram?«

»Jem Sunning«, erwiderte Shield. »Du erinnerst dich an ihn, Ludovic?«

»Ja, aber ich dachte, er sei nach Amerika gegangen.«

»Das ist er«, sagte Shield, »deshalb habe ich ihn gewählt. Aber ich bin nicht sicher, daß mir der Beau glaubte. Es ist notwendiger denn je, daß du an irgendeinen sicheren Ort gehst. Wenn du nicht nach Holland gehen willst —«

»Nun — nein«, sagte Ludovic rundheraus.

Unerwarteterweise kam ihm Sir Hugh zu Hilfe. »Holland?« sagte er. »An Ihrer Stelle ginge ich nicht nach Holland. Es gefiel mir überhaupt nicht. Aber Rom! Das ist der richtige Ort — obwohl sie dort auch verdammt viele Bilder haben«, fügte er düster hinzu.

»Ich werde hierbleiben«, sagte Ludovic. »Wenn es zum Schlimmsten kommt, gibt es immer noch den Keller.«

»Genau, was ich mir selbst gedacht habe!« sagte Thane beifällig. »Ich habe das starke Gefühl, daß in dem Keller mehr drin ist, als wir entdeckt haben. Zum Beispiel habe ich diesen Kanarienwein erst gestern erwischt.«

Niemand beachtete diese Unterbrechung im geringsten. Sir Tristram sagte: »Schön, wenn du entschlossen bist, Ludovic, habe ich nicht vor, Zeit auf den Versuch zu verschwenden, dich zu überreden. Denkst du im Ernst, daß der Ring hinter jenem Paneel sein könnte?«

»Natürlich ist es mein Ernst! Es ist genau der Ort dafür. Wo sonst hätte er ihn denn hingetan?«

»Wenn ich dir helfe, in das Haus zu kommen, kannst du das Paneel finden?«

»Ich kann es versuchen«, sagte Ludovic hoffnungsvoll.

»Ja, zweifellos«, erwiderte Shield. »Aber ich habe bei einer zwecklosen Suche mitgeholfen, und ich hege nicht den Wunsch, das Erlebnis zu wiederholen.«

»Sowie ich einmal in dem Haus bin, kannst du sie mir überlassen«, sagte Ludovic. »Ich muß die bewußte Tafel wiedererkennen, wenn ich sie sehe.«

»Das hoffe ich«, erwiderte Shield. »Der Beau sprach davon, an einem Tag dieser Woche nach London zu fahren, und das dürfte unsere Gelegenheit sein.«

Miss Thane hüstelte. »Und wie — die Frage fällt mir eben ein — wollen Sie in das Dower House gelangen, Sir?«

»Wir können durch ein Fenster einbrechen«, antwortete Ludovic. »Das ist nicht schwierig.«

Sie warf Shield einen zimperlichen Blick zu. »Sie werden Sir Tristram leider nie dazu bringen, daß er zustimmt, etwas so Übereiltes zu tun«, sagte sie.

Er erwiderte ihren Blick mit einem seiner abwägenden Blicke. »Ich muß Ihnen sehr temperamentlos erscheinen, Miss Thane.«

Sie lächelte und schüttelte den Kopf, antwortete jedoch nicht. Ihr Bruder, der dem Gespräch mit einem verblüfften Stirnrunzeln gefolgt war, bemerkte plötzlich, daß ihm das alles sehr seltsam klinge. »Sie können doch nicht in jemandes Haus einbrechen!« wandte er ein.

»Doch, ich kann«, erwiderte Ludovic. »So ein Krüppel bin ich denn doch nicht!«

»Aber es ist ein Verbrechen!« erklärte Sir Hugh.

»Was das betrifft, dann ist es auch ein Verbrechen, Schnaps ins Land zu schmuggeln«, erwiderte Ludovic. »Ich kann Ihnen sagen, ich stecke schon so tief drin, daß es nicht viel ausmacht, was ich jetzt noch tue.«

Sir Hugh setzte sich auf. »Sie sind doch nie im Leben der Schmuggler, von dem mir meine Schwester erzählte?«

»Ich bin ein Freihändler«, sagte Ludovic grinsend.

»Dann sagen Sie mir nur das eine«, sagte Thane, dessen Interesse an Einbrüchen vor einem wichtigeren Thema dahinschwand, »können Sie mir einen Schlauch von dem Chambertin verschaffen, den Nye in seinem Keller hat?«

8

Man kam schließlich überein, daß Ludovic nichts unternehmen sollte, was einem Einbruch ähnlich war, bis sein Vetter herausgefunden hatte, an welchem Tag der Beau nach London zu fahren beabsichtigte. Ludovic, unheilbar optimistisch, hielt seinen Ring schon für so gut wie gefunden, Shield jedoch, der die Lage nüchterner betrachtete, sah Fallgruben voraus. Falls der Beau, wie sein Vater vor ihm, tatsächlich die Gewohnheit hatte, seine Geldkassette im Priester-Versteck aufzubewahren, war es höchst wahrscheinlich, daß sich der Ring ebenfalls dort befand. Fast der einzige Punkt, an dem Shield mit seinem flatterhaften jungen Vetter übereinstimmte, war die unerschütterliche Ansicht Ludovics, daß der Beau, falls er den Ring überhaupt an sich genommen, ihn weder verkauft noch weggeworfen hatte. Ihn verkaufen wäre ein zu gefährliches Unternehmen gewesen; eine Antiquität von großem Wert wegzuwerfen, hätte mehr Entschlußkraft erfordert, als sie Sir Tristram beim Beau voraussetzte. Ludovics bequeme Verachtung des Beaus konnte Sir Tristram nicht teilen. Ludovic lachte nach wie vor über seine Geziertheit und hielt ihn für einen bloßen Geck ohne besonderen Mut oder Unternehmungsgeist. Sir Tristram hatte zwar ebenfalls keine hohe Meinung vom Mut des Beaus, mißtraute jedoch seiner Liebenswürdigkeit zutiefst und hielt ihn für viel listiger, als er schien.

Den Umstand, daß der Butler und der Kammerdiener des Beau zumindest einen Teil der Suche nach dem Geheimpaneel mitangesehen hatten, fand Sir Tristram beunruhigend. Daß der Beau bereits einen Verdacht auf Eustacies angeblichen Reitknecht hatte, war offenkundig; Sir Tristram glaubte, daß der Beau, falls er von dem seltsamen Benehmen seines Vetters in seiner Bibliothek erfuhr, durchaus fähig war, einen Schluß daraus zu ziehen und nicht nur Ludovic mit der Episode in Verbindung zu bringen, sondern zu erkennen, daß er selbst unter Verdacht geraten war. Und falls der Beau weiter den Verdacht hatte, daß Ludovic, der die Lage des Priester-Verstecks kannte, nach Sussex gekommen war, um seinen Ring zu finden, dann war es sehr unwahrscheinlich, daß er den Ring an einem Ort belassen würde, wo man ihn bestimmt suchen würde.

Einen Teil dieser Vorahnungen vertraute Shield Miss Thane an und schärfte ihr ein, alles in ihrer Macht Stehende zu tun, um Ludovic vor allen Augen, außer den ihren, versteckt zu halten.

»Ich werde mein Bestes tun«, erwiderte Sarah, »aber es ist keine leichte Aufgabe, Sir Tristram.«

»Das weiß ich«, sagte er ungeduldig, »aber es ist die einzige Möglichkeit, wie Sie uns beistehen können — und ich nehme an, daß Sie das wollen.«

Sie konnte es sich nicht versagen, ihm einen vorwurfsvollen Blick zu-

zuwerfen. »Sie dürften die Hilfe vergessen, die ich Ihnen im Dower House leistete«, sagte sie.

»Nein«, erwiderte Sir Tristram in seiner trockensten Art. »Die habe ich nicht vergessen.«

Miss Thane stützte das Kinn in die Hand und betrachtete ihn nachdenklich. »Wollen Sie mir etwas verraten, Sir Tristram?«

»Vielleicht. Was denn?«

»Was hat Sie dazu gebracht, eine Heirat mit Ihrer Base in Betracht zu ziehen?«

Er sah erschrocken und nicht allzu erfreut drein. »Ich kann kaum annehmen, Ma'am, daß meine Privatangelegenheiten für Sie von Interesse sein können«, sagte er.

»Einige Leute«, bemerkte Miss Thane weise, »würden das als Abfuhr auffassen.«

Ihre Augen trafen sich; Sir Tristram lächelte zögernd. »Sie scheinen nicht zu ihnen zu zählen, Ma'am.«

»Ich habe ein sehr dickes Fell«, erklärte ihm Sarah. »Sehen Sie, ich hatte nicht den Vorzug einer korrekten Erziehung.«

»Haben Sie immer bei Ihrem Bruder gelebt?« fragte er.

»Seit ich die Schule verließ.«

»Ich nehme an, das erklärt es«, sagte er halb zu sich selbst.

»Was denn?« fragte Miss Thane mißtrauisch. »Ihre — ungewöhnliche Art, Ma'am.«

»Ich hoffe, das ist ein Kompliment«, sagte Miss Thane nicht ohne ein unbehagliches Gefühl.

»Ich bin nicht sehr gewandt im Komplimentemachen!« erwiderte er.

Ihre Augen zwinkerten anerkennend. »Ja, das habe ich verdient. Sehr schön, Sir Tristram, aber Sie haben meine Frage nicht beantwortet. Warum haben Sie es sich in den Kopf gesetzt, Ihre Base zu heiraten?«

»Sie wurden schlecht unterrichtet, Ma'am. Die Idee hat sich mein Großonkel in den Kopf gesetzt, nicht ich.«

Sie hob die Brauen. »Hatten Sie also dabei nichts zu sagen? Nun, soweit ich Sie kenne, fällt es mir schwer, das zu glauben.«

»Glauben Sie, ich wollte Eustacie ihres Geldes wegen heiraten?« fragte er.

»Nein«, erwiderte Miss Thane ruhig. »Ich glaube nichts dergleichen.«

Sein augenblicklich aufflammender Zorn erstarb; er sagte weniger schroff: »Da ich der Letzte meines Namens bin, Ma'am, halte ich es für meine Pflicht, zu heiraten. Die Verbindung, die mir mein Großonkel vorschlug, war eine Zweckheirat und mir als solche genehm. Dank der gefährlichen Umstände, durch die der Aufstand in Frankreich Eustacies väterliche Verwandtschaft dezimiert hat, blieb das Mädchen nach dem Tod seines Großvaters, Sylvester, allein in der Welt. Gegen diesen Umstand wollte er durch diese Verbindung Vorsorge treffen. Ich versprach Sylvester auf seinem Sterbebett, Eustacie zu heiraten. Das ist die ganze Geschichte.«

»Und wie gedenken Sie Ihr Gewissen zu beruhigen?« fragte Miss Thane.

»Mein Gewissen dürfte mich in diesem Fall kaum beunruhigen«, antwortete er. »Eustacie wünscht nicht, mich zu heiraten. Es würde mehr als eines Versprechens Sylvester gegenüber bedürfen, mich eine Werbung fortsetzen zu lassen, die Eustacie, wie sie erklärte, widerwärtig ist. Außerdem, wäre alles anders verlaufen, dann hätte Sylvester sie Ludovic und nicht mir gegeben.«

»Oh, das ist großartig!« sagte Miss Thane. »Jetzt können wir mit reinem Gewissen ihre Verlobung mit ihm fördern. Aber für Sie ist es ärgerlich, sich nach einer anderen Dame umsehen zu müssen, die den Anforderungen entspricht, die Sie von ihr erfüllt haben wollen. Sind Sie entschlossen, ein junges Frauenzimmer zu heiraten?«

»Ich bin nicht entschlossen, irgendwen zu heiraten, und ich bitte, daß Sie —«

»Nun, das dürfte es erleichtern«, sagte Miss Thane. »Sehr junge Damen sind leicht romantisch, und das ginge nicht an.«

»Ich suche wirklich keine Romantik in der Ehe, aber ich bitte Sie, lassen Sie nicht meine Angelegenheiten —«

»Es muß jemand sein, der über das Alter hinaus ist, noch auf einen Ehemann hoffen zu können«, fuhr Miss Thane fort, wieder ihr Kinn in die Hand stützend.

»Danke!« sagte Sir Tristram.

»Keine Schönheit — ich glaube nicht, daß wir mehr von ihr erwarten können, als gerade passabel zu sein«, entschied Miss Thane. »Eine gute Herkunft wäre natürlich wesentlich.«

»Wirklich, Miss Thane, dieses Gespräch —«

»Glücklicherweise«, sagte sie, »findet sich in London jede Anzahl unhübscher Frauenzimmer von guter Geburt, jedoch geringen Vermögens. Sie können einige bei den Subskriptionsbällen im Almackclub finden, aber vermutlich könnte ich aus den zur Wahl Stehenden ein Dutzend für Sie entdecken, deren Mamas schon längst aufgehört haben, sie auf den Heiratsmarkt mitzunehmen. Nach einer bestimmten Anzahl von Saisons müssen sie nämlich den Platz jüngeren Schwestern räumen.«

»Sie sind zu gütig, Ma'am!«

»Aber bitte; ich bin entzückt, wenn ich Ihnen helfen kann«, versicherte ihm Miss Thane. »Ich habe gerade die Art Frauenzimmer im Auge, die Ihnen passen würde. Ein gutes, zärtliches Mädchen ohne Ansprüche auf Schönheit und von dankbarer Veranlagung. Sie muß über das Alter hinaus sein, Gesellschaften mitmachen zu wollen, und sie darf von Ihnen nicht erwarten, daß Sie ihr Nettigkeiten sagen. Ich frage mich — hätten Sie etwas dagegen, wenn sie ein kleines bißchen — ein sehr kleines bißchen auf einem Auge schielt?«

»Ja, doch«, sagte Sir Tristram. »Und ich habe auch nicht den geringsten Wunsch —«

Miss Thane seufzte. »Nun, das ist schade. Ich hatte genau an die Richtige für Sie gedacht.«

»Ich bitte Sie, Ihre Zeit nicht darauf zu verschwenden, an eine andere zu denken. Die Sache eilt nicht.«

Sie schüttelte den Kopf. »Da kann ich Ihnen nicht zustimmen. Schließlich, wenn man sich den mittleren Jahren nähert . . .«

»Den mittleren — Hat Sie eigentlich schon jemand geohrfeigt, Miss Thane?«

»Nein, nie«, sagte Miss Thane und blickte sanft zu ihm auf.

»Dann haben Sie unverdientes Glück gehabt«, sagte Sir Tristram grimmig. »Wir wollen, bitte, das Thema meiner Heirat nicht weiter erörtern. Ich werde kaum in nächster Zeit in den Stand der Ehe treten.«

»Wissen Sie«, sagte Miss Thane mit einer Miene der Aufrichtigkeit, »ich glaube, da handeln Sie klug. Sie sind nicht für die Ehe geschaffen.

Ihr Glaube an Frauen wurde durch eine unglückliche Affäre in Ihrer Jugend zerbrochen; Ihre Augen wurden für die Mängel des weiblichen Charakters geöffnet; Sie sind —«

Sir Tristram sah wütend drein. »Wer hat Ihnen das erzählt?« fuhr er sie an.

»Aber doch Sie selbst!«

»Ich?« wiederholte er.

»Aber sicher.«

»Sie irren. Ich bin bereit zuzugeben, daß es vielleicht viele vortreffliche Frauen auf der Welt gibt. Ich weiß nicht, aus welchen Anzeichen Sie schließen, daß es in meiner Vergangenheit eine Affäre gab, an die ich nicht gern denke. Ich kann Ihnen versichern, daß sie mich nicht gegen Ihr Geschlecht voreingenommen hat.«

Miss Thane hörte sich das mit ihrer üblichen Gelassenheit an; weit davon entfernt, Unbehagen zu zeigen, sagte sie bloß: »Es schien mir unerklärlich, daß Sie Ihrer Base mit einem so aufgeschlossenen Sinn begegnen konnten und sich dennoch nicht sofort in sie verliebten.«

Er lachte kurz auf. »Es ist nicht zu befürchten, daß ich mich verliebe, Ma'am. Ich habe meine Lektion früh im Leben gelernt, aber glauben Sie mir, ich habe sie nicht vergessen.«

»Welch trauriger Gedanke, daß so wenige Menschen die Vernunft besitzen, von ihrer Erfahrung so zu profitieren wie Sie!« sagte Miss Thane seelenvoll. »Ich frage mich, ob wir Ihre Geschwisterkinder vor den Enttäuschungen, die ihnen bevorstehen, warnen sollen?«

»Ich glaube nicht, daß das nötig ist, Miss Thane. Außerdem ist es nicht wahrscheinlich, daß ihre Heirat unmittelbar bevorsteht. Ludovics Angelegenheiten scheinen mir so schlimm wie nur möglich zu stehen.«

Sie wurde sofort ernst. »Halten Sie sie für hoffnungslos?«

»Nein, nicht hoffnungslos«, erwiderte er. »Aber wir haben keineswegs die Gewißheit, daß der Talismanring in Basil Lavenhams Besitz ist, und um offen zu Ihnen zu sein, ich verlasse mich nicht sehr darauf, daß er im Priester-Versteck ist, selbst wenn Basil ihn hat. Nehmen wir an, ja, dann würde er ihn wahrscheinlich aus einem Versteck holen, das Ludovic bekannt ist, sobald er vermutet, daß Ludovic sich in der Gegend aufhält.«

»Aber vermutet er denn seine Anwesenheit?«

»Es ist nicht zu sagen, was der Beau vermutet, Miss Thane. Lassen Sie sich ja nicht von Ludovic überzeugen, daß wir es mit einem Narren zu tun haben. Ich versichere Ihnen, das ist der Beau keineswegs.«

»Das brauchen Sie mir nicht erst zu sagen: Ich bin ihm begegnet. Werden Sie mich für phantasievoll halten, wenn ich Ihnen sage, daß ich das starke Gefühl habe, in Wirklichkeit stecke er hinter allen Schwierigkeiten Ludovics?«

»Nein, denn das glaube ich selbst. Die Schwierigkeit wird nur sein, es zu beweisen.«

»Wenn Sie den Ring nicht finden können — was ist dann zu tun?«

Sie sah, wie sein Mund hart wurde. Offenkundig hatte er sich diese Frage schon selbst überlegt, denn er erwiderte sofort: »Wenn es zum Schlimmsten kommt, wird man die Wahrheit durch andere Methoden aus ihm herausholen müssen.«

Als Miss Thane Sir Tristrams kräftige Gestalt ansah und seine grimmige Miene bemerkte, tat ihr der Beau wider Willen leid, wenn es zum Schlimmsten kommen sollte. Sie erwiderte leichthin: »Meinen Sie, würden — äh — andere Methoden wirksam sein?«

»Wahrscheinlich«, sagte Sir Tristram. »Er hat sehr wenig körperlichen Mut. Aber solange wir als Grundlage unseres Vorgehens nicht mehr als bloße Vermutungen haben, brauchen wir das nicht in Betracht zu ziehen.«

Sie überlegte und sagte dann: »In gewisser Weise wäre es vielleicht nicht schlecht, wenn er Ludovics Anwesenheit hier vermutete. In diesem Fall müßte er, glaube ich, erkennen, daß Sie sich von Ludovics Unschuld überzeugt haben. Ich habe häufig beobachtet, daß die Menschen, wenn sie etwas beunruhigt sind, dazu neigen, sich unvernünftig zu verhalten. Ihr Vetter hat sich bisher so sicher gefühlt, daß es für ihn leicht war, kühl und geistesgegenwärtig zu handeln.«

»Sehr richtig«, gab er zu. »Ich habe schon daran gedacht, aber die Gefahren überwiegen die Vorteile. Gäbe es nicht einen Umstand, dann würde ich ernstlich daran denken, Ludovic aus diesem Land zu entfernen.«

»Er scheint fest entschlossen zu sein, hierzubleiben. Ich glaube nicht, daß er zustimmen würde, fortzugehen«, sagte Miss Thane.

»Ich würde seine Zustimmung nicht verlangen«, erwiderte Shield.

»Heiliger Himmel, Sie scheinen ja in einer sehr brutalen Stimmung zu sein!« bemerkte sie. »Was veranlaßt Sie zu zögern, den armen Ludovic zu entführen?«

»Seine Schießkunst«, antwortete er. »Ein Mann müßte sich schon in einer verzweifelten Klemme befinden, bevor er sich in ein Wettschießen mit Ludovic einließe. Der Beau würde das nicht riskieren.«

»Nun«, sagte Miss Thane und stand auf. »Ich bin weit davon entfernt zu wünschen, daß Sie Ludovic aus dem Land schaffen (außerdem glaube ich, daß er zurückkäme), aber ich habe eine Ahnung, daß wir einige aufregende Abenteuer erleben werden, bevor wir dieses Haus verlassen.«

»Das ist sehr leicht möglich«, stimmte er ihr zu. »Haben Sie Angst?«

Sie hob den Blick zu ihm auf. Eine Spur Amüsement lag in ihren Augen. »Mein lieber Herr, sehen Sie denn nicht, daß ich einfach zittere vor Angst?« sagte sie.

Er lächelte. »Ich bitte um Entschuldigung. Den Finger in eine Suppe zu stecken, die Ludovic eingebrockt hat, genügt, den Tapfersten erbeben zu lassen. Ich fürchte vor allem, daß er es sich in den Kopf setzt, in das Dower House einzubrechen, ohne auf eine Nachricht von mir zu warten. Glauben Sie, daß Sie ihn daran hindern können?«

»Ich weiß nicht«, sagte Sarah aufrichtig. »Aber ich kann Ihnen zumindest Nachricht senden, wenn er unlenksam wird.«

Im Augenblick war jedoch selbst Ludovic gezwungen zuzugeben, daß er noch nicht genügend bei Kräften war, um die fünf Meilen zum Dower House zu reiten. Er hatte sehr viel Blut verloren und lange genug Fieber gehabt, daß er lästig schwach war, als er sich das erstemal von seinem Krankenbett erhob. Er gehörte nicht zu den Menschen, die sich geduldig dreinfanden, krank zu sein, und es schien auch unmöglich, in ihm ein Gefühl für die Gefährlichkeit seiner Lage zu erwecken. Sowie er seine Kleider besaß, hätte ihn nur ein von außen im Schloß umgedrehter Schlüssel in seinem Zimmer festhalten können. Er schlenderte in denkbar sorglosester Art im Gasthof umher, den linken Arm in der Schlinge, Sylvesters großen Rubin am Finger. Wenn man ihn bat, diesen allzu gut bekannten Ring irgendwo an sich zu verbergen oder ihn Tristram zur sicheren Aufbewahrung zu übergeben, sagte er nein, er habe Lust, Sylvesters Rubin zu tragen. Zweimal lief er fast Einheimischen in die Arme, die auf einen Krug Bier und einen Plausch am Kamin des Kaffeesalons in den Roten Löwen gekommen waren. Nur Miss Thanes rechtzeitiges Einschreiten hinderte ihn daran, sich mit Sir Hugh in den Hof zu begeben, um seine Wette mit einer kleinen Schießerei zu gewinnen. Miss Thane, versiert im Umgang mit dem männlichen Geschlecht, versuchte nicht, ihn vom Schießen abzubringen. Sie schlug nur vor, wenn er eine lärmende Pistole abzufeuern wünsche, dann sei der Keller der beste Ort für einen solchen Zeitvertreib. Ludovic war gerade dabei, diesen Punkt zu bestreiten, als Sir Hugh dank der Vorsehung den Vorschlag seiner Schwester verächtlich mit der Begründung abtat, man könne von niemandem erwarten, in dem elenden Licht eines Kerzenhalters eine Scheibe zu treffen. Das genügte völlig, daß Ludovic sich sofort verpflichtete, seine Wette unter diesen und keinen anderen Bedingungen zu gewinnen. Hinunter ging's mit den beiden, Clem im Gefolge. Da keine Scheiben zur Verfügung standen, mußte eine Spielkarte genügen. Als Ludovic Clem das Herz-As zuwarf und nachlässig sagte: »Halt sie für mich, Clem!« wurde Sir Hugh fast aus seiner schläfrigen Gelassenheit aufgeschreckt. Er ging sogar so weit, den Schankburschen zu beschwören, doch kein Narr zu sein und der Anweisung nicht zu gehorchen. Clem, der, abgesehen von seinem grenzenlosen Glauben an Ludovic, nicht im Traum daran gedacht hätte, seinen Befehlen nicht zu gehorchen, grinste bloß über diesen Rat und hielt die Karte an einer Ecke hoch. Ludovic, der auf einem Faß lümmelte, untersuchte die Zündmasse seiner Pistole, bat Thane, die Kerzen etwas zur Seite zu rücken, hob die Pistole und schoß. Die Karte flatterte zu Boden. Clem, mehr denn je grinsend, hob sie auf und zeigte sie Sir Hugh. Das As war glatt herausgeschossen.

Diese Heldentat schien nach einer Feier zu verlangen, und Miss Thane, die etwas später auf der Suche nach ihnen in den Keller hinabstieg, entdeckte, daß sie ein Fäßchen von Nantes-Brandy angezapft und nicht die Absicht hatten, unverzüglich über die Erde zurückzukehren. Durch den Brandy gestärkt, wurde Sir Hugh von dem Wunsch erfaßt, Ludovics Können nachzuahmen — aber ohne Clems Hilfe. Seine Bemühungen, nicht von Erfolg begleitet, führten Nye hinunter, um einem Spaß ein Ende zu setzen, der nicht nur die Wände des Kellers durchlöcherte, sondern auch genügend Lärm verursachte, um jeden Menschen oben annehmen zu lassen, daß sich der Gasthof im Belagerungszustand befände.

Da man Ludovic nicht erlaubte, einen Schritt aus dem Roten Löwen zu tun, und ihm abriet, frei im Gasthof umherzuwandern, war es ein glücklicher Umstand, daß Eustacie unter demselben Dach weilte. Ihre Anwesenheit verkürzte die langweiligste Stunde, und ihre heftige Art zu sagen: »Aber nein, Ludovic, Sie sollen nicht!«, hatte die Macht, ihn dort zurückzuhalten, wo Miss Thanes vernünftige Argumente vielleicht versagt hätten. Er lehrte Eustacie die Würfel werfen und Piquet spielen; er erzählte ihr haarsträubende und durchaus zweifelhafte Geschichten von Abenteuern zur See; er zog sie auf und lachte sie aus, und es endete schließlich einmal unvermeidlich damit, daß er sie in seinen gesunden Arm einfing und sie küßte.

Kaum hatte er das getan, als er sich der Unschicklichkeit solchen Benehmens erinnerte. Er ließ sie sofort los und sagte, ziemlich blaß, das Lachen war ganz aus seinen Augen verschwunden: »Es tut mir leid! Verzeihen Sie mir!«

Eustacie sagte ernsthaft: »Oh, das macht mir gar nichts! Außerdem haben Sie mich doch schon früher geküßt, erinnern Sie sich nicht?«

»Oh, das!« sagte er. »Das war ein bloßer Vetternkuß!«

»Und der jetzt nicht?« fragte sie einfach. »Das freut mich.«

Er fuhr sich durch die blonden Locken. »Ich bin ein Schuft, daß ich Sie überhaupt geküßt habe! Vergessen Sie, daß ich es tat! Ich hatte kein Recht dazu — ich gehöre erschossen, daß ich so etwas tat!«

Eustacie starrte ihn vollkommen überrascht an. »*Voyons*, ich finde, daß Sie äußerst rüde sind! Ich dachte, Sie *wollten* mich küssen!«

»Natürlich wollte ich! Oh, zum Teufel, das geht nicht! Eustacie, wenn alles anders wäre — wenn ich kein Schmuggler und kein Verbannter wäre, würde ich Sie bitten, mich zu heiraten. Aber ich bin das alles und —«

»Das macht mir nichts«, unterbrach sie ihn. »Es ist überhaupt nicht *convenable*, daß Sie mich zuerst küssen und sich dann weigern, mich zu heiraten. Ich bin sehr gekränkt.«

»Ich wollte zu Gott, ich könnte Sie bitten, mich zu heiraten!«

»Das ist unwichtig«, sagte Eustacie und verzichtete edelmütig auf diese Formalität. »Wenn es Ihnen gegen die Ehre geht, brauchen Sie mir keinen Antrag zu machen. Wir wollen einfach ohne ihn verlobt sein.«

»Nein, das werden wir nicht. Nicht, bevor ich meinen Namen reingewaschen habe.«

»Ha, aber wenn Sie Ihren Namen nicht reinwaschen können, was sollen wir dann tun?« fragte sie.

»Vergessen, daß wir einander je kennenlernten!« sagte Ludovic stöhnend.

Dieser spartanische Entschluß empfahl sich Eustacie durchaus nicht. Zwei große Tränen funkelten an den Enden ihrer Wimpern, und sie sagte mit verzagter Stimme: »Aber ich, ich habe ein ganz langes Gedächtnis!«

Ludovic sah die Tränen und konnte sich nicht helfen — er mußte wieder den Arm um sie legen. »Süßes, weine nicht! Ich kann unmöglich zulassen, daß du mich heiratest, wenn ich mein ganzes Leben lang ein Verbannter bleiben muß.«

Eustacie stellte sich auf die Fußspitzen und küßte ihn auf das Kinn. »Doch, das kannst du. Das ist ausschließlich meine eigene Angelegenheit. Wenn ich einen Verbannten heiraten will, dann heirate ich ihn.«

»Nein.«

»Doch. Ich habe mir einen sehr guten Plan ausgedacht. Wir werden nach Österreich gehen und dort leben, wo auch mein Onkel Vidame ist.«

»Nichts könnte mich dazu bringen, in Österreich zu leben!«

»Nun, dann werden wir in Italien leben, in Rom.«

»Nicht in Rom«, wandte Ludovic ein. »Viel zu viele Engländer dort.«

»Oh! Dann wirst du irgendeinen Ort für uns wählen, wo keine englischen Leute sind, und Tristram, der ein — ein Treuhänder ist, wird es einrichten, daß du dort etwas Geld haben kannst.«

»Es ist wahrscheinlicher, daß Tristram dich nach Bath schickt und mich aus dem Land jagt«, sagte Ludovic. »Und ich mache ihm nicht einmal einen Vorwurf daraus.«

Als man Sir Tristram jedoch die Nachricht von der Verlobung mitteilte, bekundete er nicht den Wunsch, Zuflucht zu solch heftigen Methoden zu nehmen. Er zeigte sich sogar nicht sehr überrascht, und als Ludovic halb trotzig, halb zerknirscht sagte: »Ich weiß, ich hätte es nicht tun sollen«, erwiderte er bloß: »Ich nehme nicht an, daß du es getan hast.«

Eustacie, die das als Kompliment auffaßte, sagte herzlich: »Sie haben ganz recht, *mon cousin!* Ich habe es getan, was vielleicht nicht *comme il faut* war, aber durchaus nötig, wegen Ludovics Ehre. Und wenn wir den Ring nicht finden, gehen wir nach Italien, und Sie werden es für Ludovic so einrichten, daß er sein Geld dort bekommt, nicht?«

»Vermutlich ja«, sagte Shield. »Aber wenn Sie entschlossen sind, Ludovic zu heiraten, glaube ich, ist es besser, wir finden den Ring.«

Miss Thane, die mitten in dieser Rede in das Gästezimmer gekommen war, hielt es für richtig, einen erstaunten Ausdruck anzunehmen und ungläubig zu fragen: »Verstehe ich richtig, Sir Tristram, daß diese Verlobung Ihren Segen hat?«

Er drehte sich um. »Oh, Sie sind da, ja? Nein, sie hat meinen Segen nicht, obwohl ich nicht zweifle, daß sie den Ihren hat?«

»Natürlich«, sagte Miss Thane. »Ich finde es wunderbar. Haben Sie herausbekommen, wann der Beau nach London zu fahren beabsichtigt?«

Dazu war er jedoch noch nicht imstande gewesen, da sich der Beau anscheinend entschlossen hatte, das Datum zu verschieben. Shield war gekommen, um Ludovic davon zu unterrichten und ihn zu warnen, daß diese Änderung des Plans durchaus bedeuten konnte, daß der Beau Verdacht geschöpft hatte. Als er von Nye hörte, daß Gregg am Vortag den Gasthof besucht hatte, unter dem durchsichtigen Vorwand, ein Fäßchen Brandy für seinen Herrn zu erstehen, war ihm unbehaglicher denn je zumute. Er sagte, wenn sich Ludovic bloß nicht zur Unzeit verlobt hätte, dann hätte er nicht gezögert, ihn mit Gewalt nach Holland abzuschieben.

Miss Thane, an die diese Bemerkung im Kaffeesalon gerichtet wurde, meinte, die Verlobung stelle zwar eine Komplikation dar, sei jedoch von allem Anfang an unvermeidlich gewesen.

»Ganz richtig, Ma'am. Aber hätten Sie Eustacie nicht ermutigt, hierzubleiben, dann hätte sie nicht unvermeidlich werden müssen.«

»Ich hätte doch wissen können, daß Sie sie mir in die Schuhe schieben würden!« sagte Miss Thane im Ton frommer Resignation.

»Möglich, da Sie sehr gut wissen, daß Sie die Verlobung gefördert haben!« erwiderte Shield. »Ich hätte Sie für eine viel zu vernünftige Frau gehalten, um eine solche irrsinnige Affäre zu ermutigen!«

»Oh!« sagte Miss Thane einfältig, »aber meiner Meinung nach ist sie doch so romantisch!«

»Seien Sie nicht so töricht!« sagte Sir Tristram und weigerte sich, über diesen Witz zu lächeln.

»Wie böse Sie sind!« staunte Miss Thane. »Ich nehme an, wenn man die mittleren Jahre erreicht, ist es schwer, für jugendliche Torheiten Verständnis zu haben.«

Sir Tristram war auf die andere Seite des Zimmers gegangen, um Hut und Mantel zu holen; das jedoch war zuviel für ihn. Er drehte sich um und sagte mit ungebührlichem Nachdruck: »Vielleicht interessiert es Sie, zu erfahren, Ma'am, daß ich einunddreißig Jahre alt und noch nicht im Greisenalter bin!«

»Aber natürlich nicht!« sagte Miss Thane beruhigend. »Sie sind erst in das nüchterne Alter gekommen, wie man das so nennen könnte. Lassen Sie mich Ihnen in den Mantel helfen.«.

»Danke«, sagte Sir Tristram. »Vielleicht möchten Sie mir auch gern Ihren Arm als Stütze bis zur Tür leihen?«

Sie lachte. »Kann ich Sie nicht überreden, noch eine Weile zu bleiben? Das war ein sehr kurzer Besuch. Finden Sie es nicht langweilig, allein im Lavenham Court?«

»Sehr, aber ich fahre gar nicht dorthin. Ich bin auf dem Weg nach Brighton, um mit dem letzten Butler des Beaus zu reden.«

Sie sagte beifällig: »Sie mögen ja entsetzlich böse sein, aber müßig sind Sie bestimmt nicht. Erzählen Sie mir von diesem Butler!«

»Da gibt's noch nichts zu erzählen. Er war in den Diensten des Beaus zur Zeit der Ermordung Plunketts, und mir fiel vor einigen Tagen ein, daß es vielleicht interessant sein könnte, ihn ausfindig zu machen und herauszubekommen, wie weit er sich an die Handlungen des Beaus in jener Nacht erinnern kann.«

Dieser Plan hätte zwar nicht den Beifall Eustacies gefunden, die es vorzog, daß ihre Pläne von Aufregungen begleitet waren, erschien jedoch Miss Thane ungeheuer praktisch. Sie trennte sich von Sir Tristram sehr herzlich und ging in das Gästezimmer zurück, um Ludovic zu sagen, daß er zwar vielleicht noch immer nicht imstande sein würde, hinsichtlich seiner Wiedereinsetzung etwas zu unternehmen, sein Vetter jedoch die Sache gut in der Hand habe.

Wie sie erwartet hatte, sah Eustacie Sir Tristrams Botenfahrt nicht sehr wohlwollend an. Sie sagte, das sei ganz gut und schön für Tristram, sie persönlich jedoch ziehe es vor, daß es Abenteuer gebe.

Am folgenden Morgen, als Miss Thane mit ihrem Bruder zu einem gemächlichen Spaziergang aufgebrochen war, überfiel das Abenteuer Eustacie unversehens und in einer Verkleidung, die sie viel mehr entsetzte, als ihr lieb war.

Sie saß im Gästezimmer und wartete auf Ludovic, der sich ankleidete, als die Postkutsche aus London ankam. Sie hörte sie vor dem Gasthof vorfahren, beachtete sie jedoch nicht, denn es war ein tägliches Vorkommnis, und die Kutsche hielt nur für den Pferdewechsel am Roten Löwen. Ein, zwei Minuten später jedoch steckte Clem den Kopf ins Zimmer und sagte mit einem Gesicht, das weiß wie sein Hemd war: »Es sind Detektive, Miss!«

Eustacies Stickrahmen entglitt ihren Händen. Sie starrte Clem entsetzt an und stammelte »Die B-Bow-Street-Detektive?«

»Ja, Miss, das sage ich Ihnen doch! Und Mr. Ludovic oben in der Falle und Mr. Nye nicht im Haus«, sagte Clem händeringend.

Eustacie riß sich zusammen. »Er muß sofort in den Keller hinunter. Ich will mit den Detektiven reden, während Er ihn hinunterbringt.«

»Dazu ist es zu spät, Miss! Wer immer sie hergeschickt hat, weiß von den Kellern, denn einer von ihnen steht eben im Augenblick an der Hintertreppe. Ich habe gar nicht gewußt, daß sie in der Kutsche waren, bis sie ins Haus gekommen sind, frech wie nur irgendwer!«

»Vielleicht durchsuchen sie bereits das Haus!« rief Eustacie in plötzlichem Schrecken aus. »Er hätte sie das nicht tun lassen sollen! O Gott, glaubt Er, daß mein Vetter sie erschießt? Wenn er das tut, müssen wir sie schnell vergraben, bevor es jemand erfährt.«

»Nein, nein, Miss, so schlimm ist es noch nicht. Die wollen Mr. Nye sprechen. Sie trauen sich nicht, das Haus zu durchsuchen, bevor sie ihm sagen, wozu sie hier sind. Sie glauben, ich bin ihn suchen gegangen. Aber ich muß den jungen Herrn verstecken, und Gottchen, Gottchen, wie kann ich hinaufkommen, ohne daß sie es sehen, wenn einer von ihnen um die Hintertreppe herumlümmelt und der andere im Kaffeesalon hockt?«

»Geh Er sofort auf die Suche nach Nye!« befahl Eustacie. »Er muß sich eine Möglichkeit ausdenken. Ich will mit diesen Detektiven reden, und wenn ich kann, werde ich den im Kaffeesalon beschwatzen, ins Gästezimmer zu kommen.«

Mit diesem lobenswerten Entschluß im Sinn und dem unbehaglichen Gefühl panischen Schreckens in der Brust begab sie sich aus dem Gästezimmer in den Kaffeesalon. Hier saß an einem Tisch in der Mitte, von dem aus Treppe und Haustür zu sehen waren, ein stämmig gebautes Individuum mit blauer Jacke und breitkrempigem Hut und überflog den Inhalt einer gefalteten Zeitung, die es aus einer geräumigen Tasche gezogen hatte. Eustacie, die den Mann von der offenen Tür her maß, bemerkte, daß seine Gestalt zur Behäbigkeit neigte, ein Umstand, der ihr eine gewisse Befriedigung schenkte. Es schien unwahrscheinlich, daß ein dicker Mann mittleren Alters viel Hoffnung hatte, Ludovic zu fangen, wenn dieser junge Herr gezwungen sein sollte, Fersengeld zu geben.

Sie brachte ein Lächeln und einen fragenden Blick zustande und sagte, als sei sie erschrocken: »Oh! Wer sind Sie?«

Der Bow-Street-Beamte blickte auf, und als er sah, daß er von einem jungen und bezaubernd hübschen Frauenzimmer angesprochen wurde, legte er die Zeitung auf den Tisch und erhob sich. Er berührte seinen Hut und sagte, er wünsche den Wirt zu sehen.

»Aber ja, natürlich!« sagte Eustacie. »Sie sind *sans doute* mit der Postkutsche gekommen und wollen einen Trunk! Ich verstehe!«

Nunmehr hatte sich der Detektiv die Tatsache zusammengereimt, daß sie keine Engländerin war. Für Ausländer hatte er ja nichts übrig, aber ihr sofortiges Erfassen seines dringendsten Bedürfnisses machte ihn geneigt, sie mit weniger Mißbilligung zu betrachten, als er das sonst vielleicht getan hätte. Er gab nicht direkt zu, daß er etwas trinken wollte, sondern sagte, es sei ja wirklich ein sehr kalter, rauher Tag, und wartete hoffnungsvoll, was sie daraufhin unternehmen würde.

»Ja«, sagte sie, »und außerdem zieht es in der Kutsche sehr. Ich glaube, Sie sollten einen Cognac bekommen.«

Das meinte auch der Detektiv. Er hatte nicht nach Sussex fahren wollen, zu einer Unternehmung, die sich wahrscheinlich als vergeblich herausstellen würde. Er hatte das dunkle Gefühl, daß er für die Aufgabe nicht gewählt worden wäre, wenn die vorgesetzten Behörden der bei ihnen eingelangten Anzeige große Bedeutung beigemessen hätten, denn im Augenblick stand er in der Bow Street nicht in sehr gutem Geruch. Im Zusammenhang mit seinem letzten Fall waren für ihn schmückende Beiwörter wie Dummkopf und Versager verwendet worden, und er war seither bei keiner wichtigen Angelegenheit eingesetzt worden. In seinen optimistischeren Augenblicken träumte er von dem Ruhm, der mit dem Fang eines so verworfenen Kerls wie Ludovic Lavenham verbunden war, aber wenn seine Kehle trocken und die Finger klamm waren, war er nicht optimistisch.

»Wenn Nye kommt, muß er Ihnen sofort einen Cognac geben«, verkündete Eustacie. »Aber ich verstehe nicht, was Sie hier tun, und Sie haben mir nicht gesagt, wer Sie sind.«

Der Detektiv war mit den Vornehmen nicht sehr vertraut, aber es kam ihm doch so vor, als sei es ein bißchen ungewöhnlich für junge Damen, fremde Männer in öffentlichen Kaffeesalons anzusprechen. Er richtete ein durchdringendes, strenges Auge auf sie und erwiderte ehrfurchteinflößend, daß er ein Gesetzesvertreter sei.

Eustacie schlug sofort die Hände zusammen und rief: »Das habe ich mir doch gedacht! Sind Sie vielleicht ein Detektiv der Bow Street?«

Der Detektiv war daran gewöhnt, daß man seine Identität mit Furcht oder sogar Haß zur Kenntnis nahm, war jedoch bis heute noch nie jemandem begegnet, der ekstatisch wurde, wenn er von seinem gefürchteten Beruf erfuhr. Er gab zu, daß er ein Detektiv war, sah Eustacie jedoch so mißtrauisch an, daß sie schleunigst erklärte, in Frankreich hätten sie keine solchen Leute, weshalb sie so besonders darauf erpicht sei, einen kennenzulernen.

Als sie Frankreich erwähnte, erhellte sich die Stirn des Detektivs. Die Franzosen mit ihrer Guillotine und diesem und jenem waren die übelste Sorte Ausländer, und es hatte keinen Zweck, überrascht zu sein, wenn sie sich komisch benahmen. Sie waren eben so geboren; es steckte keine Vernunft in ihnen; und die dumme Gewohnheit, die sie hatten, zu meinen, alle Menschen seien gleich, erklärte es, warum diese junge Dame so freundlich mit einem bloßen Bow-Street-Detektiv sprach.

»Sie sind also einer der so berühmten Detektive?« sagte Eustacie und betrachtete ihn mit hingerissener Bewunderung. »Sie müssen sehr tapfer und klug sein!«

Der Detektiv hüstelte ziemlich verlegen und murmelte etwas Unverständliches. Er hatte bisher nie viel darüber nachgedacht, aber jetzt, da es die Dame erwähnte, erkannte er, daß er ein ziemlich tapferer Mann war.

»Wie heißen Sie?« erkundigte sich Eustacie. »Und warum sind Sie hergekommen?«

»Jeremias Stubbs, Miss«, sagte der Detektiv. »Ich bin hier in der Ausübung meiner Pflicht.«

Eustacie riß die Augen so groß wie möglich auf und fragte atemlos, ob er gekommen sei, eine Verhaftung vorzunehmen. »Wie schrecklich gern ich doch sehen möchte, wie Sie jemanden verhaften!« sagte sie.

Mr. Stubbs war Schmeichelei nicht unzugänglich. Er reckte die Brust etwas heraus und erwiderte mit einem nachsichtigen Lächeln, er könne nicht mit Bestimmtheit sagen, ob er eine Verhaftung vornehmen würde oder nicht.

»Aber wen?« fragte Eustacie. »Doch nicht jemanden in diesem Gasthof?«

»Einen verwegenen Verbrecher, Fräuleinchen. Das ist der Kerl, hinter dem ich her bin«, sagte Mr. Stubbs.

Eustacies angespannte Ohren erhaschten oben das Geräusch einer sich öffnenden Tür und eines leichten Schrittes. Sie sagte, so laut sie es wagte: »Ich nehme an, da Sie ein Bow-Street-Detektiv sind, müssen Sie sehr viele verwegene Verbrecher fangen?« Während sie sprach, rückte sie näher an den Kamin, so daß sich Mr. Stubbs, wenn er sie ansprach, etwas herumdrehen mußte und damit sein Profil und nicht mehr sein ganzes Gesicht der Treppe zuwandte.

»Na ja, Miss«, sagte er nachlässig, »wir rechnen da nicht viel nach.«

Eustacie erhaschte einen Blick auf Ludovic oben an der Treppe und sagte schnell: »Bow-Street-Detektive! Es muß, glaube ich, sehr aufregend sein, ein Bow-Street-Detektiv zu sein!« Sie blickte auf, während sie sprach, und sah, daß Ludovic verschwunden war. Es wurde ihr fast schlecht vor plötzlicher Erleichterung; sie drückte das Taschentuch an die Lippen und sagte mechanisch: »Wer ist wohl dieser Verbrecher? Vielleicht ein Dieb?«

»Kein Dieb, Miss«, sagte Mr. Stubbs. »Ein Mörder!«

Die Wirkung dieser Ankündigung war ganz so, wie er es erhofft hatte. Eustacie kreischte auf und stammelte: »Hier ein M-Mörder? Verhaften Sie ihn sofort, bitte! Aber sofort!«

»Ah!« sagte Mr. Stubbs, »wenn ich das tun könnte, dann wäre alles leicht, nicht? Aber dieser mordende Bursche entzieht sich dem Gesetz schon über zwei Jahre.«

»Aber wie kann er Ihnen, der Sie bestimmt ein kluger Mann sind, zwei Jahre lang entwischen?«

Mr. Stubbs bekam allmählich eine ziemlich gute Meinung von Eustacie, mochte sie auch Französin sein. »Das ist's«, sagte er. »Sie haben den Finger auf den wunden Punkt gelegt, Fräuleinchen, wie man so sagt. Wenn man mich von Anfang an auf ihn angesetzt hätte, vielleicht hätt er sich dem Gericht nicht entzogen.«

»Nein, das glaube ich wirklich auch. Sie sehen so aus, als wäre Ihnen sehr kalt, was gar kein Wunder ist, wenn man bedenkt, daß hier drinnen ein großer *courant d'air* ist. Ich nehme Sie ins Gästezimmer mit, wo es durchaus gemütlich ist, und verschaffe Ihnen ein Glas Cognac.«

Mr. Stubbs Auge glitzerte etwas, er schüttelte jedoch den Kopf. »Es ist sehr freundlich von Ihnen, Miss, aber ich will nun einmal genau da bleiben, wo ich bin, verstehen Sie? Sie wohnen nicht vielleicht zufällig in dem Gasthof da, oder?«

»Aber sicher wohne ich hier!« antwortete Eustacie. »Ich bin hier mit Sir Hugh Thane, der ein Friedensrichter ist, und mit Miss Thane.«

»So?« sagte Mr. Stubbs. »Also das ist tatsächlich ein sehr glücklicher Umstand. Sie haben nicht zufällig etwas von einem jungen Kerl gesehen — einem mächtig noblen jungen Kerl —, der herumlauert?«

Eustacie sah ziemlich verwirrt drein und fragte: »*Plaît-il?* Herumlauert?«

»Oder herumschleicht?« schlug Mr. Stubbs vor. Er zog ein sehr abgegriffenes Notizbuch aus der Tasche, leckte sich den Daumen und begann zu blättern.

»Was ist das?« fragte Eustacie und beäugte das Heft mit Unbehagen.

»Das ist mein Dienstbuch, Fräuleinchen. Ich kann Ihnen sagen, eine Menge Kerle möchten das in ihre Pfoten kriegen. In diesem Buch sind

Dinge drin, die eines Tages hübsch ein paar von ihnen zum Galgen schicken werden«, sagte Mr. Stubbs geheimnisvoll.

»Oh!« sagte Eustacie und wünschte, daß Nye käme. Sie fragte sich, wie sie Mr. Stubbs von der Treppe weglocken könne. Wenn Ludovic bloß keine verletzte Schulter gehabt hätte, dann hätte er aus einem Fenster klettern können, dachte sie, aber mit einem Arm in der Schlinge kam das nicht in Frage.

Mr. Stubbs fand, was er in seinem Dienstbuch suchte, und sagte: »Da war's. Ist ein junger Kerl dagewesen, Fräuleinchen, mit blauen Augen, blonden Haaren, Adlerzügen, Größe ungefähr einsachtzig.«

Eustacie unterbrach diese Aufzählung. »Aber ja, Sie beschreiben Sir Hugh Thane, nur ist er größer, glaube ich, und ich würde sagen, daß er graue Augen hat.«

»Der Kerl, auf den die Beschreibung da paßt, ist ein Bursche namens Luderwick Lavenham«, sagte Mr. Stubbs.

Eustacie vollführte sofort ein Zusammenschrecken. »Aber sind Sie denn verrückt? Ludovic Lavenham ist mein Vetter, *enfin!*«

Mr. Stubbs starrte sie gebannt an. »Sie sagen, dieser Luderwick Lavenham is Ihr Vetter, Miss?« fragte er, die Stimme voll Verdacht.

»Natürlich!« erwiderte Eustacie. »Er ist ein sehr schlechtes Geschöpf, das Schande über uns gebracht hat, und wir sprechen nicht einmal von ihm. Warum sind Sie auf der Suche nach ihm? Er verließ England vor zwei Jahren.«

Mr. Stubbs streichelte sein Kinn, die Augen noch immer auf Eustacies Gesicht geheftet. »Oh!« sagte er langsam. »Er ist jetzt nicht vielleicht zufällig in diesem Gasthof, nehme ich an?«

»Hier wohnen?« keuchte Eustacie. »Am gleichen Ort mit mir?! Nein! Ich sage Ihnen ja, er ist in Ungnade gefallen — ganz verstoßen!«

»Ah!« sagte Mr. Stubbs. »Was würden Sie sagen, wenn ich Ihnen erzählte, daß genau dieser Luderwick Lavenham irgendwo in der Gegend herumlauert?«

»Das glaube ich nicht«, sagte Eustacie kopfschüttelnd. »Und ich hoffe sehr, daß es nicht wahr ist, denn für uns hat es schon genug Schande gegeben, und wir wünschen nicht, daß es weitere gibt.« Ein Gedanke kam ihr. Sie fügte hinzu: »Ich sehe jetzt, daß Sie sogar ein sehr tapferer Mann sind, und ich will Ihnen sagen, wenn mein

Vetter wirklich in Sussex ist, dann müssen Sie äußerst vorsichtig sein.«

Mr. Stubbs sah sie noch starrer an als vorher. »Oh, muß ich, ja?«

»Da hat man Sie also nicht gewarnt?« rief Eustacie empört.

»Nein«, sagte Mr. Stubbs. »Ich bin nicht extra gewarnt worden.«

»Aber das ist infam, daß man Ihnen das nicht gesagt hat!« erklärte Eustacie. »*Je n'en reviendrai jamais!*«

»Wenn es Ihnen nichts ausmacht, Miss, möcht ich lieber, daß Sie in einer christlichen Sprache reden«, sagte Mr. Stubbs. »Was ist das, wovor man mich hätte warnen sollen?«

Eustacie breitete die Hände aus. »Seine Pistolen!« sagte sie dramatisch. »Wissen Sie denn nicht, daß mein Vetter der Mann ist, der sechzehn Kerzen auslöschte, indem er auf sie schoß, und keine einzige verfehlte?«

Mr. Stubbs warf unwillkürlich einen Blick hinter sich. »Er hat sechzehn Kerzen ausgelöscht?« fragte er.

»Aber ja, wenn ich's Ihnen doch sage!«

»Und er hat keine einzige von ihnen verfehlt?«

»Er verfehlt sein Ziel nie«, sagte Eustacie.

Mr. Stubbs holte Atem. »Man hätte mich wirklich warnen sollen!« sagte er beleidigt.

»Bestimmt haben Sie —« Eustacie schwieg, erschreckt durch einen Krach in dem Zimmer über ihren Köpfen und einem gedämpften Aufkreischen. Wer außer Ludovic möglicherweise oben war, konnte sie sich nicht vorstellen, aber Ludovic würde kaum kreischen, selbst wenn er etwas in einem der Schlafzimmer umgestoßen hätte.

Dann hörte sie zu ihrer Verblüffung, daß eine Tür geöffnet wurde und eilige Schritte sich dem obersten Treppenabsatz näherten. Eine hochgeschraubte Stimme jammerte: »Oh, oh, was soll ich tun? Oh, Mr. Nye, schauen Sie, was ich angestellt habe!« Die Treppe herunter kam ein schlaksiges Frauenzimmer in einer großen Putzhaube und einem Wollkleid, das Eustacie, starr vor Staunen, sofort als Miss Thanes Eigentum erkannte. Ein Schal verhüllte die Schultern der Erscheinung, die mit der linken Hand einen Schalzipfel vor die Augen hielt. In der rechten trug sie die Bruchstücke eines Glasflakons, das einst Miss Thanes französisches Parfüm enthalten hatte. »Oh, Mr. Nye!« wimmerte sie. »Mistress wird mich umbringen, wenn sie entdeckt — oh!« Das letzte Wort wurde zu einem Aufkreischen, als die Gestalt Eustacie erblickte. »Oh, Miss, ich bitte um Verzeihung!« keuchte sie. »Ich dachte, Sie seien ausgegangen! Ich — ich hatte ein Malheur, Miss! Oh, es tut mir so leid, Miss, wirklich!«

Eustacie brachte einen halberstickten Laut in der Kehle zustande und zeigte sich der Lage vortrefflich gewachsen. Sie rannte auf das Frauenzimmer zu, packte dessen rechtes Handgelenk und rief mit bebender Stimme: »Elende, schlechte Kreatur! Du hast meine Parfümflasche zerbrochen! Ah, das ist zuviel, *enfin!*«

Die zackigen Glasscherben wurden ihr ausgeliefert, und mit ihnen zusammen glitt ein großer Rubinring in ihre Hand.

9

Eine Sturzflut leidenschaftlich erregter französischer Worte traf die verwirrten Ohren des Detektivs. Er starrte Eustacie bestürzt an, die sich blitzartig von einem liebenswürdigen jungen Frauenzimmer in einen rasenden Zankteufel verwandelt hatte. Sie riß der Kammerzofe die zackigen Glasstücke aus der Hand, sprach einen Augenblick englisch, um Mr. Stubbs anzuflehen, zu sehen, was diese schlechte, ungeschickte Kreatur angestellt hatte, warf die Scherben in den Kamin, schüttelte die Kammerzofe und sagte schnell in französisch: »Er hat vor, das Haus zu durchsuchen. Hast du deine Kleider aus deinem Zimmer geschafft? Antworte ja oder nein!«

»O ja, Miss, ich habe sie wirklich in Sir Hughs Zimmer getragen, wie Sie es mir angeschafft haben!«

Mr. Stubbs tat die unglückliche Kammerzofe allmählich leid, deren Schluchzen immer überwältigender wurde. Diese plötzlich schrecklich gewordene kleine Französin schien ein Temperament zu haben, das er nicht anders als gehässig nennen konnte. Nichts besänftigte sie; er war gar nicht überrascht, die Kammerzofe so verängstigt zu sehen; er hätte es der jungen Dame durchaus zugetraut, wenn sie das arme Mädchen jeden Augenblick geohrfeigt hätte.

Mitten in diese lebhafte Szene kam Nye, gefolgt von Clem, in den Kaffeesalon und blieb starr vor Staunen auf der Schwelle stehen. Einen Augenblick lang brachte er Ludovic nicht mit dem großen, schlaksigen Mädchen in Verbindung, das geräuschvoll in seinen Schal flennte, aber bevor er noch etwas sagen konnte, drehte sich Eustacie wirbelnd zu ihm herum und sprudelte eine lange Reihe von Beschwerden gegen ihre angebliche Kammerzofe hervor. Sie wünschte, er solle ihr sagen, ob sie nicht genügend Grund habe, das Mädchen dem Gesetz zu übergeben, und deutete mit einer schwungvollen Handbewegung auf die Anwesenheit eines Bow-Street-Detektivs.

Nye, der den Schimmer blaßblonden Haars unter dem Putzhäubchen des schlaksigen Frauenzimmers erhascht hatte, bemerkte jetzt, daß dessen linker Arm in einer seltsamen Art in dem umfangreichen Schal eingewickelt war. Der verblüffte Ausdruck verschwand aus seinem Gesicht, er kam tiefer ins Zimmer herein und schloß sich Eustacies Vorwürfen an, die »Lucy« ihrer Nachlässigkeit wegen galten. Mr. Stubbs, völlig überwältigt von soviel lautem und verwirrtem Gerede, zog sich an das andere Ende des Zimmers zurück und wischte sich die Stirn. Er blickte Eustacie in wachsender Bestürzung an und trat hastig einen Schritt zurück, als sie sich plötzlich zu ihm wandte und fragte, warum er hier stehe und nichts täte, statt Lucy sofort zu verhaften.

»Ach gar, Miss, sachte, sachte!« sagte Nye beruhigend. »So schlimm ist das doch nicht! Das Mädel hat es nicht bös gemeint. Ich lasse Clem einen Eimer Wasser und eine Scheuerbürste hinauftragen, sonst riecht uns das ganze Haus nach Parfüm.«

»Und in meinem Zimmer!« rief Eustacie aus. »Das ist empörend! Es muß sofort gescheuert werden, und ich sage Ihnen, Lucy selbst muß es tun, denn es ist durchaus nicht Clems Schuld. Hinauf mit dir, du!«

Als der Detektiv sah, daß Lucy zur Treppe getrieben wurde, seufzte er erleichtert auf. Herrin und Dienerin verschwanden; Clem ging auf ein Nicken Nyes hinaus, um einen Eimer mit Wasser zu füllen; Nye wandte sich seinem unwillkommenen Besucher zu und sagte mit einem schiefen Lächeln und einem Daumendeuten über die Schulter: »Diese Franzosen!«

»Unchristlich, das ist es, was ich sie nenne«, antwortete Mr. Stubbs streng. »Mir tut das Mädel direkt leid.«

»Die wird hinausgeschmissen«, sagte Nye mit einem resignierten Achselzucken. »Das ist dann schon die dritte in ebensoviel Wochen. Miss hat ein Teufelstemperament, wie ich jedenfalls weiß. Was kann ich für Sie tun?«

Eustacie, der den ganzen Weg über die Treppe unterdrücktes Kichern entflohen war, sank in Miss Thanes Schlafzimmer auf das Bett und überließ sich, das Taschentuch an den Mund gepreßt, ungehemmtem Gelächter. Ludovic, der den Schal fester um den Arm wand, sagte: »Bist du ein Hitzkopf! Ich möchte um keinen Preis der Welt bei dir Dienstmädchen sein. Nun, was ist denn los?«

»Du s-siehst so l-lächerlich aus!« keuchte Eustacie und bog sich vor Lachen.

Ludovic betrachtete kritisch sein Spiegelbild. »Ein feines, strammes Mädchen«, sagte er. »Aber mir geht es nicht ein, wie es euch Frauenzimmern je gelingt, sich überhaupt anzukleiden. Ich jedenfalls konnte die verflixten Haken und Ösen an diesem Kleid nicht zumachen. Deshalb habe ich den Schal genommen. Sarahs Parfüm gefällt mir nicht sehr — dir?«

Das Zimmer roch tatsächlich schwer nach Parfüm. Eustacie hob den Kopf und sagte mit schwankender Stimme: »Natürlich keine ganze Flasche voll! Es ist *affreux!* Mach das Fenster auf! Diese Detektive sind gekommen, dich zu holen, Ludovic. Was sollen wir tun?«

Er hatte einen Fensterflügel aufgestoßen und lehnte sich hinaus, um die reine Luft einzuatmen, wandte jedoch daraufhin den Kopf. »Wie viele von ihnen sind da?«

»Zwei. Einer steht Wache an der Hintertreppe. Ich glaube, es ist Basil, der ihnen den Tip gegeben hat, dich hier zu suchen.«

»Den auf der Hintertreppe habe ich gesehen. Wenn es nicht mehr als zwei sind und Nye sie nicht abwimmelt, ist es besser, glaube ich, wir sperren sie in den Keller ein. Nur bis ich meinen Ring gefunden habe«, fügte er beruhigend hinzu, als er Eustacies mißbilligendes Gesicht sah.

»Aber nein, denn wenn wir sie einsperren, werden wir dafür ins Gefängnis kommen.«

»Das natürlich«, stimmte ihr Ludovic zu. »Dennoch — wenn ich mich nur von dieser Beschuldigung des Mordes reinwaschen kann, würde es mir nichts ausmachen, das Risiko zu wagen. Zehn zu eins gewettet würden wir mit einer Geldstrafe davonkommen.«

Sie stritten noch immer über diese Frage, als Clem mit einem Eimer und einer Scheuerbürste erschien. Sie stürzten sich auf ihn, um Neuigkeiten zu hören, und er konnte ihnen sagen, daß Nye die Lage gut in der Hand habe und die Detektive bereits weitgehend überzeugt hatte, man habe sie auf eine Gespensterjagd ausgesandt. Im Augenblick erquickte er sie mit Brandy und hatte ihnen versprochen, sie danach persönlich durch den ganzen Gasthof zu führen. Als Eustacie das hörte, hatte sie sofort den Einfall, einige Stücke weiblicher Bekleidung in Ludovics Zimmer zu verstreuen. Sie ging, um das zu tun, und verließ Ludovic mit der Anweisung, den Boden zu scheuern, sowie er die Detektive die Treppe heraufkommen hörte.

Als Mr. Stubbs, vom Brandy gestärkt, wirklich heraufkam, war Eustacie in Miss Thanes Zimmer zurückgekehrt. Kaum klopfte Nye an die Tür und fragte, ob der Beamte hineinkommen dürfe, als sie wieder in empörtes Murren ausbrach. Der Detektiv und Nye wurden beschworen, hereinzukommen und selbst zu beurteilen, ob man den Parfümgeruch je losbringen würde. Als Nye um Erlaubnis bat, daß der Detektiv ihr Zimmer durchsuche, starrte sie ihn zuerst mit einem wütenden Ausdruck an, riß dann die Schranktür weit auf und sagte tragisch, es sei nur nötig, daß ein großer, grober Mann ihre Garderobe durchsuche. Sie bat Mr. Stubbs, nicht die geringste Rücksicht auf ihre Gefühle zu nehmen, sondern alle ihre Kleider herauszuzerren und sie, wenn er wolle, auf den Boden zu werfen. Mr. Stubbs versicherte ihr mit heftigem Unbehagen, er hege nicht den Wunsch, etwas Derartiges zu tun. Sie sagte, sie wünschte, wieder in Frankreich zu sein, wo Damen mit Höflichkeit behandelt würden, bedeckte ihr Gesicht mit dem Taschentuch und brach in Tränen aus. Ludovic, der unerfahren an dem feuchten Fleck auf dem Boden herumscheuerte, schnüffelte schmerzlich über dem Wassereimer, und der Detektiv, der einen oberflächlichen Blick in den Kleiderschrank und einen zweiten unter das Bett warf, trat etwas hastig den Rückzug an.

Es dauerte nicht lange, bis Nye, diesmal allein, zurückkam. Eustacie spähte aus dem Fenster nach den sich entfernenden Gestalten der beiden Beamten, Ludovic, der Putzhäubchen und Schal bereits abgelegt hatte, versuchte sich aus Miss Thanes Kleid herauszuwinden. Bezeichnenderweise waren die ersten Worte, die Nye an Ludovic richtete, ein entschiedener Verweis. »Und wem dürften wohl diese Kleider gehören, Mylord, wenn ich so frei sein darf, zu fragen?«

»Miss Thane natürlich. Hilf mir, aus diesem verfluchten Kleid herauszukommen!«

»Das ist ja nett!« sagte Nye. »Konnten Sie nichts anderes zum Zerbrechen finden, als eine Flasche Parfüm, die nicht Ihnen gehört? Pfui, Mr. Ludovic!«

Eustacie kam vom Fenster zurück. »*Enfin*, sie sind weg. Glauben die jetzt, daß mein Vetter nicht hier ist, Nye?«

»Das ist mehr, als ich Ihnen sagen kann, Miss«, erwiderte Nye und hob Miss Thanes Kleid vom Boden auf. »Und ich glaube auch nicht, daß sie weit gegangen sind. Sie hätten hier übernachtet, wenn ich ihnen nicht gezeigt hätte, daß ich kein einziges Bett frei habe. Ich glaube, sie sind nicht weiter als im Gasthof unten an der Straße.«

»Willst du mir erzählen, daß sich jene Burschen um dieses Haus herumtreiben werden?« fragte Ludovic, wieder er selbst in Hemd und Reithose. »Wer hat sie auf mich angesetzt?«

Nye schüttelte den Kopf. »Sie wollten es nicht sagen. Der Dicke scheint der Anzeige nicht viel Bedeutung beizumessen. Trotz allem lasse ich den Keller für Sie bereitmachen, Sir.«

»Mach ihn für die Detektive bereit«, sagte Ludovic munter. »Wir werden sie kapern müssen.«

»Eine solche Narrheit kommt in diesem Haus nicht vor, Mr. Ludovic, nur damit Sie es wissen!«

Ungefähr zwanzig Minuten später kam Miss Thane, von ihrem Bruder begleitet, in den Roten Löwen zurück und wurde sofort von Eustacie empfangen, die sie nach oben in Miss Thanes Zimmer zog, während ihr die Geschichte von den Lippen sprudelte.

»Detektive im Haus, und ich nicht hier, um sie zu sehen!« rief Miss Thane, entsprechend beeindruckt. »Ich bin wirklich das schlechtest behandelte Geschöpf unter Gottes Sonne!. Wie gern hätte ich geholfen, sie hinters Licht zu führen!«

»Ja, es ist sehr traurig für Sie, daß Sie ausgegangen waren, aber Sie haben uns doch geholfen, Sarah, weil Ludovic eines Ihrer Kleider anzog und tat, als sei er meine Kammerzofe.«

Sie hatten Miss Thanes Schlafzimmer erreicht. Eustacie öffnete die Tür, Miss Thane tat einen Schritt ins Zimmer und prallte zurück.

»Es ist nur das Parfüm«, sagte Eustacie gütig. »Und es ist wirklich schon viel schwächer, als es war. Ludovic dachte, es wäre gut, die Flasche zu zerbrechen und so zu tun, als sei es meine. Sie verstehen, auf diese Weise war er imstande, sein Gesicht zu verstecken, weil er tat, als weinte er und habe Angst. Und ich schalt ihn aus — oh, *à faire croire!*«

»Ich bin froh«, sagte Miss Thane. »Es dürfte wohl mein französisches Parfüm gewesen sein?«

Ludovic, der ihre Stimme hörte, schlenderte über den Gang aus seinem Zimmer herüber und sagte grinsend: »Sarah, sind Sie wütend auf mich, weil ich Ihr Parfüm verschüttet habe? Ich werde Ihnen eines Tages ein neues kaufen.«

»Danke, Ludovic«, sagte Miss Thane empört. »Und das ist das Kleid, das Sie wählten, ja? Ja, ich sehe. Schließlich lag mir nie besonders viel daran.«

»Es platzte ein bißchen über den Schultern«, erklärte ihr Ludovic.

»Ja, das habe ich bemerkt«, stimmte ihm Miss Thane zu. »Aber was ist schon ein Kleid, verglichen mit einem Menschenleben?«

Eustacie begrüßte diesen Ausspruch mit großem Beifall und sagte, sie habe gewußt, daß Sarah so fühlen würde.

»Natürlich«, sagte Miss Thane. »Und ich habe mir außerdem gedacht, daß wir nicht genügend Rücksicht auf Ludovic nehmen. Seht euch zum Beispiel dieses große, luftige Zimmer von mir an und bedenkt nur das dumpfe kleine Hinterzimmer, in dem er schlafen muß! Ich will mit Ihnen tauschen, mein lieber Ludovic.«

Ludovic lehnte dieses schöne Angebot ab, ohne im geringsten zu zögern. »Ich mag den Parfümgeruch nicht«, sagte er ehrlich.

Miss Thane, von ihrem Gefühl überwältigt, taumelte zu einem Stuhl und bedeckte die Augen mit der Hand. Mit einer Stimme voll beträchtlicher Empörung gab sie Ludovic zu verstehen, da er den Teppich in ihrem Zimmer mit Parfüm getränkt hatte, müsse er und nicht sie in dieser exotischen Atmosphäre schlafen.

Der Rest des Tages wurde von Aufregungen und Erörterungen belebt. Die Detektive hatten sich, wie Nye vermutet hatte, nur in den eine Meile entfernten Gasthof an der Straße unten zurückgezogen, und beide besuchten den Roten Löwen immer wieder zu verschiedenen Zeiten, betraten ihn höchst unauffällig, um nicht zu sagen, so verstohlen wie möglich, und erklärten ihre unvermutete Anwesenheit in irgendwelchen Winkeln des Hauses damit, daß sie den Wirt suchten. Die Ausreden, die sie für diese Besuche vorbrachten, obwohl nicht überzeugend, wurden von Nye mit zuvorkommender Nachgiebigkeit aufgenommen. Sicher in dem Wissen, daß Ludovic in seinem Geheimkeller verborgen war, bot er den Detektiven alle Erleichterungen, die sie nur wünschen konnten, um unbegleitet im Haus umherzustreifen. Der einzige, der mit dieser Vorkehrung unzufrieden war, war die Beute selbst, Ludovic, der sich beklagte, trotz der Bequemlichkeiten, die ihm durch ein Holzkohlenbecken und ein paar Kerzen geboten wurden, sei der Keller kalt, dunkel und verteufelt unbequem. Sein Plan, oben zu bleiben und bereit zu sein, sich in den Keller zurückzuziehen, sobald ein Detektiv eintraf, wurde durch das lästige Betragen dieser Herren vereitelt, die den ganzen Nachmittag damit zu verbringen schienen, im Haus herumzulungern. Zweimal wurde Eustacie durch ein forschendes Gesicht am Fenster des Gästezimmers aufgeschreckt, und dreimal meldete Clem, daß einer der Beamten hinten im Haus bei den Ställen war und mit dem Stallknecht und den Postjungen vertraulich wurde. Selbst Sir Hugh wurde der Anwesenheit Fremder im Gasthof gewahr und beschwerte sich, als er zum Abendessen herunterkam, daß ein fremder Kerl den Kopf in sein Schlafzimmer gesteckt habe, während er sich die Stiefel auszog.

»Ein verdammter schurkischer Bursche mit einer roten Nase«, sagte er. »Nye sollte vorsichtiger sein, wen er ins Haus läßt. Kam den Gang dahergeschlichen und spähte in mein Zimmer, ohne auch nur ›mit Verlaub‹ zu sagen.«

»Sagte er etwas zu dir?« fragte Miss Thane ängstlich.

»Nein«, erwiderte Sir Hugh. Er fügte gerecht gesinnt hinzu: »Ich sage nicht, er hätte es nicht getan, aber ich schmiß einen Stiefel nach ihm.«

»Einen Stiefel nach ihm geschmissen?« rief Eustacie mit funkelnden Augen.

»Ja, warum nicht? Ich mag nicht, daß Leute herumlungern, und ich lasse sie nicht ihre roten Nasen in mein Zimmer stecken«, sagte Sir Hugh.

»Hugh, damit du auf der Hut bist, mußt du wissen, daß es ein Bow-Street-Detektiv war«, sagte Miss Thane.

»Schön, aber er hat kein Recht, daherzukommen und in mein Zimmer zu schnüffeln«, erwiderte Sir Hugh und bediente sich aus einer Schüssel mit Bohnen. »Wo ist der junge Lavenham?«

»Im Keller. Er —«

Sir Hugh legte Messer und Gabel hin. »Was hat er dort gefunden? Bringt er es herauf?«

»Nein. Er ist im Keller, weil ihn die Detektive suchen.«

Sir Hugh runzelte die Stirn. »Mir scheint«, bemerkte er etwas streng, »daß in diesem Hause irgend etwas Seltsames vor sich geht. Ich will nichts damit zu tun haben.«

»Sehr ordentlich, mein Lieber«, sagte seine Schwester beifällig. »Aber bring es fertig, daran zu denken, daß du nichts von Ludovic Lavenham weißt! Ich fürchte, diese Detektive versuchen vielleicht, Informationen von dir zu erhalten.«

»Oh, möchten sie, ja?« sagte Sir Hugh, und seine Augen blitzten ein wenig auf. »Nun, wenn dieser rotnasige Kerl ein Detektiv ist, was ich bezweifle, dann werde ich ihm eine Information über das Ausmaß seiner Pflicht zu geben haben. Sie geraten ziemlich aus den Fugen, diese Detektive. Ich werde mit dem alten Sampson Wright über sie sprechen.«

»Gewiß, Hugh — ich hoffe, du tust es, aber ich bitte dich, versprich mir, daß du ihnen Ludovics Anwesenheit nicht verrätst!«

»Ich bin Friedensrichter«, sagte Sir Hugh, »und ich will nichts damit zu tun haben, das Gesetz zu umgehen. Wenn sie mich fragen sollten, würde ich ihnen die Wahrheit sagen.«

Eustacie, blaß vor Aufregung, klammerte sich an den Tischrand und sagte: »Aber das dürfen Sie nicht! Das sollen Sie nicht!«

Sir Hugh warf ihr einen nachsichtigen Blick zu. »Sie werden mich nicht fragen«, sagte er schlicht.

Es schien unwahrscheinlich, daß der Eifer der Detektive sie dazu führen würde, sich nach Einbruch der Dunkelheit in der Umgebung des Roten Löwen herumzutreiben, daher tauchte Ludovic aus seinem unterirdischen Schlupfwinkel auf, sowie die Fenster verriegelt und die Läden zugeklappt waren, und schloß sich den anderen im Gästezimmer an. Man erwartete einen Besuch Sir Tristrams, und etwas nach acht Uhr kam er tatsächlich in den Gasthof; er hatte das Mondlicht ausgenützt, um von Lavenham Court herüberzufahren.

Man wollte von ihm wissen, ob er irgendwelche Männer getroffen habe, die das Haus umlauerten. Das war nicht der Fall gewesen, aber die eifrige Frage erweckte sofort seinen Verdacht, und er erkundigte sich, was in seiner Abwesenheit vor sich gegangen sei. Als er hörte, daß in der Bow Street eine Anzeige gegen Ludovic erstattet worden war, sagte er eine Zeitlang überhaupt nichts und enttäuschte damit Eustacie, die gehofft hatte, ihn zumindest so zu erschrecken, daß er Überraschung zum Ausdruck brächte. Als er dann doch etwas sagte, war es nicht etwa voll Bewunderung für den Schachzug, der die Detektive irregeführt hatte. Mit ernster Stimme, die Augen auf seinen Vetter gerichtet, meinte er: »Wenn du nicht nach Holland gehen willst, möchtest du nicht wenigstens Sussex verlassen, Ludovic?«

»Nein, zum Teufel! Es besteht keine Gefahr. Die Detektive meinen, sie seien auf einer Gespensterjagd.« Er bemerkte die gestrafften Lippen Shields und einen gewissen überlegenen Blick in den Augen, die auf ihm ruhten, und setzte sich mit einem Ruck auf. »Tristram, wenn du versuchst, mich zu entführen, erschieße ich dich, das schwöre ich!«

Sir Tristram lachte darüber, schüttelte jedoch den Kopf. »Ich will nicht versprechen, dich nicht zu entführen, aber ich verspreche dir, daß ich zuerst deine Pistole kriege.«

»Die verläßt mich nie«, sagte Ludovic grinsend.

»Das ist es, was ich fürchte«, erwiderte Shield. »Wenn ein Anschlag auf dich unternommen wird, wirst du schießen, und dann wird es die Anklage eines wirklichen Mordes zu bekämpfen geben.«

Eustacie sagte scharf: »Ein Anschlag auf ihn? Meinen Sie, auf sein Leben?«

»Ja«, erwiderte Shield. »Wir mögen vielleicht nicht überzeugt sein, daß der Beau Plunkett getötet hat, aber wir können nicht daran zweifeln, daß er es ist, der jetzt die Detektive auf Ludovic gehetzt hat. Er möchte, daß ihm die Justiz Ludovic aus dem Weg räumt, aber wenn die Detektive einen Mißerfolg haben, dann glaube ich, daß er das Attentat vielleicht selbst durchführt. Habt ihr euch je überlegt, wie leicht zugänglich dieses Haus ist?«

Unwillkürlich warf Eustacie einen Blick über die Schulter. »N-nein«, stammelte sie. »Ist — ist das leicht? Vielleicht solltest du doch weggehen, Ludovic. Ich will nicht, daß du getötet wirst!«

»Ach, Blödsinn«, sagte Ludovic ungeduldig. »Der Beau weiß nicht einmal, daß ich hier bin. Er vermutet es vielleicht, aber außer uns selbst und Nye und Clem hat mich keine Menschenseele draußen gesehen.«

»Du vergißt den Steuerfahnder«, warf sein Vetter ein.

»Und wenn schon! Ich gebe zu, daß er es war, der Basil die Idee in den Kopf gesetzt hat, aber es ist nicht mehr als eine Idee, und wenn Basil hört, daß die Detektive keine Spur von mir gefunden haben, wird er denken, er habe sich schließlich doch geirrt. Nye ist der Meinung, daß sie der Anzeige nicht viel Bedeutung beimessen.«

»Es ist klar, daß sie ihr wenig Bedeutung beimessen, da man nicht die besten Männer heruntergeschickt hat, um die Nachforschung zu führen, aber sie dürften sehr wahrscheinlich die Sache mit anderen Augen ansehen, wenn sie entdecken, daß Eustacie keine Kammerzofe bei sich hat.«

»Ludovic meint«, sagte Miss Thane nachdenklich, »es wäre gut, die Detektive zu schnappen und im Keller unterzubringen.«

»Ein großartiger Plan!« sagte Sir Tristram sarkastisch.

»Ja, aber ich, ich stimme nicht zu«, sagte Eustacie stirnrunzelnd.

»Sie überraschen mich.«

»Einen Augenblick!« warf Thane ein, der die ganze Zeit an einem kleinen Tisch neben dem Kamin seine Würfel von einer Hand in die andere geworfen hatte. »Ihr könnt keine Justizbeamten im Keller gefangenhalten. Erstens ist es ein Verbrechen und zweitens ist sehr viel kostbarer Schnaps im Keller. Ich kann den rotnasigen Kerl nicht leiden; ich glaube, man sollte ihn loswerden. Außerdem habe ich seit langem eine Rechnung mit Sampson Wright zu begleichen, und es macht mir nichts aus, ihm Sand ins Getriebe zu streuen. Aber ich will nicht, daß seine Detektive entführt werden.«

»Nun, ich glaube«, sagte seine Schwester, »du bist sehr unvernünftig, Hugh, das muß ich schon sagen. Schließlich warst du es, der dem Detektiv einen Stiefel nachgeschmissen hat.«

»Das ist etwas ganz anderes«, erwiderte Thane. »Es ist nichts dagegen zu sagen, wenn man einem Kerl einen Stiefel nachschmeißt, der ins Zimmer schnüffeln kommt. Aber Entführen ist etwas ganz anderes.«

»Na schön!« sagte Ludovic leichthin. »Zehn zu eins gewettet werden wir nichts mehr von ihnen sehen. Vermutlich fahren sie mit der Morgenpost nach London zurück.«

Wäre Mr. Stubbs seiner persönlichen Neigung gefolgt, dann hätte er nicht erst auf die Morgenpost gewartet, sondern wäre in die Nachtpost eingestiegen, da er der Meinung war, eine Nacht auf der Straße sei einer im Gasthof verbrachten vorzuziehen. Sein Gefährte jedoch, ein ernster Mensch mit einem ausgeprägten Pflichtbewußtsein und dem aufrichtigen Wunsch, sich seines Amtes würdig zu erweisen, war der Meinung, daß ihre Suche nicht genügend gründlich gewesen sei.

»Was wir getan haben, ist, wir haben sie eingelullt«, sagte er und nickte bedächtig. »Sie richtig eingelullt, das ist es, was wir getan haben. Wir haben keine Spur von einem verwegenen Verbrecher gefunden, und sie wissen, daß wir keine Spur gefunden haben. Was also geschieht?«

»Ja, was geschieht wirklich?« fragte Mr. Stubbs und stellte seinen Bierkrug nieder.

»Sie sind eingelullt, das ist, was geschehen ist.«

»Das hast du schon gesagt«, bemerkte Mr. Stubbs mit leichter Schärfe.

»Ah, aber was tun wir jetzt, nachdem wir sie eingelullt haben?« fragte sein Gefährte. »Wir schlagen überraschend zu und schnappen diesen Ludovic Lavenham unversehens.«

Mr. Stubbs überlegte sich das bedächtig. »Ich sage nicht, daß du unrecht hast, William«, äußerte er vorsichtig. »Und ich hab auch nichts dagegen, vorausgesetzt, daß wir ihn wirklich unversehens schnappen. Es ist komisch, aber mir geht nicht aus dem Sinn, was diese französische Gans über diesen Luderwick gesagt hat, daß der so geschickt mit seinem Schießeisen ist. Das macht die Geschichte peinlich. Mehr sage ich nicht dazu. Peinlich.«

»Ich habe darüber nachgedacht«, sagte der eifrige Mr. Peabody, »und der Schluß, zu dem ich gekommen bin, Jerry, ist der, daß sie sich das ausgedacht hat, nur um dich zu schrecken.«

Mr. Stubbs überlegte das einen Augenblick. Dann sagte er etwas streng: »Das hätte sie besser wissen müssen.« Er nahm einen Schluck von seinem Bier, wischte sich den Mund mit dem Handrücken ab und fügte hinzu: »Merk dir, ich habe meine Zweifel darüber schon die ganze Zeit gehabt. Sechzehn Kerzen, hat sie gesagt. Jetzt frag ich dich, William: ist das etwas Wahrscheinliches?«

Mr. Peabody äußerte seine Meinung, daß das etwas höchst Unwahrscheinliches sei. Sie erörterten die Frage ein Weilchen, wobei Mr. Stubbs behauptete, hätte Eustacie von sechs Kerzen gesprochen, dann hätte er ihr vielleicht geglaubt, und Mr. Peabody, ein praktischerer Mann, traute der ganzen Geschichte aus dem Grund nicht, weil es keinen Sinn habe, überhaupt auf Kerzen zu schießen.

Auf diesen beiden voneinander abweichenden Pfaden waren sie zu ein und demselben tröstlichen Schluß gekommen, als ihre Zweisamkeit durch die Ankunft eines Besuchers gestört wurde: es war niemand anderer als Gregg, Beau Lavenhams diskreter Kammerdiener. Er kam mit einer kleinen steifen Verbeugung und einem schmallippigen Lächeln in den Schankraum und bestellte einen Brandy mit heißem Wasser und Zitrone. Während dies für ihn besorgt wurde, blieb er am Schanktisch stehen und blickte nur einmal aus den Augenwinkeln zu den beiden Detektiven hinüber, die gemütlich in der Kaminecke saßen. Als ihm sein Glas gereicht worden war, ging er jedoch zum Kamin hinüber, zog einen Stuhl dicht an die Kaminbank und entbot den Detektiven einen guten Abend.

Sie erwiderten diese höfliche Begrüßung ohne besondere Herzlichkeit. Es war ihnen bewußt, daß er der Mann war, dem sie die Informationen verdankten, soweit sie sie besaßen. Obwohl sie über weitere Auskünfte froh gewesen wären, die er ihnen vielleicht zu geben vermochte, hatten sie etwas gegen Informanten als Spezies und sahen keinen Grund, zu seinen Gunsten eine Ausnahme zu machen. Als Gregg sich auf seinem Stuhl vorbeugte und interessiert, aber leise fragte: »Na?«, erwiderte daher Mr. Stubbs frostig: »Es läuft nicht gut. Wir sind wegen nichts und wieder nichts hier heruntergeholt worden. So ist das.«

»Ihr habt ihn also nicht gefunden!« sagte Gregg stirnrunzelnd.

»Weder ihn noch ein Zeichen von ihm. Was mich, möcht ich sagen, nicht überrascht.«

»Aber er war trotzdem da«, sagte Gregg und klopfte mit dem Fingernagel an seine Schneidezähne. »Ich bin überzeugt, daß er da war. Habt ihr überall gesucht?«

»Halt!« sagte Mr. Stubbs mit schneidender Ironie. »Da erinnern Sie mich an etwas — verflixt, daß ich doch vergessen habe, in einem der Kohleneimer nachzuschauen!«

Gregg merkte, daß er sie beleidigt hatte, lächelte und machte eine entschuldigende Geste. »Es ist ein altes Haus voller Winkel und verborgener Wandschränke. Seid ihr sicher — aber ich bin überzeugt, ihr seid sicher —, daß er keine Gelegenheit hatte, sich in den Kellern zu verbergen?«

»Ja, ich bin sicher«, erwiderte Mr. Stubbs. »Als ich bei der vorderen Haustür eintrat, war Mr. Peabody hier auch schon bei der Hintertür drin. Und kein Spürchen von einem Verbrecher haben wir entdeckt. Außerdem sind wir vom Wirt sehr nett behandelt worden, wirklich sehr nett. Eine Menge von ihnen hätte sich anders verhalten, aber Mr. Nye, der machte überhaupt keine Umstände. ›Mir paßt es zwar gar nicht‹, sagte er, ›aber ich mach euch keinen Vorwurf, auch bin ich keiner, der einem Beamten im Weg steht bei dem, was nur seine Pflichterfüllung ist.‹«

Der Blick der hellen Augen des Kammerdieners flackerte von einem der stumpfen Gesichter zum anderen. »Er hat ihn versteckt. Als ich dort war, hatten sie ihn noch nicht versteckt. Der Schankbursche hat mich nicht in den Schankraum gelassen. Sie wollten nicht, daß ich im Hause irgendwohin gehe. Das war sehr deutlich zu merken.«

»Das überrascht mich nicht«, sagte Mr. Stubbs. Er setzte seinen leeren Krug nieder und betrachtete den Kammerdiener genau. »Wieso interessieren Sie sich eigentlich so für diesen Luderwick Lavenham? Warum sind Sie eigentlich so unerklärlich scharf dahinter, ihn einsperren zu lassen?«

Der Kammerdiener preßte die Lippen zusammen, erwiderte jedoch nach einem Augenblick: »Nun ja, verstehen Sie, Mr. Stubbs, das ist meine Angelegenheit. Ich habe meine Gründe.«

Der Detektiv beäugte ihn mit zunehmender Abneigung. »Sieh einer an!« äußerte er. »Wenn ich Informationen über einen verwegenen Verbrecher ausgraben geh, dann ist das Pflicht. Wenn Sie dasselbe tun,

Mr. Gregg, schaut mir das ungewöhnlich stark nach Gehässigkeit aus, und Gehässigkeit ist etwas, mit dem ich's nicht halte und nie halten werde.«

»Stimmt«, sagte Mr. Peabody.

Der Kammerdiener lächelte wieder, aber es war ein unangenehmes Lächeln, und er sagte aalglatt: »Schön, drücken Sie es aus, wie Sie wollen, Mr. Stubbs. Und hoffentlich darf ich fragen, wen Sie im Roten Löwen gesehen haben?«

»Einen verwegenen Verbrecher hab ich nicht gesehen«, antwortete Mr. Stubbs. »Ich glaube, daß kein verwegener Verbrecher dort ist. Ist es wahrscheinlich, daß das Haus so jemanden beherbergen tät, wenn ein Friedensrichter dort abgestiegen ist?«

»Waren Sie in dem kleinen Hinterzimmer? Hat man Sie dort hineingelassen?«

»Ich bin in zwei Hinterzimmern gewesen, in einem, das dein Wirt gehört, und in einem anderen, das die Zofe von der jungen französischen Dame hat.«

Der Kammerdiener hob rasch die Augenlider. »Ihre Zofe? Ihr habt ihre Zofe gesehen?«

»Und ob, das arme Mädel, das hab ich sehr gut gesehen, und ich hab auch die Miss gehört, wie sie es beschimpft hat, weil es ihr eine Flasche zerbrochen hat.«

»Wie hat die Zofe ausgesehen?« fragte Gregg, sich wieder vorbeugend.

Mr. Stubbs sah ihn mit einer Spur Unbehagen an. »Viel hab ich von ihrem Gesicht nicht gesehen, weil sie herzzerreißend in ihren Schal hineingeweint hat.«

»Ah, also ihr Gesicht haben Sie nicht gesehen?« fragte Gregg. »Vielleicht war es ein großes Mädchen — ein sehr großes Mädchen?«

Mr. Stubbs war damit beschäftigt, eine lange Tonpfeife zu stopfen, jetzt aber legte er sie hin und sagte langsam: »Ja, es war ein selten strammes Mädel. Hatte gelbe Haare, soviel ich sehen konnte.«

Gregg lehnte sich in seinem Stuhl zurück, legte die Fingerspitzen aneinander und betrachtete die Detektive mit einem eigenartigen Glitzern in den Augen. »So also war das!« sagte er. »Ei, ei!«

»Was meinen Sie damit, ›so also war das‹?« fragte Mr. Stubbs.

»Nur, daß ihr Ludovic Lavenham gesehen habt, ja, und ihn euch durch die Finger schlüpfen ließt.«

Mr. Peabody bemerkte das offenkundige Unbehagen seines Kollegen und kam ihm tapfer zu Hilfe. »Da haben Sie wieder unrecht«, sagte er. »Was wir gemacht haben, ist, wir haben ihn eingelullt — falls er das ist, was uns noch nicht bewiesen ist. Was wir jetzt tun müssen, ist, zuschlagen, und das, Mr. Gregg, ist, was wir auch beschlossen haben, und ohne Ihre Hilfe.«

»Besser, ihr schlagt zu, wenn ihr ihn erst einmal in Händen habt«, sagte der Kammerdiener trocken. »Es heißt in dieser Gegend, daß es noch Keller unterhalb derjenigen gibt, die ihr vielleicht im Roten Löwen zu sehen bekommt. Keller, in die nur Nye und Clem den Weg wissen.«

»Wenn das stimmt, werden wir sie finden«, sagte Mr. Stubbs entschlossen.

»Hoffentlich«, antwortete Gregg. »Aber laßt euch von mir raten und geht bewaffnet hin. Der Mann, hinter dem ihr her seid, ist wirklich verwegen, und ich stelle mir vor, daß er nicht ohne Pistolen ist.«

Die Detektive wechselten einen Blick. »Ich hab wirklich gehört, daß er mit seinem Schießeisen geschickt ist«, bemerkte Mr. Stubbs beiläufig.

»Es heißt, er verfehlt sein Ziel nie«, sagte Gregg und senkte zimperlich die Augen. »Wenn ich in eurer Haut steckte, hielte ich es für besser, ihn zu erschießen, bevor er mich erschießen könnte.«

»Ja, das täten Sie vermutlich«, sagte Mr. Stubbs bitter, »aber uns ist es verboten, auf Kerle zu schießen.«

»Aber wenn ihr — beide — sagen würdet, daß er zuerst geschossen hat und euch sonst entflohen wäre, würde man es doch sicher hingehen lassen«, schlug Gregg sanft vor.

Es blieb Mr. Peabody überlassen, die Lage zusammenzufassen; das tat er jedoch erst, als der Kammerdiener gegangen war. Dann sagte er zu seinem bekümmerten Gefährten: »Weißt du, wonach mir das ausschaut, Jerry? Es schaut mir danach aus, daß da irgendwer unerklärlich eifrig darauf aus ist, diesen Ludovic Lavenham schnell erledigt zu sehen — ah, und in aller Stille außerdem!«

Mr. Stubbs schüttelte düster den Kopf und sagte nach langem Schweigen: »Wir müssen unsere Pflicht tun, William.«

Ihre Pflicht führte sie am nächsten Morgen schon sehr früh auf den Weg zum Roten Löwen. Ihr Plan, den Haushalt zu überraschen, wurde von Nye vereitelt, der die Vorsichtsmaßnahme getroffen hatte, Clem auf Wache zu stellen. Als die Detektive den Gasthof erreichten, war Ludovic schon geweckt, unter Protest in den Keller geschleppt und sein Zimmer von allen Spuren seiner Anwesenheit leergefegt worden. Die Detektive hatten nicht die Genugtuung, auch nur das leiseste Zeichen von Überraschung an Nye zu bemerken, der sie nur mit dem verständlichen Ärger eines Wirts begrüßte, den man zu einer ungewöhnlich frühen Stunde herausklopft. Im Schankraum war Clem sehr prosaisch damit beschäftigt, den Boden zu scheuern; er kehrte den Detektiven ein ausdruckslos fragendes Gesicht zu und wandte sich mit der dumpfen Miene eines Mannes, der zu tun hat, wieder seiner Aufgabe zu.

»Na, und was wollt ihr wohl schon zu dieser Morgenstunde hier?« fragte Nye verdrießlich.

»Was wir wollen, ist, ein Wörtchen mit dieser Kammerzofe da zu reden, die wir gestern gesehen haben«, sagte Mr. Stubbs.

»Meint ihr Mamsell Lucy?« fragte Nye.

»Ja, das ist die, die ich meine«, sagte Mr. Stubbs und nickte.

»Na, wenn ihr mit der ein Wörtchen reden wollt, dann klettert am besten in die Brighton-Kutsche. Die ist nicht mehr hier.«

Mr. Stubbs sah ihn durchdringend an und sagte bedeutungsvoll: »Sie sind sich dessen ganz sicher, ja, Mr. Nye?«

»Natürlich bin ich mir sicher! Ich habe euch doch schon gestern gesagt, wie es kommen wird. Miss hat sie hinausgeschmissen. Was wollt ihr denn mit der? Sie war ein selten dummes Weibsstück, und auch nicht gerade hübsch.«

»Sie wissen, was ich von der will«, sagte Mr. Stubbs. »Sie beherbergen einen gefährlichen Verbrecher, Mr. Nye, und das Weibsstück war er!«

Dieser Ausspruch, weit davon entfernt, dem Wirt Schrecken einzujagen, schien ihm sogar höchstes Vergnügen zu bereiten. Nachdem er die Detektive einige Minuten verwirrt angestarrt hatte, breitete sich langsam ein Lächeln auf seinem Gesicht aus. Das Lächeln wurde zu einem Gekicher, das Gekicher zu einem wahren Lachanfall. Der Wirt wischte sich die Augen mit dem Schürzenzipfel, gebot Clem, sich an dem Spaß zu beteiligen, und sowie er ihm erklärt worden war, teilte ihn Clem wirklich. Ja, er kicherte hinter vorgehaltener Hand viel länger, als es die Detektive für nötig fanden.

Als Nye imstande war, mit seinem Lachen aufzuhören, bat er Mr. Stubbs, ihm doch zu sagen, was ihm denn so eine Idee in den Kopf gesetzt habe. Als Mr. Stubbs, in der Hoffnung, daß sich wenigstens diese Karte als Trumpf erweisen würde, sagte, er habe eine Information erhalten, sah ihn der Wirt zuerst sehr genau an und sagte dann: »Information, ja? Dann wette ich, daß ich weiß, wer euch diese Auskunft gegeben hat. Es war ein mickriger Kerl mit einem fahlen Gesicht und dem dreckigsten Paar Lichter, die man je gesehen hat. Ein Kerl namens Gregg, der war's!«

Etwas aus der Fassung gebracht, sagte Mr. Stubbs vorsichtig: »Ich sage nicht, daß er's war, und ich sage nicht, daß er's nicht war.«

»Gott behüte, das brauchen Sie mir nicht zu sagen!« sagte Nye, befriedigt, daß sein Schuß ins Schwarze getroffen hatte. »Er hat einen Haß gegen mich seit ich weiß nicht wann, und was seinen Herrn betrifft, so wird der verrückt, wenn sich ein Fremder auch nur einen halben Tag in diesem Haus aufhält, weil er glaubt, es sei Mr. Ludovic, der heimkommt, um ihn daran zu hindern, sich das zu nehmen, was dem feinen Herrn gar nicht gehört. Ihr seid richtiggehend zum Narren gehalten worden, jawohl!«

»Darüber weiß ich nichts«, erwiderte Mr. Stubbs. »Alles, was ich weiß, ist, daß es höchst verdächtig ist, daß diese Kammerzofe nicht mehr da ist, und was ich sehen will, Mr. Nye, sind diese Keller da von Ihnen.«

»Nun, ich habe etwas Besseres zu tun, als euch in meine Keller hinunterzuführen«, sagte Nye. »Wenn ihr sie sehen wollt, dann geht und schaut sie euch an. Mir ist es egal.«

Als Sir Hugh eine Stunde später zum Frühstück herunterkam, dämmerte ein erfreulicher Gedanke in Nyes Gehirn auf, und als er seinem Gast die Schinkeneier vorsetzte, erzählte er ihm, die Detektive seien wieder im Haus. Sir Hugh, mehr an seinem Frühstück als an dem Vorgehen der Gesetzeshüter interessiert, erwiderte bloß, solange sie ihre Nasen nicht in sein Zimmer steckten, habe er nichts gegen ihre Anwesenheit einzuwenden.

»Oh, das werden sie nicht tun, Sir!« sagte Nye und schenkte Sir Hugh eine Tasse Kaffee ein. »Sie sind unten im Keller.«

Sir Hugh inspizierte eben ein Lendenstück und sagte geistesabwesend: »Im Keller, so?« Plötzlich ließ er sein Einglas fallen, drehte sich rasch auf seinem Stuhl herum und sah den Wirt an. »Was haben Sie da gesagt? Im Keller?!«

»Ja, Sir. Sie sind jetzt schon fast eine Stunde unten.«

Sir Hugh war ein Mann, der nicht leicht zu erregen war, aber diese Auskunft riß ihn höchst wirksam aus seiner gewohnten Gelassenheit. »Wollen Sie mir erzählen, daß Sie diesen rotnasigen Schuft in den Kellern losgelassen haben?« fragte er.

»Nun ja, Sir, in Anbetracht dessen, daß er ein Justizbeamter ist, mit einem Hausdurchsuchungsbefehl, habe ich ihm nicht gern widersprochen«, sagte Nye entschuldigend.

»Zum Teufel mit dem Befehl!« sagte Sir Hugh. »Da unten ist ein Schlauch Chambertin, den ich Ihnen abgekauft habe! Was, zum Teufel, treiben Sie, Mann?«

»Ich dachte ja, Sie würden nicht erfreut sein, Sir, aber was soll ich tun? Die Burschen haben es sich in den Kopf gesetzt, daß es einen Geheimkeller gibt. Hinter dem sind sie her. Clem erzählt mir, es ist empörend, wie sie die Fässer herumzerren.«

»Herumzerren, die —« Sir Hugh fand keine Worte. Er erhob sich, warf die Serviette hin und ging aus dem Gästezimmer zum Schankraum und zur Kellertreppe.

Eine Viertelstunde später war Miss Thane, die ins Zimmer kam, leicht überrascht, den Stuhl ihres Bruders leer zu finden. Sie fragte Nye, was aus ihm geworden sei.

»Es war wegen der Detektive, Ma'am«, sagte Nye.

»Was?! Sind Sie wieder da?« rief Miss Thane.

»Ja, so ist es, Ma'am, und sie suchen den Zugang zu meinem Geheimkeller. Oh, Mr. Ludovic ist völlig in Sicherheit! Aber weil ich Sir Hugh gegenüber erwähnte, wie die Detektive den Wein unten aufrühren, stand er auf, ließ sein Frühstück stehen, wie Sie sehen, und ging voller Wut nachschauen, was sich dort tut.«

Miss Thane warf einen Blick auf Nyes steinernes Gesicht und sagte: »Sie sind wahrhaftig für den Strick geboren, Nye. Was hat sich wirklich getan?«

»Nun ja, Ma'am, soviel ich im Schankraum gehört habe, zerrten sie meine Fässer eine Spur zu derb herum, und deswegen, und weil es sich Sir Hugh in den Kopf gesetzt hatte, daß sie den Nantes-Brandy anzapfen wollten, hat es einen kleinen Wirbel gegeben. Clem erzählt mir, es war großartig, wie Sir Hugh sie behandelte. Soweit ich höre, hat er ihnen befohlen, meine Fässer auch nicht um einen Zoll zu verrücken, und was er ihnen über vorsätzliche Schadenstiftung erzählte, hat ihnen einen hübschen Schrecken eingejagt — das und der hochfahrende Ton, den er ihnen gegenüber anschlug.«

»Sie fragten ihn doch nicht, was er über Lord Lavenham weiß, oder?« fragte Miss Thane ängstlich.

»Dazu hatten sie keine Gelegenheit, Ma'am. Er sagte ihnen, sie könnten nach Verbrechern suchen, soviel sie wollten, solange sie nicht an dem Schnaps herumpfuschten oder in seinem Schlafzimmer herumschnüffelten.«

»Aber Nye, was ist, wenn sie Ihren Geheimkeller doch finden?« sagte Miss Thane.

Er lächelte störrisch. »Das werden sie nicht — nicht, solange sie sich an die offenen Keller halten. Ja, während Sir Hugh ihnen klarlegte, was ihre Pflicht ist und was nicht, konnte ich Mr. Ludovic sogar das Frühstück bringen.«

»Wo ist Ihr Geheimkeller, Nye?«

Er sah sie einen Augenblick an und erwiderte dann: »Sie werden noch mein Ruin sein, Ma'am. Unter dem Fußboden meiner Vorratskammer.«

Gleich darauf kam Sir Hugh ins Zimmer zurück. Er äußerte, seiner Meinung nach seien die Detektive entweder betrunken oder Halbidioten, und sagte, er glaube, sie würden keinen Ärger mehr mit ihnen haben. Auf die hoffnungsvolle Frage seiner Schwester, ob es ihm gelungen sei, sie loszuwerden, erwiderte er etwas streng, daß er keinerlei solchen Versuch unternommen habe. Er hatte ihnen bloß ihre Pflichten auseinandergesetzt und sie vor den Folgen gewarnt, falls sie die Grenzen des Gesetzes überschritten.

Nye und Miss Thane waren nicht befriedigt, aber es bestand kein Zweifel, daß das Eindringen Sir Hughs in die Keller viel dazu beigetragen hatte, den Eifer der Detektive zu dämpfen. Seine Miene fragloser Autorität, seine Kenntnis des Gesetzes und die Tatsache, daß er anscheinend den hohen Beamten persönlich kannte, dem die Bow Street unterstand, ließ sie eine große Abneigung verspüren, es sich noch einmal mit ihm zu verderben. Als sie die Frage untereinander erörtert hatten, konnten sie auch nicht das Gefühl haben, daß ein Haus, das einen so strengen Rechtspedanten beherbergte, der Ort war, nach einem verstockten Verbrecher zu suchen. Es war ihnen bei zwei Gelegenheiten mißlungen, die geringste Spur von Ludovic Lavenham zu finden; der Wirt, der Meistbetroffene, schien ihre Suche mit Gleichgültigkeit hinzunehmen; und wäre nicht der verdächtige Umstand gewesen, daß die Kammerzofe verschwunden war, dann hätten sie sehr dazu geneigt, nach London zurückzukehren. Die Worte des Kammerdieners waren jedoch deutlich gewesen. Sie entschieden, weiter nach einem Geheimkeller zu suchen und den Gasthof unter Beobachtung zu halten, in der Hoffnung, Ludovic bei einem Fluchtversuch zu ertappen.

Während dieser Suche, die ein geduldiges Abklopfen der Wände und des Fußbodens der übrigen Keller mit sich brachte, ergriff Nye die Gelegenheit, Ludovic zu besuchen. Er kehrte gleich darauf zurück und berichtete, daß Seine Lordschaft nicht mehr lange Geduld aufbringen würde, ja bereits drohe, aus dem Versteck zu kommen und auf seine eigene Weise mit den Detektiven zu verfahren.

»Man kann es ihm wirklich nicht verübeln«, sagte Miss Thane, gerecht urteilend. »Es ist äußerst lästig von diesen Leuten, uns weiterhin zu plagen. Es setzt unseren Abenteuern geradezu ein Ende.«

»Ja, wirklich«, stimmte ihr Eustacie zu. »Außerdem fürchte ich, daß sich Ludovic im Keller erkältet.«

»Sehr richtig«, sagte Miss Thane. »Es hilft alles nichts: da Hugh so nutzlos in der Sache war, müssen wir die Detektive selbst loswerden.«

»Sie haben sie ja nicht gesehen«, sagte Eustacie verbittert. »Sie sind die Sorte Männer, die bleiben und bleiben und bleiben.«

»Ich muß sagen, sie scheinen ein verbissenes Paar zu sein. Leider ist Ihre Kammerzofe die Wurzel ihrer Hartnäckigkeit.« Sie unterbrach sich und stand plötzlich auf. »Mein Liebes, ich glaube, ich bin auf eine Idee gekommen! Würden Sie — also würden Sie sagen, daß ich ein strammes Weibsstück bin?«

»Ganz bestimmt würde ich nichts dergleichen sagen!« erwiderte Eustacie, empört über die Zumutung, daß sie einer solchen Unhöflichkeit fähig sein sollte. »Sie sind sehr groß, *bien entendu*, aber —«

»Sagen Sie nichts weiter!« befahl Miss Thane. »Ich habe einen Plan!«

10

In Verfolgung dieses Plans hielt sich Miss Thane für den Rest des Tages sorgfältig außer Sichtweite der beiden Detektive. Sie zog sich in ihr Zimmer zurück und saß dort mit einem Roman, der einem angenehm das Blut in den Adern stocken ließ; von Zeit zu Zeit kam Eustacie zu ihr herauf, um ihr über die Vorgänge unten zu berichten.

Mr. Stubbs ergriff bald die Gelegenheit, Eustacie einem Kreuzverhör zu unterziehen, aus dem sie jedoch triumphierend hervorging. Da sie sich den Ruf leichter Erregbarkeit erworben hatte, war es leicht für sie, wenn sie in Schwierigkeiten geriet, unzusammenhängend zu sprechen und daher (da sie sich sofort in die französische Sprache flüchtete) unverständlich zu werden. Am Ende einer halbstündigen Befragung fühlte sich Mr. Stubbs — nicht aber sein Opfer — ganz zerschlagen.

Er und sein Gefährte verbrachten einen ermüdenden und unbefriedigenden Tag. Abgesehen davon, daß der Keller äußerst kalt war, enthüllte er keine Geheimnisse, und ein versperrter Schrank, den Mr. Peabody in einem dunklen Winkel des Ganges zur Küche entdeckte, war Anlaß eines unerfreulichen Zwischenspiels mit dem Wirt. Sowie Mr. Peabody den Schrank entdeckte, der zum Teil hinter einem Stapel leerer Kisten und Körbe verborgen war, verlangte er von Nye den Schlüssel. Als der Wirt nach längerer Suche, der sich Clem anschloß, verkündete, er habe ihn verloren, stieg die Hoffnung der beiden Detektive. Mr. Stubbs warnte Nye, falls er nicht unverzüglich den Schlüssel herbeischaffe, würden sie die Schranktür aufbrechen. Nye erwiderte, falls man sein Besitztum beschädige, würde er eine Beschwerde in der Bow Street einbringen. Er sagte so oft und mit so ungewohntem Nachdruck, daß in dem Schrank nichts als etwas Reservegeschirr sei, daß beide Detektive gespannt vor Mißtrauen wurden und wie ein Paar Terrier vor einem Rattenloch auf den Schrank versessen waren. Sie zerrten alle leeren Kisten von der Schranktür weg, so daß Miss Nye, die eben mit einem beladenen Tablett aus der Küche kam, über sie stürzte, drei Teller zerbrach und eine Schüssel Käsekuchen über den ganzen engen Gang hinweg verstreute. Miss Nye, zu taub, um Mr. Peabodys überströmende Entschuldigungen zu hören, ließ sich erbittert und lange über das Thema Männer im allgemeinen und Bow-Street-Detektive im besonderen aus, und als Mr. Peabody mit dem unglückseligen Gedanken, den Schaden gutzumachen, alle verschmutzten Käsekuchen auf dem größten Scherben der zerbrochenen Schüssel einsammelte und ihr überreichte, vergaß sie sich so weit, ihm eine Ohrfeige zu versetzen.

Das nächste, was zu tun war, nachdem sich Miss Nye schäumend vor Wut in die Küche zurückgezogen hatte, war, die Schranktür aufzubrechen. Mr. Stubbs meinte, Mr. Peabody solle dieses Amt verrichten, Mr. Peabody hingegen hielt Mr. Stubbs, der von massiverem Bau war, für diese Aufgabe geeigneter. Erst als der Streit geschlichtet war, entdeckten sie, daß die Tür nach außen aufging. Als Mr. Stubbs Nye fragte, warum er diese Tatsache nicht von Anfang an enthüllt habe, erwiderte Nye, nicht er wünsche in diesen Schrank einzubrechen. Er fügte hinzu, sie würden es bereuen, wenn sie es täten, eine Andeutung, die Mr. Stubbs veranlaßte, eine unhandliche Pistole aus der Tasche zu ziehen und den vermutlichen Insassen des Schranks zu warnen, falls er sich nicht sofort ergebe, würde das Schloß aus der Tür herausgeschossen werden. Da keine Antwort erfolgte, befahl Mr. Stubbs seinem Gehilfen, bereitzustehen, um zuzuschlagen, setzte die Mündung der Pistole an das Schloß und drückte auf den Hahn.

Der Lärm des Schusses war ohrenbetäubend; durch seinen Widerhall war schwach ein unheilverkündendes Geräusch brechenden Glases zu hören. Mr. Stubbs befahl Mr. Peabody, den Schrank mit seiner Pistole zu decken, packte den Griff der Tür und zog sie auf, sich vorsichtig in ihrem Schutz haltend.

Mr. Peabody senkte seine Pistole. Der Schrank war ziemlich seicht und enthielt nichts als Borde mit Glas und Porzellan. Den Gegenständen im Schußfeld war es schlecht ergangen, ein Umstand, der Nye sofort in lautstarke Wut versetzte.

Die Explosion war in den anderen Teilen des Hauses gehört worden, ein undeutliches Echo drang sogar zu Miss Nye. Sie fuhr wieder aus ihrer Küche, diesmal mit dem Nudelholz bewaffnet, genau in dem Augenblick, als Sir Hugh Thane mit erhobenem Einglas am anderen Ende des Ganges auftauchte.

»Was, zum Teufel, ist denn hier los?« fragte er mit der ganzen Gereiztheit eines Mannes, der rüde aus seinem Nachmittagsschläfchen geweckt wird.

Mr. Stubbs versuchte vorzubringen, es sei nur eine Sache der Pflicht gewesen, aber als es Miss Nye, welche die besonders lautstarke Stimme der meisten tauben Menschen besaß, gleichzeitig zu verkünden beliebte, daß sie, hätte sie die Wahl, lieber zwei wilde Stiere als zwei Detektive im Haus hätte, wurde seine Erklärung nicht gehört. Bevor er sie wiederholen konnte, hatte Nye Sir Hugh einen kurzen und getreuen Bericht der Angelegenheit gegeben, wobei er besonders seine eigene Rolle darin hervorhob. »Immer wieder hab ich ihnen gesagt, daß nur etwas Reservegeschirr in dem Schrank ist, Sir, aber sie wollten nicht auf mich hören. Ich hoffe, ich bin ein geduldiger Mensch, aber wenn es so weit geht, daß sie vier meiner besten Gläser zerschmeißen, nicht zu reden davon, daß sie eine ganze Schüssel Käsekuchen verdorben haben, die für das Abendessen Euer Ehren bestimmt war, so ist das mehr, als ich ertragen kann!«

»Ich glaube«, sagte Sir Hugh und sah die unglückseligen Detektive starr an, »daß sie betrunken sind. Beide.«

Mr. Stubbs, dem man überhaupt keine flüssige Erfrischung angeboten hatte, protestierte fast weinerlich.

»Wenn ihr nicht betrunken seid«, sagte Sir Hugh abschließend, »dann seid ihr wahnsinnig. Diesen Verdacht hatte ich von Anfang an.«

Nach dieser peinlichen Angelegenheit zogen sich die Detektive zurück, um den Gasthof von außen zu beobachten. Während der eine vom Zimmer der Postjungen aus ein Auge auf die Hintertür hielt, ging der andere vor dem Gasthof auf und ab. Von Zeit zu Zeit begegneten sie einander und tauschten die Plätze. Sie wurden gelegentlich durch den Anblick Nyes oder Clems belohnt, die aus der einen oder anderen Tür hinauslugten, als wollten sie sehen, ob die Luft rein sei. Diese Anzeichen von Rührigkeit waren genügend ermutigend, um sie auf dem Posten zu halten. Es war jedoch eine elende Arbeit für einen rauhen Februartag, und wäre das bewachte Haus etwas anderes als ein Gasthof gewesen, dann hätte ihr Pflichtgefühl wahrscheinlich nicht triumphiert. Obwohl Nye den Detektiven keine nette Behandlung mehr zuteil werden ließ und mit allen Angeboten von Brandy zurückhielt, konnte er sich doch nicht weigern, sie als Gäste zu bedienen. Die einzigen erfreulichen Augenblicke, die sie während des restlichen Nachmittags verbrachten, waren diejenigen in dem gemütlichen Schankraum, und selbst die wurden etwas durch die finsteren Blicke getrübt, die ihnen vom Wirt zugeworfen wurden, und die bissigen Bemerkungen, die er über die Neigung zum Trunk bei Justizbeamten machte.

Als die Dämmerung hereinbrach, wurden sie jedoch belohnt. Mr. Stubbs war an der Reihe, am Fenster des Stallraums zu sitzen, und es war daher er, der sah, wie sich die Hintertür allmählich und sehr langsam öffnete und Eustacie vorsichtig in den Hof hinausspähte. Er wußte, daß sie es war, da im Haus die Kerzen angezündet worden waren und sie voll in einem Lichtstrahl stand.

Mr. Stubbs zog sich vom Fenster zurück und setzte seine Beobachtungen hinter dem Vorhang hervor fort. Hinter ihm lümmelte einer der Postjungen auf einem Stuhl beim Feuer und schnarchte rhythmisch, zwei andere saßen am Tisch und spielten Karten.

Nachdem Eustacie im Zwielicht umhergespäht hatte, drehte sie sich um und winkte jemandem im Haus zu. Mr. Stubbs griff schweratmend nach seinem derben Eschenstock und nahm ihn fest in die rechte Hand. Die Augen sprangen ihm fast aus dem Kopf, als er eine hohe weibliche Gestalt erblickte, von Kopf bis Fuß in einen dunklen Mantel gehüllt, die aus dem Haus schlüpfte und um die Ecke zur Frontseite glitt, wobei sie sich gut im Schatten der Wand hielt. Eustacie schloß leise die Tür; aber Mr. Stubbs wartete nicht, um das noch zu sehen. Mit zwei Sprüngen hatte er den Hof erreicht und schlich nun hinter seiner Beute einher, sah sich jedoch vor, ein gutes Stück hinter ihr zu bleiben, bis er Mr. Peabody zu Hilfe holen konnte.

Die Gestalt im Mantel bewegte sich schnell, jedoch vorsichtig, und blieb an der Ecke des Hauses stehen, um die Straße hinauf und hinunter zu blicken, bevor sie sich weiterwagte. Mr. Stubbs blieb ebenfalls stehen, drückte sich in den Schatten und erkannte, als die Beute quer über die Straße losstürmte, daß Mr. Peabody anscheinend eine Sitzung im Schankraum genoß; er sah undeutlich, daß das unbekannte Frauenzimmer (oder Mannsbild) in der Deckung der Hecke die Straße hinuntereilte, sprang in den Gasthof und brüllte laut nach Mr. Peabody um Unterstützung.

Mr. Peabody, diensteifrig wie immer, eilte an seine Seite, während er sich mit dem Handrücken über den Mund fuhr. Als er die prächtige Neuigkeit vernahm, verhielt er nur so lange, um seinen Knüppel aufzuheben, und rannte mit Mr. Stubbs zur Verfolgung der Flüchtigen hinaus.

»Es war dieselbige Kammerzofe, William«, keuchte Mr. Stubbs. »Die ganze Zeit hab ich mir's gedacht — zu groß für ein Frauenzimmer! Dort geht er!«

Als die Gestalt das Geräusch schwerfüßiger Verfolger vernahm, blickte sie einmal über die Schulter zurück und fing dann zu laufen an. Mr. Stubbs hatte keinen Atem zum Sprechen mehr, aber dem schlankeren Mr. Peabody gelang es, »Halt!« zu brüllen.

Die Gestalt vorne verriet Anzeichen der Ermattung. Die Detektive, wieder zu Atem gekommen, begannen, sie einzuholen. Sie hatten sie in wenigen Augenblicken erreicht, den verhüllenden Mantel gepackt und keuchten: »Im Namen des Gesetzes!«

Die Gestalt wirbelte herum und versetzte Mr. Stubbs einen Schlag ins Gesicht, daß ihm die Nase zu bluten begann.

»Vorsicht vor seinem Schießeisen, Jerry!« schrie Mr. Peabody, während er mit dem Feind rang. »Gottchen, was für eine Wildkatze! Ah, wirst du wohl, du!«

Mr. Stubbs fing den linken Arm der Gestalt in einem zermalmenden Griff ein und keuchte: »Ich verhafte Sie im Namen des Gesetzes!«

Der Gefangene sagte mit einer tiefen, atemlosen Stimme leise: »Laßt mich los! Laßt mich sofort los!«

»Du kommst mit uns, jawohl, du«, erwiderte Mr. Stubbs.

Das Geräusch eines auf sie zutrabenden Pferdes veranlaßte die Detektive, ihren Gefangenen an die Straßenseite zu ziehen. Pferd und Reiter kamen in Sicht, und der Gefangene, den Reiter erkennend, rief: »Sir Tristram, Hilfe! Hilfe!«

Das Pferd tat wie unter einem plötzlich angesetzten Sporn einen Sprung vorwärts. Der Gefangene, der wie wahnsinnig kämpfte, kreischte wieder um Hilfe, und im nächsten Augenblick war Sir Tristram auf gleicher Höhe mit der Gruppe und hatte sich aus dem Sattel geschwungen. Bevor die Detektive die Sache erklären konnten, hatte er die Lenkung der Angelegenheit in seine eigenen schnellen und fähigen Hände genommen. Mr. Stubbs begann seinen Beruf zu verkünden, begegnete jedoch einer krachenden Rechten und Linken, so daß er wie ein Holzklotz umfiel, und Mr. Peabody, der seinen Gefangenen losließ und mit seinem Knüppel zu einem Schlag auf Sir Tristram ausholte, verfehlte ihn und lag im nächsten Augenblick auf allen vieren auf der Straße, säuberlich von Sir Tristram aus der Hüfte geworfen.

Sir Tristram beachtete keinen von beiden weiter, sondern machte einen schnellen Schritt auf die verhüllte Gestalt zu und sagte scharf: »Sind Sie verletzt? Was, in Himmels Namen, soll das bedeuten, Miss Thane?«

»Oh, ich habe Quetschungen vom Kopf bis zu den Füßen!« sagte Miss Thane erschauernd. »Diese gräßlichen Geschöpfe gingen mit Knüppeln auf mich los. Ich werde noch an dem Schock sterben!«

Diese dramatische Verkündigung veranlaßte Sir Tristram, statt seine ritterlichen Instinkte neuerlich zu wecken, Miss Thane einen Augenblick durchdringend anzusehen und mit einer Stimme zu sagen, die zwischen Belustigung und Erbitterung schwankte: »Sie müssen ja von Sinnen sein! Wie wagten Sie so etwas Verrücktes zu tun?«

Die Detektive rappelten sich nun allmählich hoch. Mr. Stubbs, der vorsichtig seine Nase betastete, schien etwas benommen zu sein, Mr. Peabody jedoch trat heldenmütig vor und sagte: »Ich verhafte Sie, Ludovic Lavenham, im Namen des Gesetzes, und es wird denjenigen schlecht ergehen, die sich einzumischen versuchen!«

Sir Tristram ließ Miss Thanes Hände los, die er stützend gehalten hatte, und erwiderte: »Sie Narr, das ist nicht Ludovic Lavenham! Das ist eine Dame!«

Mr. Stubbs sagte mit belegter Stimme: »Es ist die Kammerzofe, es ist kein Frauenzimmer.«

»Oh, lassen Sie nicht zu, daß sie mich anrühren!« flehte Miss Thane und schrak geschickt an Sir Tristrams Seite zurück.

»Ich habe nicht die Absicht, das zu dulden, aber stehen Sie mir nicht im Weg herum«, sagte Sir Tristram unromantisch. »Also, mein Guter, vielleicht sagen Sie mir, was, zum Teufel, Sie damit meinen, diese Dame verhaften zu wollen?«

»Es ist keine Dame!« sagte Mr. Peabody eindringlich. »Es ist ein gefährlicher Verbrecher, der als Kammerzofe verkleidet ist! Keine Dame könnte so raufen wie er!«

»Ich sage Ihnen, es ist die Schwester Sir Hugh Thanes!« sagte Sir Tristram. »Schaut doch — ist das ein Männergesicht?« Dabei drehte er sich um und streifte Miss Thanes Kapuze zurück.

Die Detektive sahen sie zweifelnd an. »Wenn mein Bruder von dem hier erfährt, wird es euch leid tun!« sagte Miss Thane weinerlich.

Ein Blick voll böser Ahnung stahl sich in Mr. Stubbs wässernde Augen. »Wenn wir uns geirrt haben —« begann er unsicher.

»Ich glaube, es ist ein Komplott, und Sie beide sind mit drin!« erklärte Mr. Peabody.

»Bringen Sie mich zu meinem Bruder!« bat Miss Thane und klammerte sich an Sir Tristrams Arm. »Ich fürchte, daß ich vielleicht ohnmächtig werde!«

Mr. Stubbs sah sie über das Taschentuch hinweg an, das er an seine Nase hielt. Er sah auch Sir Tristram an und beschuldigte ihn unklugerweise, einen Justizbeamten tätlich angegriffen zu haben.

»Oh, ihr seid Justizbeamte, ja?« sagte Sir Tristram grimmig. »Dann könnt ihr mitkommen und euer Vergehen gleich Sir Hugh Thane erklären. Können Sie gehen, Ma'am, oder soll ich Sie tragen?«

Miss Thane lehnte das Angebot, wenn auch mit versagender Stimme, ab und nahm statt dessen die Unterstützung seines Arms an. Die ganze Gesellschaft wanderte langsam zum Roten Löwen, Sir Tristram lenkte besorgt Miss Thanes schwankende Schritte, Mr. Peabody führte Sir Tristrams Pferd.

Sie betraten den Gasthof durch die Tür in den Kaffeesalon. Hier kam ihnen Eustacie entgegen, die beim Anblick Miss Thanes dramatisch zusammenfuhr und ausrief: »*Bon Dieu!* Was ist geschehen? Sarah, Sie sind krank!«

Miss Thane sagte schwach: »Ich weiß kaum ... Zwei Männer griffen mich an ...«

»Ah, sie wird ohnmächtig!« rief Eustacie aus. »Wie schändlich! Welch eine Schurkerei!«

Miss Thane hatte sich vergewissert, daß Sir Tristram nahe genug stand, um sie aufzufangen, schloß die Augen und sank anmutig in seine Arme zurück.

»Hirschhornsalz! Essig!« kreischte Eustacie. »Legen Sie sie auf die Kaminbank, *mon cousin!*«

Nye, der vom Schankraum hereingekommen war, sagte: »Was! Miss Thane ohnmächtig? Ich hole auf der Stelle Sir Hugh!«, und ging ins Gästezimmer hinaus.

Sir Tristram trug seine schöne Last zu der Kaminbank und legte sie darauf nieder. Ein Blick auf ihren reizenden Teint genügte, jegliche Besorgnis, die er sonst vielleicht empfunden haben mochte, zu beschwichtigen; mit den Fingern an ihrem ruhig schlagenden Puls sagte er: »Ich glaube, wir sollten sie mit Wasser anschütten, meine liebe Base. Mit kaltem Wasser.«

Miss Thanes Lippen teilten sich etwas. Ein sehr leises Flüstern erreichte Sir Tristrams Ohr. »Wagen Sie es!« hauchte Miss Thane.

»Wartet! Ich hole sofort Hirschhornsalz!« sagte Eustacie, und da sie sich scharf auf dem Absatz umdrehte, stieß sie mit Mr. Peabody zusammen, der eifrig über ihre Schulter auf Miss Thanes leblose Gestalt gespäht hatte. »Biest! Tyrann! *Imbécile*!« fuhr ihn Eustacie wütend an.

Mr. Peabody trat hastig zur Seite. Da er im Kerzenlicht Miss Thanes wohlgeformte Gestalt gesehen hatte, war er jetzt ganz sicher, daß ein Irrtum begangen worden war, und der Blick, den er Mr. Stubbs zuwarf, der verdrossen an der Tür stand, war höchst vorwurfsvoll.

Eustacie kam wieder die Treppe heruntergelaufen, gerade, als Sir Hugh, vom Wirt gefolgt, den Kaffeesalon betrat.

»Was soll das alles?« fragte Sir Hugh. »Nye da erzählt mir irgendeine Geschichte, daß Sally in Ohnmacht fiel. Sie wird nie ohnmächtig!«

Sir Tristram, der auf Miss Thane hinunterblickte, bemerkte den Schatten eines Ärgers auf ihrem Gesicht. Seine Lippen zuckten leicht, aber er antwortete ernst: »Ich fürchte, es ist nur zu wahr. Sie können es selbst sehen.«

»Also, das ist wirklich seltsam!« sagte Sir Hugh und betrachtete seine Schwester leicht überrascht durch sein Einglas. »Ich habe noch nie erlebt, daß sie das getan hätte.«

»Sie hat einen großen Schock erlebt«, sagte Shield feierlich. »Wir können nur hoffen, daß sie nicht ernstlich verletzt ist.«

»Ah, *la pauvre!*« rief Eustacie aus, die sich königlich unterhielt. »Ich staune, daß sie nicht tot vor Angst ist!« Dabei schob sie ihren Vetter aus dem Weg, sank neben der Bank auf die Knie und hielt Miss Thane das Hirschhornsalz unter die Nase. »Seht, sie erholt sich! *C'est ça, ma chère! Doucement, alors, doucement!*« Über die Schulter hinweg sagte sie zu Sir Hugh: »Diese bösen Männer griffen sie an — mit Stöcken!« fügte sie hinzu, als sie die Knüppel der Detektive bemerkte.

Sir Hugh brauchte einen Augenblick, um das aufzunehmen. Er drehte sich um, starrte die beiden Detektive an, und in seinen Augen sammelte sich langsam wütende Ungläubigkeit. »Was?!« sagte er. »Sie haben meine Schwester angegriffen? Diese schnapssaufenden, schielenden Tröpfe? Dieses Paar fuselgesichtiger, dummköpfiger —«

Miss Thane unterbrach diese anschwellende Kritik mit einem leichten Stöhnen und öffnete die Augen. »Wo bin ich?« fragte sie schwach.

»*Dieu soit béni!*« sagte Eustacie fromm. »Es geht ihr besser!«

Miss Thane setzte sich auf, die Hand an der Stirn. »Zwei Männer mit Stöcken...« sagte sie tastend. »Sie liefen mir nach und fingen mich... Oh, bin ich wirklich in Sicherheit?«

»Ein bißchen Brandy, Ma'am?« schlug Nye vor. »Sie sind ja ganz durcheinander, und das ist kein Wunder! Ein himmelschreiender Skandal, das ist es! So etwas habe ich noch nie gehört!«

»Sally«, sagte Sir Hugh, »willst du mir erzählen, daß dich diese ungeschickten Esel überfallen haben?«

Sie folgte der Richtung seines Zeigefingers, schrie leicht auf und klammerte sich an seinen Arm. »Laß nicht zu, daß sie mich anrühren!«

»Dich anrühren?« sagte Sir Hugh mit einem kriegerischen Licht im Auge. »Das sollen sie nur versuchen!«

»Es war alles ein Irrtum, Ma'am! Niemand will Sie anrühren!« sagte Mr. Peabody. »Wir haben es wirklich nicht bös gemeint! Es war das schlechte Licht, und weil wir Sie nicht erkannt haben.«

»Alles eine Sache der Pflicht«, sagte Mr. Stubbs, noch immer das Taschentuch an die Nase haltend.

»Ihr haltet den Mund!« sagte Sir Hugh. »Sally, was ist geschehen?«

»Ich weiß es kaum«, erwiderte seine Schwester. »Ich ging ein bißchen Luft schnappen, und kaum war ich ein Dutzend Schritte gegangen, hörte ich jemanden hinter mir laufen. Ich drehte mich um und sah diese beiden Männer stöckeschwingend auf mich zukommen. Ich versuchte zu entkommen, aber sie fingen mich und behandelten mich so derb, daß ich nahe daran war, auf der Stelle ohnmächtig zu werden. Und wer kam dann dank einer gütigen Vorsehung dahergeritten? Sir Tristram!

Ich schrie um Hilfe — wirklich, ich dachte, man wolle mich ermorden oder bewußtlos schlagen —, und er warf sich vom Pferd und rettete mich! Er schlug den Dicken nieder, und als der andere mit seinem Knüppel auf ihn losging, warf er ihn auf alle viere nieder!«

»Das hat Tristram getan?« rief Eustacie. »*Voyons, mon cousin*, ich fange an, Sie wirklich sehr gern zu haben!«

Sir Hugh, dessen Wut von einer Minute zur anderen fachlichem Interesse wich, fragte: »Ihn mit einem Hüftschwung geworfen, ja?«

»Wie Sie sagen«, sagte Shield. »Sie kennen ja den Trick.«

Sir Hugh hob sein Einglas und betrachtete Mr. Stubbs leidende Nase. »Und den da außerdem angezapft«, bemerkte er mit Genugtuung.

»Nein«, erwiderte Sir Tristram. »Ich glaube, das ist das Verdienst von Miss Thane.«

»Ich habe ihn wirklich geschlagen«, gab Sarah zu.

»Braves Mädel!« sagte ihr Bruder beifällig. »Das muß ein netter, kräftiger Hieb gewesen sein. Aber warum sind sie dir nachgelaufen? Das ist es, was mir nicht eingeht.«

»Sie sagten, ich sei Ludovic Lavenham, und sie verhafteten mich«, sagte Miss Thane.

Sir Hugh wiederholte verständnislos: »Sagten, du seist Ludovic Lavenham?« Wieder musterte er die Detektive. »Die sind wirklich verrückt.«

»Eher besoffen, Sir«, warf der Wirt unfreundlich ein. »Sie haben den größten Teil des Nachmittags in meinem Schankraum verbracht und Blue Ruin getrunken, bis man staunte, daß sie noch gerade gehen konnten.«

Ein protestierendes Geräusch kam hinter Mr. Stubbs Taschentuch hervor.

»So ist das also, ja?« sagte Sir Hugh. »Sie haben recht — sie stinken nach Schnaps!«

»Das ist nicht wahr, Euer Ehren!« sagte Mr. Peabody sehr erregt. »Wenn wir einen Tropfen getrunken haben, so nur, um eine Erkältung zu verhindern.«

»Einen Tropfen!« stieß der Wirt hervor. »Ha, ihr habt so ziemlich allen ausgetrunken, der im Haus war!«

Mr. Stubbs wagte es, hinter seinem Taschentuch aufzutauchen. »Ich schwöre feierlich, das ist nicht wahr«, sagte er. »Wir hatten den Verdacht, daß die Dame dieser Luderwick Lavenham ist — und so ist alles gekommen.«

Sir Tristram maß ihn kritisch. »Das entscheidet die Sache! Sie müssen schwer besoffen sein«, bemerkte er.

»Natürlich sind sie das«, stimmte ihm Thane zu. »Haben gedacht, meine Schwester sei ein Mann? So etwas hab ich noch nie gehört! Sie sind so besoffen, daß sie nicht einmal richtig sehen können.«

Mr. Peabody erklärte hastig. »Nein, Euer Ehren, nein! Es ist alles wegen dieser Kammerzofe, die wir hier gesehen haben und die so plötzlich entlassen wurde und für die wir die Dame hielten.«

»Ihr macht es immer schlimmer für euch«, sagte Sir Tristram. »Zuerst sagt ihr, ihr dachtet, Miss Thane sei Ludovic Lavenham, und jetzt sagt ihr, ihr dachtet, sie sei die Kammerzofe meiner Base. Bitte sehr, was hattet ihr damit vor, eine Kammerzofe zu jagen?«

»Es ist sonnenklar, was sie vorhatten«, sagte Thane streng.

»Ich wußte doch, daß sie ein niedriges, ordinäres Weibsstück war!« rief Eustacie, schnell bei der Hand, diesen Punkt noch zu überbieten.

Die angeschwärzten Detektive konnten sie nur verärgert und offenen Mundes anstarren.

»Na, Wright soll erfahren, wie sich seine großartigen Detektive aufführen, sobald sie außerhalb seiner Reichweite sind!« versprach Sir Hugh.

»Aber Euer Ehren — aber Sir —, das war doch alles nicht so! Es war die Kammerzofe, von der wir dachten, sie sei Luderwick Lavenham, weil sie so ein großes, strammes Weibsstück war, und als Miss hier so vorsichtig aus der Hintertür kam, so, als hätte sie Angst, daß sie jemand sehen könnte, war es natürlich, daß wir uns in ihr geirrt haben. Wozu ging wohl die Dame spazieren, wenn es schon fast dunkel war?«

Sir Hugh drehte sich um und sah seine Schwester an, denn seine richterlichen Instinkte waren geweckt. »Ich muß sagen, es erscheint mir verdammt seltsam«, räumte er ein. »Was hast du draußen gesucht, Sally?«

Miss Thane, teils von dem Geist reiner Spitzbüberei, teils von dem Wunsch getrieben, sich an Sir Tristram für seinen unmenschlichen Vorschlag zu rächen, sie mit kaltem Wasser anzuschütten, wandte das Gesicht ab und flehte ihren Bruder an, sie das nicht zu fragen.

»Alles gut und schön«, wandte Thane ein, »aber bist du zur Hintertür hinausgegangen?«

»Ja«, sagte Miss Thane und schlug die Hände vors Gesicht.

»Warum?« fragte Sir Hugh leicht verblüfft.

»Oh«, sagte Miss Thane, ein Bild mädchenhafter Verwirrung, »muß ich es dir wirklich sagen? Ich wollte mich mit Sir Tristram treffen.«

»Eh?« äußerte Thane verblüfft.

Miss Thane entdeckte, daß sie ihren Gegner unterschätzt hatte. Kein Muskel zitterte in Shields Gesicht. Er sagte sofort: »Diese Neuigkeit hätte Ihnen zu einer passenderen Zeit mitgeteilt werden sollen, Thane. Ich bitte Sie, schonen Sie das Schamgefühl Ihrer Schwester!«

Miss Thane, ausnahmsweise einmal außer Fassung, mischte sich hastig ein. »Wir können solche Dinge nicht jetzt erörtern! Ich bitte dich, schicke diese Kreaturen fort! Ich will ja glauben, daß sie mir nichts Böses antun wollten, aber ich schwöre und erkläre, bei ihrem bloßen Anblick bekomme ich einen Krampfanfall!«

Diese Bitte stand so sehr in Übereinstimmung mit den eigenen Wünschen der Detektive, daß sie beide Sir Hugh hoffnungsvoll ansahen und ihm zu verstehen gaben, falls es ihm beliebte, sie nach London zurückzubeordern, würden sie ihm nur allzu gern gehorchen. Die Katastrophen des Tages hatten sie mit Erfolg überzeugt, daß ihre Mission zwecklos war; und ihre Hauptsorge war es jetzt nicht, einen Gesetzesflüchtigen zu verhaften, sondern Sir Hugh soweit zu bringen, daß er davon abstand, sich bei seinem Freund, Sampson Wright, über sie zu beklagen. Sie waren nicht betrunken, und ihre Motive waren lauterster Art gewesen. Sie hatten jedoch das Gefühl, daß keine Hoffnung bestand, gegen das Zeugnis Sir Hughs und seiner Schwester und Sir Tristrams und des Wirts in der Bow Street angehört zu werden.

Einigermaßen zu ihrer Überraschung kam ihnen Miss Thane zu Hilfe, indem sie großmütig sagte, was sie betreffe, sei sie bereit, die Sache auf sich beruhen zu lassen.

»Wright sollte aber doch davon erfahren«, sagte Sir Hugh kopfschüttelnd.

»Sehr richtig, aber du vergißt, daß sie für ihre Dummheit bereits bestraft wurden. Weißt du, Sir Tristram ging sehr rauh mit ihnen um.«

Durch diese Überlegung war Sir Hugh etwas besänftigt. Nachdem er den Detektiven gesagt hatte, er hoffe, es würde ihnen eine Lehre sein, und sie warnte, falls er ihre Gesichter je wieder innerhalb der Portale des Roten Löwen erblickte, würde es um so schlimmer für sie werden, entließ er sie mit einer Handbewegung. Sie versicherten ihm, sie würden mit der Nachtpost nach London zurückfahren. Mit neuerlichen Entschuldigungen bei Miss Thane und unter Verbeugungen verließen sie, so schnell sie konnten, den Gasthof.

»Na, jetzt, da sie sich davongemacht haben«, sagte Nye, »gehe ich und lasse Mr. Ludovic aus dem Keller.«

Sir Hugh war im Augenblick nicht an Ludovics Befreiung interessiert. Er betrachtete Shield verblüfft, und kaum hatte der Wirt in Begleitung Eustacies das Zimmer verlassen, sagte er: »Ich würde sagen, Sally weiß, was sie tut, aber ich glaube nicht, daß Sie sich mit ihr verabreden sollten, Sie auf diese Weise zu treffen. Das ist durchaus nicht das richtige. Außerdem ist es sinnlos. Wenn Sie sie sehen wollen, können Sie es doch hier, nicht? Ich jedenfalls habe nichts dagegen.«

»Ich fürchte, Sie haben keine romantischen Neigungen«, sagte Shield, bevor Miss Thane etwas äußern konnte. »Ein sternklarer Himmel, die balsamische Nachtluft —«

»Aber wir haben doch Februar! Die Nachtluft ist gar nicht balsamisch — es ist doch den ganzen Tag ein verdammter Nordwind gegangen«, erklärte Sir Hugh.

»Für Verliebte«, sagte Sir Tristram seelenvoll, »ist jede Luft balsamisch.«

»Hassenswerter Mensch!« sagte Miss Thane empört. »Beachte ihn nicht, Hugh! Natürlich ging ich nicht aus, um ihn zu treffen.«

Sir Tristram schien überwältigt zu sein. »Sie spielen mit mir!« sagte er vorwurfsvoll. »Sie haben meine Hoffnungen zerschmettert, meine Selbstachtung zerschlagen —«

»Noch ein Wort, und ich ohrfeige Sie!« drohte Miss Thane.

Sir Hugh schüttelte in milder Mißbilligung den Kopf über sie. »Ich verstehe, was es ist: du hast schon wieder geflirtet«, sagte er.

»Sei nicht so gewöhnlich!« flehte Miss Thane. »Es ist kein wahres Wort daran! Ich ging bloß hinaus, um die Detektive zu überlisten. Sir Tristram kam rein zufällig daher.«

»Aber du hast mir doch gesagt —«

»Die Wahrheit ist, daß Sie auf eine heimliche Romanze gestoßen sind, Thane«, sagte Sir Tristram mit der Miene größter Aufrichtigkeit.

Thane blickte von Sir Tristrams unerschütterlichem Gesicht zu dem empörten seiner Schwester und gab es auf. »Ich nehme an, es ist alles nur Schwindel«, bemerkte er. »Kommt ihr in das Gästezimmer? Hier zieht es teuflisch.«

»Gleich«, erwiderte Sir Tristram und hielt Miss Thane durch das einfache Mittel zurück, daß er die Hand ausstreckte und ihr Handgelenk ergriff.

Sie fügte sich, und als ihr Bruder in das Gästezimmer zurückgegangen war, sagte sie: »Das habe ich vermutlich verdient.«

»Gewiß«, stimmte ihr Sir Tristram zu und ließ sie los. »Es wäre Ihnen recht geschehen, wenn ich Sie wirklich mit kaltem Wasser angeschüttet hätte. Sind Sie eigentlich verletzt?«

»O nein, bloß ein, zwei blaue Flecken! Ihr Einschreiten kam zur rechten Zeit.«

»Und was wäre geschehen, wenn ich nicht zufällig dagewesen wäre?«

»Dann hätte ich mich natürlich von ihnen hierher zurückschleppen lassen und wäre in Hughs statt in Ihren Armen ohnmächtig geworden.«

Er lächelte leicht, sagte jedoch nur: »Sie hätten es nicht tun sollen.«

»Oh, vielleicht war es nicht, wie Eustacie sagen würde, ganz *convenable*«, erwiderte sie, »aber Sie werden zugeben, daß wir dadurch einer großen Gefahr ledig geworden sind.«

»Sie hätten schwer verletzt werden können«, antwortete er.

»Nun, ich bin es aber nicht, daher wollen wir nicht mehr daran denken.«

In diesem Augenblick schlenderte Ludovic ins Zimmer, legte seinen gesunden Arm um Miss Thanes Mitte und küßte sie auf die Wange. »Sally, ich schwöre, Sie sind ein Engel!« erklärte er.

»Etwas weniger Engelhaftes als ihr Verhalten in der letzten halben Stunde muß ich erst noch erleben«, bemerkte Sir Tristram. »Eine vollendete Lügnerin träfe die Sache besser.«

»*Quant à ça*, haben auch Sie gelogen«, sagte Eustacie. »Sie taten, als seien Sie in sie verliebt — Sie wissen sehr gut, daß Sie das getan haben!«

»Wirklich?« sagte Ludovic. »Vielleicht ist er in sie verliebt. Ich schwöre, ich bin's!«

»Eine egoistische Liebe, mein Kind«, warf Miss Thane gelassen ein. »Sie sind über mich erfreut, weil ich Ihnen diese Detektive vom Hals geschafft habe. Und jetzt, da sie weg sind — wann brechen wir im Dower House ein?«

»Machen Sie sich von dem Gedanken frei, daß Sie mit von der Partie sein werden«, sagte Shield. »Weder Sie noch Eustacie werden mitkommen — falls wir überhaupt hingehen.«

»He, was soll das?« fragte Ludovic. »Natürlich gehen wir hin!«

Miss Thane sah Shield mit einem humorvollen Schimmer in den Augen an. »Nun erzählen Sie mir bitte nicht, daß wir nach all dem Wirbel, in den ich gestürzt worden bin, um die Hindernisse unseres Abenteuers wegzuräumen, kein Abenteuer haben sollen!«

»Ich glaube, ihr werdet wahrscheinlich so viel Abenteuer haben, wie ihr es euch nur wünscht, ohne ins Dower House zu gehen, um es dort zu suchen«, erwiderte Shield. »Ich glaube, der Verdacht des Beaus wird nicht so leicht zu beschwichtigen sein wie der der Detektive.«

»Nun, wenn Basil mir persönlich nachspioniert, werden wir einigen Spaß erleben«, sagte Ludovic heiter. »Ich wollte, du bekämst heraus, wann er nach London zu fahren gedenkt, Tristram.«

Das war keine schwere Aufgabe, denn der Beau, der seinem Vetter noch am selben Abend nach dem Abendessen einen freundschaftlichen Besuch abstattete, gab die Auskunft ganz unaufgefordert. Er wanderte in die Bibliothek des Herrenhauses, eine Vision in Perlgrau und Lachsrosa, und lächelte Shield, der sich auf dem Sofa neben dem Kamin rekelte, süß an.

Shield begrüßte ihn unbewegt und deutete mit dem Kopf auf einen Stuhl. »Setz dich, Basil — ich freue mich, dich zu sehen.«

Der Beau hob spöttisch die Brauen. »Mein lieber Tristram, wie unerwartet!«

»Ja«, sagte Shield, »zweifellos. Ich habe das Gefühl, du solltest von einem äußerst seltsamen Umstand unterrichtet werden. Weißt du, daß zwei Bow-Street-Detektive in der Gegend waren und Ludovic suchten?«

Einen Augenblick erwiderte der Beau nichts. Das Lächeln verweilte zwar auf seinen Lippen, aber ein zurückhaltender Ausdruck stahl sich in seine Augen, als fände er eine solche direkte Kampfmethode beunruhigend. Er zog einen Stuhl ans Feuer, setzte sich und sagte: »Ludovic? Du irrst dich doch bestimmt? Ludovic ist nicht in Sussex, oder?«

»Nicht daß ich wüßte«, erwiderte Sir Tristram kühl, »aber soviel ich aus den Detektiven herausbekommen konnte, hat jemand das Gerücht aufgebracht, er sei Eustacies Schmuggler gewesen.«

Der Beau öffnete seine Schnupftabakdose. »Absurd!« murmelte er. »Wenn Ludovic in Sussex wäre, müßte er mir Nachricht geschickt haben.«

»Das dachte ich auch«, stimmte ihm Shield zu. »Bist du ganz sicher, daß er dir keine Nachricht geschickt hat?«

Der Beau wollte eben eine Prise an sein Nasenloch führen, hielt jedoch inne und sah mit einem leichten Stirnrunzeln zu seinem Vetter hinüber. »Ganz sicher«, antwortete er.

»Oh, du brauchst keine Angst zu haben, es mir zu sagen, wenn du von ihm gehört hast«, sagte Sir Tristram. »Ich wünsche dem Jungen nichts Böses. Aber falls das Gerücht doch wahr sein sollte, wäre es klug von dir, ihn wieder außer Landes zu bringen.«

Der Beau sagte einige Augenblicke lang nichts und inhalierte auch seine Prise nicht. Seine Augen blieben auf Shields Gesicht geheftet. Er schloß seine Dose wieder und erwiderte endlich: »Vielleicht. Ja, vielleicht. Aber ich erwarte nicht, von ihm zu hören.« Er lehnte sich zurück und kreuzte die Beine. »Ich bin erstaunt, daß so ein Gerücht entstanden ist — sehr erstaunt. An meine Ohren ist es nicht gedrungen. Aber mein Gang zu dir hat nichts mit dem armen Ludovic zu tun, wo immer er sein mag.«

»Ich freue mich, dich das sagen zu hören. Was ist der Zweck deines Besuches?«

»Oh, ein geringfügiger, mein lieber Junge! Ich muß morgen aus dringenden Gründen nach London fahren — weißt du, meine neue Jacke: sie hängt an den Schultern herunter, eine höchst bedauernswerte Sache! —, und es fiel mir ein, daß ich vielleicht etwas für dich besorgen kann.«

»Das ist sehr nett von dir, Basil, aber ich glaube, ich brauche dich nicht zu bemühen. Ich rechne fast täglich damit, dieses Haus zu verlassen.«

»Oh?« Der Beau betrachtete ihn nachdenklich. »Ich schließe also daraus, daß auch Eustacie den Ort verläßt?«

Sir Tristram erwiderte kurz: »Ich glaube ja. Wirst du dich lange in London aufhalten? Hast du vor, hierher zurückzukehren?«

»Doch, ich glaube schon. Ich werde bestimmt nur über eine Nacht in der Stadt bleiben. Ich habe die Dienerschaft nicht für länger beurlaubt. Ah, und das erinnert mich daran, Tristram, ich möchte, daß du diesen Burschen — wie heißt doch gleich Sylvesters Zimmermann? Oh, Johnson! — ja, ich möchte, daß du ihm aufträgst, irgendwann im Dower House vorzusprechen. Mein Kammerdiener sagt mir, daß der Riegel an einem der Bibliotheksfenster abgerissen sei. Vielleicht kann er sich darum kümmern.«

»Sicher«, sagte Shield teilnahmslos. Als sein Vetter gleich darauf ging, sah er ihm jedoch mit einem leisen Lächeln nach und sagte: »Wie außergewöhnlich plump, wirklich!«

Als am nächsten Morgen Ludovic die Begegnung geschildert wurde, rief er mit bezeichnendem Ungestüm aus: »Dann ist das also heute nacht unsere Gelegenheit! Der Beau hat sich von uns beschwindeln lassen!«

»Wir scheinen das gleiche Glück zu haben«, sagte Shield trocken.

Ludovic zog eine Braue hoch. »Was meinst du wohl damit?« erkundigte er sich.

»Nicht ganz das gleiche«, sagte Miss Thane mit einem Lächeln.

»Nein«, gab Shield zu. »Er unterschätzte mich ein bißchen.«

Ludovic hockte am Tischrand und baumelte mit einem Bein. »Oh, du glaubst also, daß es eine Falle ist, ja? Unsinn! Warum denn? Er kann nur vermutet haben, daß ich hier bin, und du kannst sicher sein, wir haben ihn überzeugt, daß er sich irrte.«

»Ich verlasse mich auf nichts dergleichen«, erwiderte Shield. »Ja, ich bin sogar erstaunt, wie plump diese Falle ist. Überlege einen Augenblick, Ludovic! Er hat mir erzählt, daß er heute abend in London sein wird, daß er seine Dienerschaft beurlaubt hat und daß von einem der Bibliotheksfenster der Riegel abgerissen ist. Wenn du Narr genug bist, das zu schlucken, dann gestehe wenigstens mir zu, daß ich vernünftiger bin.«

»Na schön!« sagte Ludovic leichthin. »Man muß schließlich hie und da ein Risiko auf sich nehmen. Basil wagt es nicht, mir in seinem eigenen Haus eine Falle zu stellen. Verdammt, Mann, er kann mich nicht fangen und dem Gesetz übergeben! Es würde gar nicht gut aussehen.«

»Sicher nicht«, antwortete Sir Tristram. »Ich fürchte nicht, daß sich Basil persönlich ins Freie wagt, aber du vergißt, daß er einen sehr fähigen Stellvertreter in Gestalt seines Kammerdieners hat. Wenn dich sein Diener im Dower House fängt und dich als gewöhnlichen Einbrecher dem Gesetz übergibt, würde man dich erkennen und niemand könnte dir mehr helfen, während Basil noch immer diskret in London wäre. Er würde sich deiner entledigt haben, ohne sich der leisesten Kritik von irgendeiner Seite auszusetzen.«

»Na, sie können ja versuchen, mich zu fangen, wenn sie wollen«, sagte Ludovic. »Es wird ihnen schlimm ergehen, wenn sie es tun.«

Miss Thane betrachtete ihn etwas amüsiert. »Ja, Ludovic, aber es wird alles sehr peinlich machen, wenn Sie eine Strecke Leichen in Ihrem Kielwasser hinterlassen«, erklärte sie. »Ich habe wider Willen das Gefühl, daß Sir Tristram recht hat. Er ist einer der unangenehmen Leute, die fast immer recht haben.«

Ludovic warf das Kinn etwas hoch. »Ich sehe mir das Priester-Versteck an, und wenn ich dafür sterben muß!« sagte er.

»Wenn du gehst, dann allein, Ludovic«, sagte Sir Tristram.

Ludovics Augen blitzten. »Kneifen, wie? Ich kann Clem an deiner Statt haben.«

»Verlaß dich darauf, daß Clem bei diesem Wagnis nicht mit dir geht«, erwiderte Sir Tristram.

»Oh, du hast ihn also schon bearbeitet, wie? Verdammt, Tristram, ich muß den Ring finden!«

»Auf diese Weise wirst du es nicht. Es bedeutet, den Kopf in eine Schlinge zu stecken. Du hast eine bessere Hoffnung als diese geringe Chance, den Ring in einem Priester-Versteck zu finden.«

»Und welche?« fragte Ludovic ungeduldig.

»Basils Kammerdiener«, erwiderte Shield. »Er hat die Anzeige gegen dich erstattet. Meinem Urteil nach wird er von Basil ziemlich tief ins Vertrauen gezogen. Wie tief, weiß ich nicht, aber ich tue, was ich kann, um es herauszufinden.«

»Vermutlich ja, aber was schadet es? Verlaß dich darauf, er wird dafür bezahlt, daß er die Geheimnisse Basils wahrt. Schleimiger Spitzbube«, fügte Ludovic finster hinzu.

»Zweifellos«, stimmte ihm Shield zu. »Daher habe ich Kettering darauf angesetzt, ihn zu bearbeiten. Wenn er etwas weiß, kannst du Basil überbieten.«

»Wer ist Kettering?« unterbrach ihn Miss Thane. »Man muß mir alles klarmachen.«

»Kettering ist der Stallmeister des Herrenhauses und einer von Ludovics Anhängern. Sein Sohn arbeitet für den Beau, und er steht mit der Dienerschaft im Dower House auf gutem Fuß. Wenn er es Gregg in den Kopf setzen kann, daß ich Beweise sammle, welche die Dinge für Basil finster aussehen lassen, stellen wir vielleicht fest, daß es leicht ist, den Burschen zum Reden zu bringen. Hab Geduld, Ludovic!«

»Oh, du bist vorsichtig wie ein altes Weib!« sagte Ludovic. »Laß mich nur den Fuß ins Dower House setzen —«

»Du kannst mir glauben, daß ich viel zu sehr dein Freund bin, um dich etwas dergleichen tun zu lassen«, sagte Sir Tristram entschieden.

11

Da Ludovic seinen Vetter zu gut kannte, um den Versuch zu unternehmen, mit ihm zu streiten, sobald sich Tristram zu etwas entschlossen hatte, sagte er nichts mehr zugunsten seines eigenen Plans, sondern überließ es Miss Thane, Shield zu unterhalten, während er hinausging, um seine Überredungskunst an dem unglücklichen Clem zu versuchen. Er vergaß ganz, daß er nicht Gefahr laufen durfte, von einem Fremden gesehen zu werden, ging in den Schankraum und sagte: »Clem, bist du hier? Ich brauche dich!«

Clem war nirgends zu sehen, aber gerade als Ludovic wieder gehen wollte, öffnete sich die Tür zur Straße, und ein untersetzter Mann in einem Barchentanzug betrat den Gasthof. Ludovic warf einen Blick auf ihn und stieß hervor: »Abel!«

Mr. Bundy schloß die Tür hinter sich und nickte. »Ich bekam Nachricht, daß Sie hier sind«, bemerkte er.

Ludovic warf einen schnellen Blick zu der Tür, die in den Küchenbereich führte, wo seiner Meinung nach Clem war, und packte Bundy beim Handgelenk. »Weiß Nye, daß du hier bist?« fragte er leise.

»Nein«, erwiderte Bundy, »noch nicht, aber ich will mit ihm reden.«

»Du wirst mit mir reden«, sagte Ludovic. »Ich will nicht, daß Nye weiß, daß du da bist. Komm in mein Schlafzimmer hinauf!«

»Geht nicht, Sir!« protestierte Bundy und rührte sich nicht vom Fleck. »Sie wissen bestimmt, weshalb ich herkomme. Ich hab eine Menge Brandyfässer warten, die hier abgeliefert werden müssen, sowie Nye das Zeichen dazu gibt.«

»Er wird es noch nicht wagen; das Haus ist voll. Ich habe eine andere Arbeit für dich.«

Bundy maß ihn. »Gehen Sie wieder zu Dickson an Bord der *Saucy Annie?*« erkundigte er sich.

»Nein; mein Großvater ist tot«, sagte Ludovic.

»Das wird ein Verlust sein«, bemerkte Mr. Bundy nachdenklich. »Aber wenn Sie das Schmuggelgeschäft aufgeben, bin ich heilfroh. Was wollen Sie denn, das ich tun soll?«

»Komm hinauf, und ich sag dir's«, erwiderte Ludovic.

Wie es das Glück haben wollte, war niemand im Kaffeesalon. Ludovic führte Bundy durch den Salon und über die Treppe zu dem Vorderzimmer, das ehedem Miss Thanes Schlafzimmer gewesen war. Es roch noch immer leicht exotisch, ein Umstand, der Mr. Bundy nicht entging. »Ich tät glauben, da war ein Frauenzimmer drin«, bemerkte er.

Ludovic beachtete diese weise Bemerkung nicht. Nachdem er die Tür versperrt hatte, nur für den Fall, daß es sich Sir Tristram in den Kopf setzte, zu ihm heraufzukommen, bevor er den Gasthof verließ, drängte er Bundy zu einem Stuhl und sagte, er solle sich setzen. »Abel, du weißt, warum ich mich der Schmuggelei zugewandt habe, nicht?« fragte er unvermittelt.

Mr. Bundy legte seinen Hut neben sich auf den Boden und nickte.

»Also jetzt paß auf!« sagte Ludovic. »Ich habe den Mord damals nicht begangen.«

»Oh?« sagte Bundy, nicht besonders interessiert. Nach kurzem Nachdenken fügte er hinzu: »Bestimmt werden Sie das beweisen müssen, wenn Sie die Stelle des alten Lords einnehmen wollen.«

»Das habe ich vor«, erwiderte Ludovic. »Und du wirst mir dabei helfen.«

»Mir ist's recht«, sagte Bundy. »Man erzählt mir, wir werden diesen Vetter da von Ihnen im Herrenhaus oben haben, den, den sie den Beau nennen. Es wäre ziemlich schlecht für den Handel, wenn das so kommen tät. Er wird den ›Gentlemen‹ keine Hilfe geben.«

»Ihr werdet den Beau nicht im Herrenhaus haben, wenn du mir zu beweisen hilfst, daß er den Mord beging, den man mir zur Last legt«, sagte Ludovic.

Mr. Bundy sah ziemlich erfreut drein. »Das ist eine wirklich gute Idee«, sagte er beifällig. »Wir schaffen ihn beiseite, genauso still, wie er es gern mit Ihnen machen tät. Wie fangen wir das an?«

»Ich glaube, daß er einen Ring hat, der mir gehört«, antwortete Ludovic. »Ich habe keine Zeit, dir das alles jetzt zu erklären, aber wenn ich den Ring finden kann, dann kann ich beweisen, daß ich an Plunketts Tod unschuldig bin. Ich brauche einen Mann, der mir hilft, heute abend in das Haus meines Vetters einzubrechen. Du siehst, wie das mit mir ist! Dieser verdammte Berittene hat mir einen Schuß in den Arm gejagt.«

»Ja, das hab ich gehört«, sagte Bundy. »Ich hab Ihnen ja gesagt, Sie hätten nicht mitkommen sollen.« Er sah Ludovic grübelnd an. »Ich weiß nicht, ob ich richtig verstehe, was Sie vorhaben. Einbrechen ist nicht mein Handwerk. Mir scheint, Sie hätten Clem mitgenommen — wenn er gegangen wäre.«

»Ich wäre vielleicht imstande, ihn dazu zu bringen, aber ich habe einen Vetter hier — einen verfluchten, vorsichtigen Vetter, der sich einmischt und nicht will, daß ich den Versuch mache. Er hält es für zu gefährlich, und es ist ziemlich sicher, daß er Clem überredet hat, es mit seinen Augen zu sehen.«

Mr. Bundy kratzte sich nachdenklich die Nase. »Auf die eine oder andere Art sind Sie in einer jammervollen Menge Gefahr gewesen, seit Sie erwachsen sind«, bemerkte er.

Ludovic grinste. »Ich werde noch in einigen mehr sein.«

»Bestimmt werden Sie das«, stimmte ihm Bundy zu. »Es gibt welche, die anscheinend dazu geboren sind, und andere, die ungewöhnlich vorsichtig mit ihrer Haut sind. Ich möchte bloß wissen, wie es Leuten gelingt, sich aus Schwierigkeiten herauszuhalten. Mir ist das nie gelungen, aber ich weiß, daß es welche gibt.«

»Verteufelt langweilige Kerle, bestimmt. Es kann heute abend Schwierigkeiten im Dower House geben, und soviel ich weiß, ist mir eine Falle gestellt worden. Wirst du das Risiko auf dich nehmen?«

»Wie ich es sehe, ist das folgendermaßen«, sagte Bundy umständlich. »Es hat keinen Zweck zu versuchen, sich aus Schwierigkeiten herauszuhalten, wenn man dazu geboren ist. Denn warum? Wenn man selbst nicht nach Schwierigkeiten ausschaut, kommen die Schwierigkeiten nach dir Ausschau halten — ah, kommen außerdem hinterrücks dahergeschlichen, um einen unversehens zu schnappen. Weiß Joe Nye, was in der Luft liegt?«

»Nein. Er ist ein dicker Freund von meinem Vetter.«

Mr. Bundy sah ziemlich entsetzt drein. »Was — von demselbigen feinen Herrn?«

»Himmel, nein! Nicht von dem! Von meinem Vetter Shield — meinem jämmerlich vorsichtigen Vetter.«

Mr. Bundy rieb sich das Kinn. »Ich hab noch nie erlebt, daß sich Joe in einem Menschen geirrt hätt«, sagte er. »Ich zweifle, ob ich nicht unrecht tue, wenn ich gegen sein Urteil mitgehe. Aber wenn Sie Lust haben, zu gehen, komm ich am besten mit, denn Sie werden trotzdem gehen, wenn Sie sich nicht sehr geändert haben, was mir aber nicht wahrscheinlich erscheint. Was sind die Befehle?«

»Ich brauche ein Pferd, gesattelt und gezäumt und für mich um Mitternacht bereit«, antwortete Ludovic prompt. »Um die Zeit dürfte hier schon alles schlafen, und ich kann hinausschlüpfen. Warte mit zwei Rössern unten an der Straße nach Warninglid, so nahe bei diesem Haus, wie du nur gelangen kannst, ohne jemanden zu wecken. Ich treffe dich dort. Wir reiten zum Dower House — es ist eine Angelegenheit von nur fünf Meilen und sobald ich drinnen bin, dürfte das übrige leicht sein. Vielleicht wirst du deine Pistolen benötigen, obwohl ich lieber keine Schießerei draus machen möchte, und wir werden bestimmt eine Laterne brauchen.«

»Na, das ist ziemlich leicht«, sagte Bundy. »Es ist nur eines, was mich ein bißchen kratzt, und das ist, wie man Joe davon abhalten kann, daß er Verdacht schöpft, was wir tun werden. Joe ist keiner von denen, die mehr Haare am Kopf als Verstand drin haben — in seinem Schädel steckt eine Menge Verstand.«

»Er darf nicht wissen, daß du heute hier warst«, sagte Ludovic. »Du kannst wegkommen, ohne daß er dich sieht, wenn ich mich überzeuge, daß die Luft rein ist.«

»O ja, das kann ich«, stimmte ihm Bundy zu, »aber es ist möglich, daß sie es ihm in den Ställen sagen, daß ich hier herum war. Ich hab meinen Gaul dort gelassen.«

»Zum Teufel! Na, wenn dem so ist, sprichst du am besten doch mit Joe, aber gib acht, daß du ihn nicht erraten läßt, daß du mich getroffen hast. Du kannst nach mir fragen. Er wird dir erlauben, mich zu besuchen, und das wird gut ausschauen.«

Diesem Plan zufolge wurde Bundy durch den Hinterausgang aus dem Gasthof geschmuggelt und betrat ihn zehn Minuten später durch die Haustür zum zweitenmal. Er traf Clem im Schankraum an, und kaum erblickte ihn Clem, als er sagte, Mr. Ludovic dürfe unter keinen Umständen von seiner Anwesenheit erfahren. Er schob ihn in Nyes dumpfen kleinen Privatraum und ging den Wirt holen. Mr. Bundy setzte sich am Tisch nieder und kaute an einem Strohhalm.

Sein Beisammensein mit Nye dauerte nicht lange, und da beide Männer von Natur aus schweigsam waren, gab es nicht viel Gespräch. »Wo ist der junge Herr?« fragte Bundy über seinen Krug hinweg.

Nye wies mit dem Daumen nach oben. »In Sicherheit.«

»Ich hab damit gerechnet, daß du ihn versteckst«, sagte Bundy, nickte und ließ das Thema fallen.

»Ja.« Der Wirt betrachtete ihn nachdenklich. »Er ist reif für Unfug, kann ich dir sagen. Vielleicht ist es am besten, du gehst ihm aus dem Weg. Du warst immer genauso wie Clem und hast dich von ihm um den Finger wickeln lassen.«

»Vielleicht hast du recht«, räumte Bundy ein und zog sich wieder hinter seinen Krug zurück.

Sir Tristram wartete nicht auf Ludovics Wiedererscheinen, und aus naheliegenden Gründen erzählte ihm Nye nichts von Bundys Anwesenheit im Gasthof. Er schätzte Sir Tristram sehr, zog es jedoch vor, seine Geschäfte mit Freihändlern so geheim wie möglich zu halten. Als daher Sir Tristram, nachdem er Clem das Versprechen abgerungen hatte, Ludovic in dieser Nacht nicht beim Verlassen des Gasthofs zu helfen, wegfuhr, tat er das in der sicheren Überzeugung, daß sein unbesonnener junger Vetter ohne Unterstützung nichts zustande bringen konnte, was einem Einbruch gleichkam.

»Leider werden wir Ludovic mürrisch wie einen Bären mit Kopfweh erleben«, prophezeite Miss Thane pessimistisch.

Als jedoch Ludovic wieder ins Gästezimmer herunterkam, schien er in unverändert guter Laune zu sein, ein Umstand, der Miss Thane zunächst erleichterte, sie aber gleich darauf mit böser Ahnung erfüllte. Sie bildete sich ein, daß das Funkeln in Ludovics engelhaften blauen Augen deutlicher als sonst war, und nachdem sie es ein Weilchen ertragen hatte, war sie doch gezwungen, wenn auch indirekt, eine Bemerkung darüber zu machen. Sie sagte, sie fürchte, daß ihm Sir Tristrams Entscheidung unwillkommen sein mußte. Sie stickte gerade an einem Stück Seide; während sie sprach, hob sie jedoch die Augen von ihrer Arbeit und sah ihn fest an.

»Na ja!« sagte Ludovic. »Ich habe es überdacht, und ich muß sagen, er hat vielleicht recht.«

Stimme und Gesicht waren beide ganz ernst, Miss Thane war jedoch nicht imstande, den Verdacht loszuwerden, daß er sich innerlich amüsierte. Er begegnete ihrem prüfenden Blick mit äußerster Klarheit, lächelte nach einer Weile und erinnerte sie daran, daß es unhöflich war, Leute anzustarren.

Sie war einfach unfähig, seinem wirklich bezaubernden Lächeln zu widerstehen, sagte jedoch ernst: »Wie Sie wissen, wäre es nutzlos, wenn Sie den Versuch allein unternähmen. Sie würden doch etwas so Törichtes nicht tun, nicht wahr?«

»Oh, so verrückt bin ich nicht!« versicherte er ihr.

Sie ließ ihre Stickerei sinken. »Und Sie würden doch nicht — nein, natürlich nicht — Eustacie zu einem solchen Wagnis mitnehmen?«

»Guter Gott, nein! Ich schwöre es, wenn Sie es wünschen.«

Sie nahm ihre Stichelei wieder auf, und da eben ihr Bruder hereinkam, sagte sie nichts mehr. Als Ludovic später erschöpfend die verschiedenen Mittel erörterte, durch die der Kammerdiener des Beaus dazu gebracht werden konnte, zu enthüllen, was er wußte, schloß sie, daß ihr Verdacht unbegründet gewesen war, und als er sich mitten am Abend zum Piquet mit Sir Hugh niederließ, fühlte sie sich imstande, sich ruhigen Gemüts zum Schlafen zurückzuziehen. Sie hatte ihn schon früher beim Piquetspiel erlebt und wußte, daß wahrscheinlich alle anderen Überlegungen vergessen waren, sowie einmal ein grünes Flanelltuch vor ihm und ein Päckchen Karten in seiner Hand lag. Weder er noch Sir Hugh, meinte sie, würden ihre Betten vor den frühen Morgenstunden aufsuchen, um welche Zeit er schon zu schläfrig und nicht genügend klaren Kopfes sein würde (denn man konnte mit Sicherheit annehmen, daß im Lauf des Spiels sehr viel Wein fließen würde), um allein ein Abenteuer zu versuchen. Er bot ihr geistesabwesend gute Nacht, und sie ging ohne das leiseste böse Vorgefühl hinaus. Sie hatte jedoch nicht den Vorzug, den schnellen Seitenblick zu bemerken, den er ihr zuwarf, als sie durch den Eingang hinausging.

Das war um halb zehn. Um zehn Uhr unternahm es Ludovic, zur Ergötzung Sir Hughs einen Topf Rumpunsch zu mischen. Er versprach ihm etwas weit über das Übliche Hinausgehendes, und Sir Hugh gab nach einem einzigen Schluck des heißen, starken Gebräus zu, daß es sicherlich über dem Üblichen stand. Ludovic trank ein Glas und saß dann voll Bewunderung vor Sir Hughs Fassungsvermögen. Als dieser eine Bemerkung über Ludovics Enthaltsamkeit machte, sagte er offen, es würde nur sehr wenig von der Mischung genügen, ihn unter den Tisch zu bringen. Sir Hugh stellte ziemlich erfreut fest, er glaube mehr zu vertragen als die meisten Männer. In der nächsten halben Stunde fuhr er fort, die Richtigkeit dieser Behauptung zu demonstrieren. Die einzige Wirkung, die Ludovics Punsch auf ihn ausübte, bestand darin, daß er ihn ungewöhnlich schläfrig machte. Als Ludovic beim elften Glockenschlag gähnte und sagte, er sei fürs Bett, war Sir Hugh imstande, sich mit einem kaum merkbaren Schwanken vom Tisch zu erheben und seine Kerze aufzunehmen, ohne mehr Wachs auf den Boden zu verschütten, als völlig ziemlich war. Ludovic, erleichtert, daß das Gebräu Sir Hugh wenigstens zu einer ungewohnten Stunde fürs Bett bereitgemacht hatte, führte ihn in sein Zimmer hinauf und begleitete ihn sicher hinein, bevor er auf Fußspitzen in sein eigenes ging.

Nye hatte den Gasthof versperrt und war kurz vor den beiden schlafen gegangen. Ludovic schürte das Feuer in seinem Kamin zu hellen Flammen und setzte sich für eine müßige halbe Stunde hin.

Seine Vorbereitungen für das Wagnis nahmen einige Zeit in Anspruch, da sein linker Arm noch immer fast unbrauchbar war. Es gelang ihm jedoch, wenn auch mühsam, ein Paar Stulpenstiefel anzuziehen und sich in seinen Mantel zu quälen. Nachdem er sich versichert hatte, daß seine Pistolen richtig geladen waren, stopfte er die eine in den rechten Stiefelrand, die andere in die rechte Manteltasche, setzte einen Dreispitz auf, der vor drei Jahren modern gewesen war, und stahl sich mit der Kerze in der Hand leise auf den Gang hinaus.

Die Stufen knarrten unter seinen Füßen, als er hinunterschlich, aber es war nicht dieses Geräusch, das Miss Thane weckte. Ironischerweise wurde sie durch das rhythmische, hallende Schnarchen wach, das aus dem Zimmer ihres Bruders am Gang gegenüber drang. Einige Minuten lag sie zwischen Wachen und Schlaf, horchte auf diese abstoßenden Geräusche und fragte sich, ob es der Mühe wert sei, aufzustehen und Sir Hugh zu wecken, oder ob das Schnarchen ohnehin sofort wieder beginnen würde, wenn er einschlief. Gerade als sie entschieden hatte, das beste sei, sich die Decke über die Ohren zu ziehen und zu versuchen, das Schnarchen zu ignorieren, machte sie ein schwaches Geräusch wie das eines Riegels, der unten zurückgezogen wurde, hellwach. Sie setzte sich im Bett auf, meinte das Klicken eines Schnappschlosses zu hören, stand im nächsten Augenblick auf dem Boden und tastete nach ihrem Schlafrock.

Eine niedrig geschraubte Öllampe brannte auf dem Tisch neben dem Bett. Sie drehte den Docht hoch, nahm die Lampe und ging leise auf den Gang.

Das Haus war pechschwarz, und nur Sir Hughs Schnarchen durchbrach die Stille, aber Miss Thane war überzeugt, daß sie andere und sehr verstohlene Geräusche gehört hatte. Ihr erster Gedanke war, daß jemand das Haus betreten hatte, vermutlich auf Suche nach Ludovic, und sie wollte sich schon den Gang entlangstehlen und Nye wecken, als ihr eine andere Erklärung für die leisen Geräusche einfiel. Sie ging schnell zu Ludovics Zimmer und kratzte an der Tür. Es kam keine Antwort. Ohne das geringste Zögern drehte sie den Türgriff und schaute in das Zimmer.

Ein Blick auf das glatte Bett genügte, um sie über den Gang eilen und Nye wecken zu lassen. Das war leicht getan, und nach zwei Minuten dringenden leisen Rufens durch das Schlüsselloch stand er in einer über das Nachthemd gezogenen Reithose, die Nachtmütze noch auf dem

Kopf, neben ihr auf dem Gang. Als er hörte, daß Ludovic nicht in seinem Zimmer war, starrte er Miss Thane mit einer Falte zwischen den Brauen an und sagte langsam: »Er würde es nicht tun — nicht allein!«

»Wo ist Clem?« fragte Miss Thane leise.

Er schüttelte den Kopf. »Nein, nein, Clem war in der Sache ganz meiner Meinung. Sie müssen sich geirrt haben, Ma'am. Er würde diese Entfernung nicht zu Fuß gehen, und mit dem Arm in der Schlinge kann er kein Pferd satteln.« Er brach plötzlich ab, und seine Augen wurden schmal. »Bei Gott, Sie haben recht, Ma'am!« sagte er. »Er muß Abel gesprochen haben! Das erklärt, wieso er so ungewöhnlich heiter war, der verflixte Junge! Bitte, Ma'am, gehen Sie in Ihr Zimmer zurück. Ich lasse mir von Clem ein Pferd satteln, während ich etwas anziehe, und bin weg, hinter ihnen her.«

Miss Thane hatte überlegt. »Warten Sie, Nye, ich habe eine bessere Idee. Schicken Sie Clem zu Sir Tristram. Sie können den elenden Jungen nicht rechtzeitig einfangen, um ihn daran zu hindern, das Dower House zu betreten. Sobald er einmal in einer Falle, welcher Art auch immer, ist, die man ihm gestellt hat, ist Sir Tristram vielleicht der einzige, der imstande wäre, ihn herauszuholen.«

Nye schwieg. Nach einem Augenblick Überlegung sagte er zögernd: »Ja, das ist wirklich wahr. Und Clem ist kleiner als ich und wird schneller reiten. Sie haben eben Kopf, Ma'am.«

Während Clem seine Kleider überwarf, Nye im Stall ein Pferd sattelte und Miss Thane auf ihrem Bettrand saß und sich fragte, ob es noch etwas gäbe, was sie tun konnte, um eine Katastrophe von Ludovic abzuwenden, schritt der Gegenstand all dieser Aufregung den nach Warninglid führenden Feldweg hinunter, völlig blind für die Möglichkeit einer Verfolgung. Der Mond, von Zeit zu Zeit hinter dahinziehenden Wolken versteckt, gab genügend Licht, um ihn den Weg erkennen zu lassen, und zeigte ihm in kurzer Zeit zwei Pferde im Schatten einer Weißbuchenhecke.

Abel begrüßte ihn mit einem Knurren und bot ihm eine aus den Tiefen seiner Tasche hervorgezogene Feldflasche. »Spülen Sie sich den Staub hinunter, bevor wir starten«, empfahl er ihm.

»Nein, ich muß klaren Kopf bewahren«, erwiderte Ludovic. »Du auch, übrigens. Ich will nicht, daß du beschwipst bist.«

»Sie haben mich noch nie betrunken erlebt — zumindest nicht, was der Rede wert wär«, sagte Mr. Bundy und erfrischte sich mit einem Schlückchen.

»Ich habe dich schon stockbesoffen erlebt«, erwiderte Ludovic, nahm ihm die Feldflasche weg und steckte sie in seine eigene Tasche. »Es macht dich verteufelt schnell am Hahn, und alles in allem genommen glaube ich, daß wir keine Schießerei veranstalten, solange wir nicht dazu gezwungen sind. Mein vorsichtiger Vetter ist dagegen, und ich gebe zu, es ist was dran, was er sagt. Ich will nicht noch mehr Leichen am Hals haben. Hilf mir hoch, ja?«

Bundy entsprach diesem Ersuchen und fragte, was er tun solle, wenn es zu einem Kampf käme.

»Mach von den Fäusten Gebrauch«, antwortete Ludovic. »Aber vermutlich gibt's gar keinen Kampf.«

»Wenn nicht, um so besser«, sagte Bundy und schwang sich in den Sattel. »Eine rare Geschichte wird's, wenn Sie sich mit nur einem Arm in eine Rauferei bringen! Ich glaub, es war falsch von mir, mitzukommen.«

Das wurde nicht etwa im Sinn eines Bedauerns, sondern als eine bloße Feststellung der Tatsache gesagt. Ludovic, der an Mr. Bundys Gedankengänge gewöhnt war, stimmte ihm zu und sagte, es bestehe eine starke Wahrscheinlichkeit, daß sie das nächtliche Abenteuer im Grafschaftsgefängnis beenden würden.

Sie ritten den Feldweg in leichtem Trab hinunter, und da Clem den kürzeren, aber holprigeren durch den Forst zum Herrenhaus gewählt hatte, wurden sie von keinem Geräusch einer Verfolgung beunruhigt.

Während des Ritts ließ Ludovic seinem Gefährten eine kurze Erklärung dessen zuteil werden, was sie im Dower House tun mußten. Bundy hörte schweigend zu und brachte am Ende nur sein Bedauern zum Ausdruck, daß ihm keine Gelegenheit gegeben sein würde, Beau Lavenhams Lichter für ihn zu verdunkeln. Seine Feindseligkeit dem Beau gegenüber schien grundlos, aber tief zu sein, wobei sein Hauptgroll gegen ihn war, daß er eine gute Chance hatte, in Sylvesters Fußstapfen zu treten. Als er von Sylvester sprach, verriet er etwas, das sich so weitgehend der Begeisterung näherte, wie sie ein Mann seines phlegmatischen Temperaments nur zu empfinden vermochte. »Das war ein ganz Rarer, der alte Lord«, sagte er schlicht.

Als sie in Sichtweite des Dower House kamen, zügelten sie die Pferde und stiegen ab. Das Haus stand etwas abseits vom Feldweg auf einem Stück Grund, das wie ein Keil aus dem zum Herrenhaus gehörenden Park geschnitten war. Nach kurzer Beratung führten sie die Pferde durch eine Lücke in der sich dahinziehenden Hecke und banden sie im Park an. Bundy machte sich daran, die Laterne anzuzünden, die er mitgebracht hatte, während Ludovic auf Erkundung ging.

Als er das Haus umrundet hatte, kehrte er zu Bundy zurück und sah, daß dieser Würdige, nachdem er die Laterne mit einem Schal bedeckt hatte, gelassen auf einem Baumstumpf saß, die Laterne neben sich.

»Soweit ich sehen konnte, ist in keinem Fenster Licht«, berichtete Ludovic. »Der Beau hat meinem vorsichtigen Vetter gesagt, daß an einem der Bibliotheksfenster der Riegel abgerissen ist, und das ist, bilde ich mir ein, der Raum, in den ich hineinwill; riskieren wir eine Falle und versuchen wir, durch dieses Fenster hineinzukommen.« Dabei zog er die Pistole aus dem Stiefel und sagte: »Wenn es eine Falle gibt, ist das unser bester Schutz. In der Gegend hier glauben sie, daß ich mein Ziel nie verfehle, und das macht sie vorsichtig, mich anzugehen. Wenn sie vorhaben, mich zu fangen, werden sie versuchen, mich überraschend zu fassen.«

»Na ja«, sagte Bundy in gerechtem Urteil, »ich muß sagen, ich kann mich nicht erinnern, je erlebt zu haben, daß Sie Ihr Ziel verfehlt hätten.«

Ludovic lachte kurz auf. »Ich habe einmal eine Eule verfehlt, Narr, der ich war!«

Bundy sah ihn mißbilligend an. »Wozu wollten Sie auch Eulen schießen?«

»Besoffen«, sagte Ludovic kurz. »Jetzt hämmere dir das in den Schädel, Abel! Wenn wir in eine Falle gehen, dann ist das eine für mich und nicht für dich aufgestellte, und ich werde mich retten. Zieh dich aus ihr heraus und zerbrich dir nicht den Kopf über mich. Alles, was ich von dir will, ist, mir zu helfen, ins Haus zu kommen.«

Mr. Bundy erhob sich von dem Baumstumpf, hob die Laterne auf und würdigte ihn keiner Antwort.

»Verstanden?« fragte Ludovic mit einem herrischen Beiklang.

»O ja!« sagte Bundy. »Aber da! Wenn ich einen Wirbel sehe, ist es höchst wahrscheinlich, daß ich in den Kampf hineingerate. Wenn Sie meinen Rat haben wollen, was ich bei Ihnen freilich noch nie erlebt hab, dann schlagen Sie den Mantelkragen da hoch und ziehen den Hut ins Gesicht. Sie wollen doch nicht, daß Sie jemand erkennt.«

Ludovic folgte diesem weisen Rat, bemerkte jedoch, daß er kaum erwarte, erkannt zu werden. »Der Kammerdiener würde mich kennen, wenn er da ist, aber der Butler ist erst nach meiner Zeit hergekommen.«

»Möglich«, sagte Bundy. »Aber ich sage es Ihnen auf den Kopf zu, was ich viele Male hinter Ihrem Rücken gesagt habe, Master Ludovic, und das ist, daß Sie einen Bugspriet haben, der dem alten Lord aus dem Gesicht gerissen ist.«

»Verdammt sei diese verfluchte Familiennase!« sagte Ludovic. »Die wird doch noch mein Ruin sein.«

»Das ist's, was auch ich glaube«, stimmte ihm Bundy zu. »Aber es hat keinen Sinn, sich den Kopf über etwas zu zerbrechen, was ohnehin nicht zu ändern ist. Wenn Sie bereit sind, in diesen Laden einzubrechen, dann ist es besser, wir fangen damit an, ohne mehr Zeit zu verschwenden. Und wenn Sie daran denken, daß zwar vielleicht nicht genug Licht da ist, damit Sie jemand erkennt, daß aber mehr als genug davon da ist, daß Sie für jeden Kerl ein verdammt leichtes Ziel sind, der vielleicht mit einer Pistole im Haus sitzt, wenn Sie also daran denken, bin ich überzeugt, daß Sie trotzdem sicher davonkommen.«

»Es ist komisch, daß überhaupt niemand da ist«, erwiderte Ludovic. »Aber du brauchst keine Angst um mich zu haben — ich gehe heute nacht kein Risiko ein.«

Diese Bemerkung schien Bundys Sinn für Humor zu reizen. Er brach unversehens in ein krampfhaftes stummes Gelächter aus, das ihm das Wasser in die Augen trieb und seine ganze Gestalt wie Gelee zittern ließ. Ludovic beachtete diesen Ausbruch nicht im geringsten, sondern ging zu einem Pförtchen an der Rückseite des Hauses voraus, das vom Strauchgarten in den Park führte.

Sie gingen durch den Strauchgarten zur Hausfront herum und achteten darauf, nicht auf den Kiesweg zu treten. Unter den hohen Flügelfenstern waren Blumenbeete, in denen schon einige Schneeglöckchen die Köpfchen hoben. Ludovic zählte die Fenster, entschied, welcher Raum die Bibliothek sein mußte, und zeigte sie Bundy mit einem Ruck des Kopfes. Bundy stieg über den Weg in die Blumenbeete und legte das Ohr an das Glas. Er konnte weder ein Geräusch in dem Raum noch Licht hinter den zugezogenen Vorhängen entdecken. Nach wenigen Augenblicken gespannten Horchens stellte er seine verhüllte Laterne nieder und zog ein handliches Messer aus der Tasche. Während er am Fenster arbeitete, hielt Ludovic neben ihm Ausschau nach einem möglichen Hinterhalt im Garten. Sein Hut warf einen tiefen Schatten auf sein Gesicht, aber das Mondlicht verfing sich in den silbernen Einlegearbeiten seiner Pistole und ließ sie aufschimmern. Der Garten war mit viel zu vielen Bäumen und Gebüschen bepflanzt, so daß Ludovic nicht mit Sicherheit sehen konnte, ob sich dort jemand versteckt hielt, aber er konnte keine Bewegung in den Schatten entdecken und war mehr denn je geneigt, die bösen Vorahnungen seines Vetters abzuschreiben.

Ein Klicken hinter ihm ließ ihn den Kopf wenden. Bundy deutete ausdrucksvoll mit dem Daumen auf eines der Fenster und klappte sein Messer zu. Nachdem er die Fensterriegel aufgedrückt hatte, schob er das Fenster sachte mit den Fingernägeln zurück. Es schwang mit einem leisen Knarren der Angeln nach außen. Bundy hob seine Laterne mit der linken Hand hoch, nahm den Schal herunter, packte mit der rechten Hand eine Falte des Samtvorhangs und zog ihn beiseite. Der Lauf von Ludovics Pistole ruhte fast auf seiner Schulter, aber es war unnötig. Der goldene Strahl der Laterne, der durch den Raum wanderte, enthüllte keine lauernde Gefahr. Das Zimmer war leer, die Stühle in strenger Ordnung aufgestellt, der Rost im Kamin mit aufgelegten Holzscheiten zum Anzünden bereit, sollte der Herr des Hauses unerwartet zurückkehren.

Bundy warf noch einen Blick durch das Zimmer und flüsterte dann: »Wollen Sie hineinklettern?«

Ludovic nickte, ließ die Pistole in den Stiefel zurückgleiten und schwang ein Bein über das Fensterbrett.

»Langsam jetzt!« murmelte Bundy und half ihm, sich in das Zimmer hinaufzuziehen. »Warten Sie, bis ich bei Ihnen bin!«

Ludovic sprang in das Zimmer hinein und sagte leise: »Bleib, wo du bist — ich bin nicht sicher, ob das hier das Zimmer ist, das ich brauche, oder ein anderes. Gib mir die Laterne!«

Bundy reichte sie ihm, und Ludovic richtete Ihren Strahl auf die Vertäfelung der Westwand. Bundy wartete unbekümmert und schweigend, während das goldene Licht über geschnitzte Kapitelle und kannelierte Pfeiler des reichverschlungenen Frieses von Kartuschen und Devisen hin und her glitt.

Es blieb auf einem Teil des Frieses ruhen, rückte zu einem anderen, verweilte einen Augenblick und kehrte wieder zum ersten zurück. Ludovic ging hin und zählte die Abteilungen zwischen den Pfeilern. Beim dritten vom Fensterende des Zimmers aus blieb er stehen und hielt die Laterne dicht an die Wand. Mühsam zog er den Arm aus der Schlinge und hob ihn — wobei er freilich zusammenzuckte —, um an der Schnitzerei des Frieses herumzutasten. Ungeduldig über seine Hilflosigkeit schnalzte er mit der Zunge, legte den Arm wieder in die Schlinge und kehrte zum Fenster zurück. »Du wirst mir die Laterne halten müssen, Abel.«

Bundy kletterte in das Zimmer, nahm die Laterne und richtete ihren Strahl nicht auf die Vertäfelung, sondern auf das Schloß der Tür. Nachdenklich blickte er es an und sagte: »Kein Schlüssel.«

Ludovic runzelte leicht die Stirn, erwiderte jedoch: »Vielleicht ist er verlorengegangen. Warte!« Er trat leise über den Teppich zur Tür und hielt horchend das Ohr an den Spalt. Er hörte nichts und ging wieder zurück. »Wenn ich nicht finde, was ich im Priester-Versteck haben will, öffnen wir die Tür und schauen uns im Haus um«, sagte er. »Halte das Licht so, daß ich den Fries sehen kann. Nein, mehr nach rechts.« Er hob die Hand und griff nach einem der geschnitzten Sinnbilder. »Ich glaube — nein, falsch. Es ist nicht das vierte, sondern das dritte! Jetzt schau zu!«

Bundy sah Ludovics langen Finger das Sinnbild drehen und hörte gleichzeitig das leise Knarren einer zurückgleitenden Tür. Das plötzliche, wenn auch noch so leise Geräusch klang in der Stille unnatürlich laut. Bundy schwang die Laterne herum und sah, daß zwischen zwei Pfeilern der unteren Reihe die Vertäfelung verschwunden war und eine dunkle Höhle sehen ließ.

»Die Laterne, Mensch! Gib mir die Laterne!« sagte Ludovic und entriß sie ihm fast.

Mit zwei Schritten erreichte er das Priester-Versteck. Als er sich bückte, um hineinzuschauen, vernahm Bundy ein leises Geräusch, und als er herumfuhr, sah er einen dünnen Streifen Licht an einem Ende des Zimmers auftauchen, der allmählich breiter wurde. Jemand öffnete verstohlen die Tür.

»Hinaus, Sir! Retten Sie sich!« zischte Bundy und zog seine Pistole aus der Tasche, bereit, jeden Eintretenden in Schach zu halten, bis Ludovic durch das Fenster draußen war.

Ludovic hörte die Warnung, warf blitzartig die Laterne in das Priester-Versteck und fuhr herum. Deutlich sagte er: »Zum Fenster, Mensch! Weg mit dir!« Er krümmte sich zusammen, schlüpfte rücklings in das Priester-Versteck und zog das Paneel hinter sich zu.

Schwankendes Kerzenlicht erhellte das Zimmer. Eine Stimme schrie: »Halt! Halt!« Bundy, hinter dem Fenstervorhang versteckt, sah einen dünnen Mann mit einer Pistole in der Hand in das Zimmer und auf das Priester-Versteck zustürzen und fruchtlos an dem Paneel kratzen. Er hörte ihn rufen: »Hier ist er, hier ist er! Ich hab ihn gesehen!«

Der Butler, der mit einem Armleuchter in der Hand auf der Schwelle stand, starrte auf die Vertäfelung und sagte: »Wo?«

»Hier, hinter dem Paneel! Ich sah es genau, sage ich Ihnen! Da ist ein Priester-Versteck; wir haben ihn in der Falle!«

Der Butler sah sehr erstaunt drein, kam ins Zimmer und sagte: »Da Sie so viel über dieses Haus wissen, Mr. Gregg, wissen Sie vielleicht auch, wie man in das Priester-Versteck gelangt, von dem Sie reden?«

Der Kammerdiener schüttelte den Kopf und biß an seinen Fingernägeln herum. »Nein, wir sind zu spät gekommen. Nur der Herr weiß den Riegel dazu. Wir müssen es unter Bewachung halten.«

»Mir scheint, daß es noch jemanden anderen gibt, der es weiß«, bemerkte der Butler streng. »Ich muß sagen, daß ich nicht verstehe, was Sie da spielen, Mr. Gregg, mit all dem geheimnisvollen Gerede über Einbrecher und jedermann auf Wache stellen, wie Sie das getan haben. Wer ist hinter dem Paneel?«

Gregg antwortete ausweichend: »Wie soll ich das wissen? Aber ich habe gesehen, daß ein Mann in der Wand verschwand. Wir müssen den Dorfpolizisten heraufholen, damit er ihn sofort übernimmt, sowie der Herr zurückkommt und das Paneel öffnet.«

»Ich nehme an, Sie wissen, was Sie tun, Mr. Gregg«, sagte der Butler eisig. »Wenn ich eine Meinung abgeben sollte, würde ich sagen, es liegt mehr an mir als an Ihnen, in der Abwesenheit des Herrn hier Anordnungen zu treffen. Diese Vorgänge sind durchaus nicht das, woran ich gewöhnt bin.«

»Ach, lassen Sie das!« sagte Gregg ungeduldig. »Schicken Sie einen der Stallburschen um den Polizisten.«

»Bleiben Sie stehen, wo Sie sind!« knurrte eine Stimme vom Fenster her. »Lassen Sie die Pistole fallen! Ich ziele auf Sie, und mein Schießeisen neigt dazu, auf unerklärliche Weise plötzlich loszugehen.«

Der Kammerdiener fuhr herum, sah Mr. Bundy und riß seine Pistole hoch. Die beiden Waffen krachten fast gleichzeitig wie eine einzige, aber in dem unsicheren Licht fand keine Kugel ihr Ziel. Der Butler keuchte erschrocken auf und ließ fast den Leuchter fallen, und durch das Fenster krabbelte ein dritter Mann herein, der sich von hinten auf Bundy warf und keuchte: »Wirst du wohl, du?«

Abel Bundy war jedoch nicht leicht zu überwältigen. Er wand sich aus dem Griff des Stallburschen los und versetzte ihm einen gekonnten Schlag ins Gesicht. Der Stallbursche, ein junger, schwungvoller Mann, taumelte zurück, erholte sich jedoch rasch und ging wieder los.

Als der Butler sah, daß eine Rauferei im Gang war, setzte er den Armleuchter auf den Tisch und beeilte sich, würdig, jedoch nicht ohne Kraft, in die Schlägerei einzugreifen. Gregg rief aus: »Das ist nicht der Richtige! Der andere ist hier, hinter der Vertäfelung! Der hier ist gleichgültig!«

»Für mich ist der hier gut genug!« zischte der Stallbursche zwischen zusammengebissenen Zähnen.

In diesem Augenblick erreichte Sir Tristram auf Clems Pferd die Pforte hinten im Garten. Er hatte die Pistolenschüsse gehört, als er quer durch den Park ritt, und hatte sein Pferd zum Galopp angespornt. Jetzt brachte er das schnaubende und zitternde Tier zum Stehen, warf sich aus dem Sattel, legte die Hand auf das Pförtchen, schwang sich darüber und ging schnell um das Haus herum zu den Bibliotheksfenstern.

Ein verblüffender Anblick bot sich seinen Augen. Von Ludovic war nichts zu sehen, aber drei andere Männer, anscheinend unentwirrbar ineinander verkeilt, taumelten auf dem Fußboden hin und her und kämpften, während der adrette Kammerdiener Beau Lavenhams um die Gruppe herumhüpfte und schrie: »Nicht der da! Den anderen will ich haben!«

Sir Tristram stand einen Augenblick still und überlegte. Dann zog er eine Pistole mit langem Lauf aus der Tasche, spannte den Hahn bedächtig und zielte sorgfältig. Es gab einen Blitz und einen ohrenbetäubenden Knall, der Armleuchter auf dem Tisch krachte zu Boden, und das Zimmer versank in Finsternis.

Sir Tristram, der durch das Fenster in die Bibliothek stieg, hörte den Kammerdiener kreischen: »Mein Gott, er muß entkommen sein! Kein anderer hätte diesen Schuß abgeben können!«

»O nein?« murmelte Sir Tristram mit einer gewissen grimmigen Genugtuung.

Halb außerhalb, halb innerhalb des Fensters zeichnete sich seine Gestalt einen Augenblick gegen den mondhellen Himmel ab. Der Kammerdiener gab einen warnenden Ruf von sich, und Sir Tristram, der kühl nach dem Klang der Stimme abschätzte, wo Gregg stand, trat vor. Der Kammerdiener begegnete ihm recht tapfer, indem er sich auf die undeutlich sichtbare Gestalt warf, aber er war kein ebenbürtiger Partner für Sir Tristram, der seinem Griff auswich und ihn mit einem Schwinger traf, daß er sich fast krümmte. Bevor er sich erholen konnte, fand ihn Sir Tristram wieder und ließ ihn mit einer ungeheuerlichen Rechten an das Kinn zu Boden gehen. Er krachte nieder und lag still. Sir Tristram, dessen Augen sich allmählich an die Dunkelheit gewöhnten, wandte seine Aufmerksamkeit Bundys Häschern zu. Einige Sekunden lang gab es einen wilden Kampf. Der Stallbursche, der Bundy dem Butler überließ, versuchte, mit Shield handgemein zu werden, wurde abgewehrt und ging wieder mutig wie ein Kampfhahn los. Für Technik war keine Gelegenheit; Hiebe gingen weit daneben, Möbel flogen herum, und die wirre Rauferei endete damit, daß Shield seinen Gegner mit Schwung zu Fall brachte.

Bundy, der sehr bald mit dem Butler fertiggeworden war, drehte sich um, um seinem unbekannten Unterstützer zu Hilfe zu kommen, entdeckte jedoch, daß das unnötig war. Er wurde zum Fenster gedrängt und kletterte hinaus, gerade als der Stallbursche sich wieder hochkämpfte. Sir Tristram folgte Bundy schnell, und zwei Minuten später standen sie einander an der Parkseite des Pförtchens gegenüber, beide nach Atem ringend; die Knöchel von Shields rechter Hand bluteten leicht, und Bundys linkes Auge wechselte schnell von Rot zu Purpur.

»Hol mich der Teufel, wenn ich weiß, wer Sie wohl sind!« sagte Bundy schwer atmend. »Aber ich bin heilfroh, einen Kerl kennenzulernen, der so bereit ist, loszugehen, das muß ich wirklich sagen!«

»Du kennst vielleicht mich nicht«, sagte Shield wütend, »aber ich kenn' dich, du Pfuscher, du hohlköpfiger Esel! Wo ist Mr. Ludovic?«

Bundy, eher erfreut als mißvergnügt über diese Form der Anrede, sagte mild: »Worauf sind Sie wohl aus, Master? Ich weiß wirklich nicht, wovon Sie reden.«

»Du verdammter Narr, ich bin sein Vetter! Wo ist er?«

Bundy starrte ihn an, und langsam dämmerte ein Lächeln auf seinem verschwollenen Gesicht auf. »Sein vorsichtiger Vetter!« sagte er. »Wenn er mich nicht irregeführt hätte, dann hätte ich es bestimmt erraten, denn so wie Sie reden, könnten Sie der alte Lord persönlich sein! Jämmerlich vorsichtig sollen Sie sein! Oh — jämmerlich!«

»Um ein Haar würde ich dich als einen gefährlichen Gesetzesbrecher ins Kittchen bringen!« sagte Shield wütend. »Willst du mir wohl antworten, oder soll ich es aus dir herauswürgen? Wo ist mein Vetter?«

»Jetzt verschwenden Sie keine Zeit damit, auf mich loszugehen!« bat Mr. Bundy. »Ich sage ja nicht, daß ich nicht gern eine Runde mit Ihnen hätte, aber es ist jetzt nicht die richtige Zeit dafür. Mr. Ludovic ist in diesem Priester-Versteck, das er so irrsinnig gern finden wollte.«

»Im Priester-Versteck? Warum, zum Teufel, ist er dann nicht herausgekommen, als ich die Kerzen ausschoß?«

»Vielleicht ist es nicht so leicht, herauszukommen, wie es ist, hineinzukommen«, meinte Bundy. »Außerdem, jetzt haben wir die Bescherung komplett, denn dieser kreischende Kammerdiener weiß, wo er ist, ja, und wer er ist! Er hat vor, Wache zu stehen, bis sein kostbarer Herr heimkommt.«

»Der wird noch eine Zeitlang nicht Wache stehen«, sagte Sir Tristram. »Ich hab gut darauf gesehen, ihn einzuschläfern. Er ist der einzige, den wir fürchten müssen. Der Butler hat meinen Vetter noch nie gesehen, und ich vermute, daß er von seinem Herrn nicht ins Vertrauen gezogen wurde.«

»Da haben Sie recht«, bekräftigte Bundy, »das wurde er nicht. Aber er weiß, daß ein Mann im Priester-Versteck ist, weil ihm das der andere Kerl gesagt hat.«

»Mit dem kann ich fertigwerden«, sagte Shield kurz, fing den Zügel seines Pferdes ein und setzte den Fuß in den Steigbügel. »Bleib da, und wenn ich pfeife, komm zum Fenster. Ich kann dich vielleicht brauchen, damit du mir zeigst, wo ich den Riegel finde, der das Paneel öffnet.« Dabei schwang er sich in den Sattel, warf das Pferd herum und galoppierte auf die Lücke in der Hecke zu, durch die Ludovic und Bundy den Park betreten hatten.

Mr. Bundy, vorsichtig sein mißhandeltes Auge betastend, wurde zum zweitenmal an diesem Abend von innerer Heiterkeit geschüttelt. »Jämmerlich vorsichtig!« wiederholte er. »O ja, jä— jä— jämmerlich!«

Sir Tristram kam durch die Hecke auf die Straße hinaus, nahm die Richtung auf das Dower House und ritt in leichtem Galopp die elegante Auffahrt hinauf. Kaum war er abgestiegen, als er nicht nur heftig an der Eisenglocke zog, sondern zugleich auch herrisch mit dem Türklopfer an die Haustür hämmerte.

Gleich darauf wurde sie bei vorgelegter Kette vorsichtig geöffnet, und der Butler, blaß und erschüttert und mit einem blauen Auge, das dem Bundys fast gleichkam, spähte hinaus.

»Was, zum Teufel, ist denn hier los?« fragte Sir Tristram. »Lassen Sie mich nicht hier stehen! Öffnen Sie die Tür!«

»Oh, Sie sind's, Sir!« keuchte der Butler erleichtert und machte hastig die Kette los.

»Natürlich bin ich's!« sagte Sir Tristram und drängte sich an ihm vorbei in die Halle. »Ich war auf dem Heimweg von Hand Cross, als ich unverkennbar Pistolenschüsse von hier kommen hörte. Was soll das bedeuten? Wieso sind Sie zu dieser Stunde noch wach?«

»Ich — ich bin sehr froh, daß Sie gekommen sind, Sir«, sagte der Butler und wischte sich das Gesicht ab. »Sehr froh, wirklich, Sir. Ich bin derart erschüttert, daß ich kaum weiß, was ich tun soll. Es war Greggs Werk, Sir. Nein, das eigentlich auch nicht genau, aber es war Gregg, der den Verdacht hatte, daß für heute nacht ein Raubüberfall geplant war. Er hatte ganz recht, Sir. Wir hatten Einbrecher hier, und einer von ihnen befindet sich im Priester-Versteck, von dem ich bisher nichts gehört hatte. Ich bin noch nie im Leben derart schlecht behandelt worden, Sir, noch nie!«

»Priester-Versteck! Was für ein Priester-Versteck?« sagte Shield. »Wie viele Einbrecher waren es? Habt ihr einen von ihnen erwischt?«

»Nein, Sir, und Gregg liegt da wie ein Toter. Es waren sehr viele. Wir taten, was wir konnten, aber der Kerzenleuchter wurde umgeschossen, und in der Dunkelheit entkamen sie. Es war der eine hinter der Vertäfelung, auf dessen Gefangennahme Gregg so großen Wert legte, also ließ ich einen der Stallburschen als Wache stehen. In der Bibliothek, Sir.«

»Mir scheint, ihr habt euch wie Idioten benommen!« sagte Sir Tristram zornig und ging in die Bibliothek.

Man hatte den Armleuchter aus dem Trümmerhaufen auf dem Boden aufgehoben und die Kerzen — bei dem Sturz waren die meisten bis auf kurze Stümpfe abgebrochen — wieder angezündet. Der Kammerdiener, eine leblose Gestalt, lag ausgestreckt auf einem Sofa, und der junge Stallbursche, voll blauer Flecke und zerrauft, aber noch immer bemerkenswert kampflustig, stand mitten im Zimmer, die ernsten grauen Augen auf die Wandvertäfelung gerichtet. Er tippte vor Sir Tristram an seine Stirnlocke, rührte sich jedoch nicht von seiner beherrschenden Stelle.

Shield ging zu dem schnarchend atmenden Kammerdiener, um ihn sich anzusehen. »K.o. geschlagen«, sagte er. »Tragt ihn lieber in sein Bett hinauf. Wo ist dieses verdammte Paneel, von dem Sie sprechen?«

»Hier, Sir«, antwortete der Stallbursche. »Ich bewache es. Der Kerl soll nur herauskommen, das ist alles, was ich verlange!«

»Ich werde ein Auge darauf halten«, erwiderte Sir Tristram. »Er fasse diesen Burschen an den Beinen, und helfe Er Jenkyns, ihn in sein Zimmer hinaufzutragen. Holt Wasser und Essig und seht, was ihr tun könnt, um ihn wieder zu sich zu bringen. Jetzt Vorsicht!«

Unter seinen herrischen Anweisungen hoben der Stallbursche und der Butler Gregg vom Sofa und trugen ihn vorsichtig hinaus. Kaum hatten sie die Treppe zu ersteigen begonnen, als Sir Tristram die Bibliothekstür schloß und leise rief: »Ludovic! Alles klar — komm heraus!«

»Vielleicht ist er in dem Loch erstickt«, kam Mr. Bundys schicksalsergebene Stimme vom Fenster her.

»Unsinn, es muß genug Luft drin sein! Wo ist der Griff, der das Paneel öffnet?«

Bundy, der Kopf und Schultern zum Fenster hereinstreckte, deutete auf den Teil des Frieses, wo der Drücker zu finden war. Shield strich mit der Hand über die Schnitzerei und fand gleich darauf die Devise, an der Ludovic gedreht hatte. Das Paneel glitt wieder zurück, Shield nahm den Armleuchter, ging zu dem Versteck und sagte scharf: »Ludovic! Bist du verletzt?«

Es kam keine Antwort. Sir Tristram bückte sich, leuchtete in die Höhlung und blickte hinein. Sie war leer.

12

Sir Tristram stellte den Armleuchter nieder, drehte die Devise wieder zurück und schloß damit das Paneel. »Er ist nicht drin«, sagte er.

Mr. Bundy ließ keine Überraschung erkennen. »Ah!« bemerkte er und machte sich bereit, wieder in das Zimmer zu klettern. »Ich hatte so eine Ahnung, daß wir aus dem da nicht gar so leicht herauskommen würden. Sich auf eines von Master Ludovics Abenteuern einzulassen, heißt so viel, wie von Enten zu Tode gebissen zu werden! Was meinen Sie, wohin er geraten ist?«

»Weiß Gott! Er muß hinausgeschlüpft sein, als die Kerzen umgeworfen wurden. Komm nicht herein!«

Bundy blieb gehorsam, wo er war. »Ganz wie Sie sagen, Herr. Aber es sieht ihm nicht ähnlich, sich aus einem Kampf herauszuhalten.«

»Mit einem Arm wäre er in einer Rauferei zu nichts nütze«, erwiderte Sir Tristram. »Geh und schau nach, ob er dorthin zurückgegangen ist, wo ihr eure Pferde gelassen habt. Wenn er nicht dort ist, muß er irgendwo im Haus sein.«

»Schön, tu ich«, sagte Bundy, »aber vermutlich nützt es gar nichts. Es wäre nicht natürlich, wenn der junge Herr plötzlich anfangen tät, sich vernünftig zu benehmen. Sie täten staunen über die Zahl hirnverbrannter Klemmen, in die er sich in diesen mehr als zwei Jahren gebracht hat.«

»Du hast nicht recht; ich würde nicht staunen«, erwiderte Sir Tristram.

»Ah, aber ein tapferer Bursche ist er doch!« sagte Bundy nachsichtig und zog sich zurück.

Sir Tristram blieb, wo er war; in kurzer Zeit tauchte Mr. Bundy wieder am Fenster auf und sagte nur kurz angebunden: »Er ist nicht dort.«

»Verdammter Bengel!« sagte Sir Tristram. »Und du verschwind vom Fenster! Da kommt jemand!«

Bundy duckte sich prompt unter das Fensterbrett, gerade als die Tür aufging und Gregg, vom Butler gestützt, hereinwankte.

Sein Kinn war ziemlich geschwollen, und zwei Schneidezähne fehlten. Sir Tristram steckte seine angekratzte rechte Hand in die Tasche. Obwohl der Kammerdiener benommen war, konnte man sehen, daß er seinen Verstand noch immer beisammen hatte. Kaum fiel sein getrübter Blick auf Shield, als er noch bleicher wurde, sich an einer Sessellehne festhielt, um nicht zu schwanken, und mit belegter Stimme sagte: »So ist das also, ja? Aber ich passe auf. Ich habe die Schlüssel zu den Türen. Wenn er noch da ist, wird er nicht entkommen!«

Der Stallbursche kam ins Zimmer und sagte mit seiner ernsten jungen Stimme: »Ich an Ihrer Stelle, Mr. Jenkyns, würde ihm einen Tropfen Brandy holen. Richtig auseinander ist er. Nun, quälen Sie sich nicht, Mr. Gregg! Solange Sie die Schlüssel haben, kann keiner hinaus.«

Der Butler, der meinte, ein Tropfen Brandy täte ihm selbst gut, sagte gnädig, er glaube, der Junge habe recht, und ging hinaus, um die Karaffe zu holen. Der Stalljunge trat hinter den Kammerdiener und sagte besorgt: »Sie hätten nicht herunterkommen sollen, Mr. Gregg«, und schlug ihn mit einem genau gezielten Schlag unter das Ohr zu Boden. Der unglückselige Kammerdiener sackte zusammen; der Stalljunge sah mit einem glühenden Ausdruck der Wut in seinen sonst so freundlichen grauen Augen auf ihn hinunter und sagte grimmig: »Vielleicht ist dir das eine Lehre, du pockennarbige Zange, du!«

Bevor Sir Tristram, höchst erstaunt über diese unerwartete Wendung der Ereignisse, Zeit hatte, etwas zu sagen, kam der Butler, der das Geräusch von Greggs Sturz gehört hatte, eilends in das Zimmer zurück.

Der Stallbursche drehte sich sofort zu ihm um und sagte: »Ich will verflucht sein, wenn er nicht wieder dahin ist, Mr. Jenkyns! Total erledigt ist er!«

»Tragt den armen Kerl wieder in sein Zimmer hinauf, und diesmal haltet ihn dort fest!« befahl Sir Tristram, als er sich von seiner Überraschung erholt hatte.

»Genau das, was ich eben tun wollte, Sir«, sagte der Stalljunge. »Wenn Sie, Mr. Jenkyns, ihn also an den Beinen fassen wollen, haben wir ihn bald in seinem Bett!«

»Ha, ich habe ihn gewarnt, aufzustehen!« sagte der Butler kopfschüttelnd.

Der Stalljunge griff in Greggs Tasche und zog die Schlüssel heraus. »Ich glaube, am besten bewahren Sie die da auf, Euer Ehren!« sagte er und reichte sie Sir Tristram.

Der Butler schnaufte, als er sich bückte, um Gregg aufzuheben, und sagte zustimmend, Sir Tristram sei sicherlich der richtige dafür, die Schlüssel in Obhut zu nehmen. Zum zweitenmal wurde der Kammerdiener in die oberen Stockwerke getragen. Mr. Bundy, der wie ein Stehaufmännchen wieder am Fenster auftauchte, bemerkte phlegmatisch: »Mir scheint, der junge Herr hat einen Freund getroffen. Wer ist dieser junge Kerl?«

»Ich vermute, es muß Jim Ketterings Sohn sein«, erwiderte Sir Tristram.

»Na, er hat uns heute abend ein paar Schwierigkeiten gemacht«, sagte Bundy, »aber ich muß sagen, daß er ein äußerst netter Bursche ist! Und dazu sehr geschickt mit den Fäusten.«

In diesem Augenblick schlenderte Ludovic ins Zimmer. »Himmel, das sind ja Trümmer!« bemerkte er, als er sich umsah. »Ich gäbe fünfundzwanzig Pfund dafür, wenn ich das Gesicht des Beaus sehen könnte, wenn der heimkommt! Was hat dich hergeführt, Tristram?«

»Clem hat mich geholt«, erwiderte Shield. »Wie bist du aus dem Priester-Versteck herausgekommen und was, zum Teufel, hast du die ganze Zeit gemacht?«

»Es gibt einen zweiten Weg aus dem Versteck«, erklärte ihm Ludovic. »Ich hatte es mir ja gedacht. Er führt zu Basils Schlafzimmer hinauf. Ich dachte mir, daß ich gleich weiter nach dem Ring suchen könnte, da du die Sache hier herunten so gut in der Hand hattest. Dann hörte ich Bob Ketterings Stimme und pfiff ihm —«

»Pfiff ihm?« wiederholte Sir Tristram. »Der ganze Haushalt auf der Suche nach dir, und du hast gepfiffen?«

»Ja, warum nicht? Ich wußte, er würde den Pfiff erkennen. Es ist ein Signal, das wir als Jungen verwendet haben. Bob hatte keine Ahnung, daß er auf die Jagd nach mir angesetzt war. Himmel, wir haben doch als Jungen Nester miteinander ausgenommen!«

»Ich hab mir's gedacht, daß Sie einen Freund getroffen haben«, sagte Bundy nickend. »Haben Sie zufällig den Ring da von Ihnen gefunden?«

Ludovics Gesicht verfinsterte sich. »Nein. Bob half mir, Basils Zimmer zu durchstöbern, aber der Ring ist nicht dort, und im Priester-Versteck auch nicht.«

»Hat sich der junge Kettering zufällig daran erinnert, daß er in Basils Diensten steht?« erkundigte sich Sir Tristram.

Ludovic sah ihn an. »Ja, aber er hat es doch für mich getan, mein lieber Junge!«

Sir Tristram lächelte leicht. »Ich nehme an, er ist genauso schamlos wie du. Hast du das Gefühl, daß du für eine Nacht genug Schaden angerichtet hast, oder gibt es sonst noch etwas, an das du gern Hand anlegen möchtest, bevor du gehst?«

»Schaden!« sagte Ludovic. »Wenn das nicht die Höhe ist! Wer hat diese ganzen Möbel zusammengedroschen, möchte ich gern wissen? Ich jedenfalls nicht!«

»Hast du je daran gedacht, in den Boxring zu gehen, junger Bursche?« unterbrach sie Bundy, der mit überkreuzten Armen auf dem Fensterbrett lehnte, wie einer, der bereit ist, für alle Ewigkeit zu bleiben. »Du hast eine ansehnliche Pranke, und du gehst nicht schlecht los.«

Kettering grinste abwehrend und sagte entschuldigend zu Sir Tristram: »Ich wußte nicht, daß es Mr. Ludo war, Sir. Und ich wußte auch nicht, daß Sie es sind. Ich bin wirklich stolz, einen Kampf mit Ihnen gehabt zu haben, selbst wenn es nur im Finstern war.«

»Nun, das ist mehr, als mir daran läge«, bemerkte Ludovic. »Zum Teufel mit dir, Bob! Dräng mich doch nicht ständig zum Fenster! Ich geh schon rechtzeitig, aber ich hab diese verdammte Laterne irgendwo stehenlassen.«

Sir Tristram packte ihn an der gesunden Schulter und trieb ihn vor sich her zum Fenster. »Nimm ihn fort, Bundy. Kettering kann die Laterne suchen, wenn du weg bist. Wenn du nicht gehst, kommst du wieder in Schwierigkeiten, und ich warne dich: aus weiteren Klemmen hole ich dich nicht mehr heraus.«

Ludovic, der rittlings auf dem Fensterbrett saß, sagte: »Das nennst du doch keine Klemme, oder? Ich war verdammt sicher!«

»Stimmt so ziemlich«, knurrte Bundy, während er versuchte, ihn durch das Fenster zu ziehen, »solange Sie Ihren dummen Trick der Ratte in der Wand gespielt haben, während sich ein ganzes Pack verdammter Narren raufte, wer Sie als Erster findet! Und Sie sagten, daß Sie heute nichts riskieren? Na, jetzt heraus mit Ihnen, Master!«

»Ich kann nichts dafür, wenn du meinen Befehlen nicht gehorchst!« sagte Ludovic empört. »Hab ich dir nicht gesagt, du sollst dich retten? Statt das zu tun, hast du deine Pistole knallen lassen (und ein verdammt schlechter Schuß muß das gewesen sein) und hast eine Rauferei angefangen, so daß mein Vetter einen Trümmerhaufen aus dem Haus machen mußte, um dich herauszuhauen! Außerdem mag er so was gar nicht. Er ist ein vorsichtiger Mensch — nicht, Tristram?«

»Das bin ich«, erwiderte Sir Tristram und stieß ihn durch das Fenster in Bundys Arme, »aber meine Liebe zur Vorsicht wird mich nicht daran hindern, dich über den Schädel zu hauen und fortzuschaffen, wenn du nicht sofort gehst. Wart auf mich bei euren Pferden. Ich bin gleich dort.«

Er sah Ludovic in Bundys Begleitung fortgehen und wandte sich wieder Kettering zu. Sein ruhiger Blick schien den jüngeren Mann zu messen. Er sagte: »Ich nehme an, du kannst den Mund halten?«

Der Stalljunge nickte. »Ja, Sir, das kann ich. Ich und helfen, Mr. Ludo zu fangen! Verzeihung, Sir, aber es bringt mich in Wut, wenn ich nur daran denke!«

»Nun, solltest du wegen des Werks der heutigen Nacht entlassen werden, dann komm zu mir«, sagte Sir Tristram. »Und jetzt — wo ist dieser Butler?« Er ging in die Halle hinaus und rief nach Jenkyns, der gleich darauf die Treppe heruntereilte. »Hier sind Ihre Schlüssel«, sagte Sir Tristram und reichte sie ihm. »Jetzt lassen Sie mich hinaus!«

Der Butler nahm zwar die Schlüssel, sagte jedoch verblüfft: »Sie — Sie gehen jetzt, Sir?«

»Natürlich gehe ich«, erwiderte Shield mit eiskaltem Blick. »Glauben Sie, daß ich vorhabe, die ganze Nacht hierzubleiben und Wache zu stehen wegen eines Einbrechers, der, falls er überhaupt in das Priester-Versteck geschlüpft ist (was ich bezweifle), schon vor einer halben Stunde entwichen sein muß?«

»Nein, Sir. O nein, Sir!« sagte der Butler sehr niedergeschlagen.

»Sie haben ausnahmsweise einmal recht«, sagte Shield.

Fünf Minuten später war er bei Ludovic im Park und stieg von Clems Pferd ab. Clem, der zu Fuß vom Herrenhaus herübergekommen war, hatte inzwischen den Schauplatz der Begebenheiten erreicht; Ludovic saß bereits im Sattel und sah ziemlich eingefallen und erschöpft aus. Sir Tristram drückte Clem den Zügel in die Hand und blickte scharfsichtig zu seinem jungen Vetter hinauf. »Ja, ja, du spürst deine Wunde ein bißchen«, bemerkte er. »Das überrascht mich nicht im geringsten, und du tust mir auch nicht besonders leid. Wenn es danach ginge, was du für die Narrheit dieser Nacht verdienst, dann wärst du im Gefängnis.«

»Oh, meiner Wunde geht's ganz gut«, erwiderte Ludovic. »Willst du mir erzählen, daß du recht hattest und eine Falle vorhanden war? Na ja, dann hast du verflucht recht gehabt, sogar damit, als du sagtest, ich würde meinen Ring nicht finden. Ich habe ihn nicht gefunden. Sonst noch etwas?«

»Sonst nichts. Reite nach Hand Cross zurück und bleib um Gottes willen dort.«

Ludovic ließ den Zügel los und streckte ihm die Hand hin. »Oh, verflucht, Tristram, es tut mir leid, und du bist ein verteufelt guter Bursche, daß du dich in meine verrückten Affären verwickeln läßt. Danke, daß du heute nacht gekommen bist!«

Shield drückte ihm kurz die Hand und sagte etwas besänftigt: »Sei kein Narr! Wir werden deinen Ring finden, Ludovic. Ich sehe dich morgen.«

»Ich will versuchen, mich bis dahin aus Schwierigkeiten herauszuhalten«, versprach Ludovic. Er nahm die Zügel auf, und das nicht zu unterdrückende Zwinkern schlich sich wieder in seine Augen. »Übrigens, mein Kompliment: ein sauberer Schuß!«

Shield lachte. »Nicht wahr? Gregg dachte, den müßtest du abgefeuert haben.«

»Übertriebenes Lob für dich, Tristram! Du solltest nicht auf Schmeicheleien hören«, erwiderte Ludovic grinsend.

Als die Abenteurer in den Roten Löwen zurückkamen, wurden sie von Nye und Miss Thane am Kamin des Kaffeesalons erwartet. Die Erleichterung, Ludovic munter und gesund wiederzusehen, hatte ihre natürliche Wirkung auf Nye, und statt seinen gottlosen Schützling besorgt zu begrüßen, kanzelte er ihn so streng ab, daß Bundy bewogen wurde, zu protestieren. »Jetzt hör auf damit, Joe!« sagte er. »Es ist nichts passiert, und wir hatten eine nette kleine Rauferei. Schau dir nur mein Auge an.«

»Das schau ich mir ja an«, erwiderte Nye. »Wenn ich je dem Mann begegne, der dir das verschafft hat, werde ich ihm die Hand schütteln. Ich wollte, er hätte dir das andere auch blaugeschlagen.«

»Wenn er das getan hätte«, bemerkte Ludovic, »hättest du ihn geküßt. Es war Bob Kettering.«

»Bob Kettering!« stieß der Wirt hervor. »Also was haben Sie eigentlich angestellt, Sir? Wenn ich je einen solchen verfluchten — wo ist Sir Tristram?«

»Heim und schlafen gegangen«, sagte Ludovic gähnend. »Bestimmt wird er froh sein, ins Bett zu kommen; er hatte, dank Ihnen, Sally, einen bewegten Abend.«

Mr. Bundy nickte Nye bedächtig zu. »Es würde dein Herz erfreuen, den Burschen in einem Wirbel zu sehen, Joe. Boxt großartig, wirklich. Kennt alle Tricks.«

»Ich habe mit Sir Tristram viel und oft geboxt«, erwiderte Nye niederschmetternd. »Ich zweifle nicht, daß er euch allen gewachsen ist, aber was ich sage und wozu ich stehe, ist, daß er den Falschen erwischt hat.«

»Ich weiß nicht, wann ich je einmal eine solche Vorliebe für einen Burschen gefaßt habe«, sagte Bundy und überging diese bedeutungsvolle Bemerkung. »Er hat dem Kammerdiener eine in die Plappermühle gegeben, und einen gutgezielten ans Kinn. Was er dem jungen Kettering versetzt hat, weiß ich nicht, aber so wie sich's anhörte, hat er ihn mit einem großartigen Hüftschwung hingelegt.«

Hier unterbrach ihn Miss Thane und verlangte, daß man ihr die Geschichte des nächtlichen Abenteuers ausführlich erzähle. Sie schien sie zu amüsieren, und als Sir Tristram am nächsten Vormittag im Roten Löwen erschien, ging sie ihm mit einem deutlichen Zwinkern in den Augen entgegen.

Er sah es, und ein kläglicher Blick stahl sich in die seinen. Er ergriff die ihm entgegengestreckte Hand und sagte: »Wie geht's? Es dürfte ein Tag des Triumphs für Sie sein.«

Sie zog die Brauen hoch. »Mir scheint, Sie treiben Scherz mit mir. Warum sollte es ein Tag des Triumphs für mich sein?«

»Meine liebe Ma'am, haben Sie nicht erraten, daß es Ihnen endlich doch gelungen ist, mich Ihnen zu Dank zu verpflichten?«

»Gräßlicher Mensch!« sagte Miss Thane, durchaus nicht hitzig. »Ich hatte gute Lust, Ludovic selbst zu retten.«

»Ich versichere Ihnen, Sie wären uns sehr im Weg gewesen. Wie geht's dem Jungen heute morgen?«

»Ich glaube, er hat keinen Schaden davongetragen. Er ist ein bißchen niedergeschlagen. Sagen Sie mir, haben Sie eine echte Hoffnung, den Ring zu finden?«

»Ich habe alle Hoffnung, seinen Namen reinzuwaschen«, erwiderte er. »Sein Abenteuer heute nacht wird zumindest dazu dienen, den Beau zu überzeugen, daß wir vorhaben, ihn zur Rechenschaft zu ziehen. Solange ihm keine Gefahr drohte, konnte sich Basil leicht ruhig und überlegt zeigen, aber ich glaube nicht, daß er aus dem Holz geschnitzt ist, angesichts einer dräuenden Gefahr kühl zu bleiben.«

»Sie glauben also, daß er sich vielleicht verrät. Aber man darf nicht vergessen, daß die Affäre heute nacht bestimmt Sie verraten hat.«

»Um so besser«, sagte Shield. »Der Beau hat etwas Angst vor mir.«

»Durchaus mit Recht, wie ich vermute. Aber so dumm kann er doch nicht sein, daß er nicht erkennt, was Sie wirklich in seinem Haus vorhatten.«

»Sicherlich«, stimmte er ihr zu, »aber seine Lage ist peinlich. Er wird kaum zugeben, daß er dem Mann, dessen Erbe er ist, eine Falle gestellt hat. Er wird gezwungen sein, meine Geschichte zu akzeptieren. Übrigens — wo ist Ludovic?«

»Eustacie hat ihn überredet, heute vormittag im Bett zu bleiben.

Fünf Meilen zum Dower House und wieder zurück, mit einem Abenteuer dazwischen, war ein bißchen zuviel für einen, der sich erst vom Krankenbett erhoben hat. Möchten Sie gern zu ihm hinaufgehen? Ich glaube, Sie treffen Hugh bei ihm an.«

Er nickte und wartete an der Tür auf sie, und als sie sich nicht anzuschließen schien, sagte er: »Sie haben doch hoffentlich nicht vor, sich von unseren Beratungen zurückzuziehen?«

Sie lächelte. »Für gewöhnlich sind Sie nicht so höflich. Ich glaube, Raufen hat eine mildernde Wirkung auf Sie.«

»War ich unhöflich?« fragte er und sah sie beunruhigend ernst an.

»Nun, vielleicht nicht gerade unhöflich«, räumte sie ein. »Nur mißbilligend.«

Er folgte ihr aus dem Zimmer, und als sie die Treppe emporstiegen, sagte er: »Ich wollte, Sie gäben diese unsinnige Idee auf, daß ich Sie mißbillige.«

»Ja, tun Sie das denn nicht?« fragte Miss Thane und wandte den Kopf.

Er blieb zwei Stufen unter ihr stehen und blickte zu ihr hinauf. Auf dem Grund seiner Augen stand etwas, das nicht ganz ein Lächeln war. »Manchmal«, sagte er.

Sie trafen Ludovic dabei an, daß er Constantiawein trank und mit Sir Hugh darüber stritt, ob es sich gehöre, in fremde Häuser einzubrechen, um sich eigenes Besitztum zurückzuholen. Eustacie, die am Fenster saß, unterstützte die Richtigkeit seiner Ansichten, verdammte jedoch die Unvernunft von Leuten, die andere schlafen ließen, während solche Abenteuer vor sich gingen. Sie war so voreilig, an Vetter Tristram um Unterstützung zu appellieren; als er jedoch nur erwiderte, er habe bisher nicht daran gedacht, daß er bezüglich der Affäre der vergangenen Nacht doch für etwas dankbar sein müsse, fiel auch er bei ihr in Ungnade, wie bereits Miss Thane.

Ludovic wünschte von seinem Vetter sofort zu hören, welche Mittel er jetzt zur Auffindung des Talismanrings vorzuschlagen habe. Sie hatten die Sache kaum fünf Minuten lang diskutiert, als man eine Chaise hörte, die sich in flottem Tempo die Straße herab näherte. Sie hielt vor dem Gasthof an, und Eustacie, die über die Fensterblende spähte, verkündete entsetzt, ihr Insasse sei niemand anderer als Beau Lavenham.

»Welche Dreistigkeit!« rief Miss Thane aus.

»Ja, und er trägt eine Weste mit *coquelicot*-Streifen«, sagte Eustacie.

»Was?!« stieß Ludovic hervor. »Wo ist mein Morgenmantel? Ich muß ihn mir ansehen!«

»O nein, das mußt du nicht!« sagte Sir Tristram und verhinderte Ludovics Versuch, aus dem Bett zu springen.

»Es ist zu spät, er ist schon eingetreten. Was führt er im Schild?«

»Wahrscheinlich will er uns überzeugen, daß er gestern abend wirklich in London war«, sagte Shield. »Wir gehen zu ihm hinunter, Eustacie.«

»*Je le veux bien!* Was soll ich ihm sagen?«

»Was Sie wollen, solange es nicht Ludovic betrifft.« Er blickte zu Miss Thane hinüber. »Glauben Sie, es gelingt Ihnen, so dumm und geschwätzig zu sein, wie er Sie das letztemal erlebte?«

»Oh, darf ich teilnehmen?« fragte Miss Thane. »Sicher kann ich so dumm sein. Zu welchem Zweck?«

»Nun, ich glaube, es ist Zeit, daß wir Basil ein bißchen Angst einjagen«, sagte Sir Tristram. »Da er jetzt ganz sicher sein muß, daß Ludovic in Sussex ist, werden wir ihn davon unterrichten, daß wir den Verdacht haben, er, Basil, sei der wahre Mörder Plunketts.«

»Alles gut und schön«, wandte Ludovic ein, »aber was wird er deiner Meinung nach tun?«

»Ich habe keine Ahnung«, sagte Shield ruhig, »bin jedoch ziemlich sicher, daß er etwas unternimmt.«

»Sagen Sie mir, wie ich mich verhalten soll!« bat Miss Thane.

Der Beau Lavenham mußte nicht lange im Gästezimmer warten, denn Vetter und Base kamen sehr bald zu ihm herunter. Er warf ihnen unter den Wimpern hervor einen schnellen, prüfenden Blick zu und trat näher, nichts als Lächeln und Höflichkeit. »Meine liebe Eustacie — und auch Tristram! Ihr seht mich auf dem Heimweg von einem höchst langweiligen, unangenehmen Aufenthalt in London. Ich konnte der Gelegenheit nicht widerstehen, Ihnen einen Morgenbesuch abzustatten. Ich hoffe, ich komme doch nicht ungelegen?«

»Aber nein!« sagte Eustacie und sah ihn mit großen Augen an. »Warum auch?«

Sir Tristram ging gemächlich zum Kamin und schürte das Feuer mit der Fußspitze. »Oh, da warst du also noch nicht daheim, Basil?« erkundigte er sich.

»Nein, noch nicht«, erwiderte der Beau. Er hob sein prunkvolles Einglas ans Auge und sah Shield an. »Warum fragst du mich so seltsam, mein lieber Junge? Ist etwas im Dower House nicht in Ordnung?«

»Etwas sehr in Unordnung, fürchte ich«, sagte Shield. Er wartete einen Augenblick, sah den Eifer in den Augen des Beaus aufblitzen und fügte hinzu: »Einer deiner jakobinischen Stühle wurde zerbrochen.«

Einen Augenblick herrschte Schweigen. Der Beau ließ sein Einglas fallen und erwiderte ziemlich mechanisch: »Ein Stuhl zerbrochen? Aber wie ging das zu?«

Die Tür öffnete sich, und Miss Thane erschien. Solange sie über die Anwesenheit des Beau überrascht tat, ihn begrüßte, sich nach seiner Gesundheit, den Straßenverhältnissen und dem Stand des Wetters in London erkundigte, bot sich keine Gelegenheit, zu dem ursprünglichen Gesprächsthema zurückzukehren. Sowie sie jedoch schwieg, um Atem zu holen, wandte sich der Beau wieder an Shield und sagte: »Du hast mir etwas über einen meiner Stühle erzählt, der zerbrochen ist. Ich weiß leider nicht —«

»Oh«, rief Miss Thane aus, »dann haben Sie es also noch nicht gehört?! Hat Ihnen Sir Tristram nicht von dem schockierenden Versuch erzählt, Sie letzte Nacht zu berauben? Ich kann Ihnen versichern, ich weiß nicht, wie ich heute abend zu Bett gehen kann!«

»Nein«, sagte der Beau langsam. »Nein. Er hat mir nichts erzählt. Ist es möglich, daß bei mir eingebrochen wurde?«

»Richtig«, sagte Sir Tristram und nickte. »Wenn man deiner Dienerschaft glauben darf, brach eine Bande verwegener Schurken durch das Bibliotheksfenster ein.«

»Ja«, warf Miss Thane ein, »und stellen Sie sich nur vor, Mr. Lavenham! Sir Tristram hat hier mit uns gespeist und ritt zum Herrenhaus zurück, als er Schüsse vom Dower House her hörte. Sie können sich sein Erstaunen vorstellen! Sie müssen ihm wirklich dankbar sein, denn er ritt sofort zum Haus hinauf. Sie können sich darauf verlassen, daß es das Geräusch seiner Ankunft war, was die elenden Kerle so erschreckte, daß sie sich davonmachten.«

Der Blick, den der Beau seinem Vetter zuwarf, war kaum von Dankbarkeit erfüllt. Er war ziemlich blaß geworden, sagte jedoch ruhigen Tones: »Ich bin dir wirklich dankbar. Was für ein glücklicher Zufall, daß du gerade in dem Augenblick am Haus vorbeikamst, Tristram! Vermutlich wurde keiner dieser Spitzbuben erwischt?«

»Ich fürchte, nein«, erwiderte Shield. »Als ich das Haus betrat, war von ihnen nichts mehr zu sehen. Es hatte (wie du gleich selbst bemerken wirst) einen ungeheuren Kampf in der Bibliothek gegeben — eine ziemliche Rauferei, soviel ich höre. Deine Burschen sind leider ziemlich herumgestoßen worden. Ja, dein Butler«, fuhr er fort und bückte sich, um ein Scheit auf das Feuer zu legen, »begrüßte meine Ankunft mit tiefer Erleichterung.«

»Zweifellos!« sagte der Beau, ziemlich schnell atmend. »Das bezweifle ich nicht!«

»Der arme Butler!« sagte Miss Thane mit einem klirrenden Lachen. »Mich erstaunt es wirklich nicht, daß er aufgeregt war! Er muß das Gefühl haben, Sir Tristram, daß Sie sein Retter sind. Er wird jetzt doppelt froh sein, seinen Herrn zu wechseln.«

Der Beau sah sie an. »Verzeihung, Ma'am?«

Miss Thane sagte: »Ich meinte nur, da er doch daran war, in die Dienste Sir Tristrams zu treten —«

»Sie irren sich, Miss Thane«, unterbrach sie Sir Tristram und sah sie finster an. »Soweit ich weiß, ist nicht die Rede davon, daß der Butler meines Vetters seinen Dienst quittiert.«

»Oh, wie dumm von mir! Aber Sie haben doch Eustacie erzählt, Sie hätten Mr. Lavenhams Butler gefunden, und sie fragte, erinnern Sie sich nicht, ob sein Gedächtnis —«

Eustacie sagte hastig: »Ich hoffe so sehr, daß nichts aus Ihrem Haus gestohlen wurde, Basil! Wenn man —«

»Das hoffe ich auch, meine liebe Base. Aber bitte, lassen Sie doch Miss Thane weitersprechen!«

Miss Thane, die einem mißbilligenden Blick Eustacies begegnete, stammelte: »Oh, es war wirklich nichts! Ich möchte um nichts in der Welt — ich meine, ich habe mich geirrt! Ich habe eines mit dem anderen verwechselt. Mein Bruder sagt mir immer, ich sei ja so schrecklich kopflos!«

Sir Tristram schaltete sich ein, indem er in seiner kühlen Art sagte: »Ich versichere dir, Basil, ich versuche wirklich nicht, dir deinen Butler zu stehlen!«

»Natürlich nicht! Der allerdümmste Irrtum!« sagte Miss Thane, nichts als Eifer, ihren Fehler wiedergutzumachen. »Es ist nicht Ihr derzeitiger Butler, Mr. Lavenham, sondern einer, den Sie früher einmal hatten. Ich erinnere mich jetzt ganz genau!« Sie blickte von Sir Tristram zu Eustacie und stammelte: »Habe ich etwas gesagt, das ich nicht hätte sagen sollen? Aber Sie haben es Eustacie wirklich erzählt!«

Der Beau umklammerte fest seine Schnupftabakdose. »Ja? Ein Butler, den ich einmal beschäftigte? Denkst du daran, ihn in deine Dienste zu nehmen, Tristram?«

»Nun ja, ich gestehe, ich hatte so eine Idee«, gab Shield zu. »Du hast doch bestimmt nichts dagegen?«

»Warum sollte ich?« sagte der Beau mit einem seltsam unfrohen Lächeln. »Ich zweifle freilich, ob du ihn so nützlich finden wirst, wie du es erwartest.«

»Oh, wahrscheinlich werde ich ihn doch nicht anstellen«, erwiderte Shield und beeilte sich, das Thema zu wechseln. Der Beau hielt sich nicht länger auf. Er entschuldigte sich, daß er heimfahren müsse, um festzustellen, welche Verluste er, falls überhaupt, erlitten hatte, verabschiedete sich und fuhr in Richtung Warninglid davon.

Kaum hatte er den Gasthof verlassen, als sich Eustacie Miss Thane an die Brust warf und verkündete, sie verzeihe ihr ihr gefühlloses Verhalten in der vergangenen Nacht. »Sie haben es sehr gut gemacht, Sarah! Er war *bouleversé*, und ich glaube, erschreckt.«

»Er war wirklich verängstigt«, stimmte ihr Miss Thane zu. »Er vergaß zu lächeln. Was wird er Ihrer Meinung nach unternehmen, Sir Tristram?«

»Ich hoffe, einen Versuch, Cleghorn zu finden und sein Schweigen zu erkaufen. Wenn er es tut, hat er sich uns ausgeliefert. Aber Ludovic darf sich nicht aus dem Haus rühren! Ich werde Nye ermahnen, er solle achtgeben, wen er in den Gasthof einläßt.«

»Ich habe bereits eine Gänsehaut«, sagte Miss Thane erschauernd. »Es ist mir plötzlich eingefallen, daß dieser unangenehme Mensch glaubt, Ludovic bewohne das Hinterzimmer.«

Eustacie hielt den Atem an. »O Sarah, Sie glauben doch nicht, daß er kommt, um Ludovic zu ermorden, oder?«

»Ich wäre gar nicht überrascht«, sagte Miss Thane. »Und dabei wohne ich jetzt im Hinterzimmer! Ich erwähne es bloß, wissen Sie.«

»Ja, wirklich!« Eustacies Gesicht erhellte sich. »Aber das ist wirklich ein höchst glücklicher Umstand! Es könnte nicht besser sein, *enfin!*«

»Das«, sagte Miss Thane sehr empört, »ist Ansichtssache. Ich jedenfalls kann sehen, wo es viel besser sein könnte.«

»Aber nein, Sarah! Wenn Basil in der Nacht kommt, um Ludovic zu ermorden, wird er nicht Ludovic, sondern Sie finden!«

»Ja, genau das habe ich mir auch gedacht«, sagte Miss Thane.

»Nun, aber das wäre doch gut, Sarah!«

»Gut für wen?« fragte Miss Thane scharf.

»Für Ludovic, natürlich! Ihnen macht es doch bestimmt nichts aus, diese Kleinigkeit zu tun, um ihm zu helfen, nicht wahr? Sie sagten doch, daß Sie ein Abenteuer erleben wollten!«

»Vielleicht habe ich gesagt, daß ich ein Abenteuer erleben wollte«, erwiderte Miss Thane, »aber ich habe nie gesagt, daß ich im Bett ermordet werden will!«

»Ich finde, Sie sind albern, Sarah! Natürlich würde er Sie nicht ermorden!«

»Falls er es natürlich nicht für eine gute Gelegenheit hält, die Welt von einem schnatternden Frauenzimmer zu erlösen«, sagte Sir Tristram mit einem Ernst, der von dem Zwinkern in seinen Augen durchaus Lügen gestraft wurde. »Das jedoch ist ein Risiko, das wir auf uns nehmen müssen.«

Miss Thane sah ihn an. »Sie haben ›wir‹ gesagt, ja?« fragte sie mit versagender Stimme.

Er lachte. »Ja, das sagte ich. Aber im Ernst, Miss Thane, ich glaube nicht, daß ein Risiko besteht. Wenn Sie Angst haben, schlafen Sie bei Eustacie.«

»Nein«, sagte Miss Thane mit der Miene eines Menschen, der zum Scheiterhaufen geht. »Ich ziehe es vor, daß mein Blut über eure Häupter komme.«

Sie sprach im Scherz und widmete der Sache sicher keinen zweiten

Gedanken, aber das Gespräch hatte Eindruck auf Eustacie gemacht, und für den Rest des Tages konnte sie es kaum ertragen, Ludovic aus den Augen zu lassen. Als Sir Tristram gegangen war und Miss Thane vorschlug, sie sollten ihren üblichen Morgenspaziergang unternehmen, lehnte sie mit solcher Entschlossenheit ab, daß Miss Thane es sich versagte, weiter in sie zu drängen. Sie ging mit ihrem Bruder allein aus und ließ Eustacie über Ludovic wachen wie eine Katze über ihr einziges Junges.

Als sich der Tag dem Abend zuneigte, wurden Eustacies Befürchtungen noch betonter. Die Kerzen waren entzündet und die Vorhänge zugezogen, da behauptete sie, Schritte zu hören, und bildete sich ein, irgendein Fremder sei in den Gasthof gelangt. Sie vertraute Miss Thane an, sie sei überzeugt, jemand sei im Haus versteckt. Trotz der Versicherungen, daß niemand ohne sein Wissen eingetreten sein könnte, drang sie darauf, daß Nye jeden Winkel und jede Ritze durchsuchte. Das Haus war alt und weitläufig, und die Dielenbretter knarrten ziemlich häufig. Als Eustacie zum fünftenmal den Finger hob und Schweigen verlangte, damit sie auf ein eingebildetes Geräusch horchen konnte, sagte Miss Thane rundheraus: »Noch etwas mehr davon, und ich werde die ganze Nacht kein Auge zutun. Was ist denn jetzt wieder los?«

Eustacie zog die Vorhänge dichter zu und sagte: »Es war nur ein Spalt. Jemand könnte hereinschauen und Ludovic sehen. Ich glaube, es ist besser, wenn ich die Vorhänge mit einer Stecknadel zusammenstecke.«

Sir Hugh, der mit seinem allabendlichen Piquet mit Ludovic beschäftigt war, merkte ihre Nervosität, drehte sich um und sah sie an. »Ah!« sagte er. »Sie mögen also auch das Mondlicht nicht! Es ist komisch, aber wenn ich je schlecht träume, dann können Sie sich darauf verlassen, daß der Mond scheint. Und noch etwas: Wenn er je in mein Zimmer scheint, weckt er mich. Ich bin froh, jemanden zu treffen, dem es genauso geht.«

Niemand hielt es der Mühe wert, ihm Eustacies wahres Motiv zu erklären; nachdem er verschiedene Vorfälle geschildert hatte, die die verderbliche Wirkung des Mondes auf menschliche Wesen veranschaulichten, wandte er sich wieder seinem Spiel zu und vergaß Eustacies nervöse Unruhe sehr schnell.

Da es Eustacie nicht über sich brachte, schlafen zu gehen und Ludovic, der Gefahr gegenüber völlig achtlos, unten zu lassen, fand das Piquet ein frühes Ende, und die ganze Gesellschaft ging bald nach zehn Uhr zu Bett. Nachdem sich Eustacie versichert hatte, daß die Fenster in Ludovics Zimmer verriegelt waren und seine Pistolen geladen unter seinem Kopfkissen lagen, stimmte sie endlich, wenn auch zögernd, zu, ihr eigenes Lager aufzusuchen. Ludovic nahm sie in seinen gesunden Arm, küßte sie und lachte sie wegen ihrer Ängste aus. Sie sagte ernst: »Aber ich habe Angst. Ich liebe dich so sehr, daß es mir als wahrscheinlich erscheint, daß du mir weggenommen wirst. Versprich mir, daß du deine Tür versperrst und die Riegel vorziehst!«

Er legte seine Wange an ihr Haar. »Ich verspreche alles, Süßes. Zerbrich dir nicht dein hübsches Köpfchen um meinetwillen! Ich bin es nicht wert.«

»Für mich schon.«

»Ich wollte, ich hätte zwei Arme!« seufzte er. »Weißt du, daß du einen Tunichtgut heiratest?«

»Natürlich weiß ich das. Es ist genau das, was ich immer haben wollte«, erwiderte sie.

In diesem Augenblick kam Miss Thane den Gang entlang und setzte ihrem *tête-à-tête* ein Ende. Sie stimmte durchaus mit Eustacie darin überein, daß Ludovic seine Tür versperren mußte. Sie hatte die Absicht, es bei ihrer ebenfalls so zu halten. Sie entführte Eustacie in deren Zimmer, blieb bei ihr, bis sie sicher und fest zugedeckt im Bett war, drehte den Lampendocht herunter, fachte das Feuer an und ging mit dem Gedanken hinaus, ob es vielleicht wirklich etwas zu fürchten gab, oder ob sie ihrer Phantasie die Zügel hatte schießen lassen. Dieses Problem hielt sie eine Zeitlang wach, aber nach einigen Stunden, die sie damit verbrachte, angestrengt zu lauschen, ob sie das Geräusch eines Schrittes hörte, schlummerte sie endlich ein, eingeschläfert durch das eintönige, an- und abschwellende Schnarchen ihres Bruders, das über den Gang herüber an ihre Ohren drang.

Um ein Uhr hörte es plötzlich auf. Der Mond hatte einen Punkt am Himmel erreicht, von dem aus seine Strahlen einen Spalt zwischen den Vorhängen an Sir Hughs Fenster zu finden vermochten. Eine Spur silbernen Lichts fiel auf sein Gesicht. Der unheilvolle Einfluß machte sich spürbar. Sir Hugh erwachte.

Er wußte sofort, was ihn geweckt hatte. Mit einem gemurmelten Fluch stand er auf und stelzte zum Fenster. Ein Zupfen am Vorhang brachte die Sache nicht in Ordnung, und Sir Hugh bemerkte verschlafen blinzelnd, daß sich eine Falte des Chintzvorhangs an der Angel verfangen hatte, als der Flügel geschlossen worden war. »Verdammte Nachlässigkeit!« sagte er streng und öffnete das Fenster, um den Vorhang loszumachen.

Ein scharfer Wind blies; ein plötzlicher Windstoß riß den Fensterflügel aus dem schlaffen Griff Sir Hughs und warf ihn weit auf. Sir Hugh lehnte sich hinaus, um ihn wieder zuzuziehen, und bemerkte dabei, daß eines der Fenster des Kaffeesalons direkt unter seinem Schlafzimmer ebenfalls weit offenstand. Es erschien ihm ungewöhnlich und unerwünscht, daß Fenster die ganze Nacht offenstanden, und nachdem er es ein, zwei Augenblicke lang mit leicht verschlafener Mißbilligung betrachtet hatte, zog er den Kopf ein, schraubte den Lampendocht neben seinem Bett hoch und entzündete an seiner Flamme eine Kerze. Gähnend tastete er sich in seinen Morgenmantel, nahm den Kerzenleuchter, und leise, um den übrigen Haushalt nicht zu wecken, machte er sich auf den Weg, um die Sache in Ordnung zu bringen.

Er ging vorsichtig die steile Treppe hinunter, wobei er mit vorgehaltener Hand die Kerzenflamme vor dem Luftzug schützte. Als er die Biegung der Treppe erreichte, erblickte er einen Lichtschimmer, der plötzlich erlosch, und wußte, daß jemand im Kaffeesalon war.

Sir Hugh mochte von angeborener träger Veranlagung sein, aber er hatte eine tiefverwurzelte Abneigung gegen Burschen, die ruchlos im Haus herumschleichen. Er erreichte das Treppenende mit höchst überraschender Schnelligkeit, hielt die Kerze hoch und sah sich scharf im Zimmer um.

Einen Augenblick lang ragte eine Gestalt aus der Dunkelheit; Sir Hugh erhaschte einen Blick auf einen Mann mit einer Maske vor dem Gesicht und einem Dolch in der Hand. Im nächsten Augenblick wurde ihm die Kerze aus der Hand geschlagen.

Sir Hugh stürzte vor und rang mit dem unbekannten Plünderer. Seine rechte Hand traf auf etwas, das sich wie ein Halstuch anfühlte, und packte es gerade, als der Dolchgriff auf seine Schulter herunterkrachte, seinen Kopf um Haaresbreite verfehlend. Bevor der Unbekannte wieder zuschlagen konnte, hatte Sir Hugh nach der Dolchhand gegriffen, sie gefunden, und drehte sie unbarmherzig herum. Der Dolch fiel zu Boden, Sir Hughs Griff lockerte sich etwas. Der Maskierte bot alle Kraft auf, riß sich los und stürzte zum Fenster. Sir Hugh sprang ihm nach, stolperte über einen Schemel und landete mit einem Krach auf Händen und Knien auf dem Boden. Einen kurzen Augenblick war der Eindringling sichtbar; bevor sich jedoch Sir Hugh aufrappeln konnte, war der Fremde durch das Fenster verschwunden.

13

Sir Hugh fluchte und stand auf. Das Geräusch seines Sturzes schien in die oberen Zimmer gedrungen zu sein, denn eine Tür wurde geöffnet, Schritte waren zu hören, die über den Gang zu seinem Schlafzimmer eilten, und Eustacies Stimme erklang, die den Wirt anflehte, aufzuwachen und sofort zu kommen.

»Ich bin es nur!« rief Sir Hugh und massierte vorsichtig sein geschundenes Schienbein. »Fangen Sie um Gottes willen nicht zu kreischen an! Bringen Sie mir ein Licht!«

Eine zweite Tür öffnete sich; Miss Thanes Stimme sagte: »Was war das? Ich dachte, ich höre einen Krach!«

»Und ob du ihn gehört hast«, erwiderte ihr Bruder. »Ich bin über einen verdammten Schemel gefallen. Schick den Schurken Nye herunter. Ich hab ein Hühnchen mit ihm zu rupfen.«

»Heiliger Himmel, Hugh!« rief Miss Thane aus, wagte sich die halbe Treppe hinunter und hielt eine Kerze hoch. »Was, in aller Welt, tust du hier? Du weißt nicht, welchen Schrecken du mir eingejagt hast!«

»Das ist egal«, sagte Sir Hugh gereizt. »Was ich brauche, ist ein Licht.«

»Mein Lieber, du bist ja sehr zornig«, sagte Miss Thane. Sie kam vollends die Treppe herunter und stellten ihren Kerzenleuchter auf den Tisch. »Warum bist du hier?« Sie erblickte den halb vom Fenster zurückgezogenen Vorhang, den weit offenen Fensterflügel und sagte schnell: »Wer hat das Fenster geöffnet?«

»Genau das, was ich Nye fragen will«, erwiderte Sir Hugh. »Der Mond weckte mich, ich blickte zufällig aus meinem Fenster und sah das hier offenstehen. Ich ging herunter, und kaum komme ich unten an der Treppe an, schlägt mir ein verdammter Bursche mit einer Halbmaske die Kerze aus der Hand und versucht mich auf den Kopf zu schlagen. Nein, es nutzt nichts, ihn zu suchen — der ist fort, dank Nye, der über den ganzen Boden verstreut Schemel herumstehen läßt.«

Eustacie, die mit Nye heruntergekommen war, schluchzte vor Entsetzen auf und starrte Miss Thane an. »Er ist wirklich gekommen!« sagte sie. »Ludovic!« Bei dem Wort drehte sie sich um, flog die Treppe hinauf und rief: »Ludovic, Ludovic, bist du in Sicherheit?«

Sir Hugh sah ihr in etwas gereizter Überraschung nach. »Franzosen!« sagte er. »Alle gleich! Wozu, zum Teufel, gerät sie denn nur in Aufregung?«

Nye war zum Fenster gegangen und lehnte sich hinaus. Als er sich umdrehte, sagte er: »Der Fensterladen ist von der Angel losgerissen und eine Fensterscheibe glatt herausgeschnitten worden. Da muß er seine Hand hereingestreckt haben, um das Fenster zu öffnen. Sie haben sein Gesicht nicht gesehen, Sir?«

»Nein«, erwiderte Sir Hugh und bückte sich, um den Dolch zu seinen Füßen aufzuheben. »Ich sage Ihnen doch, er trug eine Maske. Eine Halbmaske! Wenn es etwas gibt, das ich hasse, dann ist es ein Haufen verdammten theatralischen Unsinns! Was hat der Bursche gespielt? Straßenräuber?«

»Vielleicht«, schlug Miss Thane taktvoll vor, »wollte er nicht Gefahr laufen, erkannt zu werden.«

»Bestimmt nicht, und ich glaube«, sagte Sir Hugh und richtete einen strengen Blick auf sie, »daß du weißt, wer es war, Sally. Es kommt mir schon die ganze Zeit so vor, daß hier einiges vor sich geht, das verteufelt ungewöhnlich ist.«

»Ja, Lieber«, sagte Miss Thane mit einer ihr wohlanstehenden Nachgiebigkeit. »Ich glaube, dein Maskierter war Ludovics böser Vetter, der gekommen ist, um ihn mit diesem gräßlich aussehenden Messer, das du da in der Hand hast, zu ermorden.«

»Daran besteht kein Zweifel!« knurrte Nye. »Schauen Sie, was hier liegt, Ma'am!« Dabei kniete er nieder und hob unter dem Tisch einen Fetzen Spitze auf, wie sie von einer Krawatte gerissen sein konnte, und ein prunkvolles goldenes Einglas an einem Stück zerrissenen Bandes. »Haben Sie das schon jemals gesehen?«

Sir Hugh nahm das Glas von ihm entgegen und untersuchte es geringschätzig. »Nein«, sagte er, »und außerdem gefällt's mir nicht. Es ist zu reich ziseliert.«

Miss Thane nickte. »Natürlich habe ich es schon gesehen. Aber ich war auch ohne diesen Beweis sicher. Er muß wirklich verzweifelt sein, um dieses Risiko auf sich zu nehmen!«

In diesem Augenblick kam Eustacie wieder herunter, gefolgt von Ludovic, der in einen ebenso exotischen Morgenmantel wie Thane gehüllt war. Er sah belustigt und ziemlich verschlafen drein und schlenkerte eine Pistole in der rechten Hand. Sein Blick fiel zuerst auf den Dolch, den Thane auf den Tisch gelegt hatte; er zog die Brauen mit einem kläglichen Ausdruck der Ungläubigkeit hoch und sagte: »Was war das für ein hübsches Ding, das mir ins Herz gestoßen werden sollte? Ei, ei! Was haben Sie denn da, Thane?«

»Erkennen Sie es?« fragte Miss Thane. »Es ist das Einglas Ihres Vetters.«

Ludovic sah es flüchtig an, hob jedoch den Dolch auf. »Oh, wirklich? Nein, ich kann nicht behaupten, daß ich es erkenne, aber vermutlich haben Sie recht. Zu denken, daß der Beau es wagt, herzukommen und mich mit nichts Besserem als dieser mittelalterlichen Waffe anzugehen! Es ist eine verdammte Unverschämtheit, meiner Seel'!«

»Verlassen Sie sich darauf, er hoffte, Sie im Schlaf zu ermorden und so keinen Lärm zu machen«, sagte Miss Thane. »Obwohl ich mit Sir Tristram darüber scherzte, hatte ich nie gedacht, daß er wirklich kommen würde!«

Sir Hugh sah Ludovic an und sagte: »Ich wünschte, Sie wären ernst. Wollen Sie mir erzählen, daß es wirklich Ihr Vetter war, heute nacht hier?«

»Oh, nicht der geringste Zweifel!« antwortete Ludovic und prüfte die Schärfe des Dolchs mit seinem schlanken Zeigefinger.

»Ein Vetter von Ihnen, der in einer Halbmaske herumstolziert?«

»So?« sagte Ludovic interessiert. »Ha, das ist echt Basil! Er würde es nicht riskieren, erkannt zu werden.«

»Und Sie meinen, er kam her, um Sie in Ihrem Bett zu ermorden?« fragte Sir Hugh.

Als Antwort hielt Ludovic nur den Dolch hoch.

Sir Hugh sah ihn in tiefem Schweigen an und sagte dann gewichtig: »Ich sage ihnen, was er ist, Lavenham. Er ist ein verdammter Schuft. Das ist doch unerhört!«

Eustacie, die in einen Sessel gesunken war, hob das blasse Gesicht, das sie in den Händen geborgen hatte, und sagte leise und wild: »Ja, und wenn er nicht zum Schafott geht, dann töte ich ihn! Ich schwöre einen feierlichen Eid, daß ich ihn töte!«

»Nein, tun Sie das nicht!« sagte Sir Hugh und betrachtete sie unbehaglich. »Sie können nicht in England herumgehen und Leute umbringen, was immer Sie in Ihrem eigenen Land tun mögen!«

»Doch, ich kann und ich will«, erwiderte Eustacie. »Ein Duell fechten ist eines; sogar etwas wegnehmen, das Ludovic gehört, kann ich verzeihen. Aber versuchen, Ludovic im Finstern im Schlaf zu erstechen, *voyons*, das ist die übelste Infamie!«

»Da ist sehr viel dran, was Sie da sagen«, bestätigte Sir Hugh, »aber was Sie brauchen, ist meiner Meinung nach ein Schluck Brandy. Sie werden sich dann gleich besser fühlen.«

»ich brauche keinen Schluck Brandy!« fuhr ihn Eustacie an.

»Nun, ich schon«, sagte Sir Hugh offen. »Mir ist immer kälter geworden, seit ich in diesen verdammt zugigen Kaffeesalon heruntergekommen bin.«

Miss Thane ergriff Eustacies Hand, tätschelte sie beruhigend und schlug vor, wieder ins Bett zu gehen. Eustacie, die das Gefühl hatte, daß der Beau jeden Augenblick zurückkehren könnte, um einen zweiten Versuch zu unternehmen, weigerte sich zuerst, auf eine solche Idee zu hören. Nachdem aber Nye grimmig gesagt hatte, sie brauche keine Angst um Ludovics Sicherheit zu haben, da er vorhabe, den Rest der Nacht im Kaffeesalon zu verbringen, stimmte sie zu, mit Miss Thane hinaufzugehen. Sie beschwor jedoch vorher Nye und Sir Hugh, Ludovic auf keinen Fall aus den Augen zu lassen, bis sie ihn sicher verriegelt in seinem Schlafzimmer wußten.

Sir Hugh war durchaus bereit, alles zu versprechen, aber mit seinem rationalen Sinn erwartete er in dieser Nacht kaum weitere Abenteuer. Sobald die beiden Damen um die Treppenkrümmung verschwunden waren, streckte er den Arm aus, legte das Einglas des Beau auf den Kaminsims über seinem Kopf und sagte: »Na, jetzt, da sie fort sind, können wir es uns gemütlich machen. Gehen Sie und holen Sie den Brandy, Nye, und bringen Sie auch für sich ein Glas mit.«

Im restlichen Verlauf der Nacht gab es keine weiteren Aufregungen mehr, am nächsten Morgen jedoch traten Nye, Miss Thane und Eustacie zu einer Beratung zusammen und stimmten darin überein, daß Ludovic, wie abscheulich es auch für ihn sein mochte, zumindest tagsüber in den Keller gesperrt werden mußte. Nye war sich unbehaglich bewußt, daß nicht weniger als drei Türen in den Roten Löwen führten, die notwendigerweise unversperrt bleiben mußten, sowie daß es eine Menge Fenster gab, durch die ein Mensch unbeobachtet eindringen konnte. Er weigerte sich daher glatt, die Verantwortung für Ludovics Beherbergung zu übernehmen, wenn dieser darauf beharrte, im ganzen Gasthof frei umherzustreifen. Die Kühnheit des nächtlichen Überfalls überzeugte Nye, daß der Beau auf sein Vorhaben, Ludovic zu vernichten, nicht leicht verzichten würde, und er erkannte nur zu gut, daß für einen solchen Zweck kein Ort bequemer war als ein öffentlich zugänglicher Gasthof. Da man Februar schrieb, gab es sehr wenige Privatkutschen auf der Brightonstraße, von Zeit zu Zeit kam aber doch eine vorbei und hielt meist am Roten Löwen, damit sich die Insassen im Kaffeesalon erfrischen konnten. Zu diesem Brauch der Vornehmen kam noch ein ziemlich steter, wenn auch dünner Strom von Landleuten, die im Schankraum ein und aus gingen, so daß es für einen Fremden ziemlich leicht war, in den Gasthof zu gelangen, während der Wirt und Clem mit ihren Gästen beschäftigt waren.

Wie zu erwarten, wehrte sich Ludovic, sowie ihm der Beschluß bekanntgegeben wurde, äußerst heftig gegen die vorgeschlagene Einkerkerung. Sämtliche Versprechungen Nyes, alle Vorkehrungen für seine Behaglichkeit zu treffen, konnten ihn nicht mit dem Plan versöhnen. Gemütlichkeit, sagte er rundheraus, konnte es in einem dunklen Keller nicht geben, der nach allen möglichen Schnapssorten roch und voll von Weinschläuchen, Fässern, Spinnen und sehr wahrscheinlich Ratten war.

Sir Hugh, der mitten in dieser Rede in das Gästezimmer hereinwanderte und deren Bedeutung nur unvollkommen mitbekam, sagte, er persönlich habe nichts gegen den Geruch von gutem Schnaps einzuwenden, ja, er habe ihn sogar recht gern, eine Bemerkung, die Ludovic zu der Erwiderung veranlaßte: »Sie mögen vielleicht Schnapsgeruch gern haben, aber wie gefiele es ihnen denn, den ganzen Tag lang in einem Keller eingesperrt zu sein?«

»Das hängt vom Wein ab«, sagte Sir Hugh, nachdem er diese Frage gebührend überlegt hatte.

Am Ende überstimmten die vereinten Argumente und Bitten der beiden Damen Ludovic; er begab sich an seinen unterirdischen Zufluchtsort, da Eustacie ihm überdies anbot, sein Gefängnis mit ihm zu teilen, und Sir Hugh über Bitten seiner Schwester versprach, ihn im Lauf des Nachmittags auf ein Spielchen Piquet zu besuchen. »Obwohl ich mir nicht erklären kann, warum Sie eigentlich im Keller sitzen wollen, wenn Sie Schnapsgeruch nicht gern haben«, sagte er.

Diese unglückliche Bemerkung, auf die sich Ludovic sofort als Unterstützung seiner eigenen Ansicht der Sache stürzte, rief einen ernsten Tadel Miss Thanes hervor. Sie versuchte Sir Hugh die Erfordernisse von Ludovics Lage zu erklären, aber nachdem er eine Zeitlang ungläubig zugehört hatte, sagte er mit einem resignierten Kopfschütteln, das alles klänge ihm nach einem Haufen Unsinn, und falls noch mehr Leute in den Gasthof kämen, um herumzustochern und herumzuschnüffeln, dann würden sie es mit ihm zu tun kriegen.

»Sehr wahrscheinlich«, sagte Miss Thane mit bewundernswerter Geduld, »aber falls du zufällig den Beau Lavenham nicht das Haus betreten siehst, kann er Ludovic durchaus umbringen, bevor du etwas davon erfährst.«

»Wenn dieser Kerl heute hier vorspricht, will ich ein Wörtchen mit ihm reden«, sagte Sir Hugh mit umwölkter Stirn. »Ich habe das starke Gefühl, daß ich dank ihm wieder eine verdammte Erkältung erwischt habe, weil er mich in den frühen Morgenstunden aus dem Bett geholt hat.«

»Ich mag ja nur einen gesunden Arm haben«, unterbrach ihn Ludovic, »aber wenn Sie glauben, Sally, daß ich mich nicht selbst verteidigen kann, dann irren Sie sich gewaltig.«

»Ich bin fest überzeugt, daß Sie sich selbst verteidigen können, mein lieber Junge, aber ich möchte die Leiche ihres Vetters ebensowenig am Hals haben wie die Ihre.«

Sir Hugh war frühmorgens nie in bester Form, und eine gestörte Nacht, gekrönt von reichlichem Trunk, half auch nicht dazu, eine gewisse schläfrige Unbestimmtheit zu zerstreuen, die ihm anhing. Diese bedeutsamen Worte weckten ihn jedoch genügend, um ihn sehr entschieden sagen zu lassen, daß er viel Ungewöhnliches im Roten Löwen ertragen habe, mit Bow-Street-Detektiven, die plötzlich auftauchten und wieder verschwanden, mit Leuten, die in Kellern lebten und mit Schuften, die durch Fenster einbrachen, daß sich jedoch seine Duldsamkeit auf keinen Fall auf Leichen erstrecken würde, die im Haus verstreut herumlägen.

»Merke dir, Sally!« sagte er. »Die erste Leiche, die ich finde, bedeutet, daß wir nach London fahren, Wein hin oder her!«

»In dem Fall«, sagte Miss Thane, »muß Ludovic wirklich in den Keller hinunter. Der Mann, den wir jetzt brauchen, ist natürlich Sir Tristram. Ich frage mich, ob er wohl vorhat, uns heute zu besuchen, oder ob wir um ihn senden sollen.«

»Um ihn senden?« wiederholte Sir Hugh. »Aber er lebt doch praktisch hier.«

Ludovic verkündete, während er in den Keller hinunterstieg, er habe vor, am Vormittag seinen verlorenen Schlaf nachzuholen. Er zog Miss Thane beiseite und bat sie, Eustacie ins Haus hinauf und wenn möglich auf einen Spaziergang mitzunehmen. »Für sie ist es hier herunten nicht das richtige«, sagte er. »Lassen Sie nicht zu, daß sie sich um mich sorgt. Sie ist ein bißchen erledigt von all dieser Romantik.«

Miss Thane lachte und versprach zu tun, was sie konnte, um Eustacie davon zurückzuhalten, sich zu sorgen. Sie unterbreitete ihr den Vorschlag, sofort einen Spaziergang in Richtung Warninglid zu unternehmen, in der Hoffnung, Sir Tristram zu begegnen.

Um ungefähr elf Uhr wurde das Wetter, das unfreundlich gewesen war, allmählich besser, und mittags verlockte die Andeutung von Sonnenschein hinter den Wolken Eustacie dazu, Hut und Mantel anzuziehen und mit Sir Hugh und seiner Schwester auf ihren üblichen Verdauungsspaziergang mitzukommen. Während Ludovic im Keller war, konnte sie beruhigt sein, und da er ihr nicht erlauben wollte, sich ihm dort anzuschließen, war selbst ein Spaziergang in gemessenem Tempo den Feldweg entlang besser, als im Gasthofzimmer zu sitzen, nichts tun zu können und niemanden zur Unterhaltung zu haben.

Kurz nachdem sie den Roten Löwen verlassen hatten, kam die Sonne wirklich durch die Wolken und machte das Gehen angenehm. Sie schritten munter aus, die beiden Damen diskutierten das nächtliche Abenteuer, und Sir Hugh warf Bemerkungen ein, die gelegentlich passend und noch häufiger nicht angemessen waren. Auf dem halben Weg nach Warninglid mußten sie ihren Plan aufgeben, Sir Tristram entgegenzugehen, und umkehren. Sie waren jedoch noch nicht sehr weit gegangen, als er sie auf einem schönen braunen Jagdpferd einholte, das sofort Sir Hughs Aufmerksamkeit erregte und fesselte.

Sowie Sir Tristram auf gleiche Höhe mit den Fußgängern gekommen war, stieg er ab. Er war über die Begegnung sichtlich erfreut. Eustacie, die ihm kaum Zeit ließ, die Thanes zu begrüßen, ergoß die Geschichte des nächtlichen Abenteuers ausführlich in sein Ohr, während Sir Hugh sich über die Vorzüge des Jagdpferdes verbreitete. Der Bericht über Maskierte, Dolche und zerbrochene Fensterläden wurde unterbrochen von so unwesentlichen Redensarten wie hervorragender Gänger, prachtvoller Renner, und Sir Tristram mußte seine ganze Konzentrationskraft aufbieten, um nicht hoffnungslos verwirrt zu werden. Miss Thane nahm an der Erzählung nicht teil, sondern bezog beträchtliches Vergnügen daraus, Shields Gesicht zu beobachten, während er versuchte, zwei gleichzeitige Gespräche in die ihnen zugehörenden Teile aufzulösen.

»— gefällt seine Beinarbeit — kam, um Ludovic zu ermorden — hatte selbst einmal ein Vollblut wie das hier — hatte einen Dolch — bekam immer wieder einen Husten — trug eine Maske — hatte einen leicht gekrümmten Hals!« verkündeten Eustacie und Thane im Chor.

Sir Tristram holte tief Atem und bat Miss Thane, ihm einen einfachen Bericht von der Affäre zu geben.

Das tat sie, er hörte schweigend zu und bemerkte am Ende, daß er kaum eine so prompte oder so verzweifelte Reaktion auf seine verschleierte Herausforderung erwartet hatte. »Sie müssen eine aufregende Nacht gehabt haben«, sagte er, »aber ich muß gestehen, ich bin entzückt zu hören, daß es uns so gut gelungen ist, den Beau zu erschrecken. Er muß seine Lage für gefährlicher halten, als wir vermuten.«

»Mir scheint, daß es Ludovic ist, der in einer gefährlichen Lage ist«, erklärte Eustacie.

»Nicht, wenn ihr vernünftig genug wart, ihn im Keller zu verstecken«, erwiderte Sir Tristram.

»Das haben wir getan, aber er ging nur unter Protest hinunter und wird, glaube ich, nicht lange dortbleiben«, sagte Miss Thane.

»Er hat die Wahl, dortzubleiben oder aber außer Landes verfrachtet zu werden«, erwiderte Sir Tristram kurz. »Daß Basil tatsächlich derart weit ging und versuchte, Ludovic mit eigener Hand zu ermorden, überzeugt mich davon, daß sein ehemaliger Butler etwas weiß.«

»Sie haben ihn noch nicht gefunden?«

»Nein. Er ist wie vom Erdboden verschluckt. Falls Basil weiß, wo er steckt, und ihn aufsucht, werde ich jedoch davon hören. Ich habe es mir angelegen sein lassen, den jungen Kettering zu sprechen, und habe ihn angewiesen, mich über die Bewegungen des Beaus auf dem laufenden zu halten. Verlassen Sie sich darauf, wenn Basil jenen Butler besucht, werde auch ich es tun.«

Sie gingen den Feldweg hinauf und beschleunigten ihre Schritte, da sich der Himmel wieder bedeckte und Regen drohte. Sir Hugh bemerkte, daß sie über eine Stunde lang aus gewesen waren, versprach Shield ein Glas eines sehr erträglichen Madeira im Roten Löwen und erkundigte sich mit einem weiteren abschätzenden Blick auf die Vorzüge des Jagdpferdes, ob Sir Tristram eventuell vorhabe, das Pferd zu verkaufen.

»Nein«, erwiderte Shield. »Das liegt nicht in meiner Macht.«

»Wieso?« fragte Sir Hugh.

»Es gehört nicht mir«, sagte Shield. »Es gehörte meinem Großonkel und — vorausgesetzt, daß wir den Jungen wieder in seine Rechte einsetzen können — ist jetzt Ludovics Eigentum.«

»Nun, ich habe eine starke Vorliebe für dieses Pferd gefaßt«, sagte Sir Hugh. »Es sieht aus, als ob es meinem Gewicht gut gewachsen wäre. Mir scheint, je früher der junge Lavenham in den Besitz seiner Erbschaft kommt, um so besser. Ich werde mit ihm darüber sprechen, sowie ich in den Gasthof zurückkomme.«

Als sie den Roten Löwen erreichten, war es jedoch Sir Hughs erster

Gedanke, Nye zu rufen und eine Flasche Madeira kommen zu lassen. Da er keine Antwort erhielt, ging er in den Schankraum, um ihn zu suchen. Weder Clem noch Nye war zu sehen, und ein Herr in einer Moleskin-Weste, der geduldig am Schanktisch wartete, unterrichtete ihn, daß er selbst bereits nach dem Wirt geschrien habe, bis seine Kehle fast ausgedörrt war. Er fügte hinzu, wenn der Rote Löwe keine Gäste haben wolle, dann gäbe es andere Wirtshäuser, die sich um sie bemühten. Nach dieser erbitterten Bemerkung stapfte er hinaus, um auf die Suche nach einem solchen zu gehen.

Sir Hugh ging in den Kaffeesalon zurück und wollte eben sagen, daß Nye anscheinend ausgegangen war, als ihn ein Schrei von oben abbrechen ließ. Er blickte fragend nach der Treppe. Miss Thane, die hinaufgegangen war, um Hut und Mantel abzulegen, kam schnell herunter. Sie sah verstört und erschrocken aus. »Sir Tristram, etwas ist geschehen, während wir aus waren! Es war jemand hier: Mein Zimmer ist durchwühlt, alle unsere Zimmer! Wo ist Nye?«

»Das ist es«, sagte Sir Tristram grimmig, »was wir herausfinden müssen. Eine dringendere Frage — wo ist Ludovic?«

Man fand Ludovic friedlich schlafend in seinem unterirdischen Versteck. Er hatte nichts gehört, und als er erfuhr, daß jedes Zimmer im Haus von unbekannten Tätern auf den Kopf gestellt worden war, zeigte er eine ausgesprochene Neigung zu lachen. Er sagte, vermutlich habe Basil ihn wieder gesucht.

»Nun, wenn er erwartete, Sie zwischen meinen Kleidern zu finden, kann ich nur sagen, daß er eine sehr undelikate Vorstellung von mir hat«, sagte Miss Thane. »Sir Tristram, nehmen Sie an, daß er Nye und Clem entführt hat?«

»Kaum«, antwortete Shield, schloß die Kellertür über Ludovics Versteck und rückte die Truhe wieder zurecht, die auf der Falltür stand. Er ging über den Gang in den Schankraum, bemerkte, daß die Falltür, die in den Hauptkeller hinunterführte, geschlossen war, zog sie auf und rief: »Nye? Bist du da, Mann?«

Niemand antwortete; Sir Hugh schlenderte herein, um zu berichten, daß er keine Spur von Nye gefunden habe, und als er bemerkte, daß Shield die Falltür geöffnet hatte, sagte er, der Madeira, an den er denke, sei nicht in diesem Keller.

Shield hatte nun eine Kerze gefunden und entzündete sie am Kaminfeuer. »Ich will Nye finden, nicht einen Madeira!« sagte er und stieg die Treppe in den finsteren Keller hinunter. Einen Augenblick später erklang seine Stimme, die Sir Hugh zu Hilfe herbeirief: »Thane! Bringen Sie eine Lampe herunter, ich habe sie gefunden.«

Sir Hugh wählte eine der Lampen aus der Reihe, die auf einem Bord stand, und entzündete sie gemächlich. Mit ihr bewaffnet, stieg er in den Keller hinunter, wo Shield mit der Kerze in der Hand ruhig auf ihn wartete. Zu seinen Füßen lagen zwei säuberlich gefesselte und geknebelte Männer. »Also ich will doch verdammt sein!« sagte Sir Hugh blinzelnd. »Zuerst das oben, und jetzt das hier! Das ist doch der seltsamste Gasthof, in dem ich je in meinem Leben abgestiegen bin.«

Shield blies die Kerze aus, wies Sir Hugh an, die Lampe niederzustellen und Clem loszubinden, und machte sich an die Arbeit, den Wirt zu befreien. Das war bald geschehen. Kaum war Nye zu sprechen imstande, sagte er: »Ist Mr. Ludovic noch wohlauf?«

»Der ist sehr wohlauf«, erwiderte Shield. »Was, zum Teufel, ist geschehen — wer hat sich über euch hergemacht?«

»Ich habe sie, soviel ich weiß, noch nie vorher gesehen«, sagte Nye und rieb sich die steifen Glieder. »Gott, zu denken, daß die mich unversehens gefaßt haben. Mich! Sie kamen, wie ich dachte, von der Brighton-Postkutsche herein. Im Schankraum war zu der Zeit niemand außer mir, und ich hatte ihnen eben nur den Rücken zugekehrt, als mich etwas am Kopf traf. Als ich aufwachte, lag ich hier, so wie Sie mich gesehen haben, und Clem neben mir! Ich hab eine Beule am Hinterkopf, groß wie ein Hühnerei.«

»Guter Gott, Nye, der älteste Trick der Welt, und ausgerechnet du mußt ihm zum Opfer fallen!« sagte Sir Tristram verächtlich.

»Ich weiß, Sir — das brauchen Sie mir nicht erst zu sagen. Ziemlich beschwindelt haben mich die.«

»Das hier«, sagte Sir Hugh und zerschnitt den Strick, mit dem Clems Arme zusammengebunden waren, »ist kein Spaß mehr! Hat man Ihn auch auf den Schädel gehauen?«

Clem war jedoch dieser besonderen Gewalttat entronnen. Er war ziemlich erschüttert und voll blauer Flecke, aber seine Angreifer hatten ihn überwältigt, ohne ihn betäuben zu müssen. Er erzählte, daß er jemanden nach dem Schankburschen rufen gehört hatte und sofort in den Schankraum gegangen war. Er hatte nur einen Mann gesehen, der scheinbar ganz unschuldig an der Theke stand; kaum aber war Clem eingetreten, als ihm jemand, der hinter der Tür versteckt war, einen dicken Mantel über den Kopf geworfen hatte. Bevor er sich aus dessen Falten befreien konnte, waren beide Männer über ihn hergefallen und hatten ihn im Handumdrehen genauso geknebelt und gefesselt wie den Wirt.

Nachdem Sir Tristram die beiden Gefangenen befreit hatte, war es sein nächstes Anliegen, festzustellen, was die Eindringlinge in dem Gasthof getan hatten. Das war bald zu erkennen. Sie hatten jedes Schlafzimmer durchsucht, die Kommodenladen herausgerissen und den Inhalt auf den Boden ausgeleert, die Kleider aus den Schränken gezerrt, die Schlösser von Sir Hughs Koffern aufgebrochen und den Inhalt kunterbunt herausgeworfen.

Als Sir Hugh die Verwüstung seiner Besitztümer erblickte, war er sprachlos. Seine Schwester, die sich mit großen Augen umsah, sagte: »Aber das ist ja verrückt! Sie können nicht nach Ludovic gesucht haben! Man würde meinen, es seien gewöhnliche Einbrecher gewesen, aber da liegt meine aufgebrochene Schmuckschatulle und mein Schmuck in einem Haufen auf dem Toilettentisch. Vermißt du etwas, Hugh? Ich glaube, ich nicht.«

»Ob ich —« Sir Hugh rang nach Atem. »Wie, zum Teufel, kann ich bei diesem Wirrwarr wissen, ob ich etwas vermisse?«

Shield blickte sich stirnrunzelnd in dem Zimmer um, das in Unordnung gebracht worden war. »Nein, Ludovic haben sie nicht gesucht«, sagte er. »Aber was dann? Was können Sie besitzen, das der Beau so unbedingt haben will?«

Sir Hugh fing den Namen auf und sagte: »Wollen Sie mir erzählen, daß dieser Exzeß von Lavenhams Vetter angestellt wurde, der gestern nacht hier eingebrochen ist?«

»Leider ist es so«, erwiderte Shield und lächelte etwas über den Ausdruck Zeusschen Grimms auf Sir Hughs Gesicht.

»Dann also merke dir eines, Sally!« sagte Sir Hugh. »Keine Elle weit rühre ich mich von diesem Haus fort, bis ich nicht veranlaßt habe, daß dieser Bursche eingesperrt wird! Es ist schlimm genug, wenn er ins

Haus geschlichen kommt, um dem jungen Lavenham ein Messer hineinzurennen, aber wenn er die infernalische Unverschämtheit hat, mein Zimmer in einen Schweinestall zu verwandeln, dann ist er einen Schritt zu weit gegangen!«

»Das Messer!« rief Eustacie aus. »Er wollte natürlich das Messer! Sir Hugh hat es gestern nacht gefunden, Tristram!«

»Wohin hat man es gelegt?« fragte Shield. »Ist es weggenommen worden?«

Nye sagte: »Das werden wir gleich sehen, Sir. Sir Hugh ließ es auf dem Tisch im Kaffeesalon liegen, und da ich meinte, wir würden es vielleicht als Beweis vorlegen müssen, schloß ich es heute morgen in meinen Porzellanschrank ein — denselben, dem die Detektive das Schloß herausgeschossen haben.«

»Geh und schau nach, ob es noch dort ist«, befahl Sir Tristram. »Es kann sein, daß — ich nehme an, das muß es gewesen sein. Dennoch, irgendwie —« Er unterbrach sich, offenkundig verwirrt.

»Aber ja, Tristram, er will nicht, daß es bekannt wird, daß er gestern nacht hierherkam, *naturellement*, deshalb mußte er seinen Dolch wiederhaben, aus Angst, daß wir ihn erkennen könnten!«

»Das dünkt mich ein höchst unnötiges Risiko«, sagte Sir Tristram. »Wie die Dinge jetzt stehen, können wir ihn genausowenig für seinen Einbruch hier zur Rechenschaft ziehen, wie er uns für den Einbruch im Dower House. Das muß er wissen. Er ist kein Narr.«

»Ich glaube, daß er viel zu beunruhigt ist, um klar zu denken«, sagte Miss Thane.

Nye kam zurück. »Nun, sie haben nicht daran gedacht, in den anderen Teilen des Hauses nachzuschauen, Euer Ehren, das ist sicher. Hier ist der Dolch.«

Sir Tristram ergriff den Dolch und sah ihn an, verblüffter denn je. »Ich vermute, er gehört ihm«, sagte er, »aber ich könnte es nicht unbedingt beschwören. Er ist in keiner Hinsicht bemerkenswert.«

Plötzlich sagte Miss Thane: »Oh, wie dumm von uns! Natürlich wollte er nicht den Dolch! Er kam um sein Einglas. Das ist unmöglich zu verwechseln. Es ist wirklich ungewöhnlich: Ich erkannte es sofort als das seine, und Nye ebenso. Nun, was ist aus dem geworden? Hugh, du hast es gehabt! Wo hast du es hingelegt?«

»Was hingelegt?« fragte Sir Hugh, der im Zimmer umherwanderte und seltsam hilflos versuchte, die Ordnung wiederherzustellen.

»Das Einglas des Beau, mein Lieber; ich weiß ganz sicher, daß du es in der Hand hieltest, als Eustacie und ich gestern nacht zu Bett gingen.«

»Ich weiß nicht, wo ich es hingelegt habe«, sagte Sir Hugh und bückte sich, um eine zerknitterte Krawatte aufzuheben. »Ich habe es irgendwohin gelegt.«

»Wohin?« fragte Miss Thane beharrlich.

»Das habe ich vergessen. Sally, das ist meine neue Reitjacke, sage ich dir! Schau sie dir bloß an! Sie ist ruiniert!«

»Nein, Lieber; Clem wird dir die Falten ausbügeln. Du mußt wissen, wohin du dieses Einglas gelegt hast. So denke doch nach!«

»Ich habe an Wichtigeres zu denken als an ein Einglas, das nicht mir gehört und das mir gar nicht gefällt. Ein häßliches, plumpes Ding war's. Vermutlich habe ich es auf dem Tisch im Kaffeesalon liegengelassen.«

Nye schüttelte den Kopf. »Dort lag es heute morgen nicht, Sir.«

»Na ja, dann habe ich es vielleicht mit heraufgenommen. Ich sage euch, ich weiß es nicht, und es ist mir egal.«

»Wahrscheinlich ist es unwichtig«, sagte Miss Thane nachdenklich. »Verlaßt euch darauf, daß es das war, was der Beau haben wollte. Ich muß sagen, ich hoffe, er hat es gefunden, denn die Aussicht auf weitere Plünderungen finde ich ziemlich gräßlich.«

Eustacie, die Sir Hugh half, einige verknitterte Halstücher zu glätten und zu falten, sagte besorgt: »Es ist ein sehr gutes Abenteuer, und natürlich genieße ich es — *cela va sans dire!* Aber — aber glaubt ihr, daß Basil wiederkommt und Ludovic umzubringen versucht?«

»Das halte ich für unwahrscheinlich«, antwortete Shield. »Aber ich reite um mein Nachtzeug ins Herrenhaus und werde die Nacht in Ludovics Zimmer verbringen.«

»Großartig!« sagte Miss Thane. »Ich muß sagen, ich habe nicht im Traum an ein so romantisches Abenteuer wie das hier gedacht. Bald werden wir uns hier verbarrikadieren müssen. Es könnte nichts Köstlicheres geben.«

»Ich habe nichts dagegen, wenn Shield hier übernachten will«, stellte

Sir Hugh fest. »Aber wenn ich von Kerlen in Halbmasken aus meinem Bett gejagt werde, verbürge ich mich nicht für die Folgen.«

Da Miss Thane merkte, daß seine Gelassenheit ernstlich gestört war, machte sie sich daran, ihn in gute Laune zurückzuschmeicheln. Nye versprach, Clem unverzüglich heraufzuschicken, damit er alle verstreute Habe wegräume. Sir Hugh ließ sich daraufhin in das Gastzimmer geleiten und in einem Lehnstuhl unterbringen, eine Flasche Madeira neben sich. Alles, was er verlangte, sagte er, war etwas Frieden und Ruhe, also zog sich seine Schwester taktvoll zurück und überließ ihn dem besänftigenden Einfluß des Weins.

Sir Tristram blieb nicht lange im Roten Löwen, sondern rief bald nach seinem Pferd und versprach, rechtzeitig zum Abendessen zurück zu sein. Im Lauf des Nachmittags ereignete sich nichts Erschreckendes mehr, und keine verdächtigen Fremden betraten den Schankraum. Sir Tristram kam bald nach sechs Uhr zurück, und Nye, der die Tür in den Kaffeesalon verriegelte, befreite Ludovic. Dieser verkündete mit beträchtlicher Schärfe, falls die Besitzergreifung seiner Erbschaft noch mehr unterirdisch verbrachte Tage erfordere, ziehe er es vor, zu seinem Freihandel zurückzukehren.

Nach dem Abendessen schlug Miss Thane taktvoll vor, sich zu einem Loo-Spiel niederzulassen, und somit verging der Abend schnell. Ludovics Problem wurde zunächst vergessen, und das Spiel erwies sich als derart spannend, daß Miss Thane erst nach elf Uhr daran dachte, auf die Uhr auf dem Kaminsims zu schauen. Die Gesellschaft brach also auf, und die Damen hatten gerade nach ihren Kerzen gegriffen, als plötzlich Nyes Stimme, laut vor Wut und Überraschung, im Oberstock zu hören war.

Sir Tristram, der den anderen ein Zeichen machte, zurückzubleiben, ging schnell aus dem Kaffeesalon, gerade als Nye die Treppe herunterkam, einen verschreckt dreinblickenden Stalljungen am Kragen hinter sich herzerrend. Als er Shield sah, sagte er: »Ich habe gerade dieses junge Ungeziefer in Sir Hughs Schlafzimmer gefunden, Euer Ehren.«

»Herunter mit dir! Also, was hast du da oben gemacht?«

Der Stalljunge wimmerte, er habe es nicht böse gemeint, und versuchte, sich dem Griff des Wirts zu entwinden. Nye schüttelte ihn so heftig, daß er ihn fast vom Boden hob. Sir Tristram sagte: »Ist das einer deiner Burschen, Nye?«

»Ja, Sir, er ist wirklich einer meiner Burschen, aber morgen früh gehört er einem der Dorfpolizisten«, sagte Nye mit furchterregendem Nachdruck. »Ein Dieb — das ist er, und wird sehr wahrscheinlich deportiert. Oder aber gehängt.«

»Ich bin kein Dieb, ich hab es im Leben nicht bös gemeint, Mr. Nye. Ich schwöre, wirklich nicht! Ich habe nichts genommen, was dem dicken Herrn gehört, und ich täte es auch nicht!«

»Was hast du in seinem Schlafzimmer gemacht?« fragte Nye. »Du hast im Haus nichts zu suchen, das weißt du sehr gut! Kommt durch ein Fenster hereingekrochen — das hast du getan, wag nicht, es zu leugnen! Die Leiter, die du benützt hast, kann jeder noch dort stehen sehen. In die Taschen von Sir Hughs Jacken griff er, Sir, der junge Vagabund! Was hast du in der Hand? Sofort gibst du's her!«

Der Junge machte einen vergeblichen Versuch, sich loszureißen, aber Nye packte seinen rechten Arm und drehte ihn derart heftig herum, daß der Junge aufschrie und den Gegenstand, den er zu verbergen trachtete, losließ. Es war ein Einglas, das Sir Hugh Thane gehörte.

Nye starrte es einen Augenblick an, sein Gesicht wurde langsam rot vor Wut. Sein Griff am Kragen des Stalljungen wurde fester. »So ist das also, ja?« sagte er. »Das wird dir noch leid tun, Sam Barker!«

Sir Tristram nahm ihm das Einglas weg und warf in seiner ruhigen Art ein: »Laß ihn los, Nye. Also, mein Junge, wenn du die Wahrheit sagst, geschieht dir nichts. Wer hat dir gesagt, daß du das hier stehlen sollst?«

Der Junge duckte sich so weit wie möglich von Nye weg und sagte: »Es war Mr. Lavenhams Kammerdiener, Euer Ehren, und ich hab wirklich nicht gewußt, daß etwas Böses dabei ist! Er kam und fragte mich, ob ich mir gern zwanzig Guineen verdienen wolle, nur um ein Einglas zu finden, das Mr. Lavenham hier verlegt hat. Es war der dicke Herr, der es hatte, sagte er, und wenn ich es fände und niemand es erfährt, dann gibt es zwanzig Guineen für mich. Das war nicht Stehlen, Sir! Ich bin kein Dieb!«

»Oh, bist du nicht, ha?« sagte Nye. »Und wenn Mr. Lavenham sein Glas verlegt hat, was hat ihn dann aufgehalten, herzukommen und offen danach zu fragen? Erzähl mir nicht, daß du dir nicht gedacht hast, daß etwas Böses daran ist!«

»Es war Mr. Lavenhams Einglas. Mr. Gregg sagte, wenn ich keine Fragen stelle, wird es für niemanden Schwierigkeiten geben.«

»Es wird letzten Endes sehr viele Schwierigkeiten für dich geben, wenn du nicht genau das tust, was ich dir jetzt sage«, sagte Sir Tristram streng. »Du verdienst es, dem Dorfpolizisten übergeben zu werden. Wenn du aber den Mund hältst, werde ich mich dafür einsetzen, daß Nye diese Schlechtigkeit hingehen läßt. Versteh mich recht: Ich will, daß kein Wort von dem, was heute abend geschehen ist, Gregg oder Mr. Lavenham zu Ohren kommt. Wenn du gefragt wirst, sagst du ihnen, daß du noch keine Gelegenheit gehabt hast, Sir Hughs Zimmer zu durchsuchen. Ist das klar?«

Der Stalljunge, dankbar, daß er der Strafe entging, die er für unvermeidlich gehalten hatte, versicherte ihm, es sei ganz klar. Er stammelte seinen Dank, versprach gutes Benehmen in alle Ewigkeit und entfloh.

Nye holte tief Atem. »Verzeihung, Sir, aber ich wäre den jungen Taugenichts viel lieber los. Meinen eigenen Burschen bestochen! Was kommt als nächstes, möchte ich wissen?«

Sir Tristram betrachtete das Einglas in seiner Hand. Er sagte langsam: »Also haben sie es nicht gefunden. Ich möchte wissen ...« Er unterbrach sich und ging plötzlich ins Gästezimmer. Man bestürmte ihn mit Fragen, was denn geschehen sei; er erwiderte kurz: »Einer von Nyes Stalljungen wurde bestochen, das Einglas des Beau zu suchen. Statt dessen fand er das hier.«

»Aber das ist ja meines!« sagte Sir Hugh und starrte es an.

»Das weiß ich.«

»Wollen Sie mir erzählen, daß man schon wieder mein Zimmer durchwühlt hat?« fragte Sir Hugh.

»Nein, ich glaube, es sind nur Ihre Taschen umgestülpt worden. Das ist nicht wichtig.«

»Nicht wichtig!« stieß Sir Hugh erzürnt hervor. »Und was ist, wenn ich ausgeraubt wurde? Ich glaube, das ist auch nicht wichtig! Verdammt, ich war in meinem ganzen Leben noch nicht in einem solchen Haus! Es ist ewig voll von einer Bande Schurken, die aus Newgate ausgebrochen sind, und bei all den maskierten Mördern und Bow-Street-Detektiven und dem jungen Lavenham da, der es sich in den Kopf setzt, im Keller zu leben, weiß ich nicht, wo ich mich von einer

Minute zur anderen befinde. Außerdem bist du genauso schlimm wie alle übrigen, Sally!«

»Sie sind nicht ausgeraubt worden«, sagte Sir Tristram. »Ich will nur herausfinden, warum es für Basil so lebenswichtig ist, dieses Einglas wiederzuhaben. Thane, wohin haben Sie es gelegt? Um Gottes willen, versuchen Sie, sich zu erinnern! Ich vermute, daß es von äußerster Wichtigkeit ist!«

»Dann ist es noch immer hier im Gasthof«, sagte Miss Thane. »Hugh, ich flehe dich an, denk nach!«

»Redet ihr von dem Einglas, von dem ihr alle gesagt habt, es gehöre Basil?« erkundigte sich Ludovic.

Shield drehte sich um. »Was meinst du damit, Ludovic? Hast du es nicht erkannt?«

»Nein, ich kann nicht behaupten, daß ich es erkannt hätte«, antwortete Ludovic. »Wohlgemerkt, ich bestreite nicht, daß es seines ist. Aber vermutlich hat er es erst nach meiner Zeit gekauft.«

»Das«, sagte Sir Tristram, »ist genau das, was auch ich glaube. Wir müssen es finden, und wenn wir das ganze Haus auf den Kopf stellen!«

»Das brauchst du nicht«, sagte Ludovic ruhig. »Thane hat es auf den Kaminsims im Kaffeesalon gelegt. Ich hab ihn dabei gesehen.«

Sir Tristram fuhr herum und ging schnell in den Kaffeesalon zurück. Er streckte den Arm aus und fuhr mit der Hand den hohen Kaminsims entlang. Das Einglas lag genau dort, wo Sir Hugh es hingelegt hatte. Shield hielt es in der Hand und sah es so seltsam an, daß Nye, der neben ihm stand, zu fragen wagte, ob etwas damit nicht stimme.

Sir Tristram schüttelte den Kopf und trug seine Beute in das Gästezimmer zurück.

»Sie haben es gefunden!« rief Eustacie aus. »Aber warum ist das so wichtig?«

Er schob sie beiseite, setzte sich an den Tisch und unterzog das Einglas einer genauen Untersuchung. Die anderen versammelten sich um ihn; sogar Sir Hugh verriet leises Interesse.

»Ich persönlich habe sie gern schlanker«, bemerkte Ludovic. »Der Griff ist zu dick. Plump.«

Sir Tristram sagte trocken: »Ich glaube, das hat seinen Grund.« Er hatte Sir Hughs Einglas aufgenommen und betrachtete durch dessen

Vergrößerungslinse den reich inkrustierten, zum Durchziehen des Bandes bestimmten Kreis am Ende des Stiels. Shield legte Sir Hughs Glas hin und schob den Daumennagel in eine Kerbe des Kreises.

Es gab ein kaum merkliches Klicken; der Kreis teilte sich, etwas fiel heraus und auf den Tisch, rollte eine kurze Strecke und lag still.

»Der Talismanring«, sagte Sir Tristram.

14

Ludovic entrang sich ein Laut, fast wie ein Aufschluchzen. Er fuhr mit der Hand über den Tisch und riß den Ring an sich. »Mein Ring!« flüsterte er. »Mein Ring!«

»Also meiner Seel, das ist eine verteufelt listige Vorrichtung«, sagte Sir Hugh und nahm Shield das Einglas Beau Lavenhams aus der Hand. »Siehst du, Sally? Der Ring paßt genau in den Kreis am Ende des Stiels.«

»Ja, mein Lieber«, sagte Miss Thane. »Ich sehe es. Wenn ich daran denke, daß es herumgelegen ist, wo es jeder x-beliebige hätte finden können, wird mir ganz schwach vor Entsetzen.«

Eustacie betrachtete den Ring kritisch. »Das ist ein Talismanring?« fragte sie. »Ich dachte, der wäre ganz anders! Das ist nichts als ein goldener Ring mit einigen Figuren drauf!«

»Vorsicht, Eustacie!« sagte Sir Tristram mit einem leichten Lächeln. »Sie werden entdecken, daß Ludovic ihn als sakrosankt betrachtet.«

Ludovic hob die Augen von der anbetenden Bewunderung des Ringes. »Bei Gott, wirklich! Ich kann dir einfach nichts sagen, Tristram, außer daß ich dir die Füße küssen könnte für das, was du für mich getan hast!«

»Bitte, tu's nicht. Ich habe sehr wenig getan.«

Miss Thane sagte: »Er lag direkt vor unserer Nase. Diese Dreistigkeit! Wie konnte er es nur wagen?«

»Warum nicht?« sagte Sir Tristram. »Hätte einer von uns den Verdacht gehabt, wenn er nicht verlorengegangen wäre und dann so verzweifelt gesucht wurde?«

Miss Thane kam ein Gedanke. Sie wandte die Augen ihrem Bruder zu und sagte bewegt: »Also verdanken wir alles Hugh! Mein Lieber, das ist zuviel für mich. Ich werde mich von dem Schock nicht leicht erholen.«

»Und alles — aber auch alles —, was wir getan haben, war ganz unnötig!« sagte Eustacie verärgert.

»Ich weiß«, sagte Miss Thane und schüttelte traurig den Kopf. »Der Gedanke daran ist nicht zu ertragen.«

»Ich weiß nicht, warum ihr euch eigentlich beklagt«, bemerkte Sir Tristram. »Ihr hattet sehr viele Abenteuer, was, soweit ich verstehe, doch euer beider Wunsch war.«

»Ja, das stimmt«, bestätigte Eustacie. »Aber einiges davon war nicht sehr behaglich. Und ich muß sagen, daß es mich überhaupt nicht freut, daß Sie es sind, der den Ring gefunden hat, denn Sie wollen kein Abenteuer erleben oder etwas Romantisches tun. Das erscheint mir sehr unfair.«

»Das ist es auch!« sagte Miss Thane, von diesem Standpunkt beeindruckt. »Es ist ganz gräßlich, mein Liebes, denn wer hätte unangenehmer oder entmutigender sein können? Wirklich, es wäre in einiger Hinsicht viel besser gewesen, wenn wir darauf bestanden hätten, daß er der Schurke bleibt.«

Darüber lächelte Sir Tristram ein bißchen, aber ziemlich geistesabwesend, und sagte: »Ganz schön, aber wir sind noch nicht aus allen Schwierigkeiten. Laß mir den Ring, Ludovic. Es ist wahr, wir haben ihn gefunden, aber wir haben ihn nicht im Besitz des Beau gefunden. Oh, schau nicht so zweifelnd drein, mein lieber Junge! Ich werde ihn nicht verlieren.«

»Aha!« sagte Miss Thane und nickte weise. »Man muß sich schließlich daran erinnern, daß Sie ein Sammler solcher Dinge sind. Ich mache ihm keinen Vorwurf daraus; wahrscheinlich ist alles ein Komplott.«

»Sarah, Sie sind abscheulich!« sagte Ludovic und reichte seinem Vetter den Ring über den Tisch. »Um Gottes willen, sei vorsichtig mit ihm, ja, Tristram? Was hast du vor?«

Sir Tristram paßte den Ring wieder in das Versteck ein und ließ es zuschnappen. »Vorderhand behalte ich ihn. Ich glaube, unser bester Kurs —«

Er schwieg stirnrunzelnd.

Sie warteten in gespanntem Schweigen, aber bevor er wieder sprach, hörte Nye das Geräusch einer Kutsche, die im Hof einfuhr, und sagte entschuldigend: »Verzeihung, Sir, aber ich muß gehen. Das wird die Nachtpost sein.«

Sir Tristrams Stimme hielt ihn an der Tür zurück: »Willst du damit sagen, daß das die Londoner Post ist, Joe?«

»Ja, das ist sie, Sir. Ich will dem Wächter etwas sagen, wenn Sie mich entschuldigen.«

Sir Tristrams Stuhl kratzte auf dem Eichenboden, als er aufsprang. »Dann ist das mein bester Kurs!« sagte er. »Ich will mitfahren!«

Nye starrte ihn an. »Wenn Sie das vorhaben, dann beeilen Sie sich lieber, Sir. Der Pferdewechsel dauert nicht länger als zwei Minuten, und sie sind weg, sowie er durchgeführt ist.«

»Geh und sag ihnen, sie sollen warten!« befahl Sir Tristram. »Ich muß nur Hut und Mantel holen.«

»Sie werden nicht warten, Sir!« protestierte Nye. »Sie müssen ihre Zeit einhalten, und Sie haben keine Fahrkarte!«

»Das ist gleichgültig! Beeil dich, Mann!« sagte Sir Tristram und schob ihn vor sich aus dem Zimmer.

»Aber was wollen Sie tun?« rief Eustacie und lief ihnen nach.

»Ich kann jetzt keine Zeit auf Erklärungen verschwenden«, erwiderte Sir Tristram bereits auf der Treppe.

Miss Thane, die mit Ludovic etwas gemächlicher folgte, sagte geheimnisvoll: »Ich habe gesagt, daß es ein Komplott ist! Ich glaube, er macht sich heimlich davon.« Sie bemerkte, daß der Gegenstand ihres Spottes bereits außer Hörweite war, und fügte hinzu: »Da! Wie aufreizend! Diese Bemerkung war vollkommen verschwendet. Wer hätte angenommen, daß das elende Geschöpf von einer solchen Raserei erfaßt werden könnte?«

Eben da erschien Sir Tristram, mit dem Mantel über dem Arm, den Hut in der Hand. Als er die Treppe hinunterlief, sagte er: »Ich hoffe, morgen zurückzukommen, wenn alles gut geht. Um Gottes willen, gib auf dich acht, Ludovic!«

Er war durch den Kaffeesalon gelaufen und aus der Tür draußen, fast bevor sie Atem holen konnten. Miss Thane sagte blinzelnd: »Wenn wir bloß ein Pferd gesattelt und bereit hätten!«

»Warum? Genügt ihm die Post nicht?« erkundigte sich Ludovic.

»Wenn ein Pferd dagewesen wäre, hätten wir ihn *ventre-à-terre* davonreiten gesehen!« sagte Miss Thane klagend.

»Aber wohin fährt er?« stammelte Eustacie. »Ich glaube, er ist plötzlich wahnsinnig geworden!«

»Er fährt nach London«, erwiderte Ludovic. »Frag mich nicht, warum, denn ich habe keine Ahnung!«

»Nun, es ist zu schlimm!« Eustacie wurde ganz rosig vor Empörung. »Das ist doch unser Abenteuer, und er hat uns ohne ein Wort verlassen und versucht praktisch, es uns wegzunehmen!«

»Diese Männer!« sagte Miss Thane mit einem starken Schauder. Eben da betrat Sir Hugh den Kaffeesalon und fragte, was aus Shield geworden sei. Als er hörte, daß er plötzlich nach London abgereist war, sah er leicht überrascht drein und klagte, daß auch er anscheinend zu den Leuten gehörte, die ihre Zeit damit verbrachten, wie Stehaufmännchen im Gasthof aufzutauchen und wieder zu verschwinden. »Es ist sehr unruhig«, sagte er streng. »Kaum lassen wir uns gemütlich nieder, bricht entweder jemand im Haus ein oder einer von euch saust weiß Gott wohin! Es gibt überhaupt keinen Frieden hier. Ich gehe schlafen.«

Gerade da kam Nye zurück und verkündete mit einem zögernden Lächeln, Sir Tristram sei es doch gelungen, die Kutsche zu besteigen, trotz aller Vorhaltungen des Wächters, daß ein solch anmaßendes Vorgehen völlig aus der Ordnung sei. Als Ludovic Nye fragte, ob er wisse, was Sir Tristram vorhabe, erwiderte er in seiner gleichgültigen Art: »Nein, Sir, aber Sie können sich darauf verlassen, daß er tut, was am besten ist. Alles, was er mir sagte, war nur, ich solle Sie sicher in Ihr Zimmer bringen. Ich persönlich laß mir hier ein Feldbett aufstellen, und es wäre wirklich seltsam, wenn irgend jemand ins Haus gelangte, ohne daß ich es höre. Nicht, daß es mir wahrscheinlich erscheint, daß man dieses Spiel heute nacht versuchen wird. Die oben im Dower House werden bis morgen warten, in der Hoffnung, daß Sam Barker Ihren verflixten Ring gefunden hat, Sir.«

Miss Thane seufzte. »Wie abscheulich langweilig wird es einem vorkommen, wenn niemand mehr einbricht! Wirklich, ich weiß nicht, wie ich das Leben ertragen soll, sobald einmal alle diese aufregenden Geschehnisse zu Ende sind.«

Nye gönnte ihr ein grimmiges kleines Lächeln. »Soviel ich erkennen kann, sind sie noch nicht zu Ende, Ma'am. Wir werden gut daran tun, ein Auge offenzuhalten für Schwierigkeiten, sobald der Beau erfährt, daß Barker das Einglas nicht gefunden hat. Ich werde froh sein, wenn Sir Tristram wieder zurück ist, das steht einmal fest. Nun, Mr. Ludovic, wenn Sie bereit sind, helfe ich Ihnen, zu Bett zu gehen. Sie werden morgen wieder in den Keller hinunter müssen, und der Befehl lautet dahin, daß ich Sie dorthin begleiten muß, bevor ich morgens die Türen aufriegele. Und außerdem, Sir«, fügte er hinzu und kam damit allen drohenden Protesten Ludovics zuvor, »habe ich Befehl, Sie niederzuschlagen, wenn Sie nicht freiwillig gehen.«

Diese wilde Drohung wurde jedoch nicht in die Tat umgesetzt. Ludovic stieg am nächsten Morgen zu früher Stunde in den Keller, und die übrige Gesellschaft, mit Ausnahme Sir Hughs, der sich nur für sein Frühstück interessierte, bereitete sich vor, jeglicher Gefahr, die bevorstehen mochte, zu begegnen. Eustacie, die meinte, sie habe eine viel zu kleine Rolle in dem Abenteuer gespielt, war etwas gekränkt, da sich Ludovic, ohne im leisesten zu zögern, geweigert hatte, ihr eine seiner Pistolen zu leihen. »Ich verleihe meine Pistolen nie«, sagte er. »Außerdem, wozu brauchst du sie?«

»Um zu schießen, natürlich!« erwiderte Eustacie ungeduldig.

»Guter Gott, worauf?«

»Aber doch auf jeden, der versucht, ins Haus zu kommen!« sagte sie und machte große Augen vor Überraschung über seine Dummheit. »Und wenn du Sarah auch eine überließest, könnte sie mir helfen. Weißt du, schließlich könnten wir uns vielleicht in großer Gefahr befinden.«

»Ihr werdet euch nicht in halb soviel Gefahr befinden, als wenn ich euch meine Pistolen überließe«, sagte Ludovic mit brutaler Aufrichtigkeit.

Diese gefühllose Antwort führte Eustacie grollend zu Miss Thane. Hier zumindest war sie sicher, eine mitfühlende Zuhörerin zu finden. Miss Thane enttäuschte sie nicht. Sie bekannte, den Egoismus der Männer einfach nicht verstehen zu können, und als sie von Eustacies Plan erfuhr, daß auch sie auf mögliche Desperados schießen sollte, sagte sie, sie würde fast wünschen, daß man ihr nichts erzählt hätte, da es sie völlig entmutige, daß nichts daraus geworden war.

»Nun, ich glaube wirklich, wir sollten bewaffnet sein«, sagte Eustacie sehnsüchtig. »Es stimmt ja, daß ich nicht viel über Schußwaffen weiß, aber man braucht schließlich nur zu zielen und auf den Hahn zu drücken.«

»So ist es«, stimmte ihr Miss Thane zu. »Bestimmt hätten wir jede Zahl verwegener Schurken erledigt. Es ist wirklich ganz erbärmlich! Wir werden gezwungen sein, uns auf unseren Verstand zu verlassen.«

Der Vormittag verging jedoch ruhig. Die einzige Aufregung lieferte Gregg, der mit dem durchsichtigen Auftrag in den Gasthof kam, nachzufragen, ob Nye seinem Herrn ein Faß Burgunder überlassen könne. Er ließ sein Pferd im Hof stehen und konnte somit ein Wort mit Sam Barker wechseln, der mit der bedrohlichen Aussicht auf Deportation vor Augen Sir Tristrams Anweisungen getreulich gehorchte und sagte, er habe noch keine Möglichkeit gehabt, das Einglas zu suchen.

Nachmittags ging Sir Hugh wie üblich hinauf, um ein friedliches Schläfchen zu genießen. Miss Thane und Eustacie sahen die Postkutsche nach Brighton ankommen, da sie jedoch Sir Tristram nicht am Roten Löwen absetzte, schwand ihr Interesse schnell. Sie fragten sich eben, ob sie überhaupt irgendein Abenteuer erleben würden, als zu ihrer Verblüffung Beau Lavenhams Chaise am Fenster des Gästezimmers vorüberfuhr, vor der Tür des Kaffeesalons hielt und den Beau persönlich absetzte.

Er stieg ohne Hast aus, entfernte sorgfältig ein Staubkörnchen von seinem Ärmel und betrat den Gasthof in denkbar ruhigster Art.

»Nun«, sagte Miss Thane, »ich glaube, das übersteigt die Grenzen vernünftiger Frechheit! Glauben Sie, daß er gekommen ist, um uns einen Höflichkeitsbesuch zu machen?«

Anscheinend war das sein Zweck, denn gleich darauf führte ihn Nye ins Gästezimmer. Der Beau trat mit seinem gewohnten Lächeln ein und verbeugte sich mit seinem ganzen üblichen Schwung. »Welch ein Glück, Sie noch immer hier vorzufinden!« sagte er. »Ihr sehr Gehorsamer, Ma'am!«

»Sollten Sie sonst etwas benötigen, Ma'am, brauchen Sie nur zu rufen«, sagte Nye langsam und betont.

»O ja, wirklich! Bitte, halten Sie sich nicht auf!« sagte Miss Thane, sofort in ihre Rolle hohlköpfiger Weiblichkeit schlüpfend. »Ich werde

Sie bestimmt rufen, wenn ich etwas brauche. Wie reizend, Sie zu sehen, Mr. Lavenham! Da sehen Sie uns gähnend über unserer Stichelei und ganz begeistert, Gesellschaft zu bekommen. Sie müssen wissen, daß wir alle unsere Pläne zur Abreise fertig haben und beabsichtigen, fast unverzüglich nach London aufzubrechen. Ich freue mich ja so, Gelegenheit zu haben, mich von Ihnen zu verabschieden! Sie waren so sehr zuvorkommend mit Ihrer Erlaubnis, daß ich Ihr wunderschönes Haus besuchen durfte! Ich rede immerzu davon!«

»Meinem Haus war es eine Ehre, Ma'am. Habe ich zu verstehen, daß sich Ihr Bruder endlich von seiner betrüblichen Indisposition erholt hat? Es muß eine wirklich schlimme Erkältung gewesen sein, daß sie ihn in diesem langweiligen Gasthof so viele Tage zurückgehalten hat.«

»Ja, wirklich, so ziemlich die schlimmste, die er je gehabt hat«, stimmte ihm Miss Thane zu. »Aber ich versichere Ihnen, er hat es nicht langweilig gefunden.«

»Nein?« sagte der Beau sanft.

»Wirklich nicht! Sie müssen wissen, daß er ein großer Weinkenner ist. Ein wohlversorgter Keller wird ihn mit dem härtesten Los versöhnen. Es ist ganz albern!«

»Ah, ja!« sagte der Beau. »Nye hat sehr viel in seinen Kellern — fürchte ich —, mehr vielleicht, als er zugeben wird.«

»Das ist wahr«, bemerkte Eustacie sehr genußvoll. »Grandpère pflegte zu sagen, er möchte den sehen, der findet, was Nye lieber versteckt hält.«

»Ich fürchte, da muß er mit etwas Übertreibung gesprochen haben«, sagte der Beau. »Ich hoffe, Nye wird nie gezwungen werden, sich einer Suche nach seinen Geheimkellern zu unterziehen. Solche Dinge sind sehr gut, solange niemand von ihrem Vorhandensein weiß. Sobald sich aber die Kunde herumspricht, ist es einfach, sie zu entdecken.«

Miss Thane, die dieser Rede mit der Miene arglosesten Interesses lauschte, rief aus: »Wie seltsam, daß Sie das sagen! Ich muß Ihnen gestehen, daß mein Bruder gleich von Anfang an sagte, er sei überzeugt, Nye müsse irgendeinen verborgenen Vorrat besitzen!«

»Ich beglückwünsche Sie, Ma'am, daß Sie mit einem Bruder von so bemerkenswertem Scharfsinn gesegnet sind«, sagte der Beau honigsüß. Er wandte sich an seine Base. »Meine liebe Eustacie, ob mir wohl die

Gunst einiger Augenblicke eines ersehnten Gesprächs unter vier Augen zuteil wird? Miss Thane wird sicher verstehen, daß zwischen Geschwisterkindern —«

Hier unterbrach ihn Miss Thane mit einem gezierten kleinen Aufschrei: »Oh, Mr. Lavenham, nein, wirklich! Daran ist nicht zu denken! Sie müssen wissen, daß ich die Anstandsdame — ist das nicht lächerlich? — dieses lieben Kindes bin —, und so etwas ginge überhaupt nicht!«

Er sah sie aus schmalen Augen an und sagte nach einem Augenblick: »Ich erinnere mich nicht, Ma'am, daß solche Gewissensbisse bei Ihnen so schwer ins Gewicht fielen, als Sie vor noch nicht langer Zeit mein Haus besuchten.«

Miss Thane sah betrübt drein und erwiderte: »Das ist sehr richtig! Ihr Vorwurf ist gerechtfertigt, Sir. Ich bin ein so traurig kopfloses Ding, daß ich vor Bewunderung Ihrer Bibliothek meine Pflichten vergaß.«

Er hob die Brauen in höflicher Skepsis. Eustacie sagte: »Ich habe keine Geheimnisse vor Mademoiselle. Warum wünschen Sie mich allein zu sprechen? *Je n'en vois pas la nécessité!*«

»Schön«, sagte der Beau, »wenn ich ohne Zurückhaltung sprechen darf, meine liebe Base, möchte ich also ein Wort der Warnung in Ihr Ohr fallen lassen.«

Sie maß ihn gleichgültig. »Ich weiß nicht, warum ich gewarnt werden müßte, aber wenn Sie mich zu warnen wünschen, ist es mir durchaus recht.«

»Sagen wir lieber«, verbesserte sich der Beau, »daß ich wünsche, Sie möchten der am engsten betroffenen Person eine Warnung übermitteln. Sie müssen wissen, daß ich mir bewußt bin — mir von Anfang an bewußt war —, daß Sie — eine gewisse Person in diesem Haus verbergen. Ich brauche bestimmt keinen Namen zu erwähnen. Nun — ich wünsche dieser Person nichts Böses; ich darf wohl sagen, daß ich in der Vergangenheit wirklich sein Freund war, aber es wird nicht in meiner Macht stehen, ihm zu helfen, sowie einmal seine Anwesenheit in diesem Gasthof bekannt wird. Und ich fürchte — ich fürchte sehr —, daß sie bekannt ist. Sie sind bereits, wie ich schließen darf, durch zwei Detektive der Bow Street belästigt worden. Es scheint allen Berichten zufolge ein besonders dummes Paar gewesen zu sein. Sie müssen jedoch bedenken, daß nicht alle Detektive so leicht — sollen wir sagen: zu düpieren sind?« Er machte eine Pause, Eustacie gab sich jedoch damit zufrieden, ihn ausdruckslos anzusehen, und erwiderte nichts. Er lächelte leicht und fuhr fort: »Sie sollten bedenken, liebe Base, was geschehen würde, falls jemand, der die besagte Person gut kennt, zur Bow Street ginge und bemerkte: ›Ich habe Beweise, daß dieser Mann soeben in einem Geheimkeller im Roten Löwen in Hand Cross liegt.‹«

»Sie erzählen mir eine höchst unterhaltsame Geschichte«, sagte Eustacie mit korrekter Höflichkeit. »Wahrscheinlich wären Sie sehr froh, wenn Sie erführen, daß — ich jedenfalls nenne Namen — Ludovic ins Ausland gegangen ist.«

»Sehr roh ausgedrückt«, erwiderte der Beau süß. »Ich wäre verzweifelt, wenn er noch mehr Schande über die Familie brächte, indem er seine Laufbahn auf dem Schafott beendet. Und das, meine liebe Eustacie, ist der Fall, wenn er je in die Hände des Gesetzes fällt.«

»Aber ich kann Sie nicht verstehen!« sagte Eustacie. »Ich dachte, daß wenigstens Sie glaubten, er sei unschuldig.«

Er zuckte die Achseln. »Sicherlich, aber seine unglückselige Flucht, zusammen mit dem Verschwinden des Talismanrings, der die Wurzel allen Übels ist, wird es ihm unmöglich machen, seine Unschuld zu beweisen.« Er legte die Fingerspitzen aneinander und maß Eustacie. »Wissen Sie, es ist sehr unangenehm, ein Gehetzter zu sein. Es wäre viel besser, man erzählte, er sei gestorben — im Ausland. Ich will, soweit ich nur immer kann, behilflich sein. Hätte ich Beweise, daß mein Vetter Ludovic nicht mehr lebt, würde ich mich gern verpflichten — nun, sagen wir: einen Mann, der wie mein Vetter Ludovic aussieht, jedoch einen anderen Namen trüge —, also diesen Mann mit einer Apanage zu versorgen, die er, wie ich glaube, nicht kleinlich fände.« Er schwieg und nahm eine Prise.

»Ich frage mich«, sagte Eustacie nachdenklich, »warum Sie eigentlich Ludovic mit Ihrer Großzügigkeit überwältigen wollen. Für mich ist das wirklich nicht leicht zu verstehen.«

»Ah, das ist nicht klug von Ihnen, liebe Kusine«, erwiderte er. »Sie müssen doch sicher die Nachteile seiner Lage erkennen?«

»Aber sicher, sehr klar«, sagte Eustacie beunruhigend schnell.

»Eben«, sagte der Beau lächelnd. »Natürlich — gäbe es die leiseste

Chance, daß Ludovic imstande wäre, seine Unschuld zu beweisen, dann wäre es etwas anderes. Aber eine solche Chance besteht nicht, Eustacie, und ich wäre ein sehr seltsames Geschöpf, wenn ich nicht mit Unbehagen einer unbestimmten Anzahl von Jahren entgegensähe, die ich neben einem verwaisten Thron wartend verbringen muß.«

»Einem verwaisten Thron?« sagte Miss Thane plötzlich und hob den Kopf von dem Buch, das sie aufgenommen hatte. »Oh, sprechen Sie von der Ermordung des französischen Königs? Ich war in meinem Leben noch nicht so entsetzt, als ich die Nachricht hörte.«

Der Beau beachtete sie nicht. Seine Augen ruhten noch immer auf Eustacie; er sagte versonnen: »Ich glaube, man kann auf dem Kontinent sehr behaglich leben. Ihnen, zum Beispiel, wage ich zu sagen, würde es wirklich gut gefallen.«

»Mir? Aber wir sprechen doch nicht von mir?«

»Nein? Nun, ich will nicht so tun, als sei ich nicht froh, das zu hören«, antwortete er. Er stand auf. »Sie werden sich überlegen, was ich gesagt habe, nicht wahr? Sie könnten es vielleicht sogar Ludovic erzählen.«

Eustacie nahm einen zweifelnden Ausdruck an. »Ja, aber wenn er täte, was Sie vorschlagen, würden Sie ihm vielleicht schließlich doch kein Geld geben«, sagte sie.

»In dem Fall«, erwiderte der Beau ruhig, »müßte er nur wieder lebendig werden, um mich des Titels, Bodens und Reichtums zu berauben. Man könnte fast sagen, daß er mich ganz in seiner Gewalt hat.«

»Stimmt, ja — das stimmt sogar sehr«, sagte Eustacie und nickte. »Aber ich weiß nicht — es ist mir nicht möglich, zu sagen —«

»Meine liebe Kusine, ich will nicht, daß Sie etwas sagen. Zweifellos werden Sie die Sache mit Ludovic besprechen und mich dann von Ihrem Entschluß unterrichten. Ich will mich jetzt von Ihnen verabschieden.« Er drehte sich um und verbeugte sich vor Miss Thane. »Ihr Diener, Ma'am. Bemühen Sie sich nicht, mich hinauszubegleiten, meine liebe Kusine; ich kenne mich hier aus. Wissen Sie, ich war schon früher hier.« Er unterbrach sich und sagte: »Ah, das erinnert mich an — ich glaube, daß ich gelegentlich meines letzten Besuchs hier mein Einglas verloren habe. Ob es wohl gefunden wurde?«

»Ihr Einglas?« wiederholte Eustacie. »Wie können Sie das hier verloren haben, bitte?«

»Das Band war etwas zerschlissen«, erklärte er. »Das Glas hat einen sentimentalen Wert für mich. Darf ich es bitte haben?«

Sie schüttelte den Kopf. »Sie irren. Es ist bestimmt nicht hier.«

Er seufzte. »Nein? Prüfen Sie Ihr Gedächtnis noch einmal, Kusine. Ich glaube, es wäre klüger, sich daran zu erinnern.«

»Es ist unmöglich. Ich weiß nicht, wo Ihr Glas sein kann«, sagte Eustacie völlig wahrheitsgemäß.

Miss Thane, unfähig, der Versuchung zu widerstehen, an dieser Szene teilzunehmen, sagte: »Ein Einglas? O ja, ich weiß!«

»Wirklich, Ma'am?« Der Beau drehte sich schnell um. »Klären Sie mich auf, ich bitte Sie!«

Miss Thane nickte Eustacie zu. »Erinnern Sie sich nicht, mein Liebes, wie Nye erst gestern eines halbversteckt unter einem Stuhl gefunden hat? O nein, ich glaube, Sie waren da gerade nicht anwesend! Er legte es auf den Kaminsims im Kaffeesalon. Ich hole es Ihnen sofort.«

»Bemühen Sie sich nicht, Ma'am«, sagte der Beau, etwas schneller atmend. »Ich bin tief in Ihrer Schuld, ich werde es mir im Weggehen holen.«

»Oh, aber es ist nicht die allergeringste Mühe«, erklärte Miss Thane, erhob sich und ging zur Tür. »Ich kann im Nu meine Hand darauf legen!«

»Sie sind zu gütig.« Er verbeugte sich und folgte ihr in den Kaffeesalon.

Sie blieb einen Augenblick auf der Schwelle stehen, denn das Zimmer war nicht, wie sie es erwartet hatte, leer. Ein kräftig aussehender Mann in einer blauen Jacke und Wildlederhose saß auf der Kaminbank, wärmte sich die Beine und erfrischte sich aus einem Bierkrug. Er wandte den Kopf, als Miss Thane hereinkam, und obwohl er sie nur ein paar Sekunden ansah, hatte sie das unbehagliche Gefühl, daß der Blick nicht ganz so flüchtig war, wie er es zu sein schien. Eustacie sah sie in stummer Warnung an. Miss Thane tröstete sich mit der Überlegung, daß, selbst wenn der Fremde in Beau Lavenhams Sold stand, keine Befürchtung bestand, daß einer von ihnen das Einglas finden würde, und trippelte zum Kamin. »Ich weiß genau, wohin er es gelegt hat«, informierte sie den Beau über die Schulter. »Es war an diesem Ende — nein! Nun, das ist doch wirklich seltsam! Ich hätte schwören können — greifen Sie hinauf, Mr. Lavenham, Sie sind größer als ich.«

Der Beau, der diese Ermutigung nicht nötig hatte, strich mit der Hand den Kaminsims entlang. »Sie irren sich, Ma'am«, sagte er mit einer plötzlich barschen Stimme. »Es ist nicht hier!«

»Aber es muß hier sein!« sagte sie. »Ich bin ganz sicher, daß es dorthin gelegt wurde. Jemand muß es verschoben haben!« Eine Idee schien ihr zu kommen. Sie sagte: »Ob es wohl Ihr Kammerdiener genommen hat? Wissen Sie, er war heute morgen hier und blieb ziemlich lange. Ich konnte mir nicht vorstellen, was er wollte. Verlassen Sie sich darauf, er muß es entdeckt haben. Sie werden es im Dower House finden.«

Er war blaß geworden und sagte, die Augen auf ihr Gesicht geheftet: »Mein Kammerdiener? Sie sagen, mein Kammerdiener war heute in diesem Zimmer?«

»Ja, wirklich«, versicherte Miss Thane, ohne zu erröten. »Natürlich dachte ich nicht im Traum daran, daß es das Einglas war, was er suchte, sonst hätte ich ihm sofort gezeigt, wo es lag. Aber Ende gut, alles gut. Sie können sicher sein, er hat es bestimmt!«

Eustacie, voll Bewunderung für Miss Thanes Taktik, sah, wie das Lächeln des Beau völlig verschwand. Ein halb zweifelnder, halb verärgerter Ausdruck trat an dessen Stelle; es war klar, daß er zwar Miss Thane der Unwahrheit verdächtigte, dennoch den Gedanken unmöglich verbannen konnte, daß sein Kammerdiener erraten hatte, daß das Einglas ein lebenswichtiges Geheimnis enthielt und er vielleicht gekommen war, um es auf eigene Faust zu suchen. Sie sah, wie sich seine Hand öffnete und schloß und seine Lippen zu einem dünnen, bösen Strich wurden. Sie vermerkte diese Zeichen der Verstörtheit mit kritischem Interesse, als sie sich bewußt wurde, daß sie der Fremde auf der Kaminbank angesprochen hatte.

»Sehr kalter Tag, Ma'am«, bemerkte er mit der unverkennbaren Miene eines Menschen, dessen Gewohnheit es ist, mit jedem, der seinen Weg kreuzt, ins Gespräch zu kommen.

Eustacie blickte ihn mit einem gewissen unbehaglichen Vorgefühl an. Wahrscheinlich konnte der Wirt eines Gasthofs wohl kaum einem Gast verbieten, sein Bier im Kaffeesalon zu trinken, wenn er das wünschte, aber sie hatte wider Willen das Gefühl, daß Nye es zumindest bei dieser Gelegenheit vermocht hätte, ihn in den Schankraum zu locken und dort unter Augen zu halten. Andererseits war es natürlich möglich, daß der Mann ein Bekannter Nyes war. Sie erwiderte höflich: »Ja, sehr kalt.«

»Ein scharfer Wind draußen«, fuhr der Fremde fort. »Na ja, es ist eben die Jahreszeit, nicht? Wir können uns nicht beklagen. Verzeihung, Sir, wenn ich noch ein Scheit auf das Feuer legen dürfte — danke, Sir!«

Der Beau, der neben dem Holzkorb stand, trat beiseite, damit der Fremde an das Holz herankommen konnte.

»Das ist das schlimmste an einem Holzfeuer«, sagte der Fremde und wählte ein passendes Scheit. »Es fällt im Nu in nichts zusammen, nicht wahr, Sir? Aber Sie werden sehen, gleich werden wir eine nette Glut haben.« Er bückte sich, um ein zweites Scheit zu holen, und sagte überrascht: »Ei, sieh einer an, und was ist wohl das hier, mitten unter dem Holz?« Dabei richtete er sich auf, und Miss Thane sah, daß er das Einglas des Beau in der Hand hielt. Einen Augenblick war sie unfähig zu sprechen oder zu denken. Während ihre Augen gebannt auf das Glas gerichtet waren, wirbelte es in ihrem Kopf. Hatte denn nicht Sir Tristram das Glas in Obhut genommen? Konnte er sich der unverzeihlichen Nachlässigkeit schuldig gemacht haben, es zu verlegen? Wie kam es, daß es in dem Holzkorb war? Und was, in Himmels Namen, sollte man tun?

Sie riß sich zusammen, traf Eustacies Augen über das Zimmer hinweg und sah sie ebenso erschrocken, wie es die ihren sicher waren. Sie wurde sich der Stimme des Fremden bewußt, der mit liebenswürdiger Einfältigkeit staunte, an was für komische Stellen Sachen oft geraten, nein, wirklich, und erkannte plötzlich, warum Nye einen Fremden allein im Kaffeesalon gelassen hatte und was der Zweck sein mußte. Sie sah Eustacie, die noch immer am Fuß der Treppe stand, mit einem warnenden Stirnrunzeln an und sagte: »Aber da ist es ja! Nein, welch ein glücklicher Zufall!«

Der Beau streckte die Hand aus. Sie zitterte leicht. Er sagte: »Danke. Es gehört mir.«

Der Fremde sah ihn sehr zweifelnd an. »Ihnen, ja, Sir? Nun, wenn Sie es sagen, ist es bestimmt so, aber vielleicht gebe ich es doch am besten dem Wirt — nichts für ungut, Euer Ehren, aber da es nun einmal sozusagen ein wertvoller Schmuck ist, und ich es gefunden habe . . .«

Auf den Lippen des Beaus lag ein starres Lächeln. Er sagte: »Ganz unnötig, versichere ich Ihnen. Sie werden merken, daß es von ungewöhnlicher Form ist. Ich könnte es nicht verwechseln.«

Der Fremde drehte es hin und her. »Na ja, natürlich, Sir, wenn Sie es sagen —« begann er unentschlossen.

»Mein guter Bursche«, unterbrach ihn der Beau, »Sie müssen doch gesehen haben, daß ich noch vor einer Minute etwas auf dem Kaminsims suchte. Ihre Bedenken sind ganz absurd, glauben Sie mir. Jeder wird Ihnen sagen, daß dieses Einglas mir gehört. Seien Sie so gut und geben Sie es mir, bitte.«

»O ja, es ist bestimmt Mr. Lavenhams Einglas!« sagte Miss Thane. »Daran ist nicht zu zweifeln!«

Der Fremde trat vor und hielt das Einglas dem Beau hin. Dieser ergriff es hastig. In diesem Augenblick jedoch kam ihm anscheinend der Verdacht der Falle, in die er gegangen war. Er sprang zurück und starrte den Mann wild an.

»Dann also im Namen des Gesetzes verhafte ich Sie, Basil Lavenham, wegen vorsätzlichen Mordes an Matthew John Plunkett!« sagte der Fremde.

Er hatte noch nicht zu Ende gesprochen, als der Beau eine Pistole aus der Tasche riß und auf den Mann richtete. Das Lächeln auf seinen Lippen war zu einer gespenstischen Grimasse geworden. Er sagte schnell und leise: »Rühren Sie sich nicht von der Stelle, oder Sie sind ein toter Mann!« und zog sich rückwärts gehend zur Tür zurück.

Der Bow Street-Detektiv stand gezwungenermaßen still. Miss Thane, die etwas hinter dem Beau stand, merkte, daß der Augenblick zur Entfaltung von Heldentum gekommen war, und trat mit einer einzigen schnellen Bewegung zwischen den Beau und die Tür. Im selben Augenblick kreischte Eustacie: »Nye! *A moi!*«

Der Beau, der seinen Häscher in Schach hielt, erreichte die Tür, und Miss Thane hinter ihm packte seinen Arm und riß ihn mit aller Kraft hinunter. Der Beau war überrascht worden, knurrte vor Wut, wand sich aus ihrem Griff los und schlug sie mit der geballten Faust. Der Schlag traf sie an der Schläfe, und Miss Thane sank als schlaffes Bündel zu Boden.

Sie wurde sich eines tobenden Schmerzes in ihrem Kopf bewußt, spürte den Geruch von Essigwasser und ein nasses Tuch auf ihrer Stirn. »O Himmel!« sagte sie schwach. »Das Einglas! Ist er entkommen?«

»Keineswegs«, erwiderte eine ruhige Stimme. »Sie brauchen sich keine Sorgen zu machen: Wir haben ihn in sicherem Gewahrsam.«

Miss Thane wagte die Augen zu öffnen. Sir Tristram saß am Rand des Sofas im Gästezimmer, auf das man sie gelegt hatte, und legte ihr Kompressen auf die Stirn. »Oh, Sie sind's!« sagte Miss Thane.

»Ja«, sagte Sir Tristram.

»Ich wußte, daß Sie zurück gekommen waren«, murmelte Miss Thane.

Er erwiderte in seiner kühlen Art: »Wenn Sie das wußten, was, in aller Welt, überkam Sie, den Beau aufhalten zu wollen? Er hatte keine Aussicht zu entkommen. Ich stand mit einem Detektiv draußen, um ihn zu fassen, sollte er Townsend entwischen.«

»Also bitte sehr — wie hätte ich das wissen sollen?« fragte Miss Thane.

»Sie hätten das vielleicht erraten können.«

Sie schloß wieder die Augen und sagte würdevoll: »Ich habe Kopfschmerzen.«

Er sagte amüsiert: »Das ist nicht sehr überraschend, da Sie auf den Kopf geschlagen wurden.«

Ein Röckerauschen kündigte Eustacies Nahen an. Miss Thane öffnete wieder die Augen und lächelte. »Oh, es geht Ihnen besser!« sagte Eustacie. »*Ma pauvre*, ich dachte, er habe Sie umgebracht! Und ich muß Ihnen erzählen, daß er die Tür aufriß und rückwärts taumelnd geradewegs in Tristrams Armen landete! Es war höchst aufregend! Und wissen Sie, er versuchte, das Einglas ins Feuer zu werfen, was ganz dumm war, denn damit war es sicher, daß er wußte, wo der Ring verborgen war. Wirklich, ich glaube, das war das köstlichste Abenteuer!«

»Wirklich«, stimmte ihr Miss Thane zu. »Entschieden *épatant!* Was habt ihr mit dem Beau gemacht, und wo ist Ludovic?«

»Oh, die Detektive nahmen Basil in einer Chaise mit, und was Ludovic betrifft, so ist Nye gegangen, um ihn aus dem Keller zu lassen.«

Miss Thane seufzte. »Nun, ich nehme an, es ist alles zum Besten, aber wissen Sie, ich bin doch enttäuscht. Ich hatte bei mir beschlossen, daß Sir Tristram mit dem Talismanring durchgebrannt ist, und hatte mir mehrere großartige Pläne ausgedacht, den Ring zurückzuerobern. Ich habe noch nie jemanden so Aufreizenden kennengelernt!«

»Ja«, stimmte ihr Eustacie zu. »Er ist in der Tat sehr aufreizend, aber *enfin*, man muß gerecht sein und zugeben, daß er sehr klug und nützlich gewesen ist.«

Miss Thane wandte den Kopf und sah zu Sir Tristram auf. »Ich wollte, Sie erzählten mir, was Sie unternahmen«, sagte sie. »Sie waren nicht in der Brighton-Postkutsche, nicht wahr? Wäre es möglich, daß Sie *ventre-à-terre* herritten?«

»Nein«, erwiderte Sir Tristram. »Ich kam mit der Post.« Miss Thane schien das Interesse an seinem Vorgehen zu verlieren.

»Und ich brachte zwei Bow-Street-Detektive mit. Als wir hier eintrafen, erfuhr ich von Nye, daß der Beau durch einen Glücksfall tatsächlich im Haus war. Ich hatte mich schon gefragt, wie wir ihn zu dem Geständnis zwingen könnten, daß das Einglas ihm gehörte, und die Schwierigkeit, ihn hierher zu locken, ohne daß er Wind von einer Falle bekam, erschien mir ganz beträchtlich. Als wir hörten, daß er bereits hier war, war es leicht, unsere Falle zu stellen. Das einzige, das ich fürchtete, war, daß die eine oder andere von Ihnen ihn vielleicht mißtrauisch machen würde, indem sie beim Anblick des Einglases Überraschung verriet. Sie sind beide zu beglückwünschen, daß Sie Ihre Gefühle so gut verbargen.«

»Zuerst«, gestand Eustacie, »war ich völlig *bouleversé* und unfähig zu sprechen. Dann sah mich Sarah stirnrunzelnd an, und ich dachte, es sei besser, zu schweigen. Ich jedenfalls dachte, der Detektiv sei einer von Basils Leuten; Sie nicht, Sarah?«

»Ja, zuerst schon«, erwiderte Miss Thane. »Aber als er das Glas aufhob, wußte ich, daß Sir Tristram dahinterstecken mußte. Ist Ludovic jetzt in Sicherheit? Wird er imstande sein, seinen Platz in der Welt wieder einzunehmen?«

»Ja, daran kann kein Zweifel bestehen. Basil hat seinen Kopf verspielt, und mit seinem Versuch, den Ring loszuwerden, hat er sich vollends verraten. Wie fühlen Sie sich, Miss Thane?«

»Sehr schlecht«, erwiderte sie. »Ich glaube, ich habe eine Beule auf der Stirn.«

»Sie ist schon viel kleiner als vorher«, sagte Sir Tristram tröstend. Miss Thane betrachtete ihn mit einem unguten Gefühl. »Sagen Sie mir sofort — habe ich ein blaues Auge?« fragte sie.

»Nein, noch nicht.«

Sie kreischte auf. »Noch nicht?! Wollen Sie damit sagen, daß ich eines bekommen werde?«

»Ich halte es für höchst wahrscheinlich«, sagte er mit einem Lachen in der Stimme.

»Bringt mir Hirschhornsalz!« bat Miss Thane mit versagender Stimme und schloß wieder die Augen.

»Gewiß«, sagte Sir Tristram. »Eustacie, holen Sie das Hirschhornsalz.«

»Sie braucht es nicht wirklich, wissen Sie«, erklärte ihm Eustacie. »Sie macht Spaß.«

»Trotzdem, holen Sie es«, sagte Sir Tristram.

»*Eh bien!*« Eustacie zuckte die Achseln und ging.

Miss Thane öffnete wieder die Augen und sah Sir Tristram mit einem noch stärkeren Unbehagen an.

»Sarah«, sagte Sir Tristram, »ich habe Ihnen eine sehr wichtige Frage zu stellen. Wie viele Saisons haben Sie im Almack verbracht?«

Miss Thane blickte ihn mit einem Ausdruck der Wut an und sagte: »Tristram, wagen Sie es — buchstäblich wagen Sie es, von allen möglichen Augenblicken ausgerechnet diesen zu wählen, um mir einen Heiratsantrag zu machen?«

»Ja«, erwiderte Sir Tristram, »ich wage es. Warum nicht?«

Miss Thane setzte sich auf. »Haben Sie denn gar keinen Sinn für Romantik?« fragte sie. »Ich will es nicht — nein, ich will es absolut nicht, daß mir ein Heiratsantrag gemacht wird, wenn mir die Haare über den Rücken hinunterhängen, wenn ich einen Verband um den Kopf und sehr wahrscheinlich noch dazu ein blaues Auge habe! Das ist einfach ungeheuerlich von Ihnen!«

Er lächelte. »Und Sie bekommen ihn doch. Sie sehen bezaubernd aus. Wollen Sie mich heiraten?«

»Ich habe Ihnen unrecht getan«, sagte Miss Thane tief bewegt. »Wenn Sie glauben, daß ich in diesem Augenblick bezaubernd aussehe, dann müssen Sie viel romantischer sein, als ich angenommen habe.«

»Es ist jetzt lange her, seit ich imstande war, Sie anzusehen, ohne zu denken, wie wunderschön Sie sind«, sagte Sir Tristram einfach.

»Oh?« sagte Miss Thane und wurde rot. »Sie vergessen sich! Erinnern Sie sich doch bitte, daß Sie keine Romantik in der Ehe suchen! Erinnern Sie sich an Ihre frühere Enttäuschung! Das geht einfach nicht!«

»Ich sehe, daß man mir nicht ohne weiteres erlauben wird, jenen Unsinn zu vergessen«, sagte Sir Tristram und nahm sie in die Arme. »Jetzt sei einen Augenblick lang ernst, Sarah! Willst du mich heiraten?«

»Um aufrichtig zu sein«, sagte Miss Thane mit äußerstem Ernst, »ich hatte schon diese ganzen letzten zehn Tage und länger vor, dich zu heiraten.«

Einen Augenblick später kam Eustacie herein, gefolgt von Sir Hugh. Sie blieb auf der Schwelle stehen, die Augen rund vor Verblüffung, Sir Hugh jedoch sagte nur: »Oh, da sind Sie also wieder zurück ja?«

»Ja«, sagte Shield und ließ Miss Thane los. »Habe ich Ihre Erlaubnis, mich um Ihre Schwester zu bewerben?«

»Oh, sicher, mein lieber Junge, auf jeden Fall! Nicht, daß es etwas mit mir zu tun hätte. Wissen Sie, sie ist jetzt ihre eigene Herrin. Was hast du mit deinem Kopf angestellt, Sally?«

»Ludovics böser Vetter hat mich niedergeschlagen«, erklärte ihm Miss Thane. »Ich hatte einen sehr aufregenden Nachmittag, indem ich mich in die Bresche warf und bewußtlos geschlagen wurde und dann einen Heiratsantrag bekam.«

»Ich dachte mir schon, daß unten ein teuflischer Lärm los war«, bemerkte Sir Hugh. »Es ist an der Zeit, daß wir mit diesem Vetter von Ludovic Schluß machen. Ich werde eine Klage gegen ihn einbringen, weil er dich tätlich angegriffen hat.«

»Eine vortreffliche Idee, mein Lieber, aber die Krone bringt bereits eine Klage wegen Ermordung Sir Matthew Plunketts gegen ihn ein.«

»Nie von ihm gehört«, sagte Sir Hugh. »Wohlgemerkt, nicht daß ich dagegen bin. Ein Kerl, der in einer verdammten Halbmaske herumschleicht —«

»Sir Matthew Plunkett«, sagte Miss Thane geduldig, »ist jener Mann, wegen dessen Ermordung Ludovic vor zwei Jahren angeklagt wurde. Du mußt wissen, daß Ludovic jetzt aufhören kann, im Keller zu leben, und seine rechtmäßige Stellung in Lavenham Court einnehmen wird.«

»Nun, ich muß sagen, es freut mich, das zu hören«, sagte Sir Hugh. »Es erschien mir nie gesund für ihn, daß er seine ganze Zeit im Keller verbrachte. Wenn es wahr ist, daß er seine Erbschaft antreten kann, dann will ich lieber gehen und mit ihm über dieses Pferd reden, bevor die Sache wieder meinem Gedächtnis entfällt.«

Damit verließ er das Zimmer. Eustacie, die ihre Sprache wiedergefunden hatte, sprudelte hervor: »Aber Sarah, wollen Sie denn wirklich Tristram heiraten?«

Miss Thanes Augen zwinkerten. »Wissen Sie, mein Liebes, wenn ein Frauenzimmer meine vorgeschrittenen Jahre erreicht, kann es nicht wählerisch sein. Es muß mit dem erstbesten achtbaren Antrag zufrieden sein, den es erhält.«

»Oh, ich weiß, daß Sie sich jetzt über mich lustig machen!« sagte Eustacie. »Aber ich verstehe es nicht. Ich finde es ganz ausgefallen!«

»Die Wahrheit ist«, sagte Miss Thane vertraulich, »daß ich seine gräßliche Art, mich mit Ma'am anzusprechen, nicht mehr ertragen kann. Es gab kein anderes Mittel, damit Schluß zu machen.«

»Aber Sarah, überlegen Sie doch! Sie sind romantisch, und er ist überhaupt nicht romantisch!«

»Ich weiß«, sagte Miss Thane, »aber ich versichere Ihnen, ich habe vor, zu einer Vereinbarung mit ihm zu kommen, bevor der Knoten unwiderruflich geknüpft ist ... Entweder verspricht er mir feierlich, daß er *ventre-à-terre* zu meinem Sterbebett reitet, oder es gibt keine Hochzeit!«

»Es soll in das Ehegelübde einbeschlossen werden«, sagte Sir Tristram. Eustacie blickte von einem zum anderen und machte eine Entdeckung. »*Mon Dieu*, das ist doch gar keine *mariage de convenance! Enfin*, ihr seid ja verliebt!« rief sie aus.